卷七

梅娘文集

1936-2005

|【译文卷】| 卷二

1996 年摄于北京农影小区住所

1941 年，摄于长春

1983 年，摄于农影厂厂门外

1996 年 1 月
摄于李景慈（林榕，左一）家
（左二）日本早稻田大学教授杉野要吉，
（左四）杉野的女儿日本应庆大学教授杉野元子

1998 年 6 月
渡边澄子（日本大东文化大学教授）访问梅娘

1991 年 9 月
在长春东北沦陷区文学国际研讨会上发言

1995 年 12 月
与岸阳子（日本早稻田大学教授）在北京友谊宾馆

2004 年

在农影小区住所接待东北沦陷区文学研究者们

前排左起：桥本雄一（日本东京外国语大学教授）

朱惠梅（作家朱媞华的女儿），陈玲玲（北京社科院文学所研究员）

后排左起：野原敏江（时为日本千叶大学非常勤讲师）

张泉（时任北京社科院文学所所长）

诺尔曼·司密斯（加拿大温哥华 UBC 大学历史系博士）

2004 年 9 月 10 日
游东京雷门寺
后排左起野原敏江、大久保明男、张泉

2004 年 9 月 11 日
在东京梅娘与日本学者聚餐后合影
前排左起：张泉、杉野要吉、梅娘、渡边澄子
二排左二起：杉野元子、管虹、桥本雄一、大久保明男
三排左起：石田卓生、郭伟、野原敏江、平石淑子、川俣优

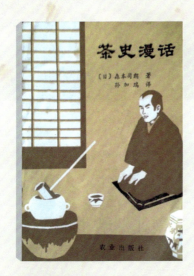

梅娘译作《茶史漫话》封面

梅娘译作《泥泞半生记》的作者乙羽信子

2000 年
摄于北京农影小区住所

主编例言

《梅娘文集》 第 7 卷

梅娘（1916-2013），原名孙嘉瑞。吉林长春人。从 1936 年 5 月 20 日在长春发表散文《花弄影》，到 2013 年的随笔《企盼、渴望》在北京面世，她执笔为文近 80 载，是中国现代文学史上屈指可数的"长时段作家"。

梅娘的创作生涯大体上分为隔断清晰的五个时段。

第一个时段，1936 年至 1945 年，20 至 29 岁，大约十年。曾短期在长春、北京的报社、杂志任职，基本上专职写作，以小说家名世。出版有新文学作品集四种，还有大量的儿童读物单行本。署名玲玲、孙敏子、敏子、芳子、莲江（存疑）、梅娘等。与内地（山海关以南）相比，新文学在东北的发生滞后。1936 年梅娘在长春益智书店出版的《小姐集》，很可能是苦寒北地的第一部个人的新文学作品集，标志着五四开启的现代女性新文学写作，在正处于水深火热之中的东北落地、开花。

第二个时段，1950 年至 1957 年 8 月，34 至 41 岁，八年。先后入职北京的中学、农业部农业电影社。使用梅琳、孙翔、高翎、刘遐、瑞芝、柳霞儿、云凤、落霞、王嵩、白芷等笔名，在上海、香港发表了数量可观的作品。为北京、上海、辽宁等地的美术出版社编写了大量中外文学名著连环画的文字脚本。出版有通俗故事单行本。

第三个时段，1958 年秋至 1960 年冬，42 至 45 岁，接近三年。在北京北苑农场期间，被选入由劳改人员组成的翻译小组，承担日文翻译，也参与其他语种译文的文字润色工作。匿名。

第四个时段，1979 年 6 月至 1986 年，63 至 70 岁，大约八年。恢复公职后，在香港以及上海、北京等地发表随笔和译文，出版有译著。署用柳青娘以及本名。

第五个时段，1987 年至 2013 年，71 至 96 岁，大约二十七年。开始启用笔名梅娘。以散文写作和翻译为主。出书十五种。

其中，第一、第二和第五这三个时段最为重要，也均与张爱玲有着不解之缘。

在第一个时段，梅娘以其丰厚的创作实绩，成为北方沦陷区代表女作家，当年新文学圈内曾有"北张南梅"（欧阳文彬语）之说。[①]诗人、杂文家邵燕祥 (1933-2020) 回忆他在北京沦陷期

---

① 欧阳文彬：《孙嘉瑞的现实材料（1955 年 9 月 5 日）》。

阅读《夜合花开》的感受时说，"我从而知道有一种花朝开夜合，夜合花开，寓意是天亮了。她的小说好读的，不难读。说是'南张北梅'，南张（爱玲）我当时没读过，但是梅娘我从小就知道。"①而上海沦陷区作家徐淦（1916-2006）在1950年代初的表述是："在敌伪时期北京有个叫梅娘的女作家，同上海的张爱玲齐称"。②1945年5月30日，有一则《文化消息》披露，南北正在竞相盗版对方的畅销书："南方女作家张爱玲的《流言》、苏青的《涛》，均在京翻印中。同时华中亦去人翻北方女作家梅娘之《蟹》。此可谓之南北文化'交''流'"。③这或可充作沦陷期的一个间接证据。还有另一个。南京在一个月前出版了《战时文学选集》，收小说十篇，作者除王予（徐淦）和北京的曹原影响略小外，均是南北文坛的一时之选。女性仅两篇：张爱玲的《倾城之恋》，梅娘，《侏儒》。④

在第二个时段，即共和国建政初期，梅娘在上海、香港发

① 邵燕祥：《一万句顶一句：邵燕祥序跋集》，北京十月文艺出版社，2016。第316-317页。

② 见《抄于新民报·唐云旌交代的社会关系（1956年1月7日）》。

③ 引文中的"华中"，即今华东。"去人"，疑"有人"之笔误。

④ 《战时文学选集》，中央电讯社编印，1945年4月。该书收入了张爱铃、张金寿、爵青、梅娘、萧艾、曹原、王予、袁犀、山丁、毕基初十位作家的作品。书前有穆穆（穆中南）的《记在前面》。

表了一大批小说、散文。这些作品长期以来鲜为人知，而时任上海新民报社负责人的欧阳文彬，见证了梅娘与张爱玲在"亦报场域"同台为文。前者发文超过 430 次，后者 400 次。两人旗鼓相当。

在第五个时段，梅娘怀人纪事文的数量颇为可观。对于沦陷期是否有过"南玲北梅"说的问题，有文章加以探讨或质疑，①最后争论溢出了通常意义上的史实考证，返回到我们应当如何评价沦陷区文学的原点。同时，也引出如何解读作家自述作品的接受美学问题。②对于梅娘重新发表旧作时所做的修改，有的研究做了认真的实证分析，也有的"上纲上线"一笔了之。③所有这些讨论或商榷，均有助于梅娘乃至沦陷区文学研究的深化。

梅娘在以上各个阶段都笔耕不辍，然而由于各种各样的原因，有相当数量的作品从未结集出版。有鉴于此，编纂梅娘的

① 最早质疑"南玲北梅"说的，可能是我的《华北沦陷区文学研究中的史实辩证问题》（《中国现代文学研究丛刊》1998 年 1 期）。

② 参见张泉：《关于"自述"以及自述的阅读》，《芳草地》2013 年 1 期。

③ 参见张泉：《构建沦陷区文学记忆的方法——以女作家梅娘的当代境遇为中心》，《山东社会科学》2013 年 10 期。

全集，便提上了议程。[1]

这版《梅娘文集》分为 9 卷。第 1、2、3 卷为小说卷，书名分别为《梅娘文集·第 1 卷 / 小说卷·卷一（1936-1942）》《梅娘文集·第 2 卷 / 小说卷·卷二（1942-1945）》《梅娘文集·第 3 卷 / 小说卷·卷三（1952-1954）》。第 4、5 卷，散文卷，书名，《梅娘文集·第 4 卷 / 散文卷·卷一（1936-1957）》《梅娘文集·第 5 卷 / 散文卷·卷二（1978-2013）》。第 6、7 卷，译文卷，书名，《梅娘文集·第 6 卷 / 译文卷·卷一（1942；2000）》《梅娘文集·第 7 卷 / 译文卷·卷二（1936-2005）》。第 8 卷，书名，《梅娘文集·第 8 卷 / 诗歌·剧本·儿童文学·连环画及未刊稿卷（1936-2000）》。第 9 卷，书名《梅娘文集·第 9 卷 / 书信卷（1942-2012）》。另有附录卷，书名为《梅娘的生平与创作——年表·叙论·资料》。

本卷为 9 卷本《梅娘文集》第 7 卷《译文卷·卷二》。因压缩卷数的关系，所收译作比较庞杂。大致分成《翻译散文、论文（1936-2005）》《翻译短篇小说（1939-2003）》《翻译诗

---

[1] 详情见张泉：《东北首部个人新文学作品集〈小姐集〉的发现——从寻访梅娘佚文的通信看文化场人情世态》，《燕山论丛 2022》，燕山大学出版社，2022。以及《梅娘文集》附录卷《梅娘的生平与创作——年表·叙论·资料》中的梅娘叙论《二十世纪"长时段作家"梅娘及其全集的编纂》。

歌（1938-1941）》和《翻译童话（1941-1989）》4 辑，收译文 27 篇。个别未注明出处的篇什，系据手稿录入。时间跨度从 1936 到 2005 年。最后是《茶史漫话》的选译本（1983），以及《泥泞半生记——乙羽信子自传》的未刊本。后者的背后有个小插曲。

日本放送协会在 1983 年开始播放的 297 集连续剧《阿信》大获成功。1985 年，中央电视台引进了这部感人肺腑的创业故事，首播期间，几乎万人空巷。主演乙羽信子本人也是一位历经战时战后的艰难困苦的传奇人物，她的自传（朝日新闻社出版）也曾是 1982 年度的畅销书之一。于是，在 1985 年末，梅娘应跟风的北京出版社之邀，开始翻译该书。可是，就在梅娘即将译迄之际，一个由三人合作的译本抢先出版（工人出版社，1986 年 7 月），梅娘译本遂束之高阁至今。

张　泉
于京东北平里
2022 年 9 月 25 日
2023 年 4 月 11 日改定

目录 Contents

翻译散文、论文

重　逢

（刊发时未标明原作者）

译者署名：玲玲

初刊"新京"（长春）《大同报》

1936 年 10 月 15 日

昨夜在湖上，多谢你舟楫之劳！我不操舟，已三年余了，威尼市船灯之盛，虽有往来魂梦，但醒后便恍若隔世，惟那时你尚是一个着彩衣的稚子，时时从水上唱故乡的土曲，足尖在你的短裙下几欲变凫飞去，因你过分熟悉西班牙人的舞踊也，而三年之后你更出落得一表人材，在圆形大草帽的边缘，眉目如画，朱唇启处，呢喃如风中燕子，实逼真的域外女儿。

人生过合，各有因缘，此乃一千古费猜之谜，惜你尚欠缺一点人情的素养，于此中味况，一时还不容易体验，其实此亦人生哲学上的一个断片，然而在你面前时，我却不能够摆出此种冷静的容貌，说这样乏味的言语，这喟叹当时我已用欢笑之声将它葬埋到湖水的深处了。

你讪笑我弯腰驼背，如一个乡曲老农，此言诚然，但你在未见我之时，也许你仍然将昔日我作猎士装的容颜保留在印象上，我终日挟着一管枪，带着从普鲁士买来的猎狗哥奴，在村道上游走，也许你还能够想起麦歇斯狄奈耳来吧？一个巴黎绅士型的植物学家，他常常在左肩下挂着一个绯色的皮箱，像一个卖牙痛药的江湖郎中一样，弯着腰在草丛里面东寻西找，采撷那些古怪的标本，有时忘形地会走到人家的田里去，混在一群耕牛里面，更令人发笑的是，那些野雀子也将他当作一匹牛，会大胆地飞到他的脊背上，但他还是弯着腰在那里东寻西找……我记得你曾经促狭地说过一句这样的话："那些野雀子太本分了，为什么不在他的背上拉一堆粪呢？"……但这事也许在你的记忆已经淡忘了也说不定。现在麦歇斯狄奈耳在什么地方？不知道还是像从前那样拘谨不？一见到年青的女人便闭着嘴，尽管埋着头做他的植物标本的说明？他曾经在私下对我说过："同年青的女人说话是不吉利的……"但这话我一向就没有告诉过你，因为你那时比现在更年青，是很知道在年青的姑娘面前，说这样的话，是很没有礼貌的，但是麦歇斯狄奈耳现在也许有个年青的女人在身边了，也许不再说那样丧气的话了。至于我的姑娘，请你恕我不能够向你背诵回你以后的历史，归结一句话就是人生从年青到少壮、从少壮到中年的初期，这历程有一条迷津够你摸索的了，等到你识别出这迷津的前路，那你已备尝了许多情绪上的变幻，经过了许多事业上的风波，而女儿桃色的传奇更又不知扮演过多少角色……一腔郁结，空生半世，兴趣焉得不倦，意志焉得不灰，弯腰曲背，犹其馀事耳，这便是一个乡曲老农的亲笔口供。

今次湖上重逢，实为不可再得的奇遇，蓦然睹半面风华，依然旧时容色，但多出一分少妇的风情了，下了船以后，本想再送你一程，此心恋恋，不能自已……但你臂弯中之碧眼儿，目光灼灼逼人，大有请决斗的意思，这仅有的一会只好止于此了。

破晓时大风雨，在枕上又多一重烦恼，此时想你的车乘已过泰伯儿山之门，向三津进发吧？

翌年之春

[日] 细川武子

初刊《妇女杂志》第 5 卷第 4 期
1944 年 4 月

坐在廊檐下等着哥哥回来的小夜子，把带来的图画卷做圆筒，像眼镜似的罩在眼上，在眺望着院中的景致。透过那直径三厘的小圆圈，院中的景致，在小夜子底一支眼前，现出来想像不到的一种艳丽。

"简直是一幅画哟！那棣棠花，那红叶，多么美丽呀！"

不知不觉地这样独语着。从理发馆回来的哥哥——小夜子的大朋友——远远地望着这位常来的小客人，一会儿躺下，一会儿坐起来的样子，不由自己地微笑着。

"小夜！你作什么呢，有趣得很是不？"

"呀！哥哥，您什么时候回来的，我一点都没觉出来。"

小夜拍地下脱掉了小小的红皮鞋，跳到廊上来。

"好香！哥哥理发去了吧！真漂亮。"

"是么，蒙小夜妹妹夸奖，哥哥光荣得很，怎么啦！小夜，为什么那样呆呆地瞧着哥哥底脸呀！"

像往日一样把哥哥底右手围在自己底肩上，靠紧了哥哥的小夜，大眼睛一眨一眨地凝望着哥哥。

"哥哥，我在回想，我呀！我昨夜作了一个好极了的梦。"

"啊！小夜的梦，正是哥哥愿意听的话呀！"

哥哥拉过来放在廊子角上的藤椅子坐下，小夜轻悄地坐在哥哥底膝上。

"喂！哥哥，我梦见我作了哥哥底新娘子啦！完啦！生了一个可爱极了的小孩，一个男小孩，我高兴得了不得。"

被想听听小夜究竟会说出什么样的话来的那种好奇心所驱使的哥哥，听了小夜这样说完之后，也出乎意料外的一惊。

"啊！这真是一个不得了的梦，吓了哥哥一跳呢！小夜不是十三岁么？"

"是呀！是十三呀！小学六年级呀！明年该上中学了，怎样？"

"十三岁就能做起这样的梦来吗，小夜真是不得了。"

"这又有什么奇怪呢！女人出嫁，不是必然的吗？你看，我家的姐姐也嫁了，亲戚中的敏子姐姐也嫁了……"

"小夜这样可爱的小姑娘也得出嫁吗，愿小夜遇见一个好人，一生幸福地过下去。"

哥哥抚摩着小夜底短发，不知为什么眼中盈上来泪。

小夜和这位在大学里读着书的邻家的哥哥成了朋友的事，是从去年的九月间开始的——喜欢小孩的哥哥，时常给小夜讲有趣的故事啦，教给算术啦，改图画啦。在小夜子底眼里，哥哥实在是位了不起的人物，明年哥哥就从大学里毕业，作学士了，小夜子也听说哥哥上的那家大学，是非常难入，等闲进不去的一家学校。这样伟大的哥哥竟这样喜欢自己，是多么可高兴的事呀！自己一定好好地读书，明年考中学，好叫哥哥夸奖。这样想着的小夜，心怎样也安定不下去了似的。

"哥哥！哥哥怎么也发呆了呢！"

小夜子摇着哥哥底手腕。

"小夜，小夜喜欢哥哥吗？"

"嗳——喜欢极了，喂！哥哥，我永久永久和哥哥这样好。"

小夜把自己红润的颊贴在哥哥刚刮过的光滑的颊上，朦朦的暮色，悄悄地从四周掩了过来。

一年之后，枫和去年一样地展开了嫩叶，棣棠也开始了沉重的复瓣的花朵。

小夜子已经作了中学生了，从走路的姿势以至于对人的礼仪，和前两三个月宛如两人似的显露着中学女生底风度。

虽然一天看不见哥哥，不跟哥哥谈一会，就仿佛丢了点什么一样的不痛快，隔墙看不见哥哥底身形，连功课也安不下心去作。可是，不知为什么总没到哥哥底家里去。

"为什么我不像以前一样地跑到哥哥那儿去了呢，哥哥一定会奇怪的。就这样一天一天地过来，也许是因为上了中学的缘故，真的，为什么呢？"

小夜子两手抱着胸这样想着，温柔的心里，霞一样地逐渐布满了云，觉得烦恼像要溢出来一样，小夜"嗳！"地长长地吁了口气。

"今儿别想这些那些的，到哥哥那儿玩一会去吧！听哥哥像以往一样亲爱的叫着小夜，并且请哥哥教给英语。"

胸中的暗云晴了，小夜子又愉悦起来。

常去的哥哥的家，当把一只手放在那关着的门上，不知为什么在踌躇着的时候，身后响起了脚步声。

"听！小夜吗？这可真是稀客，怎么老不来了呢，因为作了中学的大学生了吧！喂！去年的勇气那去了，去年不是叫哥哥窘过吗！还说什么作了哥哥底新娘子的话——"

"哥哥贫嘴。"

小夜子突然觉得眼前像电一样地闪了一下光。

"别在这儿紧站着了，快进屋去吧，让我听听你说说好久没听见你说了的学校的话。"

"嗳！"

小夜低低地回答着。

为什么不像去年那样叫着哥哥跑过去用手搂住哥哥底肩呢，是手不会动了吧！小夜子自己这样抱怨着自己，抬起脸来的时候，哥哥正在微笑地凝望着自己。

小夜子底心上浮上来哥哥底手，哥哥底脸的温暖，心里下意识地觉得身子颤动着。

复瓣的樱，在没风的空中一片片地飘飞下来。

哥 哥

[日] 细川武子

初刊北京《妇女杂志》第 5 卷第 5 期
1944 年 5 月

富美子底哥哥，是中学四年级的学生，来年三月预备投考士官学校，是位自负将来为国干城，自己很觉得了不起的哥哥，哥哥底暴脾气也跟着日子往上长起来了。

"嗨！"这样地嚷了一声，一下就从后面跑上来预备给你摔躺下，富美子两脚用力挣扎着不叫哥哥给绊倒，嘴里央求说："别闹！哥哥！"哥哥说："你要是跟我挣，我可就这样来啦！"一边说就一边把两只手伸到腋下去搔。

"讨厌！可恶！不搔痒吗，妈！您瞧哥哥呀！"两人一天总得这样吵几回。

更有的时候，哥哥用纸卷成圆的细筒，像竹刀一样地拿着，嘴里说：

"来！着驾，脸！腕！腰！"

这样劈劈拍拍地打了下来。

"痛！哎呀！哥哥缺德，一声也不言语地就打人，武士有这样的吗！"

富美子恨得咬牙去告诉妈妈：

"妈妈，哥哥尽欺侮人。"

妈妈不但不公正地去管哥哥，反倒这样说：

"女孩子这么疯不行哟，若是哪碰伤了怎么办呢，富美子怎么不明白这一点呢，反正是打不过他，告个饶躲开他不就完了吗，你，你就是个疯丫头。"

"妈真是，老是我不好，老忍着我还得连命都搭上哪！我这是正当的防卫呀！谁能老忍着气呢！"

唉！女孩子算完了，学校里怎么还不教武道呢。说是五年级（注：小学五年级）的时候教薙刀（日本女人用的一种长柄的刀——译者）可快了吧，女人底武道都有些什么呢？第一是薙刀，还有带鍊子的镰刀，镖，啊！镖可不错，还没等攻上来就可以打他一下子，虽然有点可怕，富美子老是想着这些事。

富美子底家在东京郊外的高地上，上了接着院子的后山，在各种树木相杂的林间，可以看见在对面的富士山底姿态，多摩河反映着夕阳，连接东京府和神奈川县的现代式的桥，昼夜显示着不同的美景。小山上夏天茂密地开着白百合，秋天，落着带着毛毛的栗子。富美子最爱到这小山上来，欣赏着黄昏的景色。不过，最近真是叫富美子忍无可忍了，每天，一到傍晚，哥哥必定跑到小山上来，大声地唱着既不是歌又不是诗的腔调。

"哥哥！你唱的那是什么呀！"

"这个呀！这是我自己作的诗，又是自己谱的曲，如何？勇壮得很吧！年轻的我们底理想和抱负，完全充溢在我底诗和谱之间，这个，一定会流行在现在的全日本国的青年人之间的，听！你听听看！"

"难听，什么破玩意，是军歌呢？还是进行曲呢？我真听不出来。"

"这个吗？这是日本自古以来朗咏的雅兴，加上吟诗的雄浑，再织上现代音乐的锐敏的感情，喂！总之，是充沛着无尽的感情吧！这是因为现代人心理作用复杂的缘故。"

哥哥自己陷在自我陶醉中，尽可能地高声大唱起来。

"妈妈，别叫哥哥唱啦！他一唱我简直烦死了。"富美子这样说着的时候，爸爸笑着和妈妈对看了一眼，爸爸说："哥哥倒是高兴似的。"

自然，实际上富美子更拦不住哥哥了，这一向，哥哥就竟是这样只顾自己，只以自己为中心来作任何事情，在富美子真是难堪的痛苦和侮辱。

一天，从学校回来，坐在自己底桌前作手工的时候，哥哥又大模大样地跑进来，说着：

"喂！富美子，我们两个换换桌子吧！我底桌子抽屉也大，用起来方便着呢。"

富美子连看也不看哥哥一眼。

"既然方便，又何必换呢，何苦来抢我底桌子。"

"话不是那样说，人就是这样，有时候得有点变化，换吧！两人都换换口味，用功的能率一定能够增加。"

"不，我不！我最喜爱的桌子怎么能换给你呢！呀！别横！抢去也不行呀，啊呀！妈妈！妈妈！"

富美子跑到妈妈身边去，向正在预备着晚饭的妈妈诉着苦，可是妈妈依旧削着白薯皮，说：

"换给他不就完了吗，听哥哥话，女人本来就该听男人的。"

"什么？什么事都得听着吗？真是岂有此理，妈妈是女人，反倒不向着女人，真奇怪。"

在踽踽地走回屋子来的富美子底眼前，桌上摆着的和抽屉里放着的东西乱七八糟地扔了一大堆。

"真是！"

跑到哥哥底屋里去一看，哥哥底门口放着那张一动搭搭直响的破桌子，哥哥一边唱自作的歌，一边往富美子底桌子的抽屉里放着东西。

"谢谢富美子，你用厌了的时候我们再换过来。"

富美子用眼睛狠狠地盯着哥哥底后影，怎样盯也没法子了，气愤地抱着那张搭搭直响的桌子，退却下来的样子真惨。那一晚上，富美子伏在桌上暗泣着，早晚也得报这个仇，富美子想了许许多多报复的方法。

第二天，学校里的同学间开了一个哥哥底品评会。喜子是班里的头一个哥哥迷。喜子底哥哥秀才似的，第一高等学校毕业之后入了帝大的法科，现在是大学二年生，喜子常常拿哥哥带着角帽的照像来向大家炫耀着。

"我哥哥！真好，老是那样用功，从小学到中学，中学到高等，直到现在一直考第一。"

"一直考第一，真不得了。"

同学们互相地瞧着，霎动着眼睛。喜子理也不理大家底表情接着赞美着哥哥！

"这么说虽然有点不顺耳，可是我哥哥真叫漂亮，身高五尺五六寸，有着男性的聪敏和刚强的思想。"

"噢，真不得了，将来给喜子作丈夫的人，可不容易。"同学们这样打趣她。

有十五六个人有哥哥，差不多都是在中学的哥哥脾气不好，一入高等学校，再入大学的时候就得变得很和气很体贴，富美子自己暗暗地揣摩着入了士官学校后穿了军服的哥哥底姿态，哥哥作了军人一定是个好军人，凛凛然的。现在存在心中的哥哥是个有出息的哥哥，正是自己喜爱的一种男性的型态，照大家所讲说的哥哥们底种种特点，自己底哥哥也一点不比别人的坏，富美子向大家讲起了昨晚上换桌子事，大家都大笑起来。

"你哥哥真痛快，我喜欢这样的人，我就烦事事都顺着女人的男人，男人若是不男子气，就不能上进了，富美子的哥哥真不得了，我真爱。"

"哎呀！真爱吗？"

大家咕咕地笑起来，看看达子底脸。

达子是家里五姊妹的大姐，就是和达子年岁相同的同学在一块的时候，达子也老是姐姐似的那样安详。

像达子那样的人，作了妻之后一定不错，跟妈妈一样，妈妈不是绝对服从爸爸的吗，并且是一种真正以为爸爸伟大的崇敬，所以家里才这样圆满。那么说，不管男的怎样横暴只要温柔，这一家就能够很圆满吧！达子，我佩服你。富美子幻想着雄赳赳的穿着军服的哥哥和娴雅的达子结婚的情景，自己微笑着。

家

[日] 细川武子

初刊北京《妇女杂志》第5卷第6期
1944年6月

土地总面积
五十坪（一坪合六十方尺——译者）

筑屋用地
限三十坪

家族人数
夫妇 小孩二

设计一住宅图下星期中交卷

按以上人口及土地面积

"唉呀！叫咱们设计自己底家呀！真好玩，小孩二，要女孩好，还是要男孩好呢。"

教室里这边那边都充满了这样兴奋的语声，女孩子们立刻去买了意匠纸，细心地计划起来。

在女孩子，从孩提时代，对于家底设计就比任何事情都觉得有兴趣。

　　大门，客厅，书房，卧室，喝茶的屋子，孩子底屋子，女仆底屋子，我愿意单单有一间化妆室，还想有一间是专为我自己用的用功的屋子，这样的话——现在住的家，是多少坪地呢。

　　"妈妈，咱们家占了多少坪地，房子又占了多少坪地呢？"

　　"唔！总共是一百二十坪，房子占的坪数确数虽然不知道也得在四十五六以上，可是这已经够窄的了。"

　　"嘿！四十五六坪才这样呀，糟了，糟了，喂！妈妈，学校出题叫设计一所住宅，占地的总面积是五十坪，房子限三十坪以内，这家里还得有两个小孩，我没辙了。妈妈，我想要的家是这样，您瞧瞧，您笑我可不行，妈妈，您看我底家吧！"

　　"呀！这么多的廊子！这儿是什么，噢，是里院，仿佛饭庄子似的（日本饭馆子都很讲究庭园的设备——译者）。这边是什么呢！你一个人用功的屋子，这位太太真奢侈，你是预备盖平房了。就是你画出来的这些间房子，没有两个女仆是照应不过来的。您们来算算屋子一共占了多少坪地吧！客厅十叠，老爷和太太底屋子都是八叠，还有一间六叠，孩子底屋子十叠，喝茶的屋子八叠，再加上女仆底屋子，厨房，澡房，大门，一共得七十五坪或者八十坪了，这样的话，这个家至少得占地三百坪，老爷得有五百圆以上的月入。"

　　"嘿！这怎么好呢！妈妈，这是我理想的家，可是拿去交卷不行呀！三十坪的家，多穷呀！这样的小家，连架钢琴也放不下。"

　　"我明白了，先生是预想你嫁给一位月入寻常的人，十年后的情形，你先生月薪在一百五十元左右，小孩一个已经上小学了，一个在幼稚园，或许正要生第三个孩子的时候。"

"那多讨厌！真是的，不作又不行，真没法子，怎办呢！学校的功课又不能不交——妈，给我画一张吧。"

"妈妈想的，太旧式，你细心地真当自己底家一样地想想看，你底学伴们也一定在计划着种种的屋子呢。"

在桌灯下，一边一、二、三、四，地数着意匠纸的小方格，一边在设计着家正是愉悦的工作。

"没法子，虽小而甜蜜的'我的家'要什么样子呢，我，盖成全洋式的不知好不好。洋式的比较实用，小，窄，可是在利用装饰上，我要尽可能的明朗化。放不下一架钢琴，我希望有一架电影留声机来代替钢琴。然后在每月的收入中，抽出一点钱来作为趣味的修养费，若是连张新片也买不了才窝心呢，客厅叫它向阳，饭厅和起坐间用一间屋子就好，卧室另在一间，全都睡床吧，用功的屋子在这里面选一间。当然小孩底屋子得放在南面，好充分接受阳光，厨房和客厅也得放在里面才好，呀！地坪数又不够了。这样围在一起倒好。男孩和女孩住一间屋子里好吗，男孩淘起气来简直没办法，两个小孩都要女孩吧！这儿是门，进门后的甬路两侧得种点什么才好。全院子都铺上绿草，还是芭蕉，综合这类南国风味的植物能使得全体调和。院子空着的一角上，应合时代的划作田地吧！种点家里能用的蔬菜，房后种果树，柿子啦！无花果——"

早苗小姐完全高兴了，像是看见了自己还没见过面的丈夫，可爱的孩子，还有自己十年后的面貌一样。

在这相同的时候里，同班的学伴们，都和早苗一样的在设计着自己底"家"，可是，在三十坪的土地上盖起来的房子，却各各相异。

正热心学着长歌的春子所设计的"家"中,在四叠半的外廊前,种了一株红梅,靠着廊子的八叠的起坐间的墙上,作了圆圆的窗子,推开大门旁边的小柴门,有两间相连的三叠的小孩底屋子,春子想像着在这屋子里,梳着丸髻(日本结婚后的女子,所梳的头的名字——译者)的自己在看着孩子练习日本舞的姿态。

勤快的诚子,设计了实用又经济的四间屋子,还留出来能盖两间屋子的空地。不但为两个人,连孩子长成之后的事都考虑到了。

"总之,不努力作事不行,家就得靠着主妇底栽培,衣服够穿就好,家具也简单化,一切一定要又省时间又适用才行。你为了孩子底健康,作一架秋千和单杠吧!余下的空地种田,还要养鸡和兔——呀!忙得很。"

诚子底脑中浮上来穿着农作服,忙着作事的自己和两个胖得圆圆的男孩子打着秋千的姿态来。

女人

[日] 细川武子

初刊北京《妇女杂志》第 5 卷第 8 期
1944 年 8 月

——我愿意作女人，理由是什么？

——我愿意作男人，理由是什么？

自习堂上，看堂的 W 先生，突然把裁得很小的纸片分给同学们，并且在黑板上出了这样的两个题，又在题目下面加了一行小注："不用写名字。"

"呀！多不好意思呀！先生，我不懂。"

三两个同学立刻用鼻子发出来哼哼的笑声，这是三年级（指女子高等学校之三年级而言，等于我国初中三年——译者）的班上。

"写出自己本来的意思就好，啊，安安静静地答题吧！"

这位男先生 W，总是爱出些类似这样的问题。他跟往日一样地倒背了手，仿佛看护小孩似的，开始在桌子的空间中巡行起来。这边那边都沙沙地响起来写字的声音。

"喂，小美，你答的哪一题？"

"你呢？"

"别问，自个写自个的，不许跟别人商量。"

同学们都低下头去，转动着手中的铅笔。

"先生，我答完了，交卷行吗？"

"好，反面向上交上来。"

两天以后，在 W 先生上英语的堂上，一位同学站起来说，"先生，前天您出的那两个愿意作女人和愿意作男人的题，给我们批评一下不好吗？"

大家立刻都附和着要求起来。

"先生！讲给我们吧！给我们念念听吧！"

先生没说什么，待了一会儿，从右手的口袋里拿出来一叠纸片。

"你们底回答，很是使我感动的，是在短时间里女性思想的进步。女人的确是觉醒了，我觉得这是一种可喜的现象，让我们来看看那一天的答题。"

先生在讲桌后面的椅子上坐好，把那叠纸片分成了两份，指着其中的一份说：

"这是愿意作女人的，出席的五十三人里有三十八人答了这个题，其余的答了第二题，一共十五个人，两个答题的比例是二对一，这有点出乎我底意料之外了，让我念几份给你们听听。"

大家都坐得端端正正的，注意地听着。

先生念念愿意作女人的答案。

——我很高兴我生为女人，因为我觉得女人能够过趣味的生活。第一拿穿衣裳来说吧！男人什么时候都得穿着老是一个样子的洋服，和黑色啦！灰色啦等等颜色的衣服。女人就不然了。按着自己的趣味剪裁洋服的样式，按着自己的喜好去挑选颜色，就是和服也可以加上种种的装饰。其他，食和住，凡是生活所需的范围都是女人底分野，无论怎样都能顺心如意地过着愉快的日常生活。

——我虽然讨厌从前的女人，可是在现在这样的社会制度之下，我愿意作女人，因为现在的女人既然可以毫无阻拦地去求学问，一切的环境又都很可乐观，也许我这样说男人觉得我不好，女人一定有一个人来担负她底生活费，她不用为生活发愁。

——虽然女人在成年以后，生育孩子挺苦，我知道女人总是照顾她底孩子。可是，我觉得作妈妈是一件愉快的事。书上也是这样，有名的人和伟人的母亲总爱被记下来，父亲则不然，结果，在人间，我想女人是比男人伟大得多。

——我觉得男人既得去作事又得去战争，真是累得不得了，我望着世间百相想到男人那样精精勤勤地在为妻子劳动着的时候，我觉得对不起男人。

以下是愿意作男人的答案。

——已经是女孩子了，我没话可说，假如能够叫我重生一回的话，我愿意生作男人。因为男人能够气焰万丈地使役女人，并且无论在什么情形里都可以"女人算了什么"地照着自己的意思去作，望着那猛勇的大无畏地前进着的男性，我觉得有遏制不住的羡慕。

——男人多好啊！我总这样地羡慕着男人。每月月信的时候，因为有病，我底精神非常不好，什么都不爱作，如果恰恰在那时候遇上远足或者开运动会的话，我就完了。一想到这样的生活至少得继续三十年的时候，我是这样的忧郁。男人却一点也不用担这样的心，我憎恶我自己。

——虽然看见可爱的孩子的时候，我也愿意自己有，可是一看见大腹便便的女人的痛苦状态，我觉得极不自在，一想到"自己也会那样吗？"我十分不安。听说生孩子的时候更是难过，我不愿意我也那样。男人就没有这种痛苦，那真是高兴的事，我这样想。

——看见在欢呼声中去应召的男人的时候，我愿意我是男人。我是怎样地羡慕他们啊！我，如果是男人的话，我要去作军人，骑着马，挎着军刀，勇敢地冲入敌阵去，海军飞机，陆军飞机，两者都使我心动，少年航空兵尤其使我神往。

——女人一出嫁自个喜欢的事就作不成了，老是得顺从着男人，真没意思。我羡慕男人无论是求学，无论是作某一项的研究都可以继续一生。女人若是能和男子一样地受最高的教育，我想女人也绝没有不能够作的事。如果我是男人，那我要作的事太多了，可惜我是女人，我什么也不能说。

"谁的理由都很充分都很对，先生读了你们底答案之后，深为日本的将来庆幸。"

"先生！先生怎样想呢。"

"先生吗！啊！先生愿意你们满足自己的愿望！"

"呀！狡猾的先生。"

名字啊！名字！

译者署名：柳青娘

初刊香港《大公报》
1981 年 8 月 10 日

> 日本人名专家奈津子夫人，最近在《家之光》杂志上发表了一篇有关"名字"的杂谈，从"名字"这个窗口，看一看日本的生活之流也颇有兴趣，请读这篇杂谈的摘译。

名字和笔名、雅号不一样，不是由自己决定，而是由老一辈的亲人，为祝愿婴儿一生如意而取的。这里面，记录了时代的脉搏，比如：我的祖父名字是新左卫门，父亲的名字是市四郎，弟弟叫利治。把这三个名字纵列起来，给人的印象迥然相异，显示了时代的足迹。

在您府上，爷爷和孙子的名字也肯定是完全不同风格吧！明治时代出生的男人，多叫什么什么卫门，什么什么兵卫。

明治后期，多叫什么市，什么助，什么藏。现在，在上了年纪的男人中间，这样的名字，说得上是触目皆是。名字的末一个字叫男。叫夫、叫雄的则标记着昭和时代的印记。昭和三十至四十年代，人们愿意把数字作为名字的尾字，如信一、敬二、良三等等。这是因为当时出生的婴儿多，一个家里，便于区别，便于称谓的缘故。到了节育的现在，男婴的名字，趋向于健太郎、康一郎等等了。

二次战后，有这样一个趋向，喜欢把两个意义美好的汉字联在一起为男婴命名，这反映了人们对和平，幸福生活的追求。如健正、康平、信靖等等。也发生过这样的困惑，两个字，究竟哪个放在上面好呢？是信靖好，还是靖信好。又如，按字义选了两个满意的字，加在一起，读音却不顺口，只好放弃。到了思想活跃的晚近，这些郑重其事的汉字，又觉得似乎是在摆架子，给人一种过分持重的感觉。

和男孩子的命名相比，女孩子的名字，时代的迹象更加鲜明。

从江户时代到明治维新，女孩子的名字不外是菊呀！梅呀！松呀等等。到了重视修身、伦理、道德、善行的大正时代，女婴的名字总是叫德子、节子、贞子等等。这无论怎么解释，总是使人感到拘束，太一本正经了。因此，出现了友子、昭子等比较平和的名字。进入昭和时代，昭子、和子的名字多了起来。昭和十五年，恰逢开国两千六百年纪念盛典，这一年出生的女婴，多被命名为纪子、典子等来纪念躬逢盛节。进入二次世界大战，受战争的影响，命名为洋子、征子、胜子的不乏其人。和平重现，命名为和子的又多起来了。

战后，由于收音机、电视机的普及，以广播、电视小说中的主人公的名字命名风行一时。出现了"真知子"姑娘和"友和"小伙子这种典型的流行性名字。"真知子"是菊田一夫原作，昭和二十七年广播剧中最受欢迎的《请问芳名？》中的女主角。本来也是，真知这两个字，无论意义和读音都好，因而流行也是当然的事。从真知子型的名字开始，子上面加两个汉字的女孩子命名风靡一时。随着对电影明星的崇敬，以著名影星的名字为自己的婴儿命名的也大有人在。比如石川崇，这个崇字就来源于影星山口崇。电视集《祥云地毯》在昭和五十年播出以后，女主角小野间真琴的名字"真琴"，立即为许多父母所采用。歌手由纪被誉为最受欢迎的歌星之后，女婴的名字不用汉字，直接用假名书写的风气开始流行。

现在，一个最新的动向，是为婴儿提名的时候，不十分重视性别的区分了。因为婴儿出生率的减少，为自己唯一的小宝宝命名时，当然是深思熟虑，选来挑去，多方斟酌。因此，晚近的名字真是富于变化，色彩绚丽。

我以为，名字是和其他人相区别的标志，是社会性的东西，因此，不容易被人接受的僻字，读音不顺畅或多音字都不宜采用。但是，完全追随潮流也不好。名字毕竟是个人的东西，顺流而定则一定缺乏个性，没有个性也就易于为潮流湮没。怎样使名字易读、好学，且又具有一定意义这确实是门学问。作家石原慎太郎的名字就提得好，表现了两亲对儿子作人的期待。慎并不是停滞而是抓住时机。名导演羽仁进把自己心爱的小女儿命名为"未央"，突破了男女有别的框框，祝愿女儿一生看黎明，具有自己独特的风格。

总之，为婴儿命名，已经到了不受什么拘束的现在，肯定会缤纷多采。我仅提醒年轻的双亲一点，根据日本话的特色，不要选择两个都读浊音的汉字，这样太拗口，人们因为咬嘴，就会任意增添音节，叫得不伦不类，闹得当事人啼笑皆非。

日本文化人的下酒菜

译者署名：柳青娘

初刊香港《大公报》
1982 年 7 月 23 日

我家的酒之肴 大山倍代（动画配音演员）

酒与我无缘，丈夫（砂川启介——演员）也不嗜酒。社交中，两个人加起来，朋友一大堆。家中，经常是胜友如云。丈夫为了奉陪友好，常常是威士忌加水以防不胜酒力。幸好，我们的客人嗜酒的也不多，因此，朋友们来，也可以说就是来吃饭。在我家，饭菜就是酒菜，从来不为喝酒另外做菜。菜也总是自家烧制，不用市场上的熟菜。

经常做，而且极受客人欢迎的是海带拌鱿鱼。我俩把这个菜戏称之为"夜调"。深夜，灯烛阑珊，我们一面整理杯盘，一面就做"夜调"。把海带和鱿鱼切成细丝，渍在用两份酱油，料酒、清酒各一份的调味汁里，渍上一夜，第二天就可以入席。那渍得软绵绵的鱿鱼丝和海带丝，爽口又别具风味。既好下酒又宜佐饭。我家的酒菜都是这种"夜调"。

🥢 我的"四不" 东海林贞夫（漫画家）

工作之余，就餐之前，总免不了晚酌一二。男人们做菜，一不要求精致，二不愿意费事，三不讲究技术，四不图样式好看。这四个不，是我做菜的原则。

最合乎我这四条原则的菜是干炸泥鳅。把活泥鳅放到锅里，倒点酒，盖上锅盖，泥鳅醉了以后，用面粉裹好，油烧至五成熟时下锅炸之，趁热蘸盐而食，味道绝美。鸡糜的调制也合乎四不原则。剔去鸡肉中的筋筋，肉厚的地方切上两刀，用筷子挟着往滚开的沸水中一烫，摇两下，肉色一变白，马上提起放入冰水中。镇冷后，削薄切碎，拌上葱末、姜末、酱油。食之，味绝鲜。

🍲 我的拿手菜 池波志乃（电视剧舞剧名演员）

我很喜欢喝酒，日本酒，西洋酒，什么酒都喜欢。和丈夫（中尾彬，演员）两个人出去到餐厅喝酒的时候也有，不过，绝大多数是在家里喝上两杯。做一些这样那样的简易下酒菜，悠悠然地晚酌一番。

秋天，沙丁鱼又便宜又好吃。我时时用它来作下酒菜。将沙丁鱼肉捣成粉末，调入姜汁和少量的酱（黄酱、白酱搅在一起的混合酱最好）。加上少量的葱和紫苏，打上鸡蛋调匀，填在贝壳里烧热，又好吃又好看，冷热咸宜，随时可以端出来饗客。如果不放酱，加上洋葱丝和紫苏，用紫菜裹成卷，过油一炸，也有一种说不出来的美味。朋友们说这是我家烹调中的珍品，我也以此为荣。

🏔 四季常青的酒菜 佐野浅夫（电视剧名演员）

每天晚上，洗过澡后，晚饭之前，总要喝上一杯，才觉得解乏解渴，成为生活中的主要情趣，也可以说晚酌是我最喜爱的节目之一。

不过，我们从来不为喝酒特意置办酒菜。家里一般都备有现成的酒肴。什么醋渍小鲷鱼、红烧沙丁鱼，熏鲑鱼或是熏夷虾片等等，总之，都是一些手到擒来的东西。我们也备有烧鲹干，这种东京人喜爱的传统小吃。

只有一种菜，既作为酒菜也作为饭菜，而且极受欢迎，又不受季节限制，不用跟随季节变换花样。我们这些年届半百，不爱油腻，偏爱爽口之食的半老头子，都非常中意这个四季咸宜的菜肴，做起来也不费事，因此特向你推荐。

把鸡肉用酒蒸好，切细加黄瓜丝佐味，用香油、酱油调拌。装盘后，盖上碎芝麻和红辣椒丝，黄、红、白、黑，颜色协调，滋味隽永，请君一试便知。

"左撇子"种种

[日] 草壁焰太

译者署名：青娘

初刊香港《大公报》
1983 年 1 月 14 日

您！左撇子还是右撇子，假如您是个左撇子，肯定已经倍感苦恼。我真盼望右撇子的诸君，来体验体验我们左撇子的处境。

你看！清晨进盥洗室，洗脸池上的龙头是向右拧的。

作为主妇，下厨房准备早餐，小快刀一概是右刃，左手使起来很不顺手。冰箱、烤炉、电动炊具，咖啡壶一概是右手开关。

工作间同样如此，办公桌是右侧有抽屉。工场里，机械的杠杆、摇把，开关，一律右手型。

农家的情况也大同小异，左撇子的女同胞，缝件衣服都不方便，缝纫机由右面挂线。剪刀是右手刃。煮茶、养花，所有用具一律右手型。人世间，右撇子占压倒多数，左撇子不得不忍受不便。

值此，请问，世界上左撇子究竟占多大比重呢？

这个问题很难确切回答：因为左撇子本身就有程度上的不同。有拿笔、拿筷子都用左手的纯左撇子。有拿笔拿筷子用右手，其他动作用左手的半左撇子。阪神地区的名垒球选手挂布，就是右手投球、左手抢捧，以右为主左也好使的半左撇子。

美国詹姆斯等三人合著的《左撇子》一书，提供了这样的数据："根据最近调查，美国的左撇子约为全人口的百分之十五到二十。"

这可能是世界上左撇子最多的国家。因为美国习惯上并不歧视左撇子。世界上确有歧视左撇子的地方。据说台湾就哂笑用左手写字的人。据一位学者调查，台湾的纯左撇子，只占全人口的百分之零点七。

日本没有这方面的资料。日本风习，不喜欢左手拿笔、拿筷子的人。因此，纯左撇子在日本为数极少。近来垒球左撇子选手跃登奖台，名歌唱家麻丘惠的新歌："我的他是左撇子"广为流行，左撇子这才取得了市民资格。

那么，右撇、左撇是天生的吗？由哪些因子所导致的呢？是遗传吗？根据最近的研究，并不完全如此。双胞胎同是右撇子，当然不在话下。其中一个左一个右又将如何解释。而且一左一右的实例多于同是右撇。男与女相比：男性左撇子多于女性。左撇子的男孩，百分之八十是右撇子父母所生。看起来，遗传说碍难成立。那么，左撇子的决定因子是什么呢？

至今真是众说纷纭。引人注目的是缘于难产一说。据说：难产对大脑的微妙损伤易导致左撇子。难产中，对男婴的损伤大于女婴，因而男婴左撇又多。三十岁以后的初产易是难产，婴儿左撇子的比例偏高。双生之所以左撇子多也由于难产。社会环境一说也有相当号召力。婴儿出生后，本无左撇、右撇之分。由于社会条件的制约，才出现了左、右撇。关键在于三到六岁之间，"用右手拿筷子！""用右手拿笔！"很多家庭是这样要求的。如此，右撇多于左撇。

专门家认为：左撇子的性格特征是：固执、独立意志强、喜怒无常、不妥协等等。因为是人世间的少数派，也就容易悖于常情，既产生过革命家也产生过罪犯。

杰出的人物如亚历山大大帝、悉尼、那波里奥三位英雄都是左撇子。

恶人之最的银行抢劫巨盗迭林加、拳击魔王克特也是左撇子。

有名的画家当中，左撇子占相当多数：如达·芬奇、米开朗基罗、拉斐尔、丢勒、荷尔拜因、毕加索等人。

以达·芬奇为例，油画之外，雕刻、建筑、机械等领域，达·芬奇无一不是天才。据说，他用左手，逆向挥笔作画写书。

逆向运笔的名人当中，《爱丽丝漫游仙境》的作者加洛罗也是其中之一。

左撇子们自然而然地涌向美术家、音乐家、潜水员、体育健儿这些职业。

垒球名选手中的左撇子比比皆是：往日美国的泰·卡博、坎普·鲁斯、日本的川上哲治、金田正一、王贞治，现在的江夏丰、张本勋、铃木启示等人。

在相扑界里，往日的枥木山，曾保持不败纪录的双叶山，近日崛起的千代的富土都以左撇而负盛名。

艺术界左撇子三美人是吉永小百合、栗原小卷和山川阳子。男性方面有松方弘树，草刈正雄、山城新吾、川谷拓三。山城和川谷为食品公司演出广告剧时，观众一下子就注意到了两个人都是左撇子。

外国的知名人物中，喜剧大王卓别林是左撇子。他那诙谐的表演和有节奏的动作，显示了左撇子的颖慧。美国大总统林肯，持枪时用左手。其他如坦尼格、罗伯特、马利林、蒙勒等名人都是左撇子。

左和右调和调和，世界或者会进展得更好吧！反正现在是右撇子的天下，不过如果没有左撇子，那就无所谓右撇子了吧！左撇子的存在，是对右撇子社会的最佳激励，这话信不信由你。

日本的节日佳肴

译者署名：柳青娘

初刊香港《大公报》
1984 年 4 月 20 日

今年元月，有名的烹调专家村上昭子向主妇们推荐她调制的"节日食盒"，供主妇们参考制作。"节日食盒"的"盒"一般用竹或木制成，再漆以大漆，漆得花纹精细优美。一般是三层，上面有提手，饰以彩带。自用或作为珍贵礼品馈人。

第一层，是一组下酒菜，相当于我国的拼盘，称作恭贺新禧组。这里的每一样菜，都包含着祝福的传统风情。切成五重瓣的鱼糜加淀粉作的鱼糕，一朵粉白，一朵桃红，伴着黄褐色的糖煮牛蒡，恰似盛开的一树桃花，预示着阳春来临。紫色的糖煮芸豆意味着避邪（日本古习俗，在立春前一日，家家撒豆驱鬼，所以煮豆是祝宴中的必备菜）。涂奶油烤制的胡萝卜，白里透红。胡萝卜日文中的汉字是人参，这是祝你长寿。传统必备的凉拌青鱼子，晶莹透亮，似颗颗珊瑚，象征多子多福，家族兴旺。用海带条结成的紫褐色的同心结，意味着举家和睦。削去顶盖，把剥离了的桔瓣仍然排成原样的桔子，可以轻易取食，意是纳福。切得薄薄的午餐肉卷成玫瑰花蕾，配上用开水略烫使之泛出碧绿的圆白菜叶，是献给女孩子们的祝愿，祝愿姑娘们美如蔷薇。再加上按着各地习俗作好的糖渍小银鱼，东京人爱吃的烧鲹干。

第二层，主菜组。食盒中心是一尾整烧的加级鱼，完全保持了鱼本身那种晶莹的粉白色，看上去，似乎鱼刚跃上水面。几只"姿烧"大虾——就是要再现大虾在水中游动的姿态，钳须完整，动态可掬。几串奶油烤鸡块，一摞叉烧牛排，一叠熏猪肘。整盒菜面上洒有青豌豆、切成螺旋形的细白萝卜丝，衬得主菜油光闪烁。

第三层，佐餐组。一朵朵菊花，是由酒曲渍成黄色的咸萝卜制成；一蓬蓬的睡莲，是糖渍的百合拼成；一球球的绣球，是煮好的慈菇；盛开的红梅，是暴腌的胡萝卜片。用料酒、糖煨制的山蘑菇，像家家门前种植的喇叭花。日本人经常下饭的马哈鱼，与薄腌黄瓜配合，制成"铺地锦"。菜面上纷披着盛开的樱花瓣，是土豆泥加干酪压制而成。这集四时鲜花而组成的佐饭佳肴，简直是一组工艺品。

《复仇》和长谷川如是闲以及阿尔志跋绥夫

[日] 藤井省三

译者署名：柳青娘

初刊北京《鲁迅研究动态》
1987 年第 2 期

就散文诗集《野草》收刊的《复仇》一文，在发表后的十年（一九三四年五月十六日），鲁迅在给郑振铎的信中，这样写道：

我在《野草》中，曾记一男一女，持刀对立旷野中，无聊人竟随而往，以为必有事件，慰其无聊，而二人从此毫无动作，以致无聊人仍然无聊，至于老死，题曰复仇，亦是此意。

稍加补充的话，那就是：一对全裸的男女，他们接着吻，他们在拥抱之中获得了生命沉酣的大欢喜。这是导致神迷心醉的一幅场景。

与此相反的另一幅场景是：手持利刃，猛刺对方，热血浴身，达致于生命飞跃的极限的大欢喜。

这两幅内涵着肉欲之情和虐淫之意的两极画图，其中的统一性是下列引文中关于血的描写。

人的皮肤之厚，大概不到半分，鲜红的热血，就循着那后面，在比密密层层地爬在墙壁上的槐蚕更其密的血管里奔流，散出温热。于是各以这温热互相蛊惑，煽动，牵引，拼命地希求偎依，接吻，拥抱，以得生命的沉酣的大欢喜。

但倘若用一柄尖锐的利刃，只一击，穿透这桃红色的，菲薄的皮肤，将见那鲜红的热血激箭似的以所有温热直接灌溉杀戮者；其次，则给以冰冷的呼吸，示以淡白的嘴唇，使之人性茫然，得到生命的飞扬的极致的大欢喜中。

中野美代子先生引用这段文章时曾说过："这并不是描绘喷涌的血。在中国文学里，这样逼真地表现肉的本质，还是很难找见的。"她认为，这应该说是鲁迅的"肉体的凝视"。假定，《野草》复仇篇中所描绘的血之物象，在中国文学里属于凤毛麟角的话；可以说：这个物象的本体，鲁迅是借自我国的长谷川如是闲。

一九一八年，大阪朝日新闻社因非议政府出兵西伯利亚而遭到镇压之时，如是闲和大山郁夫退出了朝日新闻社，在东京创办了新杂志《我们》。如是闲以标题为《真实如此伪装着》的短文作为卷头语发刊。一九二四年二月，他从这类卷头语中选了约五十篇，仍以《真实如此伪装着》作为书名，交由丛文阁出版。据鲁迅日记记载：鲁迅四月八日买到了这本书。二十五年六月至二十六年一月，鲁迅翻译了其中的《猪圣人》及《一岁伊始》（票田出版社一九七〇年刊行的《长谷川如是闲集》中，将此篇更名为《是开始还是终了》）。且不论那之后鲁迅对如是闲曾如何关注，仅就所译的这两篇短文而言，鲁迅就说："此人观察极深刻，而作文晦涩。""一般难以看懂，亦极难译。"可以说：如是闲，特别是他的《真实如此伪装着》，给鲁迅的影响是很深的。

《野草》中刊出的一批富有讽刺性的文章，如《立论》《失去的好地狱》等，其中就含有和如是闲特有的那种警句同一性质的东西。

复仇中血的物象，让我们到《真实是如此伪装着》中的"血的奇论"篇里去寻觅源起试试看。正如标题所展示的那样：如是闲把血视为"惨酷愤怒的象征""焦灼难分的爱的象征"。前者是：在血潮给予的悦乐之前，人类将肉体中的、心灵中的、所有尊贵的一切都憎恨地践踏在脚下，因之转化为"血的恐怖"。这个朱红的恐怖之血，在仅仅被一层薄而又薄的血色皮肤所包容时，人们就为爱恋而要求获致强烈拥抱中的沉迷。

这隐流在雪白的皮肤之下的、晚霞似的绯红的血，要求人类，在剥夺他所拥有的一切力量之时，给予超越一切量的强烈的爱。所以说："血的凶暴"在强力之中安静，反之，"爱的凶暴"却是任何力量也无从使其安静的。

这里，如是闲把人类的两个矛盾的属性——爱与杀戮的力的源泉——血，分解为流于皮肤之内的和迸喷在皮肤之外的两者。当然，这不可能是两者，就是同一的血，（中略）就是同一的人。无论是杀戮，无论是爱恋，只不过是对人类生命力的发现和认识。皮肤之下流动着的血，比迸发在皮肤之外的血更其令人恐怖。从这句话来体会，归根结底，爱被判定为指挥者。

把菲薄的白皮肤染成淡红色的，这个流动着的血的物象，以皮肤为藩篱，起着拥抱和杀戮的作用。这一点，被鲁迅引用到复仇中是显而易见的。

原来，如是闲是把血这个物象比喻为一种生命力，就是作为人类戏剧中永恒主题的"善恶相尅"的源泉的那种生命力。鲁迅借用之并略加修饰。中野先生着眼于其修饰而得出"肉体的凝视"的解释是难以说通的。与其议论借用血的物象这一点，不如让我们来探索探索鲁迅未曾明示思想实质更好一些吧。

如是闲把血象征为产生人类的两个矛盾属性——即爱恋与杀戮的源泉的《血的奇论》一文，即以血的这个矛盾属性所产生的作用作为主题。鲁迅所描绘的血，固然是促使一对男女拥抱的潜在的力，但在杀戮中，被猛然刺穿菲薄的皮肤，也只能是迸喷而出而已。复仇的血，虽是臻于狂喜的导体，但并不是使男女对峙的介质。一对男女之所以对峙，是对那些寻找排遣无聊而聚集起来的众人的回敬。这个回敬这是第一次形成。我想，应该这样理解：鲁迅就是将在众人环视中对峙着的男女，将他们之间存在着的爱恋与杀戮的情思定名为复仇的。与如是闲谈论人类真理时那恬淡的论理的口吻相比，鲁迅则是利用了高超的隐喻，文笔晦涩而富有象征性，这当然是来自他们不同的思想折射。从这点进行剖析，是由于鲁迅和如是闲生长在不同的社会里，吸收了不同的思想营养的缘故。

鲁迅在《野草·复仇》篇写成的前四年，即一九二〇年的十月，翻译了当时流行于世界的俄国作家阿尔志跋绥夫的小说《工人绥惠略夫》。这部小说以一九〇五年的革命为背景，描写了一位极左派的恐怖主义者。描写他作为工人进行活动直到被沙皇当局逮捕的这段遭遇，现仅就其中的一个场景进行探讨。这个场景是：在逃亡中，濒临绝境即将丧命的绥惠略夫的幻觉场面。为什么选择这个场面呢？笔者认为，因为这个场面和鲁迅的复仇的画面构成十分相似。兹将一九〇四年由金楼堂出版、一九〇九年由新潮社出版、中村清翻译的《工人绥惠略夫》中的幻觉场面引述如下。这也是因为：鲁迅由德文转译这本书时，曾参照过日文译本。而当时，日译本只有中村清翻译的这一种。

在幻觉中，绥惠略夫仍然在被追蹑，他攀登着陡峭的山崖，登上了令人眩目的山巅。他发现全世界都在他的脚下，头上只是那无垠的苍空。他无言静默之际，两个黑影人出现了，这两个黑影人，在他作为革命家的全生涯中，一直是潜存的谜，他想：如今可是解开这个大秘密的时刻了，人在无可挽回地失掉正气之前，必有此大欢喜，这个大欢喜的品味不容许任何事物与之相比。他这样想着，悚然又迅速地飞向黑影人的一方。

巍峨耸立直刺苍穹的峭岩、金色的骄阳、锁在雾中的无垠青空、远方辉闪着大大小小的都市全景、无边的苍海、君临人世之上的这两个黑影人，到底是什么呢？

一个黑影人两手扪胸，瘦骨嶙峋的手指刺进胸脯，寂然而立。他的头发被漂荡着光束的空间之风吹得蓬乱，他瞑目抿唇，因极度喜悦而激起的感激之情，在他那略遭损毁的、精致的肌肉线条中凸现得十分微妙，刺入胸中的手在战栗。（中略）

另一个黑影人躺在一个半坏平台的边缘。她那一丝不挂、肌肤丰腴的肉体，似乎在和坚硬的石子进行着淫纵的嬉戏。这是个毫不在乎将一切都裸露出来的无耻又羡艳的肉体，胸随着渴望情欲的喘息而波动。

全裸的女人：我是这个世界上的恶！（中略）我是生命的蛊惑，我是向一切生命兜售永劫烦恼的恶！她自报姓名招呼着男人："我乃神之精，你已经是人了吧！"男人仿佛已经预见到了这一切，"我为了要战胜你才成为人的！"意欲把女人度化成人的尝试，其结果，是比死还无情的徒劳。男人将施以磔刑时，女人作了决定，女人将赤裸的躯体移向崖边："把我推下去！"（中略）"以后，你一个人支配世界吧！"这样向男人挑战。这时，那个寂然而立的男人的嘴突然动了起来。

"世间的一切幸福，一切欢乐，都无从补偿我所受的折磨于万一，有我在，恶永远得不到胜利！滚开！恶魔！"

目睹此情此景的绥惠略夫，伸展开孱弱的双臂，用绞缠着绝望的愤怒的声音喊着："那是你的错！"

圣经新约中有这样一段，说的是：恶魔出现在荒郊断食苦修的耶稣面前，劝诱耶稣随他登临绝顶，将俯视人世所见到的一切都赠予耶稣。工人绥惠略夫的幻觉场面很可能是以此为基础而构成，在阿尔志跋绥夫的代表作《沙宁》一书里，他以官能的描写主张性欲解放和恋爱自由。创造了极富诱惑的恶魔，那充溢着性的魅力的全裸的女人。

在旷野中对峙着的全裸的男女，两人之间既有个性的结合也有杀机存在的构图，和鲁迅的《复仇》是共通的。如果说，如是闲的"血的物象"是重复了《工人绥惠略夫》的幻觉场景时，也可以说《复仇》是这组的蒙太奇，阿尔志跋绥夫那男女对峙的目击者只有绥惠略夫一人，没有鲁迅那种迫使观众退却以至老死的复仇意图。而且阿尔志跋绥夫相信：善人必定获致伦理的胜利。耶稣斥退了叫嚣"把我推下去！"的恶魔的诱惑，而绥惠略夫却对着耶稣叫喊着："这是你的错！"这就描述了作为革命家信仰崩溃时的绝望，也可以说这就是幻觉场面的主题。"大欢喜"这个语汇，鲁迅是用来表现男女间色情和虐淫那种顶级感觉的，而阿尔志跋绥夫用他来表现绥惠略夫悟出了革命家生涯的虚无，即将沉入绝望深渊之时的那种异常紧张之感。

在这种绝望之后，绥惠略夫开始试行复仇，布下了搜捕线的不仅仅是官方，连那些毫无关连的群众也试图抓住他。绥惠略夫终于被追逼到某个剧场的顶楼上了，他从顶楼下望，看到的是为台上歌姬拍手喝彩的观众。他想：明天天一亮我就得上断头台了；可这儿，还不是照旧会开起享乐的宴会。想到这儿，他猛地向下面的观众开枪乱射起来。鲁迅在后记里这样写道：

> 人是生物，生命便是第一义，改革者为了许多不幸者们，"将一生最宝贵的去作牺牲"，"为了共同的事业跑到死里去"。只剩下一个绥惠略夫了。而绥惠略夫也只是偷活在追蹑里，包围过来的便是死亡；这苦楚，不但与幸福者全不相通，便是与所谓'不幸者们'也全不相通，他们反帮了追蹑者来加迫害，欣幸他的死亡。而"在别一方面，也正如幸福者一般的糟蹋生活"。

他根据经验，不得不对托尔斯泰的无抵抗主义发出反抗，而且对于不幸者们也和对于幸福者们一样的宣战了。于是便成了绥惠略夫对于社会的复仇。

向聚集在剧场中的幸与不幸的观众一律开枪来遂复仇之意的绥惠略夫，在观众愤怒的眈视之下，完成了他被当作热闹瞧瞧的一幕。而《野草》中的男女，迫使意欲观看他们狂欢那一瞬间来获得无穷快意的观众退却，他们则以这种大欢喜的情欲之力的持续而臻长生。可以说，这个复仇以其无从宽恕的内容遥遥超越了绥惠略夫的复仇。

有朋自远方来
——中国点滴

[日] 伊藤永之介

译者署名：孙加瑞

初刊长治《赵树理研究》
1989 年第 2 期

看不见警察

在新中国，我的最佳感觉是：无论在上海、在北京，以及在广州，街头上几乎完全看不到警察。看到的只是那站在纷繁的十字路口的交通警。这交通警和他的日本同行一样，严峻而从容。手里握着中间红两头白的交通指挥棒，即使是制止那抢行夺路的人也不大声吆喝，而是慢声轻语。

其他警察可以说是完全见不到踪影。我在北京滞留的最长的那一次，四十七天中安安定定地住了一个多月，记忆中就不记得见过警察。这怎么解释也只能使用"放心"二字，由于没有扒手、小偷之类的吧！由于自行车碰撞、由于其他什么事争吵起来的景象也见过两三次，但是没见过、也没听说过动武交手，以及流血事件等等。与东京不同，真个是可以高枕而卧。饭店的房间是有锁的，我常常是钱呀，物品呀乱堆在桌上就出去了。在日本的旅馆里，把钱什么的丢在外面，女服务员一出现便有种不自在的感觉；对男侍者，则完全没有这种警戒心理，这一点，也是一种轻松感吧！我以为，这并不是我一个人的感知，这是资本主义社会和社会主义社会的区别吧！

苍蝇、乞丐、妓女

我们考察团中，有人说中国没有苍蝇，说得十分肯定。

中国确实还有苍蝇，只不过很少，要说几乎没有也可以，苍蝇是很少。在由广州到北京的特快列车里，我们外国贵客乘坐的软席车里，飞进过一两只，在设有四个铺位的单间车厢里，我们喝着啤酒、茶之间，偶尔飞进来一只。在车厢一侧的通路里，侍者拿着蝇拍守候着，来一只打一只。

在北京市中心的最大的东安市场里有家小小酒家，这正是我这个好喝两盅的人的好去处。到北京后的某一天午后，我信步走进店堂，才发现店里一位客人也没有。过后才知道，午后两点至五点是营业员的休息时间，我那天去的时候是午后三点。当我走进空空的店堂，在一张靠墙的桌子前落座之后，是殷勤的店主人前来招呼并把我叫的菜送了过去。可能是因为在这之前来过两三次的缘故，主人知道我是日本人，对我破例相待吧！这位胖乎乎的店主人，手里也握着蝇拍，敏捷地扑杀那入侵的小东西。

东安市场里有一家叫和风餐厅的专卖日本菜和西菜的餐馆，比起小小酒家来，我更多地是走到这家来就餐。饮食店大多在晚八时半停止营业，只有和风是十时半关门。返回住所的时候，已经是店店关门的深夜了，走在市场那石头铺的窄窄的通路上时，总会看见清洁工在清扫、在运垃圾。据说市场白天积下来的垃圾要在夜里全部运出。比起东京要一周或十天才运一次垃圾的情况，我感动了。另外，叫作果皮箱的小箱子，街道边上触目皆是。在繁华的王府井那样的街道上，每隔二十步、三十步就设有一个。但是，虽然街上这里那里都修了新的公共厕所，甩鼻涕、随地吐痰、乱抛食物残渣的现象不一而足。一般的厕所都很脏。当然，这在宴会上，在高级旅店里是没有的，我就没遇到就在我身边甩鼻涕、吐痰的人。怎么说呢？这可能是实行了一种逐步改善的方针吧！先灭蚊蝇、清扫垃圾、设置果皮箱（这已经是很大的工作量了）。对群众来说，习惯是由来已久的事，如对弄脏厕所，甩鼻涕课以罚款等等，恐有压迫之嫌；看起来只能是一宗一款，循序渐进，这也是前进中的步伐吧！

在北京停留的三十多天里，我没见到一个乞丐。在上海倒遇到了两三个。

为了要吃螃蟹，独自信步到饮食店集中的小吃街去。一个穿得破旧的母亲抱着小孩，苍黑的脸色酷似害病。她无声地向我走来，无声地直望着我。乍一被望，因为不明来意而困惑，准备拔腿离开；女人仍然直望着我，向着我走近。在昏暗的暮色中，看不清她的相貌，只觉察到了她眼神中的哀愿。啊！乞丐，当我终于明白了她是乞丐时，便把口袋里的零钱掏给了她。她之所以不出一声，可能是新中国禁止乞讨，她是为了逃避惩罚吧！我并没有向我们的向导询问有关乞丐的事。这是有原因的：新中国火柴短缺，我一直感到不便，当我问起火柴的事时，我的向导用意想不到的大声说道："有！有！"

新中国确实有乞丐，不过也很少。我们这一行，因为出入有轿车代步，很少深入街巷。就是我这个与大多数人不同，晚上常常出去喝上两盅的人，也只在上海遇上那么两次。

离开中国大陆，到了一步之隔，英国人统治的香港，乞丐、妓女迎面而来。就是这样，也还没多到东京那样的程度。

中国究竟有没有妓女，我无从得知，在散步时我确实一个这样的女人也没见过，一个像妓女那样带着媚态的女人也没见过。大部分饮食店里，没有女侍。偶尔有一两个，也是端来饭菜就走，没有陪酒之一说。他们都很可爱，比日本女人标致，但绝没有媚态。

蟹 肴

宴会是日复日衔接而来，每宴都在十菜以上，一大盘又一大盘地端将上来。"日本人可能不习惯吧！"一位翻译这样说了。特别是饭量不大的我，对着那一盘又一盘接连而上的佳肴，常常是一箸不伸。宴会之外，饭店的早餐虽然略为简单，也仍然吃不消。所有的菜，尽管材料不同，却一律是油烧、油烧。几天下来，就是想吃清淡的日本菜。为此，从北京到上海，我总是去吃煮螃蟹。

由于临近湖泊，又正值蟹黄丰腴的金秋，上海市场上蟹总有得卖。蟹的卖法也很有趣，店前的篦篓内，鲜蟹拥拥挤挤，顾客自己挑选，指定那只就是那只；店员将指定的蟹子捉起，用细绳缚好，称好分量，算清价钱，便送到厨房去蒸。佐蟹的酒是鲁迅故乡绍兴的老酒，用和日本酒吊一样的锡制酒吊烫热送来，三杯两盏之间，蒸得红红的螃蟹便送过来了，这也是要趁热吃的。

上海这样卖蒸蟹的店家很多，总是客满，两三位、三五位的客人，坐满了每一张餐桌；桌上，锡吊如林，蟹壳山积，显示了饮与食的盛况。

某天晚上，我与经常相伴的俱乐部书记长水岛治夫两个人，从饭店脱身出来去吃蟹酒。出乎意料的是哪家店里都没有蟹。询问店员这是什么原因，据说是我们去晚了，蟹已卖空。我们想偌大个上海，难道真的就寻不出一只螃蟹来。于是吞咽着馋蟹的口水，一家一家去找。结果才闹明白，这是星期天，这里那里休息的人们把上海市内的螃蟹吃得一干二净，证据就是食桌上那堆积如山的蟹壳。

《李家庄的变迁》的作者

在北京的一次宴会上，我恰好坐在《李家庄的变迁》的作者赵树理的邻座。

穿着黑色中山装的赵树理，看起来也就是四十岁左右，魁梧的身材，使人直感到来自农村的作家的那种素朴。

我把会桌上的我的名签递给他，请他在背面签名留念，并且希望他能够题上一两句话。我满以为，他一定会飒飒地写上几句；谁知，他握着的笔并没有落下，他把那片足有半个明信片大的名签拿在手里，凝望着，脸上是稍显困惑的表情。我眺望着这位名作家那不似文人的相貌，有些惊异之际，他终于写下了这样一个人人皆知的名句："有朋自远方来，不亦乐乎。"作为中国人来说，字写得不能说很好，但留在我记忆中的是亲切的好感。

新中国文学史（第四章片断）

[日] 藤井省三 [日] 大木 康

译自《新中国文学史》第 4 章第 2 节，第二版
日本：智慧书房，1998 年 9 月

上海文坛的衰退

近代中国文学的两大中心北京和上海，在日中战争中，相继被日军占领。大批知识分子流亡到大后方，解放区，文化界一片荒凉。留在沦陷区的文化人，与日本周旋过的，战后一律打成汉奸。在北京称作阁僚级高官的周作人便是一例。

张爱玲登场

太平洋战争后不久，上海文艺界有个活跃期。根据南溪的论文《沦陷区的文艺杂志 (1990)》所述：日帝占领四年间的上海：月刊、旬刊、周刊等综合性、通俗性刊物，以及与文艺有关联的定期刊物约相当于原有刊物的百分之四十。这些杂志大致可归为三类：一是宣传抗日，攻击汪伪政权的抗战刊物，二是为日本侵略为汪伪政权张目的"和平文学"，三是以营利为目的以娱乐为中心的"中间派"。据说"和平

文学"中的主要刊物有潜入的共产党，掌握实权并作情报工作。其中也有一些与重庆秘密联系的文化人。

其中命名为《杂志》的月刊，1942 年 10 月号的卷首论文《文艺工作者之路》中有如下论述，执笔者哲非（本名吴诚之）就是打入《杂志》身为编辑的中共地下党。

战争难以予人希望，政治也无法呼唤人的兴趣。暴风雨中的文学与艺术，在低迷的境遇中，因道尽人间苦涩而受欢迎……事实上，所谓文艺工作者的自由，就是脱却政治心理的束缚而还（原）为一个自由人。文艺工作者重视的是想象力，是透过现象把握人间真理的能力。

回答这个文化召唤的是有如彗星般降临上海文坛的张爱玲。她 1920 年生于上海，祖父是清朝名臣张佩纶，祖母系李鸿章之女。母亲留学法国，父亲与小妾相守导致家庭分裂。1937 年毕业于圣玛丽女校，同年在上海考中了伦敦大学，因第二次世界大战未能去英，旋即进入英殖民地的香港大学。学习期间太平洋战争骤起，张爱玲和同学们一起，作了香港攻防战中的防空团员。第二年返回上海，为获取生活费而发表杂文与小说，立即被列为新兴女作家而受到瞩目。1944 年刊行小说《传奇》，上市仅四天便被抢购一空，形成了令人震惊的成就，且才名长久不衰，当年张爱玲 23 岁。

在日中战争中，由中华文明与欧洲文明杂交孕育的混血儿——上海的租界都市文明、香港的殖民地都市文明，同时遭到了大规模的崩裂。张爱玲的青春与这种崩裂严丝合缝地重合起来，在受到崩裂震动的那一刹那，张爱玲为自己的青春唱着哀歌，她在《传奇》第二版的

序言中这样写着："呵！出名要趁早呀！来得太晚的话，快乐就会减半"……(略去)

张爱玲宛如七八台扩音机同时歌唱，在同一时空中满怀自信地唱着自己的歌：在"不要活在混沌中""没有规律的现实"的喧闹声中，在令人流泪令人生辉的瞬间写就了《倾城之恋》《封锁》等小说。这是直面文明本质常态的小说。以家的问题为例进行探讨：《倾城之恋》中的那个白公馆，就是中国文学中反复出现的大家族制度压制个性、阻碍爱情的罪恶典型。张爱玲继承了这个传统，通过女主人公白流苏作为范柳原的情妇在香港高级住宅生活等情节，隐喻了恋爱并非男女双方自由的、平等的交往而结合了家庭，毋宁说，经济才是重要因素。

《封锁》是以被日军占领的市内为舞台，一组职业男女因这偶然因素脱却羁绊，以男女的真面相识相恋。一旦男方想到离婚、女方出于利己动机决心回归父母身边时，伴随封锁的解禁，难以超越金钱的男方在女人的眼前消失了。这就是张爱玲在这种移植到上海、香港的西欧文明本质崩裂的特殊岁月在文学上的抉择。

女权主义文学的先驱

在上海活跃的女作家中还有苏青。苏青，本名冯和仪 (1914—1982)。苏青 1943 年 10 月创办《天地》杂志，成为家庭、女性、儿童的专门杂志。代表作是自传体式的《结婚十年》，据樱庭由美子 1994 年撰文所述：苏青作为女权主义文学的先驱而备受瞩目。

与上海的张爱玲对应，北方文坛出现了女作家梅娘，本名孙嘉瑞(1920—)，两人并称为"南玲北梅"，梅娘诞生于长春的资产阶级家庭，因满洲事变中断学业，高中三年间的作文命名为《小姐集》出版发行。高中毕业后，兄弟姐妹三人留学日本，与在内山书店打工的早稻田穷学生柳龙光相爱结婚。

1937 年归国后，连续发表作品，1941 年刊行的《蟹》得大东亚文学奖，为此，以汉奸罪受到迫害。柳龙光为中国共产党从事地下工作，1948 年负特殊使命去台湾途中，遭遇海难身亡。梅娘怀着胎儿带领两个女儿回国，以日本间谍罪被整肃，进了教养所。

如今梅娘作品难以寻觅。1992 年大陆发行的《南玲北梅》集中收入了《蟹》，这是描写日军占领下一个满洲大家族破灭的故事，细微地涉及了政治、经济等方面的问题。张欣 1994 年曾评说：梅娘爱读夏目漱石的书，《蟹》涉及的明暗两面，颇有漱石的韵味。

从作品的结晶度、构成的洗练度，或者从文明论视点的深度来看，梅娘不及张爱玲，两个人个性的反差，恰是反映了北京与上海两个都市的不同罢！

对《侨民》的评说

[日] 岸阳子

译者署名：柳如眉

选自《梅娘近作及书简》，北京同心出版
2005 年

　　"侨民"，意味着在异国生活着的人，这里，具体指的是在日本生活的朝鲜人。这篇1941年的作品，篇尾所记的脱稿日期是3月21日，可能是和丈夫短暂回国、滞留在北平时所作。主人公是位在日本得到了职员工作、过着谨慎日子的"异国"之女，小戏的舞台设置在阪急（大阪至神户）电车车厢，是在日本滞留时的一项感喟吧！

　　这个可以认定为在日本做着速记之类工作的"满洲国"的中国人，由于车厢中一对刻意打扮了的朝鲜夫妇，引发了说不清来由，但积压已久的屈辱之感，从而泛起了一连串心理悸动的短篇。

　　"在乌云压顶的天空下飞驰着的列车中的'我'，盼望着早一刻见到海，盼望尽早的裸露出双足在海滩上驰骋。如果下雨，'我'就到管理海岸的老人的小屋中去躲雨，那位老人，从未把我作为异国人相待（在这个语句中，评文者加了着重线）。读者，你一定可以从中感觉到，压在'我'心上的，不仅仅是那乌云密布的天堂吧！"

　　突然，在"我"身后，那个赭红脸膛的粗壮的男人，向着距"我"隔着两个座位坐着的朝鲜女人说了些什么，那个白衣的女人就怯怯地站了起来，殷殷切切地要把座位让给"我"。为什么要让座给"我"？

因为"我"是女人吗？"我"周围确实没有其他女人，刚上车的时候，两个衣着华贵的女人曾站在"我"正站着的地方，可她们用白白的细布手帕掩着嘴，走到车厢另一头那些华贵的人群当中去了。（评文者在"用手帕掩着嘴"的语句旁加了着重线。）

这若无其事描绘出来的光景，正是作者敏锐捕捉到的当时的典型世况。对爱吃大蒜的朝鲜人、中国人，日本人是嗤之以鼻、是嫌他们"臭"的。作者就这样不动声色地说明了"五族共和"的实况（五族共和，指的是汉、满、蒙、日、朝，是当时的"满洲国"国策）。

"我"读着报，观察着这对朝鲜夫妻。

男人穿着浆得硬板一样的廉价衬衫，低价位的裤子和上装也不配套。他的这套着装，使"我"判定他是个建筑现场的工头，凭着勤快的劳动，得到上司的赏识，用攒下的辛苦钱，从故乡接来了妻子，他这是带着妻子给上司送礼去的。女人那尖头的朝鲜白胶鞋说明了这一切。因为，在日本长住下来的朝鲜人，已经不穿这种标志家乡的鞋子了。

他已经不需要和他同等地位的人打交道了。他已经高升了，他可以差遣他们。升高了的人无需再和低等人相交。可惜的是：看起来，他还不具备和再高层次的人打交道的条件，刚上车的时候，他不是受了盛装女人的白眼吗！盛装女人的套装可比我的大衣华贵得多了。对他来说，盛装女人的层次是高不可攀，所以，他才选中了没有钱买新大衣还穿着旧大衣的"我"吧！（在高不可攀的语句上，评文者加了着重线。）

男人神气十足地正襟而坐，女人局促地偷偷地窥看着男人的脸色。"我"看了看表，我注意到了，在我看表的瞬间，那男人也投过来悄悄的一瞥。"我"判定他还没有表，"我"忽然有了个幻想，把我这个男人风骨的大表送给他倒正合适，他的工头身份就更体面了，在他挥着指挥棒的手腕上，大表闪闪发光，他可就显得更加威风了吧！

但是，这个赠予很可能毁坏了他攀登高层的梦，忌妒他的人，可以找出各种理由来诬陷他：说他是偷的、说他是拣来的没有上缴，甚至说他是路劫劫来的，其中的任何一条，都可以粉碎他的未来，陷他于不幸。

"我"觉察到，想给人点点快乐比自己找快乐还难的时候，从幻想回坠到车外那灰铅似的天空之中了。

读者一定可以借助这个幻想感悟到了作者那被压抑、积淀已久的愤懑了吧！

殖民者意愿就这样潜入到殖民地人民的意识之中，内化为自身对存在差别的体认，梅娘迂回又巧妙地借助幻想展示了这项殖民地的现实。

车到神户站了，男人命令女人拿下来放在车棚架上的包袱，看着女人整理着包袱的结扣。女人因为心慌，怎么也结不上扣儿时，男人横眉怒目，一把抢过包袱来重包。"我"看见了包袱中那贴着送礼礼仪的标志礼盒。在大踏步前行的丈夫身后，女人小心翼翼地紧抱着包袱，胆怯地随着前行。

"我"的记忆中，浮现出那种耀武扬威的工头的可憎形象，这个对女人蛮横的男人，肯定是对受礼对方卑躬屈膝的家伙。"我"走在他后面，真想把他那浆得硬板似的领子撕碎。

站台外面落着雨，站在出站口的男人，狼狈地露出来无奈，他还没有乘坐出租车的富裕。当然"我"也没有。可是为了气气他，我排进了向出租车移动的队尾，看着他挟着妻子出了收票口之后，我从候车的队列中退了出来。

淋着冷雨，"我"仿佛替那个可怜的妻子向男人展示了小小的报复，我又担心，怕雨淋湿了她那身"珍贵"的衣裳。但愿那丈夫肯花六分钱，带她去乘坐市内电车。

在这种孩子气的逞性中看到的那男人的狼狈相，并不能平息"我"心中的积闷。其实，怎么分解也不为过，"我"和他同样是侨民，只不过，"我"自认自己比他少了些奴才气而已。这种一般乘客习以为常的"殖民地"况味，与内心的郁积相纠结，正是暴露了被称作"满人"的内心隐痛。压在主人公心上的，绝不仅仅是那乌云翻滚的天空，而是失去了生存希冀的殖民地的人的情怀。

"自己想说的话如何去说"（钱理群语），梅娘把登场人物定为"侨民"其中隐含着的寓意，该是出自一种"战略"的考虑吧！

当然，这个短篇也和梅娘的其他作品相同，为在家长制控制下，被剥夺了人格沦为性奴隶的女人而控诉，对那个唏唏惶惶跟在男人身后的女人寄与了无限的同情。这在1943年发表在《艺文志》（一卷一期）上的《动手术之前》的短篇中，把这种同情激化为对性意识形态的强烈控告。

被丈夫丢弃的女人，在金秋桂花的甜香中，受丈夫朋友的诱惑而失身。当她得知自己不但怀了孕且染上了那男人的性病时，恼恨之中，曾一度想死。后来，面对值得信赖的医生，直白了自己求生的意志、直白了自己追求新生的决心，控诉了男性社会的不公，宣告了对已经把男性中心意识内面化了的自身的叛逆。

（评文者摘录了《动手术之前》中的几行。）

"丰美的肉体、丰盛感情的年轻女人，长时间被压抑之后，在魅人的秋夜里，失身于诱惑她丈夫以外的男人，这就是大逆不道吗！"

从欲望的对象转换为欲望主体的女人们，知道在自己的周围，纵横交错地张着性之网，梅娘捕捉着这种传统造成的不公，对以性恶为中心的世态，做了透彻的批判，这种批判的内力还是来自生母不幸的遭遇。那个把自己视作掌上明珠的父亲，正是弃生母如旧鞋的男人，梅娘对生于乱世的父亲礼赞有加，却无法转换对生母的哀怜之情。这种对伟大父亲的怨恨，伴随着殖民地生活的实际，可能是解读梅娘作品的关键吧！

在殖民地的统制和旧的两性规范的双重控管下，梅娘的作品宣扬了母性，凝视着文化架构中的性别歧视，形成了对人性本源的叩问等等，今日读来，仍不失其新鲜之感。

不管如何评说，不仅是梅娘个人，"满洲国"女性作家所塑造的女性人物在殖民地的外壳中，通过自身感受到的近代化了的那盘根错节呈现的诸多世相，很有可能会形成一组有别于五四，也有异于革命根据地的女性画廊。我对此深感兴趣。

2003 年 4 月

翻译短篇小说

晴天的雨

[日] 森田玉

初刊"新京"（长春）《大同报》
1939 年 10 月 17、21、24、26、28

一

扑簌簌地泪流了下来。

"真不像样子！娘姨来了又该以为是我申斥了你似的。"库吉露出难堪的脸色，自己往饭碗里倒着茶，苦于喝似地把过浓的茶呷了下去。

"好歹把饭吃完了再说吧！"

像是骗小孩子似地这样哄着，不知为什么绢子是被这样多的悲戚袭击着，又重新抽啼起来。空拿着饭碗和筷子，泪滴滴打打地连饭碗里都落上了……"啊这样的哭着该是个多么可怪的样子呀，还不如早把碗放下好呢。"虽然是这样想着，但并没有变易自己的姿势。

越过东侧凸窗的窗帘，强烈的朝阳射了进来，今天还像是个热天的样子。库吉用牙签在哧哧地剔着牙缝。把鼻尖上浮出来的汗，"扑"地用浴衣的袖子一抹，小牙签往饭碗中一扔站了起来。对于库吉每天早晨的这个毛病虽然已经一块度了十年的岁月，绢子一直是讨厌着的。

"喂！袜子除了这个色的还有别的没有？"

正在穿着浅灰色的丝袜的库吉，突地发了脾气似地这样说着。高额稀眉，自己也知道自己底不能惊众的脸，洋服只是仅仅地穿而已，可是袜子却是讲究的，带着条纹的，绣着花的华贵的袜子每早换着。这种明星式的奢侈的癖好，绢子虽然时常觉得无聊，可是因为这是丈夫底最高兴的事情，所以自己到百货店去的时候，也不由的常常走到卖袜子的地方去。

"啊——"地一声，借这个机会，把饭碗和筷子放在饭桌上，横过身来擦去了鼻涕眼泪。在饭桌脚的地方，坂本洗介寄来的画明信片不动地在躺着。明信片的画是札幌农科大学底有着沁人心脾的绿色意的校院。刚才看着这个，不意地泪竟那样地落了下来，绢子感到自己底不可思议。

"叮叮——"门铃响了，像是来了客。

"谁呢？这么早……。"

开了洋服衣柜的抽屉，在找着袜子的绢子下意识地蹙起了眉头叨咕着，伴着出迎的娘姨进来的是哗然的笑声。

"啊呀！这准是美沙子，可是为什么……？"

"唔！"地像是答应，库吉在对镜子结着领带。

"已经吃完饭了吗？"

美沙子穿着到膝盖的短短的洋服进来。

"噢——好热，好热。"

"拍"地美沙子在饭桌的横头坐下了说：

"特意要来赶早饭的，给你们带好酱菜来了呢。"

"是么？那可真谢谢，午间再吃吧！"

"午间？……"

美沙子端起了娘姨拿进来的浸着冰块的麦茶，咕嘟咕嘟一气地喝了下去，"啊——真好喝，真好喝"地又拿起碎冰块来放在嘴里，一边咔七咔七地嚼着一边说：

"舅舅——今儿把舅母借给我一天行吧！"

"啊——上这儿，上电扇这吹一吹来。"

库吉走到客室的廊子上，在藤椅中坐下，抽出一支烟，慢慢地擦着了火柴。

"舅舅这程子真不得了哇！"

"甚么？"

"起来了呗，已经是大经理喽。"

美沙子立刻从客厅走过来在库吉对面的椅中坐下。美沙子是库吉姐姐的独生的女儿，中学校已经卒业三年了，母亲朝江总是叫学学煮茶啦插花啦。自己却厌烦这些，在学着体操式的新式舞蹈，父亲是一个小工业公司的经理，这程子是很景气的。

"你爸爸都干什么呢！挺好？"库吉问，勉强地笑了笑。

"谁知道都干些什么，忙得一天连个在家的时候都没有，十天还见不着一面呢。"

"噢——那太发财了。"

"爸爸不回家，给美沙子小姐添了责任了吧！"

绢子拿进来装在紫檀盘中的切成大块的"梅龙"瓜。

"嗳呀！真有好东西呀！"

"人家送的呢，可是味挺好的。"

"那么——我不客气了。"

美沙子拿过来给自己底一份，在白的西洋碟子中横着的果子的肉，要溶化了似的，渗着淡淡的可爱的绿色。"啊——"地，美沙子在感叹的瞧着。

"瓜果也会长得这么美呢。"

"可不是。要是说美，美沙子今儿的衣裳的颜色也够漂亮的啦，美国的？"

"不——瑞士的呢。"

"瞧着挺凉快的。"

是淡蓝色的地上带着红的黄的细碎的花样的棉布。

"啊……刚才舅母说的，见不着父亲是美沙子的责任，我又有什么法子呢！"

"你还是早晨睡早觉，晚上耗夜吗？"

"——倒不至于那样，可是这些日子——今天美沙子想到镰仓去游泳，凑巧朋友们都不能出来，想着要是和中野舅母去也是一样的，喂舅舅，把舅母借给我一天吧，我能给您好好地照看着。"

"镰仓不也挺热吗！"

绢子想到了那晃晃地强烈地反射着阳光的砂地和海，眼睛就发黑似的。

"不是因为热才上海上去吗？"

"海——到了岁数，没有洗海水浴的劲儿了呢。"

"得啦！舅母，您才什么岁数就说这样的话，你真的多大岁数了？"

"整三十了哟。……"

立刻，在记忆中不断的盘旋着地丈夫差着十二岁的事情，又在脑中闪动起来。

从结婚的时候起，就感到和丈夫岁数底比例的悬殊，十年过去了，两人间的距离并没有缩短一点。

"呀！舅母瞧着真年青的多，没有孩子的太太，一点也不显老呢。"

"看，美沙子，怎么你也和我说着什么年青年老的笑话呢。"

一提起孩子，绢子最讨厌，虽然别人在说着，"你多闷呢"的同情的话，可是绢子自己却一次也没想到自己是希望有一个孩子的。

"美沙子真好时气……"

送库吉到银行上班去了之后，美沙子回到客室，像喊万岁似地高高地举起了双手。

"好容易有空啦，还不上好地方走走，舅母快捎饬捎饬！快点，快点。"

正巧今晚自己有谣曲的聚会，绢子回来晚点也没关系。库吉走时说的。

"你去看一看广阔的海也好，精神就能愉快起来的。"

在大门口，又说着这样的话，对于丈夫这种多余的近于戏谑的话，绢子隐忍地咽了下去，至于绢子这程子的抱郁，库吉只淡淡地以为是没有小孩子的女人常有的一种歇斯迭里症而已。

"舅母，走的时候，把邻居那位先生也拉去吧！反正他也是没有什么必作的事情的人。"

美沙子轻语着，但这轻的语声，却轰然地震撼了绢子，绢子底心砰砰地跳起来。

"坂本先生么？"才听见了美沙子底话的绢子反问着。

"邻居那位先生旅行去了。"

"怎么？真的吗？"

美沙子的声音是十分失望的。

"从北海道寄来画明信片了，啊！饭桌脚那儿不是吗？"

今天到这儿了。

正如听说过的这个都市一样。

在繁茂的榆荫里我幻想着您底少女的时光。

有啄木鸟的歌，夜底街中泛流着玉蜀黍底香气。

在这儿稍有停留，不在家的时间里一切都请您关照。您先生前，务请代我问候。

"您先生前，务请代我问候啊——"

把画明信片拿到藤椅子那儿扬起了声音念着的美沙子。

"哼！也不给美沙子问个好！"说着索然地把信片放在台上。

"啊呀！美沙子也希望要一个问候吗？"绢子说。

"是呀！美沙子不也是朋友吗？有什么不可以的呢。"

"啊！真还了你！可是，美沙子！得到了有太太的人底问候，也不是什么很有兴味的事吧！"

"这……这……这舅母要那样想就太不现代化了。"

美沙子忽地从座位上站起来，背对了绢子在眺望着天井，两肩连续地微耸着，好像是要借这个把自己底愠怒示给绢子似的。

"今年的雨，生出了好的美丽的苔，看噢，这苔怎么都叫地癞给吃光了呢。"

绢子站了起来，眼光扫过了狭狭的天井，邻家的百日红，隔墙伸过枝儿来，明媚的粉色的花正茂密地开着。

"百日红！真是好看的……"

去看邻家空房时的洗介底话声，绢子又想了起来。

是明朗而又年青的。被房东托给了钥匙的绢子，其实叫娘姨带着看看也就可以的，但绢子自己开了门已走出去了。是一位学生样的人，接应他的娘姨说是，刚刚从学校毕业出来的样子。一位未娴世故的青年，绢子想，是学音乐的吧？他却说，

"我很喜欢音乐，但我是学画的。"

正是四月上旬，绢子在天井里等候着，不知从什么地方风频频地带过来残樱瓣，看完了屋子从廊子上走出来的洗介，屏息地，给飞雪似的缤纷的落花中半合眼仰视着天空的绢子底姿态，吸引住了。绢子

却没觉到。绢子穿着是紫色的夹衣，外边罩着黑的短衣，没有小孩子的娟子，像一种娱乐似的时时在换穿着衣裳。

洗介搬过来之后，率直地连太太在铫子地方养着病的话都说了出来。仅仅一个老妈子伴着，过着清净生活的洗介，很少出去。画着少女杂志的插图等等的画，总像是挺忙似的。

不知在什么时候，绢子给予了邻家以照顾，这并不是什么所谓的邻居之谊，而是在那照顾之后有一种欣愉的快感，邻家有客，把家中绰余的点心拿去，连珍贵的水果也毫不吝惜地送过去。

"呀！昨天又蒙……"

听着在里面墙脚那儿说着这样话的洗介的清朗的声音，绢子底胸愉快地扑咚——扑咚地跳动过的。

三

洗介搬过来刚一个月的一天晚上，是初夏时骤热的一天，绢子很晚地仍在开了廊子在挑着花，库吉为了一个死去的朋友守夜。不知什么时候才能回来。

"娘姨！睡吧，你把里屋的窗户关上就行啦！"

敲了十点，绢子叫娘姨先睡了去。这儿原是一片梅园，很多的梅树，在小巷中到处长着，日间就很少有人走过，夜来，仅仅有官营电车底近于惊人的响声吹过来而已。

像时钟那样正确地滴打滴打地勤于职务的银行代理经理的库吉，

什么时候手里都有着能为自己买进一所小住宅的余裕的，可是执拗的他却一直情愿租房住着。

高鼻梁的，生着美丽的脸的绢子，很早地就失去了作着官吏的父亲，和弹得一手好三弦的母亲，在芝区的伯父底家里养育起来。伯父因于出版事业的失败，生活很窘，因之绢子也无从去选一位理想的配偶。不知世事的绢子，对于和丈夫底年龄上相差的事，并没有加过过深的思虑。同时既没什么拘束也并不缺少什么东西，在所谓的夫妇生活上，其实并没有叫人不满的。

丈夫忠于职业，有时很晚才能回来，等门的绢子等急了的事是一次也没有过，等到午夜，如果再晚就自己悄悄地关了窗户睡觉了，有时到三点，四点才回来，库吉总是以为当然的脸色，绢子也不问是在什么地方弄得这样的晚。只有那一天晚上，开头，绢子不知瞧了多少次的客厅的钟，每次听见远方"叭——打"地开关汽车门的声音，胸间就地激动起来。

这是因为邻家的坂本洗介傍晚和朋友出去，还没回来。

"许在银座里喝完了酒在闲步吧！"绢子不知不觉地就先想到了洗介，一次也没体验过这样心境的情感，雾一样地笼罩了绢子。

"啊！好闷——"

戏言似地，突地这样叨咕出来，立刻觉得身内一阵战慄，不可名状的情感缓缓袭来，挑花的针不自主地落下脚尖打打地颤动起来，叭，叭地雨似的泪，无由地流下来，竟濡湿了两膝。

四

从那时起，就有了这个奇妙的脾气，像今早那样不意地竟流出泪来。

"到大夫那去，好好地把身体看看吧。"库吉关心地这样说着，可是绢子知道自己那没有病。没有听从库吉底话。……每次哭过后，精神像面瀑布冲洗了似的清新起来，身体也因之觉得轻快。

"唉——美沙子……"，像比高矮似地并肩站在廊子上，故意不瞧美沙子底脸绢子说着。

"今儿别去镰仓吧——就是在路上那样的出汗，我就腻了呢。"

"……"

美沙子沉默了一会。

"舅母带我上那儿玩玩去么？——真是的，特意地想着到海边去，偏是——"

"别气，请你吃一顿好东西吧！"

美沙子穿上了庭园里的木屐，踢着石子走到邻家的墙下去。

"舅母！舅母！"很急地叫着。

"什么呀！在那太阳直射的地方走，看中暑呢。"

"嗳，我想出一样好事情来。"

美沙子喀啦喀啦地拉了木屐跑回来。

"给邻家收拾收拾屋子吧，可以发现点什么稀奇的事也未可知呢。怎样？"

"岂有此理，美沙子你真……？"

绢子笑了出来，对于美沙子那样想做就可以说出来的事，感到了忌妒。

两个月以前，因为儿子被召集，老妈子回千叶的乡间去了，所以洗介完全过着一人的生活，自己有时会愿为介绍一个看家的女人，又觉得似乎照应的太殷勤而感到不好意思，洗介又说着，

"也许一个人过惯了！倒觉得很痛快呢。"

洗介像住在公寓里似的，时常买回面包，牛油，肠子等等的食物。

"我家有冰箱，您不要客气，随便什么时候都请用吧！"

绢子甚至时常叫娘姨送去些虾酱，冷番茄什么的，可是自己却一次也没走进洗介的家中去。

"屋子里挂着一张挺漂亮挺漂亮的像片呢。"

娘姨这样报告着，想着那一定是在铫子那儿疗养着的他的太太吧！虽然绢子并没问过洗介关于照片的事，但娘姨说过的"挺漂亮，挺漂亮"的话，却屡次地浮上心来。那次，绢子曾无端地焦灼着。

"邻家的钥匙，在哪儿呢？"

"真的，美沙子要去给收拾屋子？"

越渡的鸿沟，女学校卒业之后，在伯父家中底年青的绢子，可以说没有过所谓的"青春"，到了美沙子那样的年纪，已经嫁到库吉底家里来了。

照着太阳的天空，刚瞧着有点儿阴，已经叭啦—叭啦地落下雨来，看呀看地因滴水而润湿了的庭石，感到自己底心也一点点地安静下去。

暴雨，我以为仅仅是傍晚的时候才下的呢，……这会早晨竟也会

下起来了……可是也不错，美沙子，这样没准劲的天气，还是在家里好呢。

"我想，在这样的雨里，穿了浴衣在海滨闲步，那才是高兴的事呢。"

"是啊……怎么的？"

"不怎么的……邻家的钥匙是在这儿，可是我和娘姨从没进去过，仅仅是收在这儿而已，说起来，就如同人底城一样，在不知道的时间里别人进去会叫人不愉快吧。"

"不，舅母，你不理解生活的幽默，美沙子要回家喽！"

"在美沙子底小群里，竟做这样的事情吗？"

"这样的事情是什么呀？"

"这样的，就是……"

绢子稍顿了顿，

"就是对有太太的人感到兴味的事。"

"噢——"

美沙子新奇地，好笑地样子笑了出来。

"在这个时候，还死死板板地说那样话，实在是可笑……可是，舅母也许喜欢那事情呢！"

绢子应如被某种烟所卷笼，仅仅地差着七八岁的自己和美沙子之间，在思想上竟隔着不能。

五

雨立刻就小了，又照射着明亮的太阳，"这样的天气到海滨去，真不知道是多么有趣儿的事呢！"美沙子噘着嘴瞧着晃晃地闪着光辉的庭树间的雨滴，吃了午饭谈谈地就跑回家去了。

"娘姨，留神一点洗的衣裳，再下也说不定呢。"

绢子倦了似的，走到廊上的藤椅中坐下在那儿的小桌上，把今早美沙子念完放着的画明片，悄悄地拿起来。

"繁茂的榆荫里，我幻想您底少女底时光。"

洗介写着这时候的心情虽然不知道，但文字是这样甜又轻柔，紧密地缠着了自己的心，绢子底父亲曾在北海道厅中服务，自己从五岁到十岁，是在札幌的市街中住过的事，不知什么时候曾对洗介说过。

"叭打"一声，附近有汽车底关门的声音，绢子无因地站起来，想着说了"稍有停留"的话的洗介，是不会在这时候不意地回来的，刚不苦笑着坐了下去，娘姨忽忙地跑了进来。

"太太，邻家那位先生回来了。"

娘姨在喘息着。

"啊——"

洗介提着小的手提包，走到自己的后门来了。

"这是怎么，……啊，就叫娘姨给开门打扫去，请进来休息一会儿吧！屋子总也没进风，气味是不好闻的。"

"那么就……"洗介绕过了天井，坐到廊子上。

"不一样吗，上来待一会吧，也是挺凉快的。"

绢子热诚地自己拿进来冰凉的手巾和冰镇的汽水。

"怎么回来了呢？"

"没有什么……"

洗介拿起手巾来擦着脸，"啊！好愉快！"啊地吐出一口长气来。

"很急，很急地就跑回来了，今早乘坐飞机飞来的。"

"啊，飞机——"

重着洗介的话，突然地咽住了。绢子沉默着。

"咳"地洗介叹息着。

"做了一个梦，一个怪唐突的梦，是，我梦见了您。在梦中觉得如果不立刻回东京来，就要发生了什么不幸的事似的。虽是梦，心中总觉得不安，在飞机上还想着到东京下来一看，这两所房子也许都消灭了。我完全是像小孩子似的不安着……也许，也许我是有些神经衰弱了。"

"叭打叭打"传来娘姨在邻家扫除的声音——绢子好像被洗介这几句话拴住，身体都不能转动了。

"可是安心了——下了汽车看着两所房子仍在紧密地毗连着。"

"那么说我也没有消失吧……在梦中我依旧是这样憔悴着的脸吗？"

绢子戏语似的，突然向洗介这样追问着。

"中野太太，您真的不明白么？也未免太残酷了？"

绢子立刻咬紧了嘴唇低下头去，少时，脸整个抬起来。

"叫我怎么说好呢？"

毫不退避地望着洗介的眼睛。

"叭啦——""叭啦"地又突然地落下了雨点，青苔上闪耀着绿色，阳光如带似地射着，在斜的白的光带里，而叭啦——叭啦地降下来。

洗介无力地抬起眼来：

"饶恕我吧！我是弱者，我把您已经是别人底太太的事，竟不在意地忘了。"

今早，接到洗介寄来的画明信片的时候，似乎像是从恋人手里寄来的似的，那样抑遏不住地流下泪来，现在对了洗介的面，却被对方说作残酷，绢子忽然觉到自己底情感，如退潮式地冷了下去。

"您太太底病早好了比什么都强。"

绢子不是讽刺，实在是心里这样想着。

"也许那样吧！可是现在从您嘴里说出来这样话，未免太尖刻了。"

洗介孱弱地苦笑着。

六

这一天晚上，洗介在银座吃了饭回来的时候，绢子已经代接了一封电报。

"因为从医院来的，冒昧地拆开了，说是挺危险呢——火车还来得及吧。"

绢子在焦灼地等待着洗介的归来。稍有一点醉意的洗介：

"什么？"

疑惑自己底耳朵似的站在大门口，在门灯底光中读着电报。

"突然转坏，没有这样道理……"

不放心的样子，又一边看着电报。

"许是，您还是早点去吧……唔，挂电话叫一辆汽车来吧？"

"不用，还是街上找汽车快，完啦，已然迟到现在了……"

"要拿什么东西，现在就叫娘姨替您收拾一下去。"

"没有，什么都不带。"

洗介拿出表来看。

"真的使您回来的——梦里告诉您的——正是从您太太那儿来的呢。"

"啊——"

像突然背被打了似的，洗介弯下身去。

"一切都谢谢吧！大概还来得及，记得过八点还有一趟火车，总之去一趟吧！"

"一切都保重吧！"

出了洗介的家门，绢子在目送着拐过弯去的洗介的后影，擦——擦迈着大步的鞋音，渐渐地远去，直到完全听不见的时候，绢子依旧在原处站着，渐渐地觉到了残余的青春，伴着永去的跫音消逝了，不由地倾耳细听着——不意一滴冷雨落在襟上，是昼间的残雨，下意识地抬起头来，婆娑地茂密的杏叶的影子，包着似的笼在门灯圆的灯罩上一匹守宫在不动地贴着。

"太太。坂本先生赶得上车吧！"

不知在什么时候，娘姨从后门走出来。

"能赶得上吧，娘姨，那儿有讨厌的东西呢！"

绢子指着门灯，说完懒懒地走进自己底家门。

（原作载一九三八年《星期每日》秋季特别号二二七—二三五页）

译后记

在日本底女作家里，比较起吉屋信子和林芙美子来，森田湛辙这个名字，读者也许会觉得怪陌生的，森田底成就并不是在小说方面，她写作的大部分都是散文，有《这蔗阵》（木棉）随笔，随笔《窄仕湛》（捣衣板），随笔《贞女》等，以《这蔗阵》随笔在昭和十一年七月的《中央公论》上刊登而引起人们底注意，是一位产量相当丰富的女作家。小说间写，笔致细腻，情感深远一如其随笔。最近有《桃李之径》，继童话集《铅之兵队》等单行本出版，本篇则译自去年《值煮智－每日》（即《星期每日》周报）的秋季特别号。

奇妙的故事

[德]H. 黑塞

初刊《华文大阪每日》第 44 号第 5 卷 4 期第 32-33 页
1940 年 8 月 15 日

在世间依旧包在和平的空气里的时候，在福劳耶尔的小巷中，住着一位名兹古拉的年青的男人。虽然不时地与我们擦肩而过，但连他底相貌我都没有记忆清楚，是这样的一个极其平凡的男人。

那位男人决不是无能，但也没有什么特别出众的地方，因为爱惜金钱与享乐，在日常的交际中，时有欺人的事，但他自己是并不自觉的；极其卑怯，但在种种礼仪的周到上又有可人处。是一位人间中的人而已。他很爱自己，以为自己是位不得了的人物，虽然实际和一般人相同也不过一个人样子就是了。在他自己的想象中，虽然不说，他是把自己底运命看作世界的核心的。因此，不承认自己就是世界的核心的事在他是不可能的。即或有一个时候他底美丽的幻想被撞破了，但那在他也不过是一时的，立刻就会忘却的事。所谓内省什么的这些事情，对他都无缘。一旦自己底人生观与现实冲突了的时候，也不过是显着不高兴的脸色闭会眼睛就是了。

在他底身体内，有两个相反的性格深深地存在着。他一方面对自己有无限的尊敬，另一方面对学问又有无限的敬信之心。

这原来就是一件矛盾的事情，可是他并没有感到这种矛盾，假如要是问他学问究竟是什么呢，他也说不出一个令人满意的回答来，大体也不过是能分出来什么是统计学和什么是细菌学而已。若是被逼问得窘了的时候，他就说到国家对于研究学问支出了多少经费，给予了多大的尊敬上面去。如果要特别提出他所最尊重的事，那就是癌的研究，这是因为父亲是死于胃癌的，所以他希望癌的研究能再有长足的进步而自己不再死于癌病。

对自己的装饰，也许由于他底神经质，常常是打扮得与自己底身份不相称，仿佛是尽可能地尽用些被人看作非实用的东西。他是打算使他底装束合于一年之中的流行型的，所以对于追随着每一个季节，和每一个月的流行的样式——这也许是他所做不来的——的人，他说那是学人，他是轻蔑着的。因为重视人间所认为的一切的高尚的东西，所以同辈之间，在公共场所里，他大言不惭地议论着贵族的言论和国家的税金什么的，如果本人不在场，间或也夹带着些关于上司的坏话。但一到他底贮金一文不名的时候，他又很地道地操起社会主义的口吻来。

关于他说多了也是赘言，总之他是用不着非难的，有好性情的，爱与人交往的，若是悄悄地死了又仿佛怪可惜似的这样一个人。

他底生涯以一种非常迅速而且完全不可思议的结果而结束，这结束于他底种种素质与他底种种有实现可能的希望正是相反的。

这位先生搬到我们那一条街上不久，他计划快活地过一个星期日，但因为计划无从做起，因此一直不能决定，又因为哪个协会也没有加入，也许因这结果，便造成了不幸的基础。在人间，孤独这件事实在不能说是什么好事的。他最后决定了不借他力地去观光市内名胜，在种种的调查之后，决定了到历史博物馆和动物园去，这因为星期日的午前博物馆不收入门费，午后动物园是半价的原故。

挺起了穿着新定做得了的洋服的胸，他走向博物馆去，手里拿了一根华丽的方型的漆着红色的手杖，手杖的银的把手使他瞧上去是这样的风采不俗。可是，不巧，手杖被门卫给收存了去。

在有很高的天井的博物馆的大厅中，陈列着种种物品，于是，这位虔诚的来访者的心中一边默默地以目前所有的物品来立证着学问的伟大，一边也显示出他底高雅的虚心的美德，不自禁地生出了称赞的意念，感于此，他向遇见的每一个人说了下面那样的话："这像是埃及的艺术品，大概是首饰，制作期是从纪元前四千年到五百年之间的。"

第二间屋子里，陈列着玻璃制的柜子，在一个闪着奇异的光亮的柜子之前，他停了脚步整理了衣服，胡子，以及裤缝，又拉正了领带。然后，满足地吐了一口长气，重新进行着，为感叹于北巴伐利亚的古时木雕师的作品，嘴里叨咕着"真有个样子呀！"的话。而且每一点钟的时候，都来看一下镶着美奴爱特（法古典舞）的象牙人像的座钟。不久，倦了似地打了个哈欠，慢条斯理地拿出怀表来看着，这勿宁说是正像是给别人看的倒更对。因为那只表是死于胃癌的父亲遗留的可珍贵的纪念品，是金制的高价的东西。

不巧，距离吃中饭还有相当的时间，于是走进次一个大厅中去，那儿陈列着有趣的关于中世纪的迷信，魔术书，护符等所谓魔法之国的一切。在一个角落里，有烟突啦！臼啦！鼓肚子的盉啦，以及锤，锯等家什，灰色的猪的膀胱，像是鞍子似的东西，是一个整个炼金术的魔术工场，这个角落是用绳子拦着的。在一个东洋式的弯曲的臂骨做的古式的桌子的膛里，装着錾封了金属板，煤，蜡头，硫黄等等的炼金时所用的细碎的物品。旁边，立着一个写着"勿用手摸"的木牌。东瞧西望的人也许有没读到这个的，这时屋中除了他以外是没第二个人的。

因此他不加思索地从绳上伸过去手，珍奇地触动着。关于中世纪的魔术也听说过也见过，当时的人怎么会热中于这种小孩子才会喜爱的东西呢？并且为什么这种欺哄人的玩艺不被禁止呢？这实在是他所不能理解的。可是他底心中却涌出来一席要禁止这种欺哄人的东西，而导向真实的学问之途的热辩，但不巧，身旁是任何人都没有的。真是不胜遗憾。

他又随手地拿起了一个黑又小的丸药似的小球。因为已是干了的东西没什么分量。他把小球在手里咕碌咕碌地转了一会，正想给送回去，突然听见背后有了脚步的声音。回头看，正有一个参观的人东瞧西望地走了进来。他手中还正拿着那粒丸药，他，又不能说是没看见那个木牌，没法子，就那样拿在手里把手插在口袋里走了出来。

到街上，想着立刻就把那粒丸药拿出来扔了，下意识地把它拿到鼻旁闻了一下。那丸药发着轻柔的树胶似的芳香，他又不加思索地再次把它投进口袋中去。

于是大步地走进了一家饭馆，要了上等的菜饭啤酒后，一边玩弄着领带一边用了尊敬的眼光看着其他客人，服装的样式，一会又用傲然的样子扫视着其他的客人。待以为自己的样子体面而感到满足的时候就用了愤然的口调招呼着仆欧询问着菜，他得到了还得稍候一会的回答。

　　这时，他又拿出来那粒丸药嗅着，而且用食指的指甲搔着，结果小孩似的给放到嘴里，药很容易地开始溶化着，那决不是什么不好的味道。他咕噜下地喝了口啤酒，把药咽了下去，正好菜被端了出来。

　　两点钟后，他下了电车，走过了动物园的院子，买了星期日的半价票。

　　浮着亲切的微笑，他走向猿的小屋去，站在了槛舍之旁。猿细细地瞧着他底脸，结果挺精神地发出清清楚楚地声音说着"你好啊！"

　　不堪与猿之说话，他吃了一惊地迅速地走开去，后边送过来猿底骂声："哪这么一个骄傲的东西，混账王八蛋！"

　　匆匆地这次走到长尾猿那儿去。长尾猿调笑似地说着："给我点砂糖！"待知道他并没拿着糖的时候，猿们气愤地学着他底举动，咬着牙跟他叫作啬汉。不堪地大惊地从那儿飞驰出来，这次走向别一种类的鹿的所在去。

　　看见了在栅旁站着的美好的麋鹿，他走近去，麋鹿默默地一言不发，它底眼睛显示着一种耽于思考的悲戚的状态。它撑起了大的头，向他凝视着。这时这位先生的惊愕已经成了恐怖，因为他发觉他吃了那粒丸药后懂得了动物的语言，这时，麋鹿的二只青色的大眼中，表现了高贵的，忍从的悲哀，可是对他，他清楚地看出了那可怖的轻蔑之色。

　　从麋鹿处逃出来的他到山羊那儿去了，接着羚羊，骆马，水獭，野猪，熊，到处都觉得对他表示着轻蔑，他由于动物们的语言，知道了动物们所以为的人们是如何。动物们说，人只不过是穿着衣服的猴子而已，这种可恶的东西会自由自在地跑到外面来，实在是不可思议的事。

又听见了一匹美国的母豹和小豹的谈话，那实在是安详又亲切的，合于实际的话，在人世间是不会听到这种语言的。这时恰好有一匹豹就对着在底下的卑陋地参观着的人们，说了那样高尚又简单的切合实际的话。又在金发的狮子的眼中，他得知了有大空的，有太阳的，有星的，有昼与夜而没有人类的，值得惊叹的广阔的野生的世界。也看见了忧郁地紧傍着树枝的高傲的鹫鹰。他知道了那在光朗的铁笼中怎样以周到的礼貌，耸着胸肩轻妙地以幽默心情，送着牢狱生活的鸟的姿态。

他不禁呆然，不觉间又恢复了往常的脾气再走行人间去。他寻觅着那能了解自己底穷困与不安的人，他企图从人的会话中去寻求安慰，他注视着人们底态度，他探寻着那些威严的，自然性的，高贵的静闲的优越性。

可是他底努力白费了。人们的言语以及动作在他如今仿佛动物似的眼中来看时，所看见的只是被了颓废的假面。多谎的污秽的世界，类似畜生的生物的世界，但这世界决不是猿啦狮子啦鹿啦鸟等世界的。这世界仅仅是可恶的东西集聚着。

绝望之余，他感了自己底可耻，他到处彷徨着。他把他底方型的手杖投向竹薮中，手套也扔了，接着摔了帽子，甩了长靴，扯了领带，靠着麋鹿的栅栏，正哀哀地哭泣着时候，人们集聚起来，押了他，就送到精神病院里去了。

院内雨

[日] 饭塚郎

初刊北京《中国文艺》第 7 卷第 4 期
1942 年 12 月

"结婚这件事，就得马马虎虎地对付。"正冲着红茶的喜代子，听见流泄过来的丈夫底笑语，立刻停止了冲茶的手，客厅里丈夫正和友好的同寅在聊天，她还是一位不大明白男人那种无聊的执拗性的年轻的妻。

"别这样说呀！待会太太该生气了。"

介绍的时候说是公司里的同事，这位大阪口音的男人的话，使喜代子有憎恶的感觉。

到厨房里，笨拙地用每天学着的中国话单字，告诉老妈子："红茶，那边的，客人的。"老妈子立刻领悟了地端了红茶出去。

在七月的蒸热的厨房里，煤球炉子上熬着开壶，喜代子的胸窒闷着，那因潮湿而剥落了白粉的墙壁，仅仅头上开了一个小天窗的监狱似的厨房，喜代子觉得孤独起来。

"妈！"真想大声地喊一下妈妈。

"这可跟嫁在内地①不同，离家太远了，不自己处处小心是不行的，不能心里一别扭就回家的呀！"

妈妈底话像仍在耳边委屈的泪盈盈欲坠。没有朋友，没有熟人，丈夫上班去的时候，和言语不通的老妈子相对的日子是怎样的寂寞呀！就是信赖丈夫底爱的话。

"跟我也是那样马马虎虎地对付着呢。"

由于媒人的介绍，很快地就结成了婚姻。自己机器人似的随着双亲的决定而决定了，说是，虽然嫁得远一点，可是现在的华北也不跟从前一样了，比其在内地的吃苦耐劳的生活也不算坏。自己的身体也不算弱，嫁给活跃在大陆上的人好也不一定。并没有是被勉强，在父母庇护下长起来的温顺的喜代子，简单地点了点头算同意了自己的婚姻。

一张稍稍胖一点，毛眉也很浓的男人的照片拿到喜代子的面前来，在双亲面前不好意思仔细瞧的一张使自己激动的男人的照片。

"你好好看看吧！"

父亲微笑着说了后走出去，自己更不能制止心内的悸动，就那样去注视那张放在叠席上的照片。一个完全陌生的相貌，自己倒不是盼是一位美男子，也没有文学少女那样夸张地描绘了自己的梦。出了女学校后，和母亲一块，帮助妈妈下厨房，帮助妈妈做针线的一位平凡的姑娘。

和这个人起居与共，从此天长地久地住在那块陌生的土地上，就这样一想泪就充满了眼眶。仿佛肉体被大鹏从这个熟习的地方抓走一

①内地，指日本本岛而言。

样。用湿润的眼睛看着那糊着元绿花样的纸的隔扇，那客间上手木台上的青磁花瓶的暗光亮，是怎样地令人怀恋呀！

"我不嫁，我上的什么北京。"喜代子的心这样想着。

然而现实是不管少女的伤感的。定婚，结婚，出发，急急忙忙地疲乏地登上了代替新婚旅行的长途火车，下了关釜连络船，又上了经朝鲜，过满洲到华北去的车中，丈夫底性情是比他底相貌所表示的还体贴。"我就靠着他了"喜代子看着躺在车座上脸上盖着白手帕的丈夫的脸流着感激的泪。

喜代子回忆着一幕幕的往事。

"太太，还有事吗？"

也没理老妈子的话，喜代子像逃匿一样地过了中间那间作为客厅的房子到北边一间改成叠席的屋里坐下。东房又放着窗帘，屋子里显得很阴暗，席子从丈夫独身时候就没擦过已经是很脏了，又赶上雨季的北京多云的今天的下午，东房阴暗着，在这样引人哭泣的环境里，喜代子却没有泪，少女的日子已经远离了哟！

茫然地隔帘望着院子，院内槐花悄悄地落着，就这样半点钟过去了。

"喜代子，客人要走啦！"

丈夫招呼着，跟着邻家的狗咬着，喜代子下意识地站起来。

"咬着了吗？"

"没关系没关系。"

喜代子出来的时候，对面屋的太太正拉着狗。

"真对不起，也不一定咬，中国的狗就这样随便汪汪实在是讨厌。"

喜代子不知回答什么好，微笑着走向门前，去追已经走出去的丈夫和客人，在丈夫的身后轻轻地行着礼。

回来的时候，狗被拴在槐树上在长长地伸着懒腰，吐着长舌头，隙透射下来的强烈的日光，在砖地上落着的槐花上闪烁着，两丈见方的院子，在星期的屋后是这样的安静，还没从午睡中醒来呢吧。

"妈妈！"

从晌觉醒来的和子，这样一面喊着一面跑到正在厨房中洗着衣服的母亲身边去。

"和儿，醒啦！喝凉开水吗？"

年轻的妈妈，从冰箱里拿出一只装凉开水的瓶子来。

"妈妈，小狗呢？"

"小狗，把津田先生家的客人给咬了，因为它尽淘气，我给拴到槐树上了。"

挺痛快地喝了凉开水的和子，穿着妈妈的大木屐，跑去看她惦记着的小狗。

砖院内响着的木屐的声音，惊醒了由木的午梦，木屐，像激怒了四合院的砖地似地，讨厌地响着。

由木从床上起来，坐到桌前去茫然地望着外面，三间南房就是晴天也是阴暗的。

由木从事变后以外务者的学生的资格在北京住了二年后，当了三个学校的日语教员就那样地在北京住了起来，他本着预备利用教员生活的方便，完成他在学生时代就抱有兴味的《中国妇女运动史》，可是总迟迟地未能执笔，又想，把材料搜集好了回日本去写也好，但有一件事在常惹着他。那件事是由木一生中的一个创伤很重的失恋，无言地离开了由木的那个女人，由木怎样也不能平淡地把她忘却。怎样也不能在心中替那失了的女人立起一只墓碑来。

一面在心里建筑那位到苏州去了的女人的坟墓，一面孜孜不倦地著述中国妇女运动史，这阴暗的南房正是一个努力的背景，由木就这样生活在自己思潮的矛盾中。

系着领带的津田，对着衣橱上的镜子说：

"今儿星期，我请请你。"

正系着的那条胭脂色的领带，是独身时候一位女招待送给的事，津田早给忘了。

"与其在这蒸热的东房来闷着还不如到北海的仿膳去吃一顿饭去呢。"听着丈夫这样说了的喜代子，换着胭脂色条绸衣裳，她下意识地觉到丈夫是爱胭脂色的。

"那个小伙子，本来要拉我一块出去喝喝啤酒，我说你今儿做了好菜让我给拒绝了。"

丈夫说着刚才那位大阪口音的同事的话，那时候你说什么来的呢？

这样想着的喜代子心里横着的东西翻上来，脸不悦的。到跟丈夫一块照着镜子去系腰带的时候，又忙着在脸上做出来微笑，在丈夫的善良的脸前，一向的忍耐使她这样做。现在还是借新婚的光，将来，也一定有跟我马马虎虎地对付的日子，弃了我也不一定呢。

"不至于下雨吧！"

"不至于吧。"

听见了愉快的津田夫妇走出去的跫音，由木觉得津田的脚步跟以前完全不一样了，津田以前就耽于酒，常常拉了由木很晚地流连在外面。津田的后面跟着他底新妇，新妇是穿着一双皮编的和式的鞋吧那样静悄悄的像王宫里侍女一样地走着。

佐佐山先生许是因为是新闻记者的关系，脚步声很急。和子则永远是跑的，和子的妈妈是非常平凡的，很正派的走着。许是遗传的关系。

陈塲先生是很重的一步一步地走，这倒不仅仅因为他胖，精神充足也说不定，也许因为身为董事阶级才如此走路的吧！夫人虽瘦而富，听见她沉重的脚步声时常想女人也这么重地走路吗？

那个惹人注意的脚步声从外边回来了，去买东西去了吧！为陈塲先生准备晚酌的酒菜去了吧！

"和子妈妈呢？"

"厨房。"

"噢，你爸爸今儿不休息吧！"

"上报社去了。"

"今儿星期，爸爸不在家没意思吧！"

和子大概在前仰后合地摇着头，院子里的这幕有声电影停止了。

总而言之，是日本人的大杂院，院中的一些太太们虽然个性不同，但都有教养，所以院子里没有那些下流的嘈杂声，又因为丈夫们服务的地方不同，也用不着像一个公司的宿舍似地大家把生活打成一片。

不过，在国外住的人倒都是很亲的，早来的晚来的大家间的感情都很融洽。

"什么也没有，请到我家去吃饭……"

"破了就请拿来缝吧！"

这种由衷心的亲切，由木一面感激一面又对这种怜悯的感情纳闷，这种疑惑，是不能坦白地去问那很亲切的邻人的，由木的心里常为此嘀咕，譬如：就有的男人被请到某家里去洗澡，舒舒服服泡在澡塘子里不爱动一动，有的又自己坐在藤椅上缝着衬衫上的钮扣。

由木的寂寞感，由藤椅子而生。从前失去了的女人常来的时候，她回去之后，藤椅子老是吱吱扭扭地响，对着那响着的藤椅子，由木怀恋地坐着，以后，空的藤椅子吱扭扭地响声常勾动了由木的悲哀的回怀。

不过，不仅仅是她，来客走后藤椅子也是响，自己迷迷乎乎地坐过之后藤椅子也是吱扭扭的响，这响声送到耳中的时候，由木是倦于南房的傍晚的热了。

由木换着洋服预备出去，看见了阴得很的天后，又改穿了雨衣，遇雨也不要紧了，就是出去碰上了雨也比这样在家里等着雨来还好的。

洗过了澡的陈先生，摇摇晃晃地坐在食案前，摸着冰镇的啤酒瓶子，微笑着自己打开了盖，太太拿着切了的西红柿进来。

"中国狗什么都吃，小狗把西红柿给吃了三个哟！后院的种西红柿的地不做个围子可不行了。"

陈塲先生却像没听见这些话似的说：

"请由木先生来洗澡的话说没说。"

"刚去过了，由木先生出去了。"

四间北房完全改成日本式了，这样住起来很舒服。有席子拉门的客厅里，陈塲先生在喝着愉快的晚酒。陈塲先生在满洲曾大施过敏腕，但在北京遭遇了些不如意的事情后，在作了某公司的顾问之后，老练地保持着既有的地位，作两个不大高明的俳句等等地安于此境了。

津田夫妇出去了吧！

"唉，在门口遇见了，挺高兴地说是上北海去。"

"啊！正是好时候。"

"津田先生也不像从前那样地喝大酒了。"

"现在就剩由木一个单身汉了，他也该成家了。"

"真是！"

"你说把真沙子带到北京来的话怎样了。"

"不行，你看人的本事不够，你别想当什么媒人了，就真沙子那么一个侄女。"

"也许她喜欢文笔人也不一定呢。"

"由木先生在咱们的澡搪子里，竟唱些小调，那样的男人可靠不住不能管他底事。"

"哈哈哈哈！唱小调也不好吗？"

"你不明白，一直到三十多岁还独身的人没有数不上的，我看还不如把真沙子给熊策先生呢？虽说是和熊策先生有亲戚可是没血统的关系。"

"我可不喜欢他，那样浮飘似的男人一点准谱也没有。"

"不怕危险地到小县城里去作事，从今以后，这样的男人我觉得最好做实行家。"

"行了，行了，你是受了这两天在光陆看的樱之国那个电影的影响了吧！"

院子里的槐树摇撼着，暴风来了，跟着大粒的雨开始打在房顶上，一个人慌慌忙忙地跑进西房去了，佐佐山先生回来了！

"到底下了。"

佐佐山的头上黏着两三个槐花瓣。

"由木先生不在吧！从报社里拿来点好酒，想请他喝两盅呢。"

佐佐山拿出一瓶酒和一个报纸包来。

"报纸里包的是什么？"

"猪头肉，一个人也好，喝了这两瓶酒睡觉，给我烫烫酒去。"

"是！"

"和子，睡了吗？"

"刚才，还说什么来的呢。"

雨越发大了，好像小狗在门口叫了两声是的，脚步嘈杂的。

"呀！院子跟湖一样了。"

"我背着你吧！"

喜代子没说话。

"挺黑的，没人看见。"

声音消失在雨声中了。

"'吹折了疑宝珠花，猛烈的风。'这句俳句如何？"陈塌先生非常畅快的说：

"我惦记着西红柿的花呢！啊！您吃饭吧！"

"噢！"

"喂！我说。"

"噢！"

"您给小狗想个办法吧！今儿虽是星期客人比较少倒好，它叫起来真是没办法。咬倒是咬不着，万一出错呢？我真没法子，拴起它来也讨厌，不拴还不够管它的呢。"

"扔了就完了，左不过是和子拣来的。"

"您明天把它带报社那边扔了吧！"

"噢！卷窗放下了吧！潲雨。"

旁边的被里传出来抽抽啼啼地哭声。

"喂，和子哭了，去看看她怎么啦！"

"和子，怎么啦！肚子痛吗？"

"妈妈！唔！唔，您要把小狗扔了吗？"

夫妇对望了一下，这纯真的感情感动了雨夜中的两人的心。

"醒着呢都听见啦！"

"对了。"

"小狗，你就是条野狗也没说的了，你在这院子里长的这么肥都是托和子的纯真的感情的福。可是你得知道你是条狗，就是多笨也能听得出来每个人的脚步声来吧！连我都能分辨这院子里的人的脚步声，你听见我底脚步声若再咬的话，立刻就杀了你，你记住，这就是你的生存之道。"

水，拍激拍激地响，由木回来了。

"喂把灯闭了，由木醉了，进屋来怪讨厌的，"

院子全黑了，槐树底下小便的由木头上，雨和槐花一块落下来，浴雨的院子静静地阖上了眼睛。

（昭和十七年八月三十日）

桂花

[日] 小滨千代子

初刊北京《华北作家月报》8 期 14-16 页
1943 年 8 月 20 日

从姑姑底屋里告辞出来，修二穿过过道，迈进尽头的那一间屋子的时候，在临着院子敞着长玻璃窗的廊上，阿佐姑娘正在缝活计，听见了脚步声，她转过脸儿来。

"呀！修二哥，您什么时候来的呀！"

笑脸，摇摆着的白花似的，把膝上的活计放在一边，像要去找坐垫似的拉开帘墙的柜门，望着她底背影，修二觉得久别了的表妹还跟从前一样年轻漂亮。

"刚才我正想着是谁跟妈妈说话呢，一点也没想到是修二哥，那么粗的声音，我还想一定是位大人呢。"

"大陆上锻炼出来的我，叫阿佐小姐也把我看作大人了。"

"呀！怎么刚回来就这样贫嘴。"

歪起头来看那被酷毒的太阳暴晒过的男人底脸，只有旁影儿还残存着孩子时的面貌，看见了绽开的唇边的虎牙的时候，阿佐姑娘立刻觉得怀恋拥上胸来。

　　把院子里的树皮洗得浮着油黑色的秋雨在落着，一点响动都没有地在落着的雨，把院内的小丛树和院心的芳草洗得一样的透明，青苔的淡黄色仿佛连石头都染了一样，透过了非得凝眸才能辨别出来的雨丝，流来了馥郁的花底香气，檐前的一枝桂花，开放着黄色的花朵，在阿佐姑娘身后的洋服衣柜上的白瓷瓶里，也插着一枝。

　　在辗转征战于华北原野的生活之后，在刚回来的修二底眼睛里，三年不见的日本，使他感到了后防的紧张，但这时，在阿佐底屋里相对，这使人安详的气息一瞬间，修二仿佛留住了时光的流逝，重回到和阿佐姑娘两小无猜共处的时候的情景里。

　　可是阿佐姑娘竟尔连他底声音都听不出来了，可见变了的不仅是修二自己，半年前，在寄给战地的修二的妈妈底信里，曾写着阿佐姑娘底丈夫村山，在南方的海战中从军阵亡的事。之后在庆祝修二平安回国的亲戚小集会里姑父一家只有阿佐姑娘没来，听姑姑和阿佐姑娘的妹妹奈绪姑娘说是阿佐姑娘已经临近产期，想到这些，又想到阿佐姑娘现在的境遇，对这位表妹用怎样的言语来述说对村山的追悼和安慰她的话才合适呢。修二突然觉得了自己的独身的地位是怎样地拘束着自己，被看作大人，看见了从前吵架的小对手不意冲口而出的戏言，既不是讽刺也不是自己底愿意了，他不自觉地苦笑出来。

　　"您笑什么呀！"

　　阿佐姑娘抬起来长睫毛的澄清的眼睛看着他。

　　"没……"

　　他去看院子，立刻又恢复了两人开玩笑的语调：

"真叫我敬佩！你也有作针线的时候吗！……"

"别讨厌。"

阿佐姑娘愉悦地回应着，停止了工作，暂时摆弄缝着的布片。

"婴孩的衣服，您已经听说过我底事情了吧！"

俯着头娴静的声音。

"听说过了。"

修二下意识地低下了眼睛。

阿佐姑娘奈绪姑娘姊妹，伴着在××汽车船公司占有相当地位的父亲，小的时候，往来于香港，上海，新嘉坡以及海外，在好华美的交际圈内的母亲底养育之下，两棵花似的一点点地成长起来，在阿佐姑娘将上女子中学的时候，作父亲的怀疑到海外对孩子的教育，把姊妹俩个送到修二底双亲身边来。在回到日本的当时的两姊妹，虽然皮肤的颜色是日本人的样子，玩一会就显露了外国味的动作态度，附近的孩子们都模仿着她们。比阿佐姑娘大三岁的修二一点不负输，老是贫嘴恶舌地把阿佐姑娘欺负得哭起来。奈绪姑娘还小，是不够作这位少年的吵架对手的。

不知不觉间，阿佐姑娘迅速地由少女长成大姑娘了。在姑父底一家回到东京，搬进了在大森新盖的住宅中去住的时候，修二也告别了少年时代，这时候修二开始明白了自己所以欺负美丽表妹的心理是从何而来的。

但在见着的时候，除了像以前一样地开玩笑之外又不知道其他表现亲近的方法，受了他底调侃的阿佐姑娘也不哭了，仿佛对这样的应合很高兴，深渊一样的瞳孔里充满了秘密的神色，发育得均匀的健壮的肢体中溢留着香气这些都黏结着修二，在阿佐姑娘，美丽超过了年龄，官能过早地在她身上展开了双翼。

听说阿佐姑娘和有名的画家村山订婚了的时候，修二正上着大学，什么双方的年龄相差得太多了呀，什么男方是再婚啦，什么还有一个七岁的男孩啦，什么男方和他底前妻虽然事实上是分居很久了，但一调查，才知道还存留着户籍等等的话题，成了亲戚中最多的守旧的老铺子中的人们非难这个婚约的口实。生在下町①又嫁到商家来的，长时间侍奉了翁姑的修二底母亲，每次和亲戚们谈起来这件婚事的时候，常叹息着阿佐姑娘底婚姻是怎样地在常识方面说不过去，这也许是掌上明珠明枝姑娘底意思吧，对丈夫妹妹阿佐姑娘底妈妈的非难也不时地跟儿子修二发泄出来，这自然是因为阿佐姑娘底妈妈忽视了这几年来照应阿佐姑娘们的自己底辛苦而不高兴，妈妈并没注意到逐渐动摇了的修二底心，她以为修二与阿佐姑娘之间的关系也不过是亲近的表兄妹而已。

听说了村山利用成名的洋画家的资格怎样向阿佐姑娘求婚的种种的流言之后，修二底年青的心骚乱着。心中漂浮着开了三次个人展览会的使人感到精力绝伦的村山底相貌，想到了在阿佐姑娘底心中，村山是有着乳臭未干的自己不能相比的魅力，想到了在画家的锐利的眼光下，村山是怎样向那只新鲜的水果似的少女进攻的时候，剧烈的忌妒使得他夜不成寐。想尽可能地远远地离此而去，但在父亲在旅行，母亲又病着的情况下，修二不得不自己拿了礼物去给阿佐姑娘道喜。

①东京神田，下谷一带低地总称，其地尚存留着旧时代的风俗习惯。

在摆着新家具的阿佐姑娘底洞房里，奈绪姑娘帮助兴奋得脸儿红红的阿佐姑娘在整理着带去的东西。从那间有着辉煌的灯和女人底香气的屋中逃出来，修二伫立在廊下，突然在夜闇中，桂花底强烈的香气袭进鼻中来。

那之后，五年过去了。出征，的确把他从前一、二年间的颓废的生活中救了出来，急剧的战地生活连回忆的功夫都没有。现在这样地和阿佐姑娘相对，修二底心是渐渐地瞭然了。

远远听见了好声的语声，出去的奈绪姑娘回来了。

"欢迎！修二哥。"

还像孩子似的，"拍"地坐在进口的地板上这样地寒暄之后，带着温柔的笑脸，青色的衣服下裸露着双膝，轻俏地走近了姐姐，比姐姐还健康，像一大朵向日葵花一样。

"听说你女大不上了？"

表哥这样笑着问。

"是，现在正上着工场，不得了的产业战士。"

阿佐姑娘在一边这样揶揄似地代答着，奈绪姑娘只天真地笑着，在这样大人气的少女心中燃烧着的什么样的企望呢？想到这正是时代造成的年青女性型的一种的修二微笑着。

俩姊妹小的时候是显示了完全相异的两种形态的。回旋在好交际，爱美好的生活中的阿佐姑娘一天比一天漂亮，反之，奈绪姑娘却总是安安祥祥的，不论是玩，是读书都是一个人愉悦地独处，在聪明上比较起来，妹妹是占优势的，但修二底心却一直都不为别的所动而倾向着姐姐。

"修二哥，您现在又回来作官了，您给我讲讲您每天的心境和感想不好吗？"

"噢！这得先问你，我想先领教领教产业战士的经验谈。"

"呀！这我怎么敢当呢？我哪有什么经验之谈呀！"

"怎么，还是得我呀！"

这样开着玩笑，仿佛"拍"地散开的火花似地这样的应酬意外地把两个人扭结在一起。这时候，阿佐姑娘假装没事人似的站起来，走到镜台前去梳理着乱了的头发，镜中的阿佐姑娘底视线和修二底目光碰在一起。

在刚回来的修二底心里虽然对这位不意地长到他肩膀那样高的奈绪姑娘的存在觉得惊异又美丽，但心里也感到了在镜中映着的阿佐姑娘底姿态，比使他倾倒的时候又有了不同的优点，想阿佐姑娘也不过是一株温室中的花，受了户外的暴风雨的摧残之后会连影儿都找不着。阿佐姑娘不但没那样，并且连把自己投在未知的生活洪炉之中，而订正生之观念的意思也没有，那种出人意外的和生命底险恶相碰而静静地等待生命变化的坚卓，像阿佐姑娘这样的女人那儿有呢！修二又觉得了日本女性的韧力，仿佛被秋雨冲洗过的院心的芳草的颜色一样，在心底一隅觉到了明快。同时，他也觉到上一代的母亲们是不这样的。他想起来关于他和奈绪姑娘的事，两家的亲戚和家人都希望他俩结合。这件事，奈绪姑娘是知道呢还是不知道呢。不过现在向修二问东问西的奈绪姑娘，却依旧大了的孩子一样的天真。

被姑姑叫出去的阿佐姑娘一会拿了家做的点心盘进来。啜着苦菜，修二觉得自己还没跟妈妈表决的心，现在是决定了。搅拌着热的葛汤②，心也仿佛像葛汤似的一点点地透明了一样，他想回绝和奈绪姑娘的姻缘。

这并不是他讨厌奈绪姑娘，也不是怕骄傲的阿佐姑娘看见了自己和奈绪姑娘合在一起的姿态而伤心。在结束少年生活的时候，在那纯真的心里，这自然是因为还不能忘情于阿佐姑娘。

以往，曾为在不相干的地位眺望着那美丽的大花朵而伤过心，如今，虽说是花已结实但那茎儿是嫩的。希望能挨近她助她再开出花来，修二用这样的傻梦作了一个笨的比喻，在这样情感的修二底心里，哪有一点想及了奈绪姑娘了呢。

"我，我盼望不论哪一天，能上修二哥家去尽兴地和修二哥谈谈，好吗？"

阿佐姑娘收拾好了茶具往出走一边把拿着的茶壶交给妹妹一边有心地这样问着修二。

"好！要谈的是什么呢？"

"好些个事，喂！我这不是这样地在娘家住着呢吗？这自然不是常策，想及了孩子诞生以后的种种……寄养在村山底好朋友处的孩子，我想无论怎样也跟我一块住才好。"

只向着闭着眼睛爱叉着手的他这样说：

---

② 葛汤——相等于我国之藕粉汤。

"我所想的，大家都不赞成，我愿意在另一个新生开始的时候，接受修二哥哥底忠告。"

阿佐姑娘这样低说着，修二默默地点了点头站起来，虽然他想有一天会接一位她们姊妹以外的女人来作自己底妻，但他觉得这与照看阿佐姑娘们，自己并没负疚之处。

那一夜，修二底桌上，久违了的日记本的白色的页上，滑上了飒爽的墨水的踪迹。

桂花下，栖于丧的寡妇孕育着遗儿。

有孕的寡妇笼在桂花的香味里。

仔细地检点了自己升华了的感情，从对称的感情中脱开，他觉得自己渐渐地没入了欢喜的世界。

雨中的桂花下缝着产衣的寡妇。

停了针线的寡妇望着雨中的桂花。

桂花的香气中梳妆着的年轻的寡妇。

一度放下了笔的他，再拿起笔来写着

桂花下安息着寡妇。

闭上了眼，静静地在缝着产衣的阿佐姑娘的姿态，在眼睑中映现出来。

一八·七·三十日

作者小滨千代子介绍：

在上海住着的当时，在当地日本人文学者所属的《长江文学》上发表过小说与随笔。特殊风格是有着非常纤细的观察力，她底文学视野，仿佛在尽可能地深深地发掘着日本人底生活。即或她并没想积极地去贯彻上述的企图，但总不能否定浸蚀在日本生活中的她底呼吸与感觉吧！

与吉田女士为燕京文学仅有的两位女性作家。

猎熊去

未刊稿（原作者未详）

2003 年

今年，与往年的现象不同，熊过早地出现在人们聚居的场所。去年曾被认为是熊年，按照这个说法，今年更该是猎熊的丰年了。据说，前不久，在真正的村子里打死了一头，那是熊在吃苹果时被狩猎支会的会员打中的。苹果树仅仅距离村民的家屋一百公尺左右，熊竟然攀上去摘苹果吃。在中信那片地区，这是第八头。若是根据县林务部的报告来统计的话：打中的头数已经达到十一头了。

去年县里打杀的月轮熊（一种喉部生有新月形雪毛的熊——译者）总共是三百三十六头，与前年相比，捕获量超过了一倍，大町、安弯地区六十六头，南安弯地方四十九头，连长野市郊区也达到了十六头之多。

"最近的将来，若是再不划定熊的保护区，县里可就该一头熊也不存在了，这也是破坏自然啊！"

有人这样讲了。

从月份上来说：据说十月是熊最活跃的月份。十月一百零二头，九月七十五头，八月三十头，有人担心这样破坏下去，将招致熊的绝种。也有人认为长野县内熊的数量，可能是捕获量的四五倍。

　　林务部是这样认为的："眼下这种情况绝不是熊多起来了，而是人们侵略了熊的领地的缘故。"人们一棵棵地伐倒了树木，熊喜欢的独活（土当归）呀、栗子呀、山葡萄呀、核桃等等无一幸存，再加上林间通路，旅游道路的增筑，汽车声响的威胁，熊肯定忍耐不了，无奈出入于人烟之中，吃苹果，啃桃子，糟蹋老玉米等等。近日以来，在露营的帷幕附近，竟尔也发现了熊的踪迹，熊熟悉了文明食物的滋味，去年，在熊的胃里，找到了乏荣叶、腊肠和乙稀利只。

　　去年，轻井泽（日本的疗养胜地）旁侧的山里也发现了熊，月轮熊并不吃人，可是，它那一巴掌，准能把你的脸打烂。北海道的熊却吃人，人是熊的食物。传说装死能躲过熊的祸，就是熊来嗅你，你也得像真死了那样绝对不动才行。北海道的一个高尔夫俱乐部，一天有三十位顾客就算生意不错，可以说是个比较清静的高尔夫球场。

　　"五天以前，球场上发现了熊的踪迹，服务员吓得铁青着脸跑开了。"

　　熊留下的足迹，就是熊来过的标记，高尔夫球场上有熊迹，当然是熊曾光临过的证据。线路上这边那边放置着伐倒的树株（木），树株（桩）已经变黑了，远看，恰像熊蹲在那里，追逐那远远飞去的白白的高尔夫球。走近树桩时，树桩似乎在动，像站立着的哼哈二将。

　　康一和健最爱听爷爷讲熊的事情了：

　　"爷爷！爷爷！您在高尔夫球场没遇见熊吗？"

　　"万幸没碰上熊，那特别像熊的树桩子已经吓得我够呛了！"

　　"就是没遇上熊！真差劲儿！"

健，这位三年级的小学生认为爷爷没碰上熊真是特别遗憾。

康一是刚刚上了小学的孩子。

在楼上写文章的爷爷到院子里来了。

梅树呀，椎树呀，枫呀，红杉呀，落叶松啊，在这些高耸的树木之间，流动着清新的空气。爸爸轻轻地踏着青苔，散起步来，这里那里满生着蘑菇，这些差不多都是毒蘑菇。当孩子比现在小，拉着他们学步的时候，就教他们要把毒蘑菇踏烂。虽然它们比画上画的蘑菇还美。孩子们总想用手去摘它们，幼小的心灵是记不牢蘑菇有毒这件事的，你只能教他们踏上去，踏烂它们。养成了一见蘑菇就踏烂它们的习惯。爷爷踏碎了一簇雪白的蘑菇。只一认之间，便婷婷张开宽大的伞，跑到青苔上面来了。踏上去，不无婉惜的同时不能不惊叹自然的巧妙。爷爷猛然注意到没听见孩子的声音，他竖起耳朵，倾听起来。奶奶在阳台上翻着书页。健的妈妈在洗衣裳，高身量的康一的妈妈在屋里做着什么。周围一片宁静，像没有小孩子的人家那样安谧，安静得过分了啊！

爷爷叫着："健！康一！"

没有回答，在家里，或者是在家的附近玩耍的话，那种孩子的气氛是可以感觉得到的。

"健！康一！"

随着爷爷声调的不同寻常，家里的其他人也注意到了，奶奶跑过来了。

"怎么啦？"

"健和康一跑哪儿去了？叫也叫不着。"

"确实是，我也好半天没看见他们了！"

"好半天！好半天，到底是什么时候呀？"

"什么时候呢？"奶奶说不清，是半个小时以前呢？还是一个小时以前呢？

"是好长一段没听见孩子们的声音了。"

"到哪儿去了呢？"

健的妈妈甩着手上的水珠跑了过来。

"小健到那里去了，叫了半天，也不答应！"

"小健他们说是猎熊去！"

"什么时候说的？"

"什么时候呢？噢！刚吃过午饭？"

"现在几点钟了？"

"五点过了。"奶奶回答着。

"若是午饭一过就去了的话，现在已经五个小时了。真猎熊去了吗？一个九岁一个七岁的小孩去猎熊？就两个孩子，那可是时间太久了。往哪个方向去的？"

"说是猎熊去，我当他们说的是玩话！"健的妈妈眼神不安起来："时候可是不短了……"

将近五个小时没露面，没听见声音，这可不是游戏啦！孩子们从来没有单独出过这门。这所林间别墅，称得上邻居的人家也远在百米之外，林子这样安静，静得和往常不一般。

"找不着康一了！您知道上哪里去了吗？"

康一的德国人的妈妈，扬着她那尾音偏高的语调跑了过来，这个已经有了七岁的儿子的德国母亲，说起日本话来，总还带着洋腔。

"健和康一都不在。说是猎熊去了，可能在山里迷了路，左转右转转不出来了，五个小时没回来的话，这可不是玩啦！"

"猎熊去了？真的？"

"在寻找熊的时候，迷了路吧！"

"有熊吗？"

"传说，今年将出现熊，因为熊的食源被破坏了，熊会来到人烟之间的，熊是知道哪儿有青草哇、核桃哇、山葡萄等等的，旅游路筑到这些地方，车子奔来驰去，熊找不到食物了哇！"

家人们都紧张起来了，小孩子去猎熊，说不定真碰上熊，可不得了。奶奶一想到最坏的处境，心跳得咯咯响。两个孩子在灌木和草莽之间奔驰，说不定会坠落到山谷里，小孩子分辨不清方向，又是在那树影重重的山里。

"我到那边找找去吧！"

来帮助拾掇园庭的花匠说着骑上自行车走了。

"说是猎熊去！我以为是玩吧！还说了声：'去吧！'真的是猎熊去了吗？我怎么也不能相信。"

健的妈妈对爷爷说着，眼泪在眼圈里转起来。

"孩子嘛！说不定会做出什么事来！找找看吧！"

仆人也待不住了，走出别墅去找孩子。最近的一家邻居的别墅中有司机，司机也帮助寻找去了，健和康一的母亲骑自行车出去了。爷爷和奶奶按捺着焦灼的心，待在院子里。

"真的是在山中迷路了吧！"

"再有半个小时，林子里就黑了，夜来临之后就更不好说了。报纸上报道过，一个人在山里迷了路，第三天发现他的时候，只剩了一口气的份儿，其实离开正路只不过八公里远。"

奶奶想象着：七岁和九岁的两个孩子，一边哭着一边走在暗黑的山林中找路，两个人连互相鼓励的精神都丧失了，只剩下了流泪的份儿。黑得连脚尖都看不清的森林，仓惶间一伸腿，撞到树上去了，脸哪！上面全是伤，多可怕的黑暗，腿没力气了，只好蹲在那儿，哭泣着挤在一起蹲在那儿，可怕的森林中的暗夜。

"这些孩子们，平日吵得烦人，与其这么担心，还不如待在家里吵爷爷呢！倒霉的小东西，干这种毫无道理的事！"

"五个小时，对孩子的那双小腿来说，真是够呛了，准是在山里迷路了。"

爷爷走出别墅，站在离别墅最近的一条柏油路上，在为孙子去向不明而焦灼的爷爷身旁，卷着飘风的汽车过了好几台。虽然现在还不到避暑盛期，孙子肯定是迷失在听不见车声的深山里了。这一带山峦重叠，健和康一弄不清方向，准是看见个山坡就往下走。天空仍然明亮，但那是没有热量的余晖，是残留着的一抹斜阳。仆人回来了，隔四五条街那边有一家旅馆，今年以来歇业了，房主夫妇还住在里边看房子，旅馆里有游泳池，孩子经常去玩。

"说是没到他们那儿去！"

既然说是猎熊去，当然不会去游泳了。司机回来了，花匠也回来了。

"哪儿也没有！"

孩子们的妈妈也回来了。

"健那孩子，是从来不到不知道的地方去的！有一次骑自行车旅行，带他去过一条路，我相信，他是去那边了。"

"那条路从什么地方通过呢？"

"从十八号线上的加油站旁边插过去，若是到那条路上去的话，离这十二、三公里呢！"

"孩子的腿，能走得了十二、三公里么！天黑下来的话，只能拜托警察帮忙了。"

"要到派出所去请求协助吗？"

"若是天黑了还没回来的话怎么办呢？只能请求派出所看见这样的孩子的时候给予保护了。"

一向过得平平稳稳的日子，现在渗进了绝望之感，健的妈妈沮丧起来。心里想：这是不可能的，可是已经五个小时了，时间加重了疑惧。

健的妈妈按照爷爷的意思给派出所打了电话。因为一直照射在青苔上的斜阳已经淡下来了。接电话的可能不是负责这些事的警察，他叫来了负责丢失儿童科的同事。这位在这方面有经验的警察立刻提问了几个要点。

"七岁和九岁？男孩？什么时候离开的家，两个人穿的什么衣裳？"

健的妈妈战栗着回答了问话，看起来，她已经觉得非同寻常了，闹不好还要登报呢！两个孩子去猎熊，这和单单的在山里迷路又不一样了。何况据说今年是熊年，熊并不是不存在的呀！

"戴着头盔，不！不！是大红色的头盔。"

身为对外贸易商的父亲，从纽约买回来这种红色的玩具头盔送给健作为礼物。也难说是玩具，是消防队员戴的那种真正的头盔，上面印着 TEXACO 几个字母，头上立着一个鸳形的刻着第一号字样的四角徽章，头盔里面还有避电装置。戴在头上就像扣了个小盆一样。严严实实地罩到了脖颈上，健戴着头盔的时候，头盔太大了，看上去像头盔自己在走路似的，头盔那红色，红得耀眼。康一戴的是帽子，那种针织的，紧紧包着脑袋的睡帽似的帽子，这两位要去猎熊的小猎手，旅行背包里放着水壶，放着糖果和酥脆饼干，还带了携带方便的折叠椅。

两个人从校门出了别墅，柏油路上，今年骑自行车旅行的人特别多，少则二三人，多的有二三十个人。

"嘿！够意思！"骑自行车的一个男青年冲着健说，戴着大红消防员头盔的健禁不住得意起来，就是够意思！大人都这样说了。

"您不知道我们这是猎熊去的吧！"康一接着说。两个人把折叠椅往肩头上一挎，大踏步地走起来。他们认为一定会碰上猛熊，他们意识中的熊，是动物园里的熊，是绝对没有危险的野兽，槛里的熊也罢，动物图画的熊也罢，统统一样，不但不会危害人还招人喜爱，俩人都非常熟悉电视中出现的驯养的熊，即使偶然碰上熊正不高兴见人，只要拿旅行包中的酥脆饼干逗一逗它，它也立刻就会喜孜孜地来吃手掌中的饼干，绝不能是那种一掌就能把人的脸打烂的畜生，尽管如此，健仍然叮嘱着康一：

"旅行包里带着一枚公共汽车售票员用的哨子，我一跟熊格斗就吹起哨子来，那时你就去招呼人，招呼支援队。"

"知道！"

来到柏油路分岔路口的时候，健毫不犹疑地选择了小路，是那种窄得过不了汽车的小路，是骑自行车和徒步旅行人所走的山间小路。两人走在寂静的山路上，听不见鸟鸣，听不见虫叫，更听不见汽车的喇叭声，是一种被人间忘却了的原始的寂静，路两侧的树，郁郁苍苍繁茂得几乎衔接在一起，两个人的身量，连三公尺远也看不清了。

"嚓！嚓！嚓，草这么一响，就是熊来了，这儿正是熊呆的地方。"

康一忽然觉得悲壮起来，把肩头挎着的折叠椅往肋下紧紧一靠。两个人都穿着球鞋，一点脚步声也没有。

"没有一个人过来呀！"

"有熊啊！这么危险的山路！谁敢来呀！"健样子很剽悍，其实也有点害怕了。

"这么静，我的耳朵都不好使了！"健摇晃着脑袋。

"耳朵嘤嘤地响。"

"对！对！我也是。"

两个人站着了，想证明是不是耳朵在响，像是耳鸣，也像是感觉不对。

"好累呀！"

"歇一会儿吧！"

打开折叠椅，因为根本不通车。把椅子摆在路中央也不碍事。卸下来旅行背包，嚼着糖果，喝了水，康一深深地吸了口气，健也大张着鼻孔吸着气。

"为什么山里这么清静呢？"

"因为草哇树哇都在呼吸着呀！"

对于大两岁的健，康一向来唯命是从，从没有想到还应该反驳。过了差不多一个小时，由十五六个人组成的自行车旅游团。一点没听到声音，忽然出现在面前，而且利利索索地从坐在路中间的他俩身旁通过，进山去了。

"看你长着一个多么好看的小脸！小家伙！你是混血吧！"一个高中生模样的女学生，笑着对康一说完，从他身旁驰了过去。康一也不由得笑了。这句话听得太多了，这个女学生并没有意思呀！混血儿！混血儿，爷爷从爸妈结婚时候起，就为混血儿的事烦心。混血的小孩一上学，就会遭到同学们的揶揄，这会在孩子幼小的心灵上留下伤痕。果然，康一一进学校，就受到了同班生的冲击。

"啊！你是美国人吧！"

"不对，康一是德国人。"和康一要好的小同伴赶紧替他申辩。

康一自己却并没有像爷爷担心的那样，为自己是个混血儿而陷入窘境，他知道自己的妈妈不是日本人，只是觉得妈妈的日本话，说得洋腔洋调而已。

刚上小学，爷爷就问了："康一，同学欺负你了吗？"

"是！不过，完事了。"

"完事了？什么事完了？"

"班上的同学说我是美国人，说过去就完了。"

爷爷为儿童世界中的适应性而感动了，真的有这种通情达理的世界嚜！

两个人收起椅子又上路了，两边的草呀、树呀仍然宁静得很，仿佛呼吸都停止了似的那样静悄悄。完全像处在另外一个世界当中，真的像童话中的世界。四周的山的景色，包含着无数饶有兴趣的故事，自然风物，如此静美，又粗又高的橘树，遮着了道路，只漏下来点点天光，或许就在那大粗橘树的后面，还隐藏着小小的精灵吧！那小精灵正大瞪着眼睛，屏着呼吸，监视着要从这里通过的俩兄弟，康一觉得已经看见了这样的眼睛。可是他没对健说。因为他紧盯着细看的时候，那眸子又不见了。反正自己哪儿都能看得见。

"休息一会吧！"健说。他们支起了椅子，两个人进山已经两个小时过去了，自行车旅游团超过他们一次，但是没有任何人从对面过来。两人喝着水。

"我，累了！"

"唔！"健回答着。发现康一是扁平足这件事是在康一上小学之前，康一穿过一阵子脚掌处有树脂垫的鞋子。

"很多德国人都如此！"爷爷虽然担心。康一的妈妈却并没为这件事着急。听说美国鞋店里有专为这种扁平脚制作的特种鞋。爷爷和康一一起洗澡的时候，总要为康一按摩脚掌，当然，这种按摩对扁平足是无济于事的，爷爷总是为此遗憾。小学校开运动会的时候，奶奶特意去看看孙子。百米赛跑的时候，奶奶认为康一肯定是在最后吃力地跑着，谁知，左瞧右看，怎么也找不见康一，顺着竞赛的行列往下数，发现康一飞奔在最前面。

"喂！我简直信不过自己的眼睛了，扁平脚的康一跑了个第一呀！"

爷爷哂笑起自己的担心来，这才理解了康一那黄头发的妈妈为什么不为儿子扁平脚着急的缘故。

旅行背包里的食物吃完了，水壶里的水也喝干了，两人只好行动起来。如今，已经是非走不行了，健曾经被妈妈用自行车带着走过这段路，但具体怎么个走法却闹不清楚。骑在自行车上和自己走在路上，对周围的感觉可完全不一样啊！旅行背包空了，水没了，可是找不着回去的正路，两个孩子不时地张开折叠椅子坐在道路正中歇息，连互相交谈的愿望都失掉了。健只觉得那个消防队员的大头盔越来越重，重得难以忍耐，那鲜红鲜红的颜色也越来越刺眼。

走进山间小路，分开草莽，爬坡下谷去寻找熊踪迹的意愿早就烟消云散了。所谓的猎熊在他们意识中也不过是一场徒步旅行。这当然不排除遇到熊，因为这里正是熊出没的所在，去年八月不是曾在这一带猎到过三十头熊么！若是正在寻找食物的熊，被柏油路上飞驰的汽车震惊，返过头来就会懵里懵懂地闯到这通不得车子的路上来的，好哇！这里有两个小孩，熊对那大红头盔会满怀敌意，会吼叫着扑上来。那时，健和康一就会两腿打颤，只剩了号哭的份儿。熊一掌就能把头盔打碎。当然这只是想象，十月以后，那才真正是危险时节。在八月，在这避暑的盛期，熊是不会来骚扰的，闹得欢的其实就是这些孩子们，骑着自行车，绕着别墅。"停止无效对抗！"健在前头这样喊着，紧随在后面的康一一边踏着脚蹬子一边接着叫道："注意！你们已经被包围了！"两个孩子就这样骑着车围着别墅喊着，驰着，闹得在楼上写文章的爷爷讨厌得皱起眉头。真是赶上熊，投降的准是人。

在山里奔波了三个小时之后，好不容易接近了市里，那是汽车加油站的侧方，两个孩子筋疲力尽，健可分辨清楚了。

"这回走对了，康一，没问题了。"

"那好！"

因为困在山里的时间太长，是不是已经回到人烟之中，两个孩子都不敢相信，这当然是作为指挥者的健的职责，两个人已经忘却了熊，累得只盼早点回家，他们并没考虑到这个失败的猎熊之旅。康一张开折叠椅坐下，健也随着坐下了。在加油站的一方，两个孩子沮丧地坐在那里，这情况立刻引来了人们的注意。坐在汽车里的人，从这过路的人都盯视着他们。

"人们在看我们！"康一说。

"他们是看这头盔。"健说。无力地摘下头盔，一下塞进旅行背包里。确实，这一带还没见过这种鲜红鲜红的美国消防队员用的头盔。

"笑着过来的人也有呢！"

"唔！"

健已经没有心思夸耀什么了。

"顺着这条柏油路走，就到得了别墅。"

坐汽车的话，只不过一站路，两个孩子，肩上挎着折叠椅默默地走了起来。腿僵得像根棍子，两个人拖着脚走着，健的旅行背包鼓得蓬蓬，那是装了消防头盔的缘故。

"太重了吧！我帮你拿好吗？"

从后面赶上来的一个高中的女学生，指着他肩上挎着的折叠椅笑着问康一。

康一望着女学生，摇了摇头。女学生很快就走过去了，已经走了十多里了，这对孩子的小脚来说，确实是超负荷，两个人，也不知道走了多久了。

终于来到了熟悉的轻井泽车站，把头盔藏在背包里真是太正确了，戴在头上的话，就会成为人们注目的中心。这比起身体上的疲劳更刺伤孩子们的心，折叠椅越来越沉，两个人几乎想把它扔掉了。从车站到别墅还有两三公里路，已经完全回到人世里来了，道路两边，吃茶店呀，食品店呀，土产店呀，山货店呀，避暑客人出出进进，原有的马路已经禁止车辆通行了。这个平素只有两三千人的小镇，一到避暑季节，人口一下子就膨胀到十倍。健和康一裹在人流之中，在赶集似的人群之中走着，康一亦步亦趋地跟定了健，在山里尝到的那种沉寂的、心虚的感觉谁也不知道。往别墅去的路上，角上有一家大土产店，从那儿拐弯就对。因为只有这条路通公共汽车，无从禁止车辆通行，人多，车堵塞着，径直走是走不过去的，人们只好从车缝中穿行，从对面来的一辆车里，有人在叫：

"健！健！"

"唉呀！爷爷！"是爷爷的一位朋友，因为车开不动，正眺望着车窗外面，一眼看见了健。"快上来！"说着打开车门，两个孩子爬上车去。离别墅还有一公里，这回，可不用脚走了。

"你们到哪儿去了？"

"猎熊去了。"健回答。

"什么？去猎熊？"爷爷笑了，孩子的话是不能当真的。爷爷说："就你们两个去猎熊？看起来够累的啦！脸上不好看哟！"

"是这么回事！"健想起来那足以自豪的念头，现在是不是可以戴上头盔了呢，在车里，不会有人看稀罕了吧！

车很快就到了别墅，需要步行几个小时就像谎话一样，车在门口一停，健就飞奔下来。

"回来了，孩子现在刚刚进门，谢谢您，谢谢！"

正用电话请派出所协助找孩子的健的母亲，赶紧向警察报告情况，并向人家道谢。放下心来的母亲现在是后怕了。

"我们是猎熊回来的哟！"健张着双手，威威武武地向妈妈跑去。

"孩子嘛！就是时不常地出个点子！"警官说。

"实在是太感谢您了！"

两个孩子的肩头，挎着折叠椅。

"正托警察找你们呢！"奶奶对康一说："五个钟头了，就两个孩子在山里，奶奶都快急死了。"

"是向健的妈妈说是猎熊去的，打了招呼才走的，我，我可没有做坏事呀！"

健的妈妈又申斥健，又安慰他们。

"我也知道你们不是真的去猎熊，戴着大红头盔，挎着折叠椅，这当然不是要去和熊搏斗喽！好吧！是妈妈不好！"

爷爷一句话没说，在院中的椅子上坐了下来，两个孩子的父亲，因为公事，正在东京冒暑工作。天际最后的一抹余晖也淡下来了，康一来到爷爷身边。

"空气可新鲜了！"

"山里的空气吗？"

爷爷敲了敲康一的肩膀。"一直挎着椅子，肩膀痛了吧！"

"来，再靠近一点！给你揉一揉。"

爷爷按摩着康一那窄窄的小肩膀。

翻译诗歌

生之交响

[日] 福田正夫

初刊"新京"（长春）《大同报》

1938 年 7 月 21 日

七月底，

原野底边际

日已暮，风在寂寞地吹，

世界成了静默的领域。

山底黑影在风中颤抖着

大地喘着低弱的呼吸，

落日余晖，

逐渐在远处消失。

这时，都会底足音，

隐隐地迈到原野底边际。

生之歌唱，

赢起微弱的共鸣。

寂静的自然中，

袭来生之哀吟。

如此一瞬间，

落寞的原野上，

注入了夜底都市底骚扰声。

啊！倾听吧！

在树叶底阴郁的私语中，

回荡着在归途中的，

劳动者底疲乏的呼声。

在草叶的细弱的呼吸里，

浮飘着店铺底主人底吁长的叹息，

在湿霉的土地上，

游动着女工底被汗淹浸着的青白的肌肤。

孤立的大树，

在高耸的叶，枝，干中，

都会底苦闷的哨歌，

在震撼着。

像濒死的病者底幽咽，

像被虐待的苦儿底诉语，

像营养不足的婴儿底哭泣，

又像从瘠地中生长出的芽儿底呻吟。

七月底原野底边际，

日已暮，

风也停止了寂寞的哨歌，

静默中，

生之足音震撼着，

捶打着我底胸，

捶打着我底胸

    这里译的这一首诗是福田正夫前期的名作之一，诗中热情与忧郁交流。本篇与《思慕大空》等均被列入日本诗人选集中。

——译者

采莓之歌

[俄] 普希金

初刊"新京"（长春）《大同报》
1940 年 11 月 13 日

啊啊！姐妹们

放开你底胸怀！

家和美的愉悦地嬉戏吧

来和朋友们同志们嬉戏吧

跳起来哟！你们大家

唱起一只歌子来吧！

唱出心中的歌子来哟！

到这环舞的圈中来

挑逗那可爱的男儿吧！

诱到了那可爱的男儿

向他中意的辽远的他乡飞驰去哟！

你们大家投出去吧！樱桃

樱桃还有那莓子，那红色的莓子哟！

这是我们底心之歌

不要叫谁白听去哟!

这年轻姑娘底愉乐

不要叫谁白听去哟!

亚历山大·普希金, A.S.Pushkin(一七九九—一八三七)是第一个把近代生命吹入俄国文学中的人。他不但是把俄国文学引进到广阔的世界文学中的先驱者, 而且他底诗在单纯真挚之下, 形式又是八面玲珑如珠如玉, 他那种由于所有人性精神的对于现实的伟大的观察力, 直到百年后的今日价值丝毫未减, 可谓俄国诗坛的最高峰, 因为愤于世人对妻底贞操的恶评, 与人决斗而死。代表性韵作之小说为《奥涅金》, 散文小说为《大尉之女》。

天 使

[俄] 莱蒙托夫

初刊"新京"（长春）《大同报》
1940 年 11 月 13 日

天使在夜半之空中翱翔

唱着静静的歌

月，星，和那群集着的云

都来倾听这清越的音响

在乐园的树荫下小憩

为无罪之魂祝福

唱着赞颂着神的歌声

那歌声笼着真诚

天使抱着年轻的魂灵

从容地离开悲哀与泪的世界

那响亮的无言的歌声

清晰地刻在年轻的魂魄中

期望中的不可思议的前路

在世上长期苦恼着的魂灵

这地上的忧郁之歌

是不能代替天空的天声的

　　米哈尔·莱蒙托夫 M.Y.Lermotov（一八一四—　一八四一）与普希金的客观型相对，是一位主观型的诗人，憎恶侮蔑着俗恶卑贱的人世社会，自己有着孤独感，流溢着纯洁无垢的清高，思慕着永远的世界，但又热恋地上的爱欲，这种矛盾相克所生出来的苦恼是莱蒙托夫诗底基调，而且这种灵魂的分裂影响及于他底外在生活，他很年轻地死于决斗之上。杰作遗有叙事诗《恶魔》，散文小说《现代的英雄》。

夜风

[俄] 契柯夫

初刊"新京"（长春）《大同报》
1940 年 11 月 13 日

喂喂！夜风

你咆哮着什么

你狂吼着什么呢？

有时悲，又有时一味喧骚的

用着那样奇怪的声音说着什么呢？

用着理解心意的语言

反复地伸诉着苦闷

哽咽着，时而强烈地

吸起狂暴的声音。

喂喂，你别唱这恐怖之歌啦！

别唱这原始之母的混沌之歌啦

像那夜半的世界的魂魄的贪婪

倾听着怀恋的漫谈。

逃避那终须归土的骸骨，

期望着应合那永恒的时间。

喂喂，别惊醒了那酣睡的

在下面混沌中蠢动的东西。

　　佛道尔·契霍夫（一八〇三——一八七三）是和普式庚比肩的天才的抒情诗人，以高深的教养和敏感的灵魂追求着人生底真谛，他那幽远而又充溢着人间味的冥想，在严正端丽中不失纤细优美之感，是那样脉脉含情又令人不胜感动的诗，这是因为他诗中主要的魅力和他底个性融合一致的原故。他可被称作俄罗斯象征诗派之祖之点很多，因为是外交官，长年住在国外，与哥德，海涅均为至交。

歌

[英]雪莱

初刊北京《中国文艺》第 4 卷第 1 期
1941 年 3 月

一　歌

调子，断了温柔的声音的时候

在回想里战栗了——

风味，在病了馨香的紫罗兰花的时候

在回想里凋残了。

蔷薇逝去了，蔷薇的花瓣，

堆在恋人底床上。

你逝去的那一天，我那样地想念你。

"爱"神，在那里假寐。

二　寄夜

迅速地飞渡过了西方的波路，

夜之精灵哟！

白昼，在整个的长长的寂寞的日子中

使你恐怖而且欣喜，

你织成了恐怖与欣喜的梦。

从雾封的东方的山洞里，

飞翔而来。

包裹着你的暗色的斗篷上，

织着星。

你把白昼的眼睛隐藏在你底发中

在你疲乏了的时候，结个吻吧！

于是，你摇着你底麻醉之杖

漂飞在市街，海和陆地上。

来哟！长久希求着的东西哟！

我们起来，眺望着黎明的时候，

你隐藏了。

太阳升起来。露干了的时候

白日晒在花与叶上的时候

倦乏的午睡的时候

你隐藏了。

你与哥哥底死同来，呼唤着

阻留着我们。

闭上薄眼皮的你的儿子的睡眠。

像正午时候蜜蜂的嘟喃！

我们驰近你身边

你们所求的是什么呢——我们回答不出

不，是你没有回答。

叫死在你该死的时候来吧；

迅速地，尽其可能的

在你逝去的时候把睡眠唤来吧！

我恳求你，我的怀恋的。

夜哟！我希求于你的幸福

从天而降，迅速地

迅速地，来吧！尽其可能地。

    P.B雪莱 (Percy Bysshe Shelley)（一七九二——一八二二）是浪漫主义者的最形而上论者，他底诗令人想到像在月亮照临的海上继续着辽遥的旅程的一叶小舟的航行一样。他也和别的诗人一样地推动法兰西革命，但他把他底革命思想寄托在自己的虚渺的灵感里。他底诗有音乐的韵味，如落花似的缤纷，代表作有《云雀之歌》等，与拜伦，济慈并称为英国当时诗坛三巨匠。

幸运的法尔克鲁兹

（波斯童话）

初刊"新京"（长春）《大同报》
1941 年 3 月 19 日

　　从先在哥西比亚的王国里有一位叫做库济·亚麻靳的商人，买卖非常挣钱，他成了那时候最有钱的人。他有三个儿子，两个大儿子，懒惰极了，把钱像水一样地花着。可是小的法尔克鲁兹，生来伶俐，像小鸟一样的，有着优美的纯情的心，像太阳一样光辉的容貌。并且无论什么事情都为父亲着想，努力去帮助父亲。

　　一天，库济亚麻靳把三个儿子叫到面前来说：

　　"人不自己去挣自己的面包和盐是不行的。已经说过多少回了，我也不过是一个宝石店里的小徒弟而已，因为拼命的努力，所以才能够有今日这样成为哥西比亚国中的第一个财主的结果。因此，我也愿意叫你们去尝尝世间的辛苦。我给你们每人一匹驮满了宝石呀，黄金白银等等东西的骡子，你们上别国去，把钱赚得多多的才好。"

　　于是装好了三匹骡子立刻叫儿子们出发而去。但却瞒着两个哥哥，给了法尔克鲁兹一个绿绸子的小包。说：

　　"这个，可爱的法尔克鲁兹呀！这包裹的黄金小壶在世界上已经很珍贵了，并且其中还有一个用一块红玉很精巧地雕成的雄鸡，鸡每天黎明的时候要张起膀子打鸣的。你好好收着别叫哥哥们看见才好。若万一临到什么危险的时候，把它献给国王，保你无事的。"

法尔克鲁兹谢过了父亲，把小包谨慎地收在怀里。

终于三位少爷分驮了商品向伊兰出发而去。这时两位哥哥因为这样地到不知道的国度去是怎样的不高兴呀！气得不得了，脸上作出极不好看的样子，只有法尔克鲁兹一个人是高高兴兴的。三人这样迅速地旅行中，到黑拉得市，三人找了一个住队商的宿舍住了。

两个哥哥每天每天地盛装，跟着那市街上的商人的儿子们一块饮酒取乐，过着有趣的荒唐的日子。可不久，那巨数的财产不觉间便花光了。

法尔克鲁兹呢，到了黑拉得后，立刻就在宝石商店并列的街上，租了一间门市，把带来的宝石啦，黄金的白银的等等的装饰品摆出来，每天每天精心地做起买卖来，挣了很多很多的钱。这回又打算上西拉兹那地方去。就把伊兰出的顶好的织品办了好些。

出发前，法尔克鲁兹给了两个已经穷了的哥哥一些钱，说："拿这个当本钱，上市场里开买卖去吧！"说完了，就往西拉兹去了。

到了西拉兹的他，租了一所堂皇的邸宅，在市场里开了一所商店，在精心地做着买卖的中间，又挣了数不清的钱。

一天，他忽然想到巡游各国的事，于是吩咐预备了廿头骆驼驮满了高价的物品，关了店门，带了四百名黑奴，向闻名的和平之都的巴克坦都出发而去。到了巴克坦都后，他住在队商宿舍里。

第二天，他早早地起来，吃完早饭后，穿上了刚作得最好的衣服，戴上了最漂亮的头巾，仆从如云地出了旅社。一行通过每一个街道的时候，行人都不自禁地停下来眺望他底美丽的仪容。快到市场的时候，眼前突然来了两个人。两人穿得那样褴褛，头发和胡子乱蓬蓬地长着。一看见他们，法尔克鲁兹觉得十分可怜，想着给他们几个钱吧地走近了他们。一看，一点没错地正是自己底两个哥哥。

法尔克鲁兹打发了一个奴隶把两人叫到身边来，一看他们那改变了的容貌，不自主地哭出声来，说：

"啊！哥哥，一看你们到了这样的可怜的形态，我心就像裂了一样。来上我这儿来吧！换换衣裳，我准不能缺你们的三餐就是了。"说着，拉过来两个哥哥底手，领回宿舍里盼咐奴隶给换上了好衣裳，摆上了山珍海味的宴席，吃完饭后法尔克鲁兹拿着装着满满一下子的钱搭子给了两个哥哥一人一个说。

"啊！到市场去好好地作买卖去吧！今后仁慈的神明一定要保佑你们的幸福的。"

可是两个哥哥却说：

"这样亲切又高尚的弟弟，怎么能离得了呢？此后一定不能不听你话了，你上那儿都把我们带了去吧！"这样流着泪请求着，法尔克鲁兹也没什么另外的法子就同意哥哥底话了。于是三个人同心合意地在巴克垣都作着买卖，不久就赚了无数的钱。这时之间法尔克鲁兹又想急于再去访访另外的国家。就决心到佛兰克国去，于是买好了适合于海上贸易的高价的商品带着两个哥哥和四百个奴隶往贝尔索拉市去了，在那儿用大轮船装好了货物，就出航而去。

两个哥哥，眼见法尔克鲁兹这样富足，心里不由地便生出嫉妒来。

两人私下里合计着：

"弟弟打扮得跟个国王似的，带着这么些奴隶，咱们两个简直就跟个饿鬼似地等着他底施舍。若想将来不上街头去要饭，非得叫自个有钱不可，想自个有钱不就非得把弟弟那奴才给消灭了不可吗？"

两人这样暗地计议好了，就等着夜闇包围了海面的时候到来。到海上全暗了的时候，时候也合适的当儿，两个人悄悄地把睡着的法尔克鲁兹连被子运出来，噗冬地投在泡沫中间。这样忘恩的哥哥，恩将仇报地把一向所受的恩惠都忘掉了。

船平安地继续航行着。不久航近了多岩的海岸，大浪猛烈地击撞着岩山。这时又起了大的暴风，猛烈地把船吹到了岩石上，船撞在岩石上撞得粉碎，船上的人一个也没有幸免到都沉到海底去了。

被投到海里的法尔克鲁兹突然地醒来后，发觉自己裹在被里是在波浪间漂流的时候，大吃一惊地：

"作出这样残酷之极的事情来的人，一定是两个哥哥吧！能从他们底嫉妒的魔手里得到了九死一生，真是慈悲的神明的庇护。"在感谢神明的祈祷中，被浮漂在浪上乘着风借了汹涌的大浪的推送力终于漂到了亚曼王国的广大的海岸上。

法尔克鲁兹站起来，沿着海岸走去，不久就到了一条天空中耸立着数不清的圆屋顶的塔的城市，进了城门，守门的人看他那样的狼狈，十分地可怜他，给他换上了衣裳，给他吃了东西，把他带到国王那儿去了。

国王很亲切地接待了法尔克鲁兹，他匍匐在王座前，从怀里拿出来绿绸子包，把他献给了国王，说：

"大王陛下，请您收纳下这个小包裹吧！这是哥西比亚的亚麻靳的儿子法尔克鲁兹——您底卑贱的下仆的献上品，包裹中有此世无双的珍贵的东西。"

国王忙忙地打开了包儿，把包裹的黄金壶打开，壶中有人工做不出来的那样巧妙的红玉的雄鸡，看了这个之后国王立刻便很中意法尔克鲁兹，叫他坐在王座的旁边，述说他以往的事迹。

法尔克鲁兹听了国王的谕令后，便述说着自己的身世和遭遇。说完，国王给他换上了美好的衣裳，赐给他宫殿和金银并且任命他为亚曼王国的宰相。

法尔克鲁兹这样地又开始了幸福的生活。

译后记：

幸运的法尔克鲁兹是波斯神仙谈中的一小节，在这里我们虽然找不到波斯童话中的幻奇的，魔术的，可爱的小妖精们，但那"东方之国"的情景是怎样真实地出现在我们底眼前呀！这曾经浸润过西方的伟大的文豪们底心灵的迥异于泰西诸国情味的波斯童话在童话史上放着异彩。愿有机会能把连续的兴味盎然的神仙谈介绍给读者。（二月二十日）

美丽的蔷薇公主

（土耳其童话）

初刊"新京"（长春）《大同报》
1941 年 3 月 19 日、26 日

很久很久以前，当骆驼是马贩子，老鼠是理发师，郭公鸟当裁缝，小龟卖面包，驴还给人骑的时候，有一家养着一只黑猫的磨坊。

磨坊之外，有一位国王。这位国王有四十岁的、三十岁的和二十岁的三位公主。一天长公主告诉小公主，叫她给爸爸写了这样的一封信。

"敬爱的父亲，我底大姐四十岁了，我底二姐也三十岁了还都没有出嫁，我是不能等待那样长久的岁月的，请您替我想一想。"

国王读了这封信后，把三位公主都叫到眼前来，说：

这儿为你们每人预备着弓箭。来！把这箭射出去箭落的地方就是未来的丈夫家！

三位公主，走上来从父亲手里接过来箭，大公主射出去的第一箭，落在宰相儿子邸里，于是她和他结婚了。二公主射出去的箭，落在长老的儿子底邸里，他也作了她底丈夫。这次小公主拉开了弓，她射出去的箭落在樵夫底小屋里了。

"这不对！"因为大家都这样说，小公主又射了一次，可是，第二箭依旧落在原来的地方。第三次的箭结果也和前两次一样。

国王因为原就生那个小公主所写的信的气说：

"这个混蛋东西遭报应了。姊姊们都耐心地等着所以有那样的好报，你最小你反倒写那样的信，活该，叫那个樵夫把你领哪去都好。"

于是那可怜的小公主为了去嫁给樵夫离开了父亲底宫殿。其间，在公主与樵夫之间生了一个美丽的小女孩。小公主想着生到这样贫困的小屋里来是多么可怜，正这样瞧着婴儿哭泣的时候，从那阴郁的小屋的墙上出来三位仙女。仙女们把身子弯到婴孩的褥子上，把手放在甜甜地睡着的婴孩身上，于是一位仙女说：

"这小女孩，叫她蔷薇公主，哭的时候，叫珍珠来代替眼泪。"

第二位仙女：

"这小女孩笑的时候，让蔷薇花开。"

第三位仙女：

"这小女孩走过的地方，让绿草生出来。"这样说了之后就和出现时一样地立刻隐出。

年复年的，小孩已经十二岁了，她长得人们从来没看见过的那样美丽。不论谁看了她一眼，心里没有不爱她的。笑的时候蔷薇花开，哭的时候珍珠四落，走路时候绿草丛生。这样的世间稀有的艳丽，博得了许多人的赞美。

某一国的王子的母亲听见了蔷薇公主的事后，想一定得要给王子娶来作妃子才行，于是对王子说，"有一个笑时蔷薇花开，哭时珍珠四落，行时绿草丛生的姑娘，你娶不着她不行。"

　　仙女们把蔷薇公主的样子放在王子底梦里，在王子底胸里放了燃着的爱焰。王子因为母亲也说过这件事情，于是决心去寻找那位姑娘，母亲也更加高兴于这件事，又打发了一个宫中的侍女陪伴着王子前去。终于王子和侍女打听着了樵夫的小屋了。当樵夫们打听"为什么来找我们"的时候，他们说："因为神仙的指示请求小姐作王子的妃子。"樵夫夫妇高兴得升了天似的就定了"一定把姑娘献上"的约定，快着准备蔷薇公主的出嫁。

　　可是，侍女也有一个姑娘，那个姑娘不知那儿有点像蔷薇公主，侍女因为王子不和自己的姑娘结婚，而和贫困的小姑娘结婚，很不高兴，于是瞒着别人想了一个使自己底女儿和王子结婚的计策。行婚礼的那一天，她给了樵夫的女儿极咸的东西吃了，宫中打发车去接樵夫姑娘，她叫自己姑娘也坐在车上，又装了一罐水和一个大篓子。路上，樵夫的姑娘渴了，说"请您给我一杯水吧！"侍女就说：

　　"要水，得用你底一只眼睛来换。"樵夫底姑娘因为几乎渴得要死了，就挖下一只眼睛来给了那残酷的侍女换来一杯水。又走了一会，蔷薇公主因为渴得难受又说："给我一杯水吧！"

　　"要喝水，还得拿你那只眼睛来换！"侍女说。因为实在渴得不能忍耐，可怜的蔷薇公主又取下来那只眼睛给了侍女，侍女两只眼睛一到手，立刻就把瞎了的公主捆成一团，放到大篓子里，拉到一个山上去。于是，急急地赶回宫殿里，给自己的女儿穿上了最好看的结婚礼服，把她带到王子的跟前去。说：

　　"这就是您底妃子。"婚礼盛大的举行了。可是当王子为了拿下来妃子的面纱走到妃子身边的时候，"啊！这不是我在梦里看见的妃子呀！"这样想着，又因为不知那点又像梦中的小姑娘，所以什么也没说。

这时山上的蔷薇公主，因为不断地悲泣着，从看不见东西的眼眶里源源地溢出珍珠来，把装她底大篓都流满了。道傍扫街的夫役听着哭声，一阵阵的这样嚷了出来：

"是谁呀！仙女呢还是妖精呢。"

小姑娘回答着：

"也不是仙女也不是妖精，是跟你一样的人。"

夫役大着胆子走近了大篓子，把篓子打开一看，里边是一个盲姑娘和许多珍珠。这个夫役因为就一个人过着日子，就把蔷薇公主领到自己的小屋里去作了女儿。小姑娘白天黑天都为了失眼的事情悲泣着，因此珍珠不断地落了下来，夫役除去卖珍珠外不做别的事情了。

日月流走着。宫殿里发生了愉快的有趣的事，夫役家里发生了痛苦的悲哀的事。一天，蔷薇公主在门口坐着，想起了一件有趣的事，就嫣然地笑了，立刻开了一朵蔷薇花。蔷薇公主拿了花说：

"爸爸，这是蔷薇，您拿它到王子底宫殿里去，您假装卖着这世间珍贵的花，若是宫里管事的侍女出来，您就说非用人眼睛换是不卖的。"

夫役拿了蔷薇到皇宫的前面去，于是：

"买蔷薇花吧！不要世上无比的唯一的蔷薇花吗？"这样大声地招呼着。

这时候正不是蔷薇花开的时候，一向的那个侍女听见了夫役的叫声，想把蔷薇买来给自己的女儿，这样王子一看见妃子拿着蔷薇花就许解消了疑惑也不一定，于是把那个贫穷的夫役叫过来，问着蔷薇的价钱。夫役说：

"您出多少钱我也不卖，若有人眼睛我就换。"侍女就把蔷薇公主的眼睛拿出一只来换去了蔷薇。跟着立刻就把花拿到女儿那儿去替她戴在头发上。终于王子看见了花，这不是真实的证据吗，这样看起来妃子也许是仙女们给送到梦里来的那位姑娘吧！这样想着，不久一定会大明真相的，这样自己安慰着自己。

同时，老夫役把眼睛给了公主，公主感谢了神仙后，把眼睛放在眶子里，立刻又看得很清楚了就高兴起来，因为高兴公主欢笑着，忽然开了好些好些的蔷薇花，于是又托老夫役带了一篮花去换那一只眼睛。老夫役到了宫殿前面的时候碰见了那个一向的侍女。"啊！这什么都好了，王子已经爱我底姑娘了，买这蔷薇吧！王子底爱一深不久就可以完全忘了樵夫的姑娘了吧！"这样独自想着就把夫役叫过来要买蔷薇花。夫役说："要还跟先前买花的条件一样就卖给你。"侍女立刻把那只眼睛拿出来换花，把花立刻拿到女儿那儿去。夫役拿着眼睛就回家了。蔷薇公主又得了两只眼睛，看去越加可爱了。那样嬉笑着在房前徘徊着，一点花草也没有的小山腰上立刻长满了蔷薇和绿草，仿佛乐园的花园那样美丽。侍女一看见这样吓得魂都掉了。"这要叫王子知道了，我姑娘可怎么办呢？"想着打听出来扫除夫役的小屋，立刻就找着夫役骂着"你留着个妖精是什么意思？"这样气焰万丈地威胁着，夫役害怕极了就问：

"那么怎么办才好呢？"

"你打听打听她底护身的东西，知道了来告诉我，我有法办。"侍女说。

于是夫役等蔷薇公主回家来的时候便问，"你既然是人，为什么有这些不可思议的事呢。"公主不知已经是灾祸临头说：

"我生下来的时候，仙女们赐给我护身，护身活着，就有生出蔷薇啦，珍珠啦，草的力量。"

"那么，你底护身是什么呢？"夫役问着。

"是山上的牡鹿，牡鹿要死了我也活不了的。"公主回答着。

第二天，侍女悄悄地打发人来询问夫役，得知了护身的本物，侍女高兴极了说："这回可听着好信了。"回到宫里告诉女儿跟王子去要牡鹿。姑娘见着王子的时候就说："我不好过，非吃山上的牡鹿的心不可。"王子听了立刻就打发猎师去打牡鹿，一会猎师们便把鹿捉来了。就把鹿杀了拿出心来给装病的妃子做好了。

这同时，蔷薇公主也死了，扫除夫役的义父，把公主厚葬了，从心里悲悼着公主的死亡。

可是，牡鹿的心里有一块红的珊瑚，在妃子吃着心的时候谁也没看见地掉到了床上，滚到台阶下面去了。

又过了一年王子家里生了一位流着珍珠的眼泪，笑的时候开蔷薇花，脚下生着可爱的绿草的小公主，王子因为觉悟到小公主一定是所指的蔷薇公主，也就相信了妃子也一定是那个真正的妃子了，可是，某一夜的梦里，蔷薇公主来了，说：

"喂喂！王子！我底魂在宫殿的阶下呢！我底身子在墓中躺着呢，

小公主是我底女儿，现在我底护身就是那块小的珊瑚。"

醒来后，王子立刻跑到台阶下面去找珊瑚，找着了就拿回屋里放在桌子上。这时王子底小公主进来看见了就去拿珊瑚，当小公主的小手指还没触着珊瑚的时候，小公主和珊瑚都不见了，这是三位仙女把小公主带到母亲那儿去了。当珊瑚落在蔷薇公主的唇里时，蔷薇公主又得到了新的生命。

王子不安，到墓上去了，到了一看，啊！那不正是王子在梦中见过的蔷薇公主抱着王子底小公主在站着吗？王子和蔷薇公主是这样地从心的喜欢，母亲和女儿高兴得落泪了，两人的眼泪散落着珍珠，两个人都哈哈地笑了的时候，蔷薇便开了，两人脚所踏过的地方，这儿也是，那儿也是地萌生了青草。

侍女和她底女儿受了严重的处罚，老扫除夫役也叫来和王子蔷薇公主们一块住在宫殿里。

到一块的两个人举行了盛大的婚礼。两人的幸福永远地永远地继续下去。

译后记：

美丽的蔷薇公主是土耳其的古童话之一，那有着荒唐的风趣和特异的色调的东西方混血儿的土耳其童话是怎样地引人入胜呀！那童话里有西方故事的骨干，有东方形态的浮雕。曾有人这样地形容过她："有眩目的光彩，像没有浮云的大空一样澄丽，像蔷薇上的露珠那样地透明。"这些美丽的形容在这篇短短的蔷薇公主里也可以捉到一点吧！

（1941 年 2 月 25 日）

戴草笠的地藏菩萨

未刊稿（日本民间故事）编译

从前，有一对贫困的老头和老婆，

有这么一年，

冬天来了，雪呀！！每天都飘呀飘的。

老头和老婆守着地炉；

一天又一天，梳着蓑衣草，编着草笠。

这么着，年来了。除夕的早上，老头说了：

"老太婆呀！明天就是大年初一啦！咱们那碗橱里，还没有年糕哪！"

"倒也是真的！怎么办好呢？"

两个人你瞧瞧我，我瞧瞧你，老头说了：

"就这么着，就这么着吧。"老头的脸上绽出来笑容。

"你看！你看，这里有十一顶编好了的草笠，我去卖了它，买点年糕回来还是可以的呀！"

老头背上草笠，老婆眼瞧着老头到集市上去了。

雪花飘呀飘的，

飘落在山头，

飘落在原野。

老头顶着雪来到了集市，

嗨！好热闹的集市呀！

卖年糕的、卖鱼的、卖正月用品的⋯⋯

老头在道边上卸下了草笠，嘎声叫卖起来：

"草笠！草笠！不买一顶草笠吗？"

人们匆匆忙忙地过来过去，这大除夕的日子，可是没人需要草笠。老头叫着，叫着，没人来买。

雪呀冷冰冰的，身子啊冻得发僵，

老头为了给老婆带回去一块年糕，不停地嘎声叫卖着，

可是，仍然没有人来买草笠。

天擦黑，老头是没有指望了。

老头背起那十一顶草笠，垂头丧气地往家走啦！

半路上。老头累了，就停下来喘口气，捶捶腰。

"啊呀！呀！"

路旁，地藏菩萨顶着厚厚的雪帽子，不胜严寒地伫立在那里，

一共是十二尊。

（译者注：日本雪国风俗，路旁竖有石刻地藏菩萨像，十二尊、七尊、五尊不等，地藏菩萨是与老百姓休戚相关的神仙。）

　　"啊呀！啊呀！瞧冻得这个样。俺，俺，买不起一块年糕，可，可，到底还有个遮雪避风的家哪！"

　　老头揉了揉冻僵了的手，替地藏菩萨打落了身上的积雪。

　　雪还是飘呀飘的，

　　地藏菩萨的头上，雪花又飞积上来。

　　"就这么着，就这么着吧！把草笠给地藏菩萨戴上吧！"

　　老头卸下来那没有卖出的草笠，一个一个地给菩萨戴上。

　　十一只草笠，十二尊地藏菩萨。

　　"少一只哟！就这么着，就这么着吧！"老头把自己的草笠摘下了，戴在第十二尊地藏菩萨的头上。老头满意地笑了。

　　不但下雪，还起风啦！

　　"老婆子！俺回来啦！"

　　"老头子！又风又雪的，你怎么连草笠都不戴呀！"

　　"是这么回事！是这么回事！"

　　老头把草笠的事，一五一十讲给老婆婆听。

　　老婆婆听着，替老头扫净身上的雪，高高兴兴地说：

　　"好哇！老头子！你做了好事啦！地藏菩萨肯定会高兴的

　　明天就是大年初一啦！

　　老头和老婆婆的家里，没有一块年糕。

"是呀！是呀！俺家的老头是个好老头，有这样的好心，年就会过得痛痛快快！"

"老婆子！你也是最好的老婆婆，有了你我就满足啦！"

两个人把地炉燃得旺旺的，暖着身子，然后就去睡觉了。

除夕的夜，天蒙蒙亮了。

"哟！哟！抬呀！哟！草笠爷爷住哪儿呀！"

有人唱着号子，响着重重的脚步声过来了。

"这！这是怎么回事呢？"

被惊醒了的老头和老婆婆闹不清是怎么回事，伏在被窝里倾听着。

欢快的号子声和重重的脚步声来近了，近了。

老头和老婆婆吓着了，一动也不敢动地伏在被窝里。

号子声和脚步声来到了门前，接着"乓"的一声放下了什么东西。

然后脚步声又响起来，越来越小，这是走远了。

老头和老婆婆悄悄地爬起来，老头轻轻地来开一条门缝。向脚步声的方向望去。

"啊！"

戴着草笠的十二尊地藏菩萨正列队远去，最后的一尊，就是戴着老头自己草笠的那一尊。

雪花飘呀飘的。

老头和老婆婆往脚下一看，又惊呆了，

新年祭祀用的大年糕，装着大米的草包……

"这是地藏菩萨送给俺们的礼物，是对那小草笠的回报呀！"

老头和老婆，望着地藏菩萨归去的道路，双手合十，遥遥祷祝。

不知不觉间，雪停了，天大亮了。

"嗨！元旦！元旦降临啦！"

天空出现了玫瑰色的霞光。

元旦啊！普天同庆的元旦哟，

供上年糕喽！

老头和老婆婆的茅房里洋溢着欢乐，

好哇！真的好哇！

鬼丸

未刊稿（编译）

1989 年 2 月

《鬼丸》翻译说明

日本岩崎书店，1979 新春，出版了一套日本民间故事画册，《鬼丸》是其中的第四部，《鬼丸》画、文的创作者深沢邦朗是日本童画会委员，曾获得小学馆的绘画奖。他在《鬼丸》这本画册里的形体作了合乎情理的夸张，还用日本民族喜爱的淡色，再现了日本往昔的农村和农家的风貌。画幅构图简练，主体突出，将主人公鬼丸（一个十五、六岁的农家少年）在读者眼前，树立了一个活生生的形象。一个又憨、又鲁的赤子，一个地地道道的日本农家少年。随着画幅的连续，这个鬼丸的喜、怒、哀、乐从不同的眼神，不同的姿式凸现出来。非常鲜明，你一定会毫不迟疑地得出结论，这是日本的鬼丸。不能替代。但作为鬼丸所体现的信念，却超越了画幅中积雪的飞禅山，超越了烧着地炉子的农家茅屋，成为点燃全人类的火炬。作为民间故事核心的真、善、美的典型，在鬼丸故事中激励鬼丸向上的偶人"永恒"，集中了日本女性特有的娇美，因为是偶人，这种美是内涵在"偶人"那绢制的颜面之中的。令人惊叹的是画家表现"永恒"的喜与怒时，也仍然是个平板板的偶人。但她的喜、怒，使你感觉得如同身受。特别是画册最终的一幅，也变成了偶人的鬼丸，站在永恒身边，那憨而恬静的笑容，显示了鬼丸精神的升华。将人引向了善美的高度。

1989.2

　　从前，在飞弹山脚下，有一对母子，默默地过着日子。作娘的，纺线织布，在田间侍弄庄稼，养育着独生儿子鬼丸。鬼丸的父亲，在他出生后不久，因为长年累月的劳累死去了。

　　就在这艰难的环境里，鬼丸也还是长得很结实。到了十五岁，像他过世的父亲年轻时一样，又高又壮有力气。可是这鬼丸生就粗鲁脾气，更不爱干庄稼活。

　　鬼丸常常被母亲打发到村镇上去卖些地里出产的蔬菜呀、粮食等等东西。鬼丸把东西驮在牛背上去赶集，一进村镇，也就把卖东西的事抛在脑后，不是欺负小孩，就是和村镇上的人打架。

　　鬼丸的母亲因为过度劳累和操心得了重病，这天夜晚，母亲把鬼丸叫到枕边，嘱咐说："小棚子里的那个包袱，你一定要好好保存。"说完，停止了呼吸。

　　母亲一死，鬼丸的日子可就不好过了，他想起了母亲的遗言，在小棚子里找到了那个包袱。

　　鬼丸可惊呆了，包袱包的是个小神龛，神龛里面摆着一个鬼丸从没见过的、华贵的童女偶人。

　　鬼丸一个人过着郁闷的日子，母亲的死，使他很悲哀，现在好了，他得到了一个小伴。他凝视着偶人，一天又一天，夜晚，就睡在偶人身边，他给偶人起了个名字，叫她"永恒"。

　　过了些日子以后，鬼丸的家里，一点吃的东西也找不到了，可他又不愿意去干活。他想到家里那头牛，他想："杀了牛，准能饱饱地吃上一阵。"

这天晚上，鬼丸吃着牛肉，无意中看了身边的"永恒"一眼，鬼丸一下子吓呆了。

直竖起来的黑发，铁青的面孔，怒火燃烧的双睛！偶人简直变成了个妖婆。

鬼丸全身战栗，赶忙把"永恒"送到小棚子里去了。

鬼丸越想"永恒"那变了颜色的样子越害怕。觉也睡不成，好不容易盼到天亮，开门出去。看到门口踞蹲着一个重病的女人，鬼丸心想真倒霉，刚要走开，再一看，那女人不知什么地方很像母亲。

鬼丸把这个要死的人架到屋里，安置她躺好。心里只有一个念头，不能让她像母亲那样死掉。他服侍她，给她端水喂药。

谢天谢地，女人的重病竟然一点点地好了起来。到了痊愈的那天，女人一再向鬼丸道谢，留下她仅有的一点钱，走了。

女人去了之后，鬼丸猛然想起了"永恒"，想起"永恒"那不可思议的变化，他怎么也想再看"永恒"一眼。他慢吞吞、慢吞吞地打开了小棚子的帘门。

"啊！"他又看见了初见时那美丽的"永恒"。

鬼丸完全变了，每天都到林里去干活，为了使"永恒"永远美丽，鬼丸总是拼命地做这做那。

鬼丸累垮了，动也动不了的鬼丸，披着被子坐在那里向着身边的"永恒"叨念着：

"怎么办才好呢？该怎么办呢……"

凛冽的北风吹撼大地的时候，背着"永恒"的鬼丸，走在飞禅山的山路上。

病弱的身子，沉重的脚步，迎着落日，只是向西！向西！鬼丸的心里一直有一个念头：

"到妈妈的坟乡去！到妈妈的坟乡去！"

飞禅山的群峰，积着白雪。在那深山窝窝里，有座小庙，小庙正中摆着"永恒"栖身的神龛，但是，没有鬼丸的身影。

……仔细看看，你就会发现鬼丸变成了小小的偶人。和"永恒"站在一起，那憨而恬静的笑容挂在脸上。

翻译著作

茶史漫话

[日] 森本司朗

译者署名：孙加瑞

农业出版社 1983 年 7 月出版

前 言

　　距今五千年前的古代，在中国西南部山岳地带发现的野生嘉木——茶（现今云南茶"普洱茶"的前身），和丝绸一起，经由丝绸之路传到了欧洲。之后，向东传到了日本。茶作为饮料，其有益于人体健康，说它仅次于人们赖以生存的阳光、空气和水也不算过分吧。在人类的生活文化中，由于把茶作为重要饮料，才使得人们摆脱了原始生活，开始向健康的文化生活迈进。茶给予人类的这种难以估量的贡献，笔者愿意提请诸君重新加以认识。这个拥有五千年悠久历史的嘉木，它的叶子经过加工精制，或制成云南茶，制成红茶；或进而依各地气候风土的不同、人们嗜好的相异，而制成煎茶、番茶、抹茶等各种各样的茶类。西欧的文献率先记载了茶对人体健康的促进作用。中国和日本的众多典籍，对此也多有论述。特别是八百年前的镰仓时代，留学中国的茶祖荣西禅师① 所著《吃茶

---

① 荣西禅师 (1141—1215)，日本平安时代末、镰仓时代初的僧人，临济宗的开山祖师。 曾于 1168 和 1187 两次到宋朝留学，从天台山万年寺的虚庵长老学禅。1191 年回国。 建报恩寺，广布禅宗教旨，1213 年任命为掌管全国佛教事务的僧正。 著作除禅宗理论外，并有《吃茶养生记》等。

养生记》，可推为这类论述中的代表性的文献。

由镰仓时代上溯，距今一千二百年前的奈良朝时代，作为生活文化之一的饮茶风尚，由鉴真和尚①和传教大师②于带到了日本。这个饮茶之风，因贵族阶级和特权阶层的爱好流行于上层社会，并未成为大众的饮料。后来，上学茶祖荣西禅师、下集茶道大成，被誉为茶道天才的千利休③，把茶道的精神总括为"和敬清寂"。四百年前，由一间四张半铺席④的茶室里发出的这一倡导，展示了人类希冀和平与安定的理想。笔者认为：1978 年 10 月 23 日签订的日中友好条约与这一伟大理想是一致的，这项条约使历经两千年的日中友好将进一步得到巩固。荣西禅师和利休居士的在天之灵，也一定为此而欢欣不已吧。为了铭记缔结条约所荫及子孙的恩惠与光荣，特撰写此书，以为纪念。

① 鉴真和尚（688—763）是唐代渡日弘布佛教的高僧，扬州江阳县人。

② 传教大师即日本高僧最澄法师（767—822），他入唐留学，在浙江天台宗寺院学习，归国后建立天台宗大乘戒坛，死后被授予传教大师称号。

③ 千利休（1522—1591），日本安土桃山时代的茶人。早年从村田珠光和武野绍鸥学茶道。其父为堺港（今大阪）富商。晚年得到武将丰臣秀吉的推崇，赐予利休居士的称号，尊为天下第一的茶师。后来得罪了秀吉，1591 年被迫切腹自杀。秀吉迫令自裁的原因有种种说法，一说是秀吉看中了利休的女儿，遭到拒绝，羞恼成怒；一说利休把自己的木雕像安置在大德寺山门，所为非分；又一说是由于筹办新的茶具，索价过高，超乎法定基准。

④ 铺席，日语称榻榻密，和式居室铺用。全国统一规格为 6 伊 3 尺（即 2 平方米），所以通常用作计算室内面积的单位。

利休茶道精神的真髓——和敬清寂

和敬清寂这四个字，浅近的解释就是："酷爱和平、清心宁静。"寂代表"侘"[1]字，侘这个古字，意味着一种境界，用现代的语言来说就是"和美"，指的是茶道用具的协调美，人与人之间的契合美。不论古今东西，人类最希冀的就是和平与安定的世界。距今四百五十年前的往昔，生在战国时代于的千利休，创建了这个体现人类共存的理想境界，即以和敬清寂为主旨的茶道。利休的这种精神不正为国内外动荡不安的情势指出了明确的前进方向么。有这种看法的可能不止笔者一人吧！

关于《吃茶养生记》

建久二年(1191)7月回国的荣西禅师，从博多移居比睿山延历寺。翌年(即建久三年)著《吃茶养生记》献给镰仓幕府。其后，从室町时代[2]到战国时代，战乱频仍，但茶道反而昌盛起来。元禄七年(1694)春，《吃茶养生记》以木刻版本在京都问世，引起了茶道界以及学习汉方医术和注意养生之道的人们的广泛重视。

---

[1] 侘，日本茶道专用木术语，意为追求美好的理想境界。日语读音为 Wabi，有寂静的意思。这两个音如用汉字标注，可以写成"和美"。

[2] 室町时代(1338—1573)后期，藩阀割据，战事频繁，史称战国时期(1467—1573)，参看后面"应仁·文明之乱"的脚注。

这本《吃茶养生记》可以称之为日本国民健身法的鼻祖，以现今情况来说，它已成为茶道的根本，而汉方茶药也已成为全日本家庭生活中爱用的一种饮料。

战后，进入了西洋医学的万能时代，这也是由药害污染而引起的思萌病（亚急性脊髓视神经症）、疼痛病、水俣病等，致使数百万人陷于残废，或苦于无法医治的令人吃惊的时代。照此推移下去，众多有识之士，甚至提出日本民族会不会趋于灭亡的问题。这正是《吃茶养生记》重新得到重视的原因。

《吃茶养生记》是用汉字写成的，开篇就有这样的记述："茶者养生之仙药也，延寿之妙术也；山谷生之，其地神灵也；人伦采之，其人长命也。天竺唐土均贵重之，我朝日本曾酷爱矣，古今奇特之仙药也。"

调和五味以养生，乃维护健康之根本。所谓五味就是：

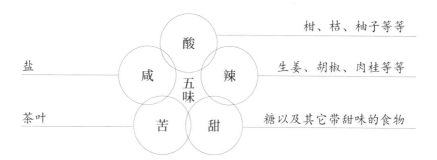

心脏乃五脏之核心，茶乃苦味之精英，而苦味又是诸味中的最上者，因此，心脏（精神）最宜苦味。心力旺盛必将导致五脏六腑协调。每日每年时常饮茶，必然精力充沛，从而获致健康。

《广州记》^①中写道："皋芦^②茶之美称也，亦称为茗。"中国南部的广州、云南等地，终年温暖，没有霜雪之苦，又兼土地肥沃，因而茶味隽美。茶之所以美其名曰皋芦，乃是因为这里是瘴热地区之故。

北方温带寒冷地区的人，来到这里，贪恋景物之美，特别是贪恋食物之美，因而十人中几乎有九人罹病。因此，进食之前，嚼槟榔；进食之后饮茶。此种待客之道有益于客人身心的健康。所以槟榔（含有营养价值极高的植物油脂）与茶成为生活中不可缺少的贵重饮料。

吃茶的方法是：将二三大匙茶叶放入开水中煎之，水不宜多，煎得浓时茶味最佳。进餐时，饮酒少许，然后吃茶，有助于消化。茶既有如此功能，自然得到了人们的喜爱。劝孝的书中写道：孝子以茶侍奉双亲，以期双亲祛除百病而健康长寿。

宋朝的诗歌中有这样的记述：瘟神跪在茶树前，向茶树下拜。两千年前《神农本草经》里写道："消乾医渴，祛病除疫，诚可贵焉。"总之，茶为世界上人人喜爱，对人类作出了贡献。

联结东方与西方的嘉木

中国的《茶经》一书，卷首的第一句就是："茶者，南方之嘉木也。"诚然如此，从温带到热带，茶树广为分布。北起北纬42度的苏联的格鲁吉亚，南到南纬30度的南非联邦的那塔尔州和南美的阿根廷，从地

---

① 东晋裴渊《广州记》："新平县出皋芦。皋芦，茗之别名也。叶大而涩。"
② 皋芦，原称皋卢，又名瓜芦，是指现在大叶类茶树。

球纬度测定达到72度。但茶的主产地仍然在中国、日本、印度、锡兰（即今斯里兰卡）、印度尼西亚等雨季地带。因此，茶称作东方嘉木也未为不可。

四千年以前，中国的茶与丝绸，驮在骆驼背上，沿着丝绸之路，一步步走到罗马。可以说：茶与丝绸，是联结东方与西方的文化天使。那么，欧洲人是经由什么途径了解了这种为中国人民喜爱的饮料的呢？在这之前，作为中国近邻的西亚的人们，对于中国的茶，了解到什么程度呢？和丝绸有着那么深厚关系的亚细亚西部的人们，不可能对中国的茶叶一无所知。现存的阿拉伯航海家的故事里，关于中国茶叶历史有相当正确的记述。据说这本故事书写于伊斯兰教纪元237年（公元851年）。相当于中国《茶经》问世的半个世纪以后，恰是饮茶风习在中国全境逐渐普及的时代。

这位阿拉伯人也这样记述着："这种用开水浸泡的日常饮用的植物，在中国的许多都市和农村都有销售。"书中称这种苦味饮料为SaKh，正是茶字中国发音的模拟。由此可见，九世纪的阿拉伯人对中国的茶和生活中的饮茶风习已有相当程度的了解。在东亚细亚已经逐渐普及的饮料茶，在西亚流传到了什么程度却无从知晓。勿宁说由于西亚伊斯兰世界的气候风土和宗教信仰的关系，茶未尝普及。在有名的《一千零一夜》故事书里，未曾提到茶。十三世纪末，经由丝绸之路来到了中国的马可孛罗等旅行家的游记里，也未曾提到茶和饮茶风俗。阿拉伯人关于茶的记述，正如前人所说，仅见于拉姆肖所著的《海陆旅行记》一书而已。

茶的东传

　　茶的原产地，是被称为世界屋脊的喜马拉雅山系中的中国西南部分的云南、西藏，印度的阿萨姆地区，以及缅甸、泰国的北部地区。在这些地区里，这种有五千年历史自然产生的植物，在云南、西藏地区，曾使之发酵、储存数年后再煎汤而饮。在瘟瘴的热带地区，作为保健饮料，四千年间一直为人们所乐用。纪元前一世纪时，中国史料里出现了"茶"，讲的是中国西南部的四川山地。当时尚没有"茶"这个文字，而是转用"荼"字。五世纪时，茶已由四川扩展到江南温带地区，吃茶风习遍及庶民大众，茶成为人人嗜爱的饮料之一。八世纪后期，陆羽著《茶经》，茶这个字才确定下来。中国全国流行饮茶，饮茶成为生活习俗，恰是盛唐文化灿烂发展的时期。伴随着盛唐文物的东渐，八、九世纪之间，茶也传到朝鲜和日本。据日本史料记载：弘仁六年（公元815年），嵯峨皇帝行幸近江国的唐崎，大僧都永忠，煎茶献给天皇。这是关于饮茶的最初记录。永忠是曾在中国留学三十年的老留学生。留学僧不仅永忠一人，空海、最澄都是回国后传播饮茶风习的高僧。日本最古的茶园——日吉茶园，就是最澄和尚倡导兴建的。只不过九世纪时，这种来自中国的珍奇饮料仅在留学僧中流行而已。正因为茶没有普及到大众之间，茶的传播到了九世纪末期几乎完全断绝。十三世纪南宋时代，荣西禅师携回茶种，才在各地建起茶园。荣西又著《吃茶养生记》，宣传吃茶可以祛病保健、使人健康的道理，标志着日本文化进入了一个新纪元，此事前文已经述及，兹不再赘。

　　继承伟大先师荣西禅师的衣钵，奠定日本茶道文化基础的是茶道的天才千利休。

🍵 日本的抹茶和中国的煎茶

颇负盛名的利玛窦 1606 年写给故乡的信中谈到了茶。饶有兴趣的是，他指出了中国的制茶、饮用方法和日本的制茶、饮用方法之间的不同。他这样写道："日本人把制成粉末的茶叶放在茶碗中，加入二三茶匙开水，充分搅匀，一杯完全饮下。中国人则把茶叶放在开水壶里，俟茶叶固有的色、香、味泡出来时饮之。茶叶仍留在壶里，能够再煎几遍饮用。"利玛窦如此清楚地区分了日本的抹茶和中国的煎茶，委实令人赞叹！但他没有指出日本的抹茶原是来自中国。这是因为：利玛窦所处的时代，恰逢中国明王朝末期，那时的中国人几乎完全不饮抹茶。在利玛窦入访中国的前一世纪，有一本名叫《大学衍义补》的书中有这样的慨叹："今之世人殆完全不知抹茶"。在中国古代，把茶叶制成粉末，搅匀饮用，和用茶叶煎茶只饮茶汁的煎茶同时存在。认识到一茶数煎而饮用的煎茶优于抹茶，那已经是十四世纪下半期的事了。用一茶数煎的煎茶代替不经济的抹茶自然是顺理成章之事。所指的十四世纪后期，是日本的足利义满将军 (1358—1408) 时代，足利兴建了金阁寺作为菩提寺，恰是饮茶刚刚兴起渐趋代替自镰仓时代传入日本的抹茶之时。《大学衍义补》的问世之期相当于义满之子足利义政 (1435—1490) 隐居在东山村麓、建造银阁寺 (慈照寺) 的时代。义政将银阁寺那十六铺席的居室一分为四，作为寝室、佛堂、读书间和书院。在书院中，他学习点茶①，也就是以抹茶作工夫茶来品味，这就是流传到现在的四铺半书院茶。

---

① 我国宋、明时代称沏茶、品茶为点茶，日本茶道中的点茶有一种规范化的程式。

中国的大灯国师、宋代的高僧圆悟克勤，元代的高僧古林清茂等禅门高僧，特别是古林清茂，将中国茶禅一体的哲学传到了日本，从他东渡日本到六十八岁时圆寂为止，历访了京都、镰仓等地，传播了临济宗的禅道和王羲之等人的书道以及抹茶之法。

银阁寺首创的茶禅一体的工夫茶的饮茶方式，成为书院的饮茶仪式。这种风习传到了封建领主和寺院特权阶层之间。

被尊为茶祖的荣西禅师，他的关于茶道的教义，在室町时代由村田珠光、武野绍鸥等人继承发扬，颇有贡献。到了战国时期，生于堺港（大阪）贩鱼之家的千利休，以他非凡的才能，把这种书院茶道庶民化，创立了草庵茶道。从而使这一文化普及到城镇居民、农民以及渔民之中。得悉这一情况的丰臣秀吉，恳请利休讲述茶道哲学奥义。秀吉认为这一奥义是人间至理，乃用于平定天下，从而获得消弭战乱、统一全国的硕果。以六十九岁谢世的利休，晚年曾预言："千年以后，茶之本道可能衰败，但饮茶风习却必定昌盛。"正如千利休所预言的那样：十六、十七世纪之交，茶道逐渐衰退，工夫茶的抹茶为饮茶代替，而饮茶经明治、大正、昭和而日益隆盛。当时，利玛窦正旅居中国，没有机会到日本来，他根据有关日本抹茶的传闻，对照中国所见的煎茶，作了结论，这当然是颇有见地的判断。在他之后，基督教的传教士们，关于茶事续有报道。此外，航海家们也不断传播此项新闻。例如荷兰的里斯霍特，在他的旅行记里，谈到日本的饮食风习时，就提到了茶。这本旅行记1598年译成英文，这可以说是茶的最初英文文献。总之，自拉姆肖以降，关于中国和日本的茶事知识，已经迅速在欧洲扩展开来。

日本茶进入欧洲

日本茶输入欧洲始于 1610 年。在这前一年，荷兰东印度公司的货船驶抵日本平户，并在该处购买茶叶。后经印度尼西亚的巴达木港转运至欧洲。荷兰商人从那时之后，独占茶叶贸易。欧洲各国对日本茶的评价很高，通过荷兰商人购买日本茶叶的数额年年增加。因为日本无力满足这日益增长的需要，荷兰商人乃在日茶之外，购进中国茶叶。

绿茶和红茶

日本茶全属绿茶，但中国茶却不限于绿茶。中国输出的茶叶中，有很大一部分是被茶商叫作"包伊"(bohea) 的茶。"包伊"是中国武夷二字的讹音。武夷本是中国福建与江西之间的一条山脉。武夷山中所产之茶被精制成红茶，向欧洲大量输出，所以欧洲人称之为"包伊"。

顺便提一下，在大枝流芳所著的《煎茶致用集》中就记述了江户时代武夷茶由船舶运到日本的情况。该书所述如次："此茶，乃武夷之淡茶，色黑，沏后呈淡色，并非茶之上品，只不过为一种舶来品而已。"同一书中，与武夷茶并列，称为进口第一珍品的是珠兰茶，还有稀有的松罗茶。珠兰茶是用兰花香气熏制的香片茶。松罗茶乃安徽省休宁县的松罗山所产，主要加工成绿茶。绿茶与红茶之不同是由于制作方法的不同。蒸、炒而不经发酵的是绿茶，经过发酵工序的则是红茶。同一茶叶既可制成绿茶，也可以制成红茶。不了解这一过程时，一般认为两者系茶种之不同。例如，林奈在《植物种类》一书的第二版中，中国种名之下列出两个变种，一是武夷变种 (Thea bobea)，另一个是尖叶变种 (Thea viridis)。这很可能是由红茶与绿茶在商品上的区分而派生出来的概念。茶传入欧洲，已是十七世纪初期的事。起初，以日本的绿茶为主，之后才代以真正的中国茶。中国输出的茶，除绿茶之外也有红茶，而且红茶逐渐增加，逐渐占据重要位置。从贸易方面来说，最初是荷兰独霸茶叶市场，直到 1669 年英国商人才第一次向欧洲输入茶叶。这次输入英国的茶叶总共两箱，重 65 公斤。之后，英国茶的消费量逐渐增加，到十七世纪末达到一年平均 10 吨。十八世纪初 22 吨，到了十八世纪末叶，已经高达 9000 吨之多。成为欧洲人的生活必需品。英国人开始在自己的领地内培育茶树。经过刻意研究，在印度的东北部阿萨姆地区发现了野生茶树。印度的制茶业由此急速发展起来。从阿萨姆向西到贝喀尔，从印度北部的山岳地带，向南直到锡兰（即今斯里兰卡），茶园一天天扩展。原是从中国输入茶叶，这时已经确立了自给自足的体制。印度南部以及锡兰的气候风土适合茶树生长与繁殖。有了这样的自然条件，印度和锡兰的制茶业才逐年迅速发展起来。

司各脱关于阿萨姆茶的报告写于 1826 年。自从阿萨姆州 1834 年建立实验茶园算起，仅有一个半世纪。阿萨姆原本有茶，但完全不知加以利用，实在是件不可思议的事。

苏门答腊、爪哇等旧荷兰的殖民地，1878 年，从阿萨姆移植了茶树，继印度和锡兰之后，都发展成为制茶产地。

拥有四千年历史的中国茶业，不仅哺育了日本的茶道文化，把作为文化生活的饮茶方式也由亚洲扩展到了欧洲。除了大家熟悉的番茶、煎茶、乌龙茶、红茶、云南茶、哈布茶、薏米茶、麦茶之外，尚有数不清的茶类在流传。

☕ 茶的故乡，中国茶的诞生

这本是植物学家研究的问题，分布在中国云南省南部，特别是澜沧江（湄公河的上游）流域一带的茶是阿萨米加变种，从这里流传开利用茶叶的方法，首先传播到东北方的四川盆地。在那里经过长时期的培育，适应了当地的气候风土，才出现中国变种 (Thea sinensis) 的吧。

在中国古代的历史文献中，栽茶似乎是始于四川盆地。王褒的游戏文章《僮约》中有："煮茶""往武阳购茶"等记述。纪元前的四川省成都西南方的武阳（现在的彭山县），似乎已经是中国茶的主要产地。直到现在，此处所产的茶仍享盛名。彭山县西面的掌山山岳地带采下的掌顶茶，以味香知名。汉朝四川省出身的文人司马相如和扬雄，都曾在自己的著作里，饶有兴趣地记述了茶的功能。特别是扬雄，在他所著的《方言》中这样写道："蜀西南人，谓茶曰蔎。"令人注目的是：他记有"蔎"（音设）字。汉武帝以来，四川的西南方，也就是现在的长江上游的金沙江，以及前面提到的澜沧江一带陆续开发，当地原住民的少数民族苗族、瑶族、傣族等与汉族的交往日益频繁。虽然不能断定阿萨姆茶的原树就是此时移植到四川的，但至少可以说是前一世纪的某个时期移进的。

蔎字，发 chad 或 shad 的音。从这个语音分析，阿萨姆茶的原树，很可能是移植自中国的西南部与印度接壤的国境地带。这个语音为这个推断提供了根据。

在中国，"茶"这个字的确定是在八世纪的时候。在这之前，一直使用代表草本苦菜意思的"荼"字。前面提到的《僮约》，"茶"字用的也是"荼"字。尽管有人解释为苦菜，但我以为还是解释为"茶"较为妥当。

茶的栽培与饮茶风习的东渐

认为在中国，茶的栽培与饮用始自四川的有晋人张载，他在《登成都楼诗》中说："芳茶冠六情，溢味播九区。"意思是说：茶为饮料之首，饮茶风习起自蜀而渐及全国。晋人孙楚在《出歌》中也写道："姜桂茶荈出巴蜀。"由此可见，产于四川巴蜀的茶可推为中国茶的代表。到三世纪，饮茶的风习由四川向东推移，到达长江下游一带。茶的栽培也随之向东扩展。经过南北朝时期直到全国统一的隋、唐时代，不产茶的中国北方，方才流行饮茶，由南方大批运进茶叶。

《茶经》的作者陆羽

《茶经》问世于中国南北一律盛行饮茶风习之时。这本茶道的古文献，也可以说是作者的自传。《新唐书》就将《茶经》列入传记一类。但作者的身世疑点甚多，连生卒之年也不清楚。据说是竟陵高僧智积禅师在河边拾到的弃儿。由高僧抚育成人并收为弟子。这是位被称作神仙一流的人物。以陆为姓，取名为羽，表字鸿渐。姓名皆取自占卜卦文。这种玩世之举实为古今东西所罕见。他不知父母，又无兄弟，形单影只，就一般人来说实属不幸。他按《易经》占卜，得渐卦，卦象为巽艮，象辞是："鸿渐于陆，以羽为仪。"因而取名陆羽。其实，与其说这是陆羽的谐谑，勿宁说正是他性格坚强的表现。对抚育他成人的智积禅师，也时常违拗，孔孟的儒道较之佛教使他更为倾心。他被逐出寺门之后，到处流浪。闻得智积禅师圆寂消息，痛哭失声，作诗悼念。诗的大意是："不贪白玉杯，不喜黄金罍，不羡高官厚禄，不慕高阁琼楼。但愿身为西江长流水，终年长向竟陵流。"竟陵，是恩师智积禅师的住处，对抚育自己成人，胜过亲生父母的恩师，他用这首哀歌，吟出了对恩师的无限思恋之情。和禅师激烈地辩论儒、佛之道的争执并未削弱他对禅师的感情。据说，他在山野中踽踽独行之时，既吟咏古诗，也诵念佛经。晚年，和他友谊弥笃的却是释家的皎然。由此可见，与其说他是反对佛教，不如说他反对的是扼杀个性自由的传统和环境。渗透他这种意志的行动，为世俗所不容，说他是一代狂人。他其貌不扬，也可能是被作为"狂人"的依据之一。对于自己的容貌之丑，他以魏之王粲，和前文提过的《登成都楼诗》的作者张载自况，对自己的口吃，以前文提过的司马相如与扬雄自比。他这种把几位著名文人的才能集于自身的口吻，委实令人忍俊不禁。会使常人自暴自弃的这种自身缺陷在他却成了激励自己上进的动力。

总之，陆羽这个遭世人白眼的弃儿，与一般人不同。他不仅自己达观，而且致力于拯救和自己同遭沉沦的贫苦大众。他是怀着这样的感情，倾注全部心灵来著述《茶经》的。这种积极的人生观，理应得到高度的评价。

这就是我们不得不介绍陆羽《茶经》的根本原因。《茶经》的著作年代已无从考证。但这是他移住江南以后，即756年以后所写却是公认的事实。这个八世纪中叶的756年，在中国历史上也是划时代的时期。该年正月，安禄山自称大燕皇帝。六月安禄山大军进关，玄宗皇帝外逃避难，马嵬坡前杨贵妃含恨而死。七月皇太子肃宗即位，在这种连续战乱的情况下，陆羽居住的湖北，也拥塞着从中原的陕西和河南逃来的难民。难民纷纷渡扬子江移住江南，陆羽也不得不离开居住多年的湖北而移往东南的湖州。在湖州，他结识了当时以诗闻名的皎然上人。从上人学诗、学禅并学习茶事。陆羽移居湖州七年后，史思明继安禄山之后作乱，为时不久，被誉为书圣的颜真卿调任湖州长官。颜真卿组织湖州的知识分子编纂《韵海镜原》，这是百科辞典之类的书，陆羽被邀参加。他撰写的《茶经》结构严谨，内容丰富，称得上是茶的百科辞典，这项成就的取得与他参加编纂《韵海镜原》不无关系吧。

《茶经》的构成

《茶经》共分十节。即源、具、造、器、煮、饮、事、出、略、图。为首的茶之"源"，讲的是生长中的茶树。现在看来，这一节主要是从植物学、农学、药学等方面来加以考察。

陆羽关于茶之"源"的论述，十分精确。例如，当讲到茶树的树高的时候指出，树高从一、二尺到数十尺。我原以为，说茶树高达几十尺可能是夸大之词，但在见到了云南南部有高达十七米的茶树的报告之后，我所惊叹的却是陆羽叙述的准确。陆羽足迹未及云南，可能在湖北四川交接地带的山野里看见过几十尺高的茶树。

《茶经》第二节的"具"，从装青叶的竹笼，到蒸、捣、打、焙几道工序所使用的工具无不一一列举。连防湿用具也列举了十几种之多。

第三节的"造"，以第二节"具"中所列的各种器具，一一说明制茶过程。第二第三两节，从人和物的两个侧面说明了制茶中表里一体的关系。第四节的"器"，与第三节的"具"对照，说明焙制好的茶叶用什么煮，用什么饮的一系列器具。第五节的"煮"，有别于器，讲的是人的操作方法。在下一节的"饮"里，发表饮茶论。第七节的"事"，讲的是茶的历史。第八节"出"，讲的是茶的地理环境，讲的是茶的空间与时间。第九节"略"，很可能讲的是野地点茶的形式。这个"略"，就是陆羽一向主张的茶道。最后一节的"图"，是提倡把从第一节的"源"到第九节的"略"写在四幅或六幅的素绢上，张挂于客室墙壁。是不是只写文字，还是配有画图，这一点弄不清楚。

总之，《茶经》一书，结构严谨，秩序井然。绝非眼下那种被吹捧得天花乱坠的书籍所能比并，是地道的茶道哲学。在这本百科大全式的项目纷陈之中，可称之为"人生指南"的思想脉络贯穿全书。这是陆羽经智积禅师养育教诲，渡过苦难生活的体验；是茶的精神；是俭的美德；是穷苦人自主独立、自力更生、刻苦奋斗的生活规范。在"煮"节中，陆羽说："茶的本质即俭。"在"源"中他说："饮茶可使人行为端正、注重俭德。"同为人间饮料，饮茶如与饮酒相比："茶能止渴生津，使人神清气爽，指出人生正道。酒则醉人，使人亢奋，溺于邪恶之中。"自古以来，议茶论酒，无不指出两者之间的对立性格。陆羽以茶的本质为俭，实为投向今日茶道界的一副清凉剂，委实值得注目。

饮茶之种种

《茶经》记述了陆羽之前的各种各式的饮茶方法。"事"节中引《广雅》云：荆巴间采叶作饼，叶老者，饼成以米膏出之。欲煮茗饮，先炙令赤色，捣末，置瓷器中，以汤浇覆之。用葱、姜、桔子芼（音冒）之，其饮醒酒，令人不眠。"这种茶加香辛料的饮用方法，乃是广东、越南、东南亚等地的风尚。

有一种称为瓜盖木的东西，像茗但味苦涩。《本草拾遗》中称它为皋芦、过罗、物罗。产于广东东部的东江流域及南海。这个名称来自当地少数民族苗族的语言。《广州记》中记载，"皋芦者，茗之别称。"这可能是因为茶和瓜盖木相似的缘故吧！

前文提及的阿萨姆茶，分布在南岭山脉至海南岛一带。有些地方称为瓜庐的东西就是阿萨姆茶吧！在长江流域因加以改良而冲淡了苦味；在岭南则因仍保留原始状态而苦味依旧。似茶而又非茶，之所以加入香辛料，乃是为了缓和苦涩。据说，泰国和缅甸为了减消阿萨姆茶的苦涩，用盐渍之。饮用之外，还制成口香糖状食用。这种东西泰国叫做密耶。从缅甸到阿萨姆，则称之为丽贝。正像西南夷所说的和中国茶字的发音类似，泰国的密耶可能来自中国的"茗"。总之，在处理茶的苦涩方面，有各种各样办法，因栽制的不同而千变万化。

茶仙陆羽的饮茶法

陆羽的饮茶法，不是用开水沏茶，而是用釜煮茶，这是他饮茶的特色之一。就要掌握好水量和水滚开的程度。第二个特色是：他完全不加香辛料，只加盐。开始釜中只注入水并使之沸腾。待水从釜底冒出鱼目似的水泡并发出水开时的音响时，向釜中投入少量盐，水再开得翻滚如连珠时，用长柄茶杓舀出一杯开水放置待用。用竹筷搅散釜中心水花，将研成药末状的茶投进釜中。等待茶水又滚，将先前舀出的开水倾入釜中，使沸滚稍止，这就煮得恰到好处，然后分盛茶碗中，注意不要汲起釜底茶渣。当然，如何处理茶，处理水，以及如何使用燃料等等，陆羽都叙述得十分精细。以上只不过述其大略而已。茶道天才陆羽式的煎茶法，早在嵯峨天皇(809—823)在位时就已经传入我国。稍有不同之点就是：我们是把茶分盛在茶碗之后再加盐少许。总之，大约陆羽死后十年左右中国最新的饮茶法就已传入我国，为我们所仿效。后来中国煮茶法衰落，盛行抹茶，又由抹茶发展为煎茶。在我国，抹茶法和作为工夫茶的煎茶法一同流传到了现代，而抹茶法由于巧妙地摄入了禅门茶道哲学则更占优势。

🍵 仿唐时代与茶之传入

古代日本的统治阶级，有意识地、积极地摄取了一衣带水的邻邦中国的先进文化与制度。七世纪初，圣德太子再次派出了遣隋使。从630—894 年之间，多次遣唐使都随带为数众多的留学生和留学僧，他们既是政治使节，也是文化使节。我国的天皇制国家，因为仿效唐朝的文物、制度，从而使国家井然有序。从大化革新到实施班田收授法、编修国史、发行货币、营造平京城、制定律令等等，无一不是模仿唐朝。飞鸟、白凤文化可以说是盛唐文化的缩影。特别是圣武天皇的天平时代，唐朝高僧鉴真大师不为五次渡日未成所挫，终于携带唐朝优秀文物、医学、药剂、建筑、雕刻、绘画等技术人材及器材，从九州登陆来到奈良。鉴真在五次渡海受阻的艰难岁月中，双目失明而不改初志。圣武天皇对鉴真大师格外尊敬，为他设立戒坛，自己率先受大乘佛教戒，并劝多人受戒。向往盛唐文化的奈良、畿内，很多人在鉴真大师的戒坛受戒。之后建唐招提寺，迎来了南都（奈良）六宗的兴盛。以《怀风藻》为代表的汉诗，以及模仿盛唐样式的建筑、雕刻、绘画，盛极一时。正如正仓院①所代表的那样，憧憬中国文化，模仿唐风，达到了顶点。在贵族和僧侣等特权阶层之间，生活的每一细节，都渗透着唐朝文化的影响。

当时在唐朝，陆羽《茶经》的出现说明吃茶风尚已很流行。日本的贵族社会正热衷于全面模仿唐朝文化，吃茶风尚传入我国的主、客观条件都已完全成熟。虽然没有确切的文献资料可供依据，很可能在

---

① 正仓院，指奈良东大寺的正仓院。建于1200 年前后，收藏各种文物极为丰富，足可代表当时的文化。

天平时代 (710—794)①，至少是在奈良时代的末期，作为唐朝文化一环的吃茶，就已传入了我国。

☕ 荣西禅师和《吃茶养生记》

荣西禅师，永治四年 (1141)，生于备中国 (现冈山市) 的吉备津神社的神官之家。十四岁时，为探求知识而立志出家，遂离故乡，到比睿山受戒，改乳名千寿丸为荣西。当时，世事已呈乱相，两年后果然爆发了保元之乱②，继之又是平治之乱③，平源两家互相攻伐，世事一片动乱。

比睿山当时为天台宗传播佛学的最高学府。以传教大师最澄为首，名僧云集。特别是圆仁慈觉大师、圆珍智证大师等，曾长期入唐留学。荣西禅师的时代，日中文化交流已经隔断一个半世纪，佛学陷于沉滞。荣西早在二十一岁时就已立志步先哲后尘，去中国留学。但再开断绝了百年之久的中国留学之路，委实困难重重。为了在留学中取得丰硕成果，必须尽力积累在国内所能汲取的知识。于是他离开比睿山去鸟

---

① 日本文化史上的天平时代，是指以圣武天皇的天平年间 (729—749) 为中心的一个时期。这一时期文化的特点是以贵族为主体，带有浓厚的佛教、都市和唐朝大陆文化的色彩。

② 保元元年 (公元 1156 年) 崇德上皇召源为义、平忠正欲行政变。后白河天皇召源义朝、平清盛拒之。崇德上皇兵败，被迁于瓒岐。为义、忠正皆死。是为保元之乱。

③ 平治元年 (公元 1159 年) 源义朝谋反，平清盛举兵败之，从此朝中大权归于平氏，是为平治之乱。

取县的伯耆大山,拜基好禅师为师。在一系列的学习中,他不仅学识上有了充分的准备,同时也更加坚定了去中国留学的志愿。

公元 1167 年冬季,二十七岁的荣西回到冈山故乡向双亲告别,然后首途九州。先参拜了宇佐八幡宫,翌年正月登阿苏山,为渡海平安而祈祷。二月,在博多会见了中国人李德昭,了解到宋朝禅宗的盛况。1168 年,二十八岁的荣西,胸中燃烧着求知的烈火,出博多港,战胜了怒涛逆卷的大海,在浙江省明州(现在的宁波)登陆。

1978 年 12 月,中国杂志《人民中国》十二月号,为纪念日中友好和平条约的缔结,发表了特辑文章"茶的东传和荣西和尚"。在绵亘两千年的日中友好交往之中,着意突出了八百年前荣西禅师两次渡海来到南宋,学习大乘佛教并将饮茶风习传到日本,促进日中友好文化交流的丰功伟绩。

怀着学到佛教真谛、求得良师心愿的荣西,遍访了江南名刹。他来到浙江省四明的天台山万年寺,终于得到了拜见禅宗法师虚庵怀敞大师的机会。于是,荣西以至诚至敬的心情就学于虚庵禅师坛下。

虚庵禅师移居天童山景德寺时,荣西也随禅师移居。景德寺因年久失修而荒芜,需要改建。移居一年之后,荣西了解到禅师关于大规模改建寺院的计划之后,英明的荣西向禅师说道:"报答师父厚恩,弟子不惜付出生命,对改建寺院一举,弟子将全力以赴。祖国日本广有良材,请允许弟子立即回国,筹集良材,为师尊的改建工程尽一己之力。"

荣西旋即回到日本,多方奔走,广集良材,组成木筏,两年后再次在明州登陆。面对这远涉大海而来的栋梁之材,虚庵禅师喜不自胜,一再夸奖荣西广结善缘。

荣西是位建筑设计的天才，在改建资材齐备之后，便督率僧众和瓦木匠人，建造了七间大殿。大殿高 40 米，上下三层，宽达 46 米。朴实、谦逊的荣西，言出必行，虚庵禅师喜悦之情溢于言表，天台山和天童山的僧众对他也极为敬重。虚庵禅师有一首赞美荣西的诗："锋芒不露意已彰，扬眉早堕知情乡。"意思是赞扬荣西有卓越的见解和非凡的洞察力。

荣西留学中国期间，恰值南宋社会经济的小康时期，江南各地均有茶园。浙江省的杭州、福建省的武夷山、安徽省的祁门等地都是产茶名区。吃茶风习已经扩展到一般庶民，街头、驿站、寺院门前均设有茶座。出一文钱便随处有茶可饮。荣西居住的四明一带，每年由春至夏，时时可以看到采茶、制茶等活动。老百姓的嗜茶景观，更是每日目睹。很可能是这一切促使他兴起了回国后推广植茶饮茶的心愿吧！荣西在钻研浩瀚的佛教经典之余，也埋头于茶的研究。在拜别恩师虚庵禅师，离开南宋回国时，他带了许多佛教经典，同时也带了大量茶树种子，回到了博多港。

荣西除了自己在筑前、肥前两国交界处的背振山一带播下茶树种子外，还将茶种赠送给山城国的明惠上人。明惠上人按照荣西的指点，在拇尾山中播种了茶种（拇尾即现在的宇治）。宇治后来发展为产茶名地，宇治茶被称为"真正的茶"，十分珍贵。

室町时代（1338—1573）、江户时代（1603—1867）以来，茶逐渐移植推广。畿内、东海道一带广为栽植，发展成为农家副业。同时，吃茶风习也逐渐由贵族阶层扩展到庶民大众。

荣西禅师从中国带回来的茶种，是生长在温带地区、长江中游的

"岩山茶"。这种岩山茶，很受我国上流社会欢迎。当时镰仓幕府的将军源实朝，正为糖尿病所苦。归国不久的荣西，为源实朝讲述吃茶养生之道，并献上了茶叶。实朝按照荣西的指教吃茶疗养，从而恢复了健康。实朝欣喜之余，建造了建仁寺，为日本的禅门开基，并敦请荣西禅师主持该寺。荣西禅师甚为感奋，更加精修禅学。为了向全国推广饮茶之风，著《吃茶养生记》二卷。向国内宣传茶的提神、健胃的功能，宣传茶的利眠、利食的好处。

《吃茶养生记》，茶书？医书？

《吃茶养生记》是用日本式汉文撰写的书籍。它讲述了茶是养生的仙药，是延龄的妙方。不仅引经据典地论证了茶是一种不老长寿的妙药，而且结合自己的实践论证了这一点。上卷谈及五脏和会问题时，首先引用了密教教典《尊胜陀罗尼破地狱仪秘钞》，引用了教典关于五脏即心、肝、脾、肺、肾等的协调乃是生命之本的论点。五脏中最重要的是心脏，和五脏对应的是五味。和心脏对应的是五味中的苦味，而苦味之最宜者是茶的苦。因此吃茶能促使心脏强健。心脏强则五脏协调；五脏协调则生命处于最佳状态。

将茶作为日常饮料的中国人，比不知饮茶的日本人长寿，这个实例，是推行饮茶的最具说服力的宣传。

在当时可以称作最新的百科辞典的《太平御览》一书中，在"茶"的记事一栏里，就茶的名称、树形、花叶形、效能、采茶手法、采茶时节及调制方法，分七节加以说明。这本书里还载有一条荣西留学中国时的一则见闻，说的是：南宋宫中的后花园里，正月初三摘银尖。据说一茶匙银尖茶，价值可高达一千贯。

下卷祓除鬼魅的一章中，率先引用了密教教典《大元师大将仪轨秘钞》，说的是乱世多疫病，请饮桑叶祛毒。这卷，多次引用新刊的《证类本草》，其中并未详细介绍烹茶煎茶的事。至于荣西献给源实朝的，很可能是摘录了《吃茶养生记》中的一部分，即茶不仅可以醒宿醉，而且具有医药效能的那一段。以将军实朝为首的镰仓幕府的权贵们，日益耽于酒宴，而将军实朝的宿疾糖尿病竟因饮茶而治愈，所以说，饮茶风习得以普及，茶树栽植得以推广，与这件事是颇有关系的。

茶的生产与消费日益发展，饮茶成了任何力量动摇不了的生活习俗；茶叶成为日本人民不可一日或缺的消费品。全国的各个角落，到处栽起茶树，植茶成了全国农村的副业，这大大地促进了农民的健康。荣西禅师的设想，收到了预期以上的效果。全国到处活跃着茶商，各流派的工夫茶，拥有百数十万的茶道入门弟子。与茶祖荣西同垂后世的是茶道天才千利休所倡导的以和敬清寂为主旨的茶道文化。和敬清寂的茶道文化，简言之就是希求安定与和平。这个文化经四百年迄今不衰，希求和平与安定的茶道文化在发展。作为九世纪初期流行的汉文化的一环，在宫廷贵族、僧侣之间的饮茶风尚，只不过是一种沙龙文明，一种一时的风气，可以说是无根之草。荣西禅师播下的茶实，在全日本的土地上扎根成长，八百年后的今天仍然保持着旺盛的生命力。这是因为荣西从中国学到的、由禅门哲学引伸出来的茶道哲学，在祖国几度濒临战乱之后，都拯救了她。特别是第二次世界大战以后，作为战败国的日本面临饥饿、面临灭亡的紧要关头，自力更生、自主独立的茶道精神鼓舞了她，人们决心复兴祖国。这使得以建立茶道文明为己任的仁人志士欢欣鼓舞，长眠于地下的茶祖荣西也必将为此而瞑目吧。

吃茶风尚的大众化

我国古代上层社会独占的吃茶风尚，到了室町时代，随着茶的栽培在各地的普及，随着茶叶产量的年年增高，逐渐向一般庶民大众渗透。据京都东寺所藏的古代文件《廿一口方评定引付》所载："应永十年 (1403)，东寺南大门前，一服一文钱的卖茶人开起茶店。永亨五年 (1433)，东寺墙外沿街茶店已很兴隆。"此外，在一部题名《七十一番职人歌合》的连歌汇编中，在名为"卖杂烩的"的一组文章里，也叙述了一服一文的卖茶人。《狂言》中"木料六驮"一章里，描述了京都西郊老坂岭的茶店；《今神明》一章中，描述了宇治栗隈神社前的摆茶摊的女人。栃木县 (古时下野国) 足利市幡阿寺所藏注明永亨四年 (公元 1432)5 月 9 日的文卷中记有："付茶钱二贯七百三十文"，并记有茶釜、茶臼、茶筌等器物名称。

室町时代中期，吃茶风尚已普及到大众，普及到各地，由这些古文献可窥见一斑。

随着吃茶风尚大众化的到来，引人注目的是：从北山时代到东山时代①初期的活跃人物——禅僧歌人清严正彻。他在《正彻物语》一

---

① 北山文化是指室町时代初期的文化，以足利三代将军义满营造的北山山庄为代表。东山文化以足利八代将军义政营造的东山山庄为代表。前者为室町幕府的全盛期，后者为室町幕府的衰落期。

书中把茶人分为三种类型，即：品茶、饮茶、喝茶。所谓"品茶"，是指："对茶具保持清洁，对小茶盅、天目茶碗（大茶碗，从浙江天目传来而得名）、茶釜、水舀等各色茶具，衷心爱好的人"；拥有唐朝著名茶具、热衷于书院茶者皆属此流。所谓"饮茶"，是指不十分重视茶具，能一次豪饮十服茶的嗜茶者。至于俗称"喝茶"的饮茶人，是用大茶碗、粗茶也好，细茶也好，只要是茶便大口吞下，不问茶之优劣；嗜茶大众的大部分属于此种类型。与前两者相比，喝茶型的饮茶人大批涌现，正是饮茶大众化的显著标志。

进入东山时代，在吃茶流行与大众化的基础上，采以前流行的各种吃茶方式之长，补其所短，开始形成了一种新的吃茶方式，开拓了自己独特的意境。这就是出身于庶民阶层，追随能剧泰斗世阿弥[①]，受书院茶式秘传，师事一休宗纯禅师参禅，悟出了茶禅一味境界的村田珠光。

🍵 由村田珠光到武野绍鸥

村田珠光是个为人传颂的人物。文龟二年（1502）以八十一岁的高龄谢世。原为奈良人，在南都称名寺为僧。十九岁时师事一休宗纯。为了证明珠光得道，一休将圆悟的墨迹传授给他。据说珠光居住在京都六条醍之井附近。一休禅师开基的大德寺真珠庵，留有庵志。庵志中有珠光庵主的名字，这是传说中关于茶道名家珠光的最可信的史料。可以断定，珠光确是一休禅师的追随者之一。

---

① 世阿弥（1363—1443），日本能乐演员，谣曲作家。

　　村田珠光被称为和美茶（佗茶）之祖，其原因是：他对书院茶道持半否定的态度，同时，首创了四铺半草庵茶。其次，他认为茶道的根本在于清心，这也是禅道的中心。珠光的着眼点，是如何把一直以享乐为中心的茶道，改变成节制欲望的体现禅道核心的修身养性的茶道。

　　珠光去世之后，武野绍鸥将珠光倡导的茶道向前推进了一步。武野绍鸥原是堺港（大阪）的商人。三十岁时被称为连歌师（连歌——日本诗歌的体裁之一，由二人轮番咏上下句）。对和歌、连歌十分倾心。从和学[①]大家三条实隆学习"咏歌概论"。绍鸥这种致力于日本美的志向，已经从珠光的唐物中心主义中脱颖而出。他更跃进一步，深深地爱上了日本固有的陶瓷制品——信乐陶器等等，这是他很大的贡献。绍鸥也参禅。他的禅道师父大林宗套说他是："茶中有禅"，也就是"茶禅一体"。

🍵 茶道天才千利休的故里——泉州堺港

　　茶祖荣西禅师以后，村田珠光和武野绍鸥倡导的和美茶，虽说是取得了一定的发展，但终究未脱离以禅门为中心的僧侣及特定阶层。被誉为茶道天才的千利休，大永二年（公元1522）生于泉州堺港（大阪）的一家姓田中的盐鱼店里。乳名叫作田中与四郎。天文四年（1535）《念佛日志》这本史料书中有这样的记述："今日市肆，见与四郎公子。"这是记述青年利休的最初史料，当时利休十四岁。

---

① 和学，研究日本古代文学、历史的学问，相对于汉学、洋学而言。

　　当时的堺港，因海外贸易而拥有巨额财富的战国大名们（拥有领地的诸侯）没有任何一个可以左右它，是个类似欧洲自由都市的市民自治城市。堺港的经济力量，来自与海外的交易，来自商品流通。另外，堺港也保证了大名们所需要的洋枪洋炮等武器。被称作"会合众"的堺港的主要市民大众，因为富有而发展了文化。他们身边陈设着海外输入的文物，富商们邀请全国的连歌师、画家、僧侣以及演艺人等访问堺港。堺港成了不亚于京都的文化城市。市民中茶道风行。茶会成为市民集会时不可或缺的饶有魅力的活动。茶会活动中，鉴赏着天下有名的美术工艺品，这是美的世界，也是富有的象征。正是这些珍品促使堺港市民更加追求资财的吧！

　　作为新兴的文化生活的茶道，与新兴的城市堺港十分相称。在市民阶层中涌现出称为"茶人"的人士。武野绍鸥是茶人，他的爱徒千利休也是茶人。

　　通向茶道大师之路

　　田中与四郎（千利休）二十刚出头的时候，以宗易为法讳，作为茶道师而崭露头角。在师父武野绍鸥的教导下，虔修茶道的时期，年轻的利休便独创了工夫茶，连师父绍鸥也为之惊异。某茶书中曾有这样的记述："宗易虽系一般富商，亦非无力购置名物，其于茶室之中所用器物，咸为竹制。小脸盆、小吊桶等等，高雅清洁，一尘不染。绍鸥一入便为之感奋不已。"利休的财力不及天王寺屋的津田宗及等人，但利休对新的道具独具慧眼，非他人能及。因而壮年就确立了"茶道大师"的声誉。

进京的武将，目的在于统一天下，认识到茶道是新的文化，是富有的象征之后，大名们竞相聘请茶道大师举行茶会。奈良多闻山城主松永久秀在永禄八年 (1565) 正月二十九日，邀请利休举行了茶会。从宇治桥运来了天下名水，用的是宇治森园特制的上品茗茶，摆设出引以为荣的、来自中国的茶叶盒——"付藻茄子"。当时利休四十四岁。

多闻山茶会后三年，出现了借茶道统一天下的乱世英雄织田信长[①]。织田信长决定将茶道作为统一天下的手段之一。他命令松永久秀献出"付藻茄子"茶叶盒。在得到了东山御物"初花"茶叶盒之后，命令堺港献出多种珍贵茶具，可以说是一次珍贵茶具大检阅。一心准备平定统一天下的信长，自然要相应地占有天下名品，也自然要相应地网罗天下茶道的宗匠。信长指定了三名茶头：千宗易（利休）、今井宗及、津田宗及。三人都是堺港商家。信长写给利休的聘书，可以说是带着子弹的请帖。信长不仅了解利休是茶头，也知道利休是堺港的商人。在商界中的作用虽然不及今井宗及和津田宗及，但用茶道协助信长统一天下却是称职的。

☕ 秀吉与利休

织田信长死后，利休又为丰臣秀吉[②]效力。这对于作为茶师的利休来说，是幸又是不幸。官为摄政关白的秀吉，位极人臣。利休作为

---

① 织田信长 (1534—1582)，战国、安土桃山时代的武将，曾想以武力统一天下，后为部下明智光秀袭击，自刎而死。

② 丰臣秀吉 (1536—1598)，日本战国末期统一全国的武将，原是织田信长的部将，信长死后，声威日重，1585 年受命为摄政大臣。

秀吉的茶头，得揽天下名器，迎来了茶道最隆盛的时代，发挥了自由奔放的茶道的独创精神，显示了自己天赋的才能。和美茶的大成，是面对着秀吉这样喜爱茶道的巨人，才有可能创造出来的。但是，对于以殉身精神守护着和美茶的真髓——和敬清寂之道的利休来说，这又是悲剧；因为统一乱世要求的是武力，尊崇"和"只是战略的表面现象，实质是侵略，是称霸，恰恰与"和"针锋相对。利休要"和"，必然要以身殉之。

天正十年 (1582)，信长死于本能寺政变，秀吉代信长统兵。政治方面，秀吉继续实行信长路线。信长珍藏的茶具悉入秀吉之手，秀吉仍以利休为天下茶头，崇尚茶道。利休时年六十一岁。按照惯例，已进入老年人行列。但他直到天正十九年这十年间，仍以不懈的热忱推行茶道，效果实属惊人。利休的茶道，个性非常鲜明又具有独创精神，实为他人所不及，从旁观之，茶风一新。利休到了晚年，可以说他已经完成了指引人生存之路的茶道。如果把掌握天下大权的秀吉比做太阳的话，利休就犹如月亮，太阳为月亮增添了光辉，但月亮却能教人理解美的真髓。

清寂的境界，闹市中的山居

利休所创立的和美茶，究竟是什么呢？利休付出毕生精力创建的和美茶，数百年后的今天，已难于窥其全貌，仅结合自己的揣摩，试论利休的茶风吧。

参加茶会的人，第一步踏上的是茶会的庭院。据《南方录》所载：这庭院隔绝了俗世的尘埃，是一条清心净身之路。茶室，即或是位于闹市之中，也要求环绕他的庭院和通路具有深山幽谷的风格。这种风格，在利休时代，称之为闹市中的山居。堺港的市街，熙来攘往，华丽建筑触目相连。就在这样的氛围里，踏进利休庭院，便是森森树木、便是婆娑树影、便是山间草路、便是竹编的朴素影壁，使人感到别是一番洞天。在贮水钵前，以冷水漱口净手，身心为之一爽。

利休更进一步将这幽静的环境分为两进：外庭与内庭，构成了曲折有致的双重庭院。茶客通过这重重遮栏，心境顿然为之净化，可以说这是进入茶室举行茶道的精神准备。

和敬清寂

千利休不惜以身相殉的茶道文化，究竟是什么呢？后世人以"和敬清寂"概括其境界。但是，所谓茶道不仅仅是指它具有丰富的精神世界。利休的茶道艺术，在指引人生进取的同时，也创造了多样造型的饮茶程式，就是他的"工夫茶"。

作为利休茶道核心的人生观，就是酷爱和平，人与人相爱、人与自然谐和，茶器的谐调等等。素朴最洁，奢侈有害，生活态度恪守清寂。因此，后人将利休的精神归结为和敬清寂，从而流传至今。

利休死于不同寻常的剖腹。对自己这一不幸的结局，他仿效菅原道真[①]在太宰府左迁时所做的短歌，写下了辞世歌辞：

---

① 菅原道真（845—903），日本平安时代中期的学者、政治家。以文学长才擢升为文学博士，之后历任国守、大纳言，累进至右大臣。这在贵族擅权的时期是极其罕见的。终因受人谗谤，被贬为太宰权师，左迁至九州，抑郁而死。后来平反昭雪，为之建立天满神宫，备受崇敬，日人奉之为文道之神。

"利休得神佑，步菅丞相之后尘。"

利休被贬离京都去堺港时，将此短歌留给女儿阿龟，他并不是感谢上苍给他安排了一个和菅原同样的命运，而是戏谑地以短歌形式道出了恪守和敬清寂的自负之心。有这个看法的，恐怕不止笔者一人吧！

利休茶道的神髓

所谓茶道："不过是将水烧开，将茶点好，喝下去而已。"就在这几句利休时常教诲弟子的语言里，就含有茶道哲学的真髓。由利休总其大成，涉及多方面的和美茶，对利休本人来说，也体现了简洁的风范。

弟子们，在开始和先辈茶友们的接触中，以和谐安定为基调，执意探索和美茶的极境。茶道，可以毫无保留地体现在任何形式之中，问题在于如何从形式中解脱出来，达到无我无忧的境界。至于把水烧开、把茶点好，把茶喝下的这种行事，是名士不要形式的体现。利休也是这样简约地说"把水烧开"。但他注目的是烧水过程中的火相。进入茶室的客人，鉴赏过壁龛中的墨迹之后，就将座位面对茶釜。主人取出炭斗，放好茶釜，燃起炭来，这就是烧炭手法。为什么要在客人面前整理炭火呢？为的是请客人们领略火相之美。早在客人莅临之前燃烧起来的炭，已蒙了白色的炭灰。拂掉炭灰，把红彤彤的火炭集中起来作为火种，把粗的黑炭围在火种四周，在黑炭上架起劈好的细细的炭条。这样，从小山一样的木炭构架里，燃起了旺盛的炭火，构成美妙的火相。烹茗，最重要的是水。昔日，村田珠光曾傍"醒之井"而居；

今日千家祖居之处，其所以卜居于小川路，也是由于下有清泉之故。在细雪堆积的严冬夜半，津田宗及来到了利休茶室，两人倾谈中迎来了黎明。当厨房中有人行动，利休搬来了茶釜，那是被夜雪濡湿的茶釜。弟子们送上了黎明时分一尘未染的净水，这就是利休待客的一片深情。

在茶室中贯彻平等互惠的利休

在堺港，壮年就获得了茶道三昧的利休，召开了称之为"丰收之秋"的茶会。他邀请了几位爱好茶道的客人，有堺港的领主，有农夫，也有渔夫。按照约定时间，第一个来访的是渔夫，接着是爱好茶道的农夫，堺港的两位豪门公子联袂而至，进入了茶室入座。先到的四位客人，欣赏了壁龛中的插花和挂轴回到了座位上的时候，迟到半小时的堺港领主才气喘吁吁地登堂落坐。主人利体按照礼仪，以最先前来的渔夫为主客，郑重地致寒暄词，并欢迎全体客人，然后点茶。堺港的领主殿下，在其他的集会中，无论到得多晚，也必须给他留着主客的席位。但在利休家的和美茶的茶会中，贵为领主的殿下也只好按着礼仪屈尊末座了。点得茶香正浓的和美茶，利休首先捧给主客渔夫，主客饮讫又捧给第二位客人农夫，传到末座殿下时，茶已差不多喝干，只余茶底了。殿下按茶道礼仪规定，将茶喝干，然后从怀中取出拭纸，将茶碗擦拭干净，然后将这只高丽的井户茶碗摆在膝前，按末座茶礼深施一礼，再将茶碗奉还主人。这件事，成为利休茶话中的轶闻之一。四百年前的往昔，在那武家统治的战乱年代，利休敢于标榜平等互惠，敢于以和美茶道的实践以启迪人心。笔者认为，这正是利休思想的伟大之处，正是今日人们在探索利休精神的真正价值的原因。

紫野大德寺山门事件

天正十九年正月，大德寺山门事件表面化，利休由此陷入绝境。

且说大德寺山门在应仁·文明之乱①中烧毁以来，享禄二年
(1529) 由连歌师宗长捐资重建，那是一座简单的单层建筑。这是因
为宗长虽然卖掉了自己秘藏的《源氏物语》以及进行了多方面的募集，
资金也并不充裕的缘故。宗长所以要捐筑山门，是因为他要为一休
宗纯赢得一个修行的所在。利休为了酬答自己深深信赖的古溪宗陈，
借着为父亲举行五十周年忌日的机会，修建山门。在古溪得到赦免
回到京都之后，山门的修建进展很快。利休亲自写信，征集修建工人。
同年十一月二十二日呈给有马则赖中务少辅的公文写道："山门修
筑地系岩山地貌，请派工人二十二人，携锄、锹各十把前来襄助。"
天正十七年完成的山门，一如今日所见，是一座重檐的华丽建筑。
嵌着金字匾额。利休的满意之情是可以想见的。大德寺住持春屋宗
园应利休之请，作山门供养偈，表彰了利休的功德。两年后，成为
弹劾利休理由的就是这个山门问题。因为山门楼上放置了一尊利休
的木雕像。秀吉以山门楼上放置木雕像为不敬，指劾利休，迫使利
休剖腹自杀。

---

① 应仁·文明之乱：应仁元年 (1467) 至文明四年 (1477)，由细川胜元和山名持
丰两派藩侯掀起的争夺幕府权力的战争，历时十一年始告平息。

🍵 利休自戒

为了回避迫在眉睫的危机，利休曾经多方奔走。但情势在不断恶化。虽有多人为之斡旋，但一切都失败了。利休陷在大德寺山门事件的漩涡之中。为了拜托德川家康①说情，邀请德川家康参加茶会，结果却适得其反。二月十三日秀吉命令利休回堺港蛰居。

作为秀吉使者前来的是利休的茶友富田左近和柘植左京。利休尚抱有一线得救之心。富田指令利休立刻去堺港，在淀川乘江船出发时，意想不到的是在并无一人相送的码头上，出现了细川三斋和古田织部这两个不忍与利休离别的爱徒。这种深情厚意使利休无限欣慰。到达堺港的利休，把自己的这份欣慰之情，写信告诉细川三斋的家臣，松井佐渡守康之，请康之将他的这种感情转达给三斋。

2月25日，从大德寺山门卸下来的利休木像，在一条戾桥处以磔刑。再次向京都吁请，回答却是剖腹自裁。2月28日，天气极其严寒，落着冷酷的碎雪，响着沉雷，这一切似乎是回应利休剖腹的悲呼。生于乱世，探索和美的一生迎来的是这样严峻的死亡。

一介茶人，却被命令按武士方式自决，这给于世间的冲击远远超过斯人的逝去。利休剖腹的瞬间，已经超越了作为一介茶头的现实。正如同菅原道真流放致死，他的灵魂作为一种信仰而存在一样。利休

①德川家康（1542—1616），开创江户幕府的第一代将军，丰臣秀吉的妹夫，秀吉死后，消灭了秀吉的势力，1603年任征夷大将军，在江户设幕府（亦称德川幕府），直到明治维新，统治日本达二百六十余年。

在剖腹的仪礼中，也确信自己为之奋斗一生的茶道哲学将永存不灭。人们因利休之横死传播了各式各样的猜测。

有人说：秀吉爱上了利休的女儿因而产生了争执；有的说利休在买卖茶具中受贿而遭非难，其说不一。对命令切腹的理由更是众说纷纭。作为霸主的秀吉，很明白利休的伟大，也更明白利休那和自己冰炭不相容的性格，其他只有秀吉自己有数了。

利休弥留时守在身边的细川三斋与古田织部，在和美茶道上作为他的后继，也保留了一些引起回忆利休的遗物。

德川美术馆保存的利休亲手制作命名为"泪珠"的茶杓，原来是利休送给古田的遗物。自知死期将至的利休，用两根竹子作了两个茶杓。刻有"泪珠"的茶杓送给织部，刻有"命运"的茶杓送给了细川三斋。织部为这个茶杓做了个小筒装起。小筒中部开了个小窗，为是能够时时见到这个茶杓。织部把小筒作为利休的神主放在茶室内以为永久的存念。

细川三斋，在玉甫绍琮开山创建的大德寺塔头高桐院里，亲自竖起了利休喜爱的石灯笼作为墓石。

遗存的人们，用自己不同的形式继承着利休的茶道。

由于利休的剖腹，全家落难。儿子道安、养子少庵、孙子宗旦、妻子宗恩以及女儿、亲戚等等流落各地，忍气吞声等待着秀吉息怒。出乎意料，千家再兴的信息却过早地来临了。投奔会津的蒲生氏乡的养子少庵，由于氏乡的调解，得到了德川家康的赦免令。那可能是文禄初年的事。代替亲子道安接替千家事业的少庵返回京都。在现在表千家、里千家的所在地京都上京叫小川头的地方定居下来。

道安在茶道上造诣原来高于利休，工夫很深。在四国、九州等地流浪之后，据说死于堺港。后半生消息不明。但他在茶道理念中体现的人生哲学，早就崭露头角。很可能道安和他女儿的家族，继承了堺港的千家。

庆长十九年 (1614) 少庵过世，儿子宗旦接续了千家。宗旦幼时曾在大德寺随春屋宗园修行，少庵再兴千家大业时返回千家。如《茶道传》的茶系谱所记，宗旦是把接续茶道作为生活中的头等大事，使茶道永远后继有人来努力从事的。利休剖腹，全家星散的经历，使得宗旦认真探索千家永续的巧妙策略。为了防止绝灭家族的危险，在那权力交替频繁、恣意横行的时代里，宗旦不作官，立身于权力抗争圈外。而且将三个儿子分别打发出去。不论遭逢什么逆变，其中的某个子孙肯定能够继续千家的茶道。今日的表千家不慎庵、里千家的今日庵、武者小路千家官休庵等三支千家，就是他们的后裔。

利休茶道真髓的和敬清寂，就是崇尚和美的和美茶，就是人间生活的本质，就是寻求人间最切身的和平与安定的实践。

天才利休是以身殉道的伟大先哲，因此，每年，全国有几百万人，在纪念创造日本文化的茶祖荣西禅师的同时，在利休忌辰召开大茶会，表彰他的遗德。

🍵 结语

日本茶道文化协会，系茶祖荣西禅师的遗风。创立以来，一贯以吃茶保健与贯彻千利休寻求和平与安定的精神为主旨，为茶道文化的普及与发展竭尽微力。

1978年10月23日中华人民共和国的代表邓小平副主席一行来日，会见天皇、皇后两陛下，决定批准日中和平友好条约。历经两千余年的日中友好的历史，由此条约而锦上添花。这将会使子子孙孙、世世代代，把千万年的友好情谊永远发展下去吧。

🍵 译后记

这本《茶史漫话》是日本茶道文化协会1979年出版的《吃茶养生与和敬清寂》的节译本。原书作者森本司朗先生是该协会负责人。作者为纪念中日和平友好条约签订一周年写成此书，为中日两千年来的友好历史增添了瑰丽的篇章。原书以漫谈形式记述了有关茶史、茶道以及饮茶风习的发展等等共五十篇短文，联系着中日文化交流，反映了两国人民友好往来的历史。这个译本从中摘取了二十八篇，庶几可窥其概要，难免有浅尝辄止的缺点，尚希指正。

附录 关于《茶史漫话》

邓小平的访日，作为中日关系史上的彪炳大事，还引发了若干花絮。日本人森本司朗用日本式汉文写就的《吃茶养生记》便是其中之一。这部专著由中国民间访日代表团团长孙平化交到了农业部宣传局，建议译成中文，以便推广宣传。

农业部宣传局找到了农业出版社。据说农业出版社选了两位学日文的编辑进行译作，孙平化看了初译后，说译稿没有抓着该书宣扬的茶道精神——即和静清寂的禅境意蕴。

日本式的汉文书写是明治维新晚期的一种流行文体，主体为汉字，语势、语气变化在运用动词、形动词变格中体现，形成一种文字外的意境，很难翻译。

农业出版社的副社长申非找到了我。他说，我的中文、日文造诣可能对译文有帮用，把这项译作交给了我。

我刚从劳改营中放回社会，心中余悸重重。当时农业电影制片厂的一把手（党委书记）张华鼓励我好好做。因此，我有一段时间没有进入主创岗位编导电影。后来农业电影厂继任领导又调我主管厂刊，这使得我没法按电影编导的成绩进行职称评定，一直位列一般人员，拿相当于科员的工资。阴差阳错，我丢失了我的职称评选资格。尽管我的译文交上了满意的答卷，书名也按我的建议，定为《茶史漫话》，社会忽略了这本专著，也忘记了我。忘记了孙嘉瑞情愿把嘉字的吉字头去掉，安于孙加瑞的现实。

　　四十年后重读《茶史漫话》，感觉真是五味俱全，说不尽的苍桑岁月，因为我已经很老很老了。

　　由于田刚的热心，替我挖到了一本《茶史漫话》，使我有了重温历史的机会。

孙嘉瑞，2012 年 10 月 20 日

本文据《梅娘：怀人与纪事》（2014）录入，第 147-148 页

翻译著作（未刊稿）

泥泞半生记
——乙羽信子自传

《泥泞半生记》介绍

《泥泞半生记》是日本著名影视两栖明星乙羽信子的自传，原载于《朝日周刊》，后由朝日新闻社出版单行本，是日本 1982 年的畅销书之一。

全书三十三章，记述了乙羽信子从幼儿到大明星的奋斗历程。她自己提写书名为《泥泞半生记》，意味着她是来自底层。也意味着奋斗，记述了被富家拒于门外的生母，记述了私生子所受的歧视，记述了她怎样在宝塚少女歌剧学校学艺、由个人的奋斗怎样初上舞台以及转入电影界的历历往事。

涉及到从四十年代至八十年代的日本社会众生，感情细致丰富，可读性很强。

乙羽与日本名导演新藤兼人的恋爱，长达二十七年。《朝日新闻》在连载此文时，有这样一段编者按语：“持续 27 年的恋爱终于打了句号。对这被人们叫做‘过长的春天’的爱情里乙羽信子毫无掩饰地倾吐了自己的种种忧伤、喜悦和难以纷说的复杂感情，请由此窥看大明星的内心。”

1985 年末译者应北京出版社之邀，翻译成书，在交稿前夜，工人出版社由三人合译的本书抢先出版。北京出版社考虑发行困难，没有付印。

1989 年 2 月

1 出生的秘密

我的丈夫新藤兼人，我总是称呼他"先生"，他则叫我"乙羽君"。二十七年来，一直如此。

结婚的时候，报刊说我们是"分居婚姻"，这是实在的，直到现在，先生住在逗子，我住在东京赤坂区的一家公寓里，各过各的日子。那附有庭院的一幢房子，需要自己料理杂务，不如公寓方便；我觉得，还是住在公寓里轻松。

公寓中的某天夜里，电话铃响了起来。我想很可能是约我演戏的事，忙着去接。出乎意料的是对方是个憨声憨气的女人，那地道的鸟取地方的口音，吓了我一跳。她说："我是你的亲戚。"稍顿了一下，又说："喂！喂！阿信，你干吗把过去的那些事，又是写书，又是饶舌地全抖落出来了呢？你知不知道，这给亲戚们添了多大的麻烦。"

为了制止对方粗鲁的指责，我说："谢谢你的好意。我写写我自己的母亲，写写我自己，有什么不可以的呢？"

电话立即被对方挂断了。

我五十五岁了，和新藤兼人的、为时过久的、温馨绵绵的日子已经完成了一个段落，对我来说，正是生命历程中的另一个段落的开始。乘此时机，对逝去的岁月作一番回顾，写一本自己的小传，本不是什么了不起的事，没想到，作亲戚的人，却特别不满意，转念一想，假如我住在地方上的一个小城镇里，过着平凡的日子，最称心的事只不过是和别人聊聊家常，或是过节赴会，猛然间有人把一向不愿提起的往事抖落出来了，而且公之于众，我也会把那个人的嘴巴给堵死的吧！不过，我还是盼望得到宽恕，因为我想写一本自己的"小传"，是决心已久的了。

人家都说我是个犟女人。在大映电影公司当演员的时候，有人说我的笑靥值一百万美元，得了个绰号叫"百万金元的笑涡"。我却怎样也不想靠笑靥来招徕观众，而想做个把戏演好的真正的演员。这个念头促使我毅然地加入了独立的小制片厂，这样的小厂更多的是表现"下里巴人"的题材。当然，这招致了一系列的非难，我是想定的事就不再动摇的人，这是我的性格，别人看起来，或许这是个非常讨嫌的秉性。我之所以要理出这根线，为的是察看一下自己，查一查我沾染了什么样的污垢，显出实实在在的自我之姿，如此而已。

我的原名叫加治信子，上小学的时候，叫坂东信子，这是因为奶奶是坂东家的闺女，为了坂东家不至于绝户，她决定让她的长女澄荣（即我的养母）和我都姓坂东，而不姓她夫家加治的姓。因此，在我进宝塚少女歌剧团学艺之前，小朋友们都喊我"坂东姐姐"。

有那么一天，我听见奶奶和妈妈在隔壁的房间里拌嘴，奶奶狠狠地斥责说："你不知道你不能生孩子吗？！"妈妈没有应声，我想象不出妈妈脸上是个什么样子。

小时候，邻居那些饶舌的婆婆们就对我说"你不是你妈的亲生"。奶奶的这句话给我作了印证，怪不得我长得一丁点儿也不像妈妈。父亲千太郎十分宠爱我，到哪儿去都带上我，我要的东西，他总是想方设法地买给我。有那么一次，我把父亲买给我的东西，高高兴兴地捧去给妈妈看，嘴里叫着："妈妈，妈妈，你快看，看爸爸给我买了这么好的东西！"妈妈勉强笑了笑，立即把眼神岔开，似乎在极力忍耐着什么。随后，她又怔怔地望着我，那直射向我的目光，使我意识到：那不是亲娘的眼神。

从宝塚转入电影界的时候，我偶然看到了户籍的抄本，母亲不是亲生的原已知道，此刻，又知道了父亲也是毫无血缘关系的外人。我是"养女"，尽管如此，我也没想到要去见见亲生父母，探寻一下自己的来历。

人世间，养女并不少见。问题是，即或知道双亲健在，也可以和他们见面，那又能怎么样呢？总之，他们是抛弃了我的父母。对我来说：父亲仍然是加治千太郎，母亲仍然是澄荣。

我是个认生的孩子，身体又瘦弱。因此，在我的记忆中，没有和其他小孩一起玩耍的印象；也不记得和其他小孩吵过架。只记得在家里玩小布包，玩弹子，不爱说话，是个抑郁的女孩。

也许是神灵的恶作剧吧！某一天，我的眼前，竟然垂下来一根亲缘之线。尽管我脸上做出并不关心亲缘之线的神色；可是，世上哪有不关心自己亲缘关系的人呢？我悄悄地将这根谜一样的线索牵在手上……

这根线把东京都和米子市联结在一起。在东京召开奥林匹克运动会的 1965 年的夏天，我正在千叶县的印旗沼地方拍摄电影《鬼婆》。盛夏的八月，比人高的灌木丛就像蒸汽浴室一样。摄制组的小屋建在没水又没电的地方，工作人员被汗水和污泥裹缠着。好不容易导演下令休息，我的旧经理人开车来接我，那时我住在品川车站队近的木村屋公寓里。在回公寓的路上，经理人说，"但愿别吓你一跳。"

"什么！什么事？"

"来了一个找你的女人，已经在公寓里等了你三天了！"

"噢！从哪儿来的？"

"从鸟取县的米子市来的，据说是你的表亲。"

"我从来没有表亲。"

"是真的吗？"

这样问答之间，我突然哑口了。经理说她是带着好几个户籍抄本来的；而且和我的长相有相似之处。我身体里升起一股热流，好奇心动起来了。

进了公寓的大门，在楼梯旁，一个穿着朴素的中年女人站在那里；一看见我，后退了一步。这是一个比我高大的整洁的女人。

我望着她，看到她眼里含着泪花。

第一眼，我就惊呆了，木然地站在那里。她简直和我一模一样，特别是前额的发际酷似于我，我像是看见了镜中的自己。那时，我三十八岁，第一次见到了可以称作近亲的人。

她叫喜代子，是我的表姐妹。她从腰带里拿出好几页户籍抄本，指出什么人和某地的某人有血缘关系，说着说着就哭了。

什么人和某地的某人有什么关系，说实在的，我对这些都不关心。

和她刚一相见时升起的激情，刹那间云消雾散。可能女演员这种职业会使人变得冷酷吧，和近亲的见面，连半小时都不到，我突然联想到演戏中的这种场面，和亲人一见，立即拥抱在一起，只是一个劲儿地哭起没完。我却完全不是这样。

她并没察觉到我情绪的变化，继续诉说着："您的前额和脖颈跟您的生母一模一样，活脱是一个人，怪不得人们都这样说。"

她告诉我，我的生母叫山登竹子。

"山登竹子"。第一次听到这个名字，怎样也和自己结合不起来。户籍抄本是这样写的：米子市西仓吉町八番地，明治三十三年（1901年）十二月二日出生，山登常次郎和山登菊的六女。据她介绍，山登家作为武士已经好几代了。山登常次郎的先祖——山登源平曾经煊赫一时，常次郎这一代方衰败下来。竹子是最小的女儿，有一个哥哥和五个姐姐。仅有的男孩金太郎生于明治二十一年三月三日的女儿节，只活了四天便死了。五个姐姐依次是大姐千代、二姐松、三姐夏、四姐秋子、五姐福，都平安地长大成人。老六竹子生得娇小玲珑，街坊邻居都夸这闺女长得俊气。

家里的日子不好过，女孩们都出外做工，只有娇美的竹子姑娘在大阪作了艺伎，时不时地给病弱的父亲送钱来。

"义母（即竹子，本是喜代子的姨妈，后认喜代为女）不但长得俊俏，还很会干活，十分孝心。"喜代子这样说。

竹子很快就有了情人，她在众多的崇拜者之间，千挑百选，选中了个英俊小伙，是大阪市此花区今开町的一家海产批发店的少爷，名叫助台孝太郎。竹子和孝太郎同行时，总是引起过路人的注目。雨天，两人撑一把伞的情景，简直就是一幅仕女画儿。

竹子怀孕了，不知和孝太郎如何计议的；总之，竹子决心生下自己的孩子，于是几个月后，还没十分显怀的时候，竹子回到了米子，干些力所能及的活计，直到在租赁的肉店楼上的房间里生下自己的孩子为止。这是个娇小的女婴，户口簿上登记为山登竹子的私生女山登信子，这就是我——演员乙羽信子呱呱坠地首次亮相。问世不久，就得到了孝太郎的承认，更名为"助台信子"。后来，给坂东家作养女，又更名为"坂东信子"，然后又改名为"加治信子"。

失去了女儿的竹子，在米子隐居下来，这当然是极其不幸的事。可是，在当时，在米子，这样境遇的女人并不在少数。后来，竹子和一位经营小工厂的"某人"结了婚。那位"某人"因为业务的需要，常常在外地长时间逗留。为了维持生活，竹子去作女佣，接着"某人"死于胃癌，孤身一人的竹子，为了排遣难耐的岁月，接了四姐秋子的女儿作养女，她就是到公寓里来找我的喜代子。

竹子死于昭和三十六年（1961年）的秋天。死前，把她名下的一座小山送给了喜代子，喜代子的儿子还在上学，学费呀，生活费呀等无从筹措，便想把小山卖掉。出卖小山的话，就需要得到竹子的亲生女儿——我的认可。

户籍本上，我是加治信子。喜代子找遍了大阪和神户的各个地方，终于得到了我在东京都港区白金今里町一百一号的地址，初次进京的喜代子，为此，还到街头的代书处去讨教过。据说，加治信子其人，很可能就是某个暴力团员的小妾。如果传说属实，怕的是：不但认不成亲，小山还会被夺了走，结果是闹个鸡飞蛋打。

即或对方只不过是个普通的家庭妇女，贸然上门认亲，人家也肯定不会相信的。总之，加治信子就是乙羽信子，喜代子根本不知道。因此，喜代子要带上能证明她是表亲的户籍抄本和代书人替她给我写的信，找我来了。

信是这样写的："小姐即便是山登竹子的亲生女儿，该山仍为喜代女士所有。因此，请迅速签盖认可印鉴，以便解决有关财产问题。"

喜代子是背着足够的饭团（干粮）上京来的。"坐在夜车里，怎么也睡不着，心里只盘算着一件事，这位加治信子，到底是个什么样的人呢，心里真不安极了。"到了品川站的时候，喜代子找到了沿前的警察。那是凌晨四点，由于一直在奔波，她的腿都走僵了。

"麻烦您啦！您能指给我加治信子女士的家吗？我，我是她的表亲。"

年轻的警察笑着说："乙羽信子小姐的家吧？"

"什么？"

"生着笑涡的信子小姐！"

"是吗？"喜代子不敢相信。

警察将她带来到了公寓门前，按了门铃，但没有人前来开门。

喜代子在公寓附近的神社中找了个地方坐下来休息，吃了带来的饭团，直到上午十点，我的经理人才在公寓门前发现了她。

当然，我签盖了认可的印鉴。依据喜代子的叙述，生身之母竹子的形象和性格，在我脑海中清晰地凸现出来。

生母竹子，在养女喜代子跟前，连乙羽信子的一个字也没提起过，竹子母亲肯定一次再次看到过我在宝塚时期竖立在大阪和米子街头的剧照。一般的母亲肯定会情不自禁地说：“这个明星是我的孩子！”可是生母却从没讲过。

助台孝太郎认下了我，又把我送给加治家作养女时，双方有个约定：“绝对不能泄露孩子亲生父母是谁。”对这个痛苦的承诺，竹子母亲恪守不渝。

“是这样的，义母晚年的时候，我曾这样问过她：‘妈妈只生了信子一个女儿，咱们还是找找她吧！’义母摇着头说：‘不能说出事实的真相，我要信守诺言。’因此，您就是信子，我从来不知道。”喜代子说。

小学一、二年级的时候，我记得有过这样的事。放学时，刚迈出学校大门，路旁有个女人叫住了我。阿信宝宝，过来！过来！我吓了一跳，理也没理她，急急忙忙大步跑回家里，气喘吁吁地说给养母澄荣。养母却说：“你应该理她，和她说两句话儿。”

为什么应该和她说话呢？我不能理解，事情就这样过去了。

一向健忘的我，这件事却记得很牢，我想那位婶婶就是竹子，我怎样也忘不掉她的姿态，也许这就是血缘使然吧？过了些日子，喜代子从米子市寄来了生身父母的照片，那在学校门口伫立的美丽的婶婶正是照片中的女人。

晚年，竹子住进滨海的医院，说是去将养病体。也有这样的说法，说她是准备自杀才住进去的。

总之，从落生之时起，我那泥泞的人生就开始了。

母亲的意志 2

　　生母竹子的最后岁月，是在疗养院中度过的。那疗养院，坐落在日本海的海浪拍打的地方，距离米子市不远。在那回响着声声海涛的病房里，生母忍受着病魔的蚕食，沉缅在往昔的回忆中打发着日子。

　　据说，昭和三十七年（1962 年）二月五日是她的忌辰＊。这天，她决定结束自己的生命。于是，把大海作为病房，蹒跚地走进那漆黑的水域。

　　当时，她的养女喜代子，正处于生活中的非常时期。昭和三十三年腊月，丈夫死于交通事故。喜代子既要扶养子女，又要照顾义母，而义母的病又是那种难以痊愈的绝症。喜代子困在生活的底层之中。很可能，竹子不想再给困境中的亲人增加经济负担才自绝的吧！更何况，在这之前，她已经失去了生活下去的意愿。她肯定是想"逃脱"什么才出此下策的。

　　喜代子到木村屋公寓来找我的时候，我曾向她提出这样的问题：

　　"妈妈最幸福的日子，你以为是什么时候呢？"

　　"义母和相爱的孝太郎分手以后，四十多岁时结婚的对象是个悭吝人，连吃食都尅的很紧，义母可是苦熬了一阵子。话说回来，结了婚得到了安定的保证，过起正常的平凡的主妇生活，也就得说是幸福了。"喜代子说，脸上的表情是抑郁的。

我不同意喜代子的看法。我认为，竹子最幸福的时光是和孝太郎热恋的那一段。作为艺人，她是用全副身心期待着那短暂的幽会的。她为孝太郎燃起的"爱情之灯"一直到死，都在熊熊燃烧，一直到她自己闭上了作为女人的生命幕布。她是经过深思熟虑的，在病魔夺走她生命之前，在六十三岁的时候，她亲手打开了通往极乐世界的大门。

这个执拗的、坚强的竹子，我是有些地方像她。我也是这样的人，按着自己的意愿走着自我的生活之路，这是竹子遗传给我的基因吧！对竹子，我无论怎样也是无能为力了，她为了替父亲还债，毅然决然地走出良家妇女的圈子作了艺伎，生了私生子。然后又以良家衣妇女的身份结了婚，最后，用自杀结束了多难的生命。对这样悲壮的一生，我只有惊叹的份儿了。

就从"加治信子"即"乙羽信子"这件事情来说，她终生未曾泄露出只字片语，她确实十分坚强。她不愿意丝毫有损于我，有损于我这个宝塚著名的歌手。像贝壳一样啮紧双唇的竹子，展示了明治时代艺伎的另一个侧面。

喜代子讲到生母生命的晚期，没有过多的话，却有着流不尽的泪。如果她以为自己未能尽孝而抱愧的话，我以为咎不在她，那是母亲自愿步入天国之途的。

类似这样的口头故事，我断断续续地听别人说起过；可能我的身上，隐含着某种寡情的因素，我没有为此流过眼泪。

还是在结婚之前，我曾把这件事向新藤兼人说起过。他和我相反，对血缘关系有着超乎常人的兴趣。

"啊！是吗？后来呢？"

他兴致盎然地询问着。

"我只觉得人间的血缘不可思议。"

新藤刚刚洗完澡，吃着他爱吃的木瓜。我淡淡地说着，并为他斟着茶。

过了不久，新藤对我说：

"那个，我把它写成戏了！"

"哪一个？"

"那个喜代子女士，你的表亲，住在米子的。"

"……"

命名《寒流》的电视剧，昭和四十年(1965年)在东艺日曜剧场上映，剧本取材于我和喜代子的对话，我演我自己，喜代子由渡边美佐子女士扮演。我对渡边说："这是真事，不过我们没有流着泪拥抱在一起。"

竹子的生平，我当时几乎一无所知。因此，有关生母的一切，我并未向新藤说及。可是，在《寒流》一剧中，新藤把二人之母处理为绝食而死；这一点，和生母自寻死路的事实不谋而合。

这样，一点一滴地积累起有关"竹子"的素材，不知不觉之间，"明治一代女"的形象便在眼前竖立起来。她舍弃了刚刚生下的我，她对乙羽信子的来历守口如瓶。这位坚强的女人就这样被塑造出来，不能不承认多少有些美化，是作了些合乎环境的加工。

　　和新藤在昭和五十三年 (1978 年) 一月十八日结婚，婚后不久，便接到这样的一封信。发信人是石井薰，地址是神奈川县大和市南林间六之六又二一。

　　我以为是封影迷的来信，信手拆了开来。

　　"据报纸报道，新藤兼人先生认为乙羽信子没有亲人，这不对，乙羽信子并非无亲无故，我就是助台孝太郎的妹妹。"

　　这就是来信的内容。又一根血缘之线，飘然地垂到了我的眼前。

　　薰姑姑已经八十岁了，仍很硬朗。从眉眼的轮廓看来，年轻时肯定是位美人。她毕业于大阪知名的梅田女校。

　　一个偶然的机会，薰知道了竹子的事，而且不仅仅知道，她写道："我和她，有一件只有我们两个知道的秘密。"

　　又是"秘密"，没办法，人们就是对"秘密"感兴趣。

　　"那么，就让我把那一天的事讲给你听吧，我已经老了。"

　　——昭和三年 (1928 年) 九月七日，大阪市此花区今开町一之四十号的一家大鱼业批发商行的周围，围上了红白条纹的幕布。此时，天空的天彩虽已露出秋意，照到街上来的太阳光却仍然炽热如夏。大正十四年 (1925 年) 九月嫁到东京来的薰小姐，三天前回到了大阪的娘家，为了参加哥哥孝太郎和卜田雪枝小姐的结婚典礼。

　　蔬菜市场、水果市场、鱼市场相间的这一带，一向被称作大阪的厨房。批发商行的屋顶鳞次栉比。这当中，铺面最大、字号最老的是助台家。为少东家办喜事，道喜的客人足足在二百人以上。一看就知道，这是这一带里最豪华的结婚喜宴。

　　穿着印有助台家家徽短褂的男帮工，招待着进进出出的穿着和式礼服的宾客。薰穿过这熙熙攘攘的人群，到离家只有五分钟路程的梳头店去修整发髻。

　　当飘散着发油香味的她从梳头店里出来的时候，被一个年轻的女人招呼住了。

　　"啊，十分冒昧，您是助台家的小姐，是助台孝太郎少爷嫁到东京去的妹妹吧！"

　　已经记不清衣服的颜色了，那是一个穿着简朴的三十岁左右的女人。

　　"是的，我正是孝太郎的妹妹。"

　　女人凝望着薰的面孔。

　　"怪不得……您的眉眼和孝太郎像极了。"

　　"你又是谁呢？"

　　"我是和您府上的孝太郎有过一段姻缘的人，他为我安了家，我们生下了女儿信子，由于种种原因分手了，我离开了孝太郎……"

　　"……"

　　"助台家是有名望的大户，像我这样的人……"

　　薰呆站着听着女人的诉说。

　　"拜托您了，请分神转告，我盼望着和孝太郎重续旧缘。不可能的话，请把孩子还给我也好。"

女人流着泪，扯着薰的衣裳。

薰问女人是谁，女人不肯讲，只一个劲地要求："把信子还给我吧！"

这是大街中的一条小横巷，比较隐蔽，不易被人看见。薰说："我有急事……"打算脱身，女人抓紧袖子，不住地说："请原谅，请原谅！"

身材娇小，皮肤白皙，后颈上的秀发，十分艳美。薰忖度，这肯定是位花柳界中人。

她哭得如此伤心，拜托得如此恳切。但街头远不是细谈的场合，何况薰必须赶回家里换好衣服参加婚礼。

"您和哥哥有过一段好事还有了孩子，他抛开您又夺走了孩子，这实在对不起您。今天，我有急事，必须立即赶回家去。我一定把您的要求转告孝太郎，并且和家里人好好商量商量。"

薰终于说了这样的话，从现场逃开了。

薰认为，对竹子不说出她是为参加孝太郎的婚礼而回东京来的好，对孝太郎她也没说出："我遇见了那个女人。"

助台家为即将开始的婚礼作好了各种准备，商界的名流云集而来，像正月和盂兰盆节那样热闹，薰径自走向最里面的房间。

打扮成新郎的孝太郎，连妹妹都感到他洋溢着喜气。

"祝贺你，孝太郎哥哥！"

并不知道刚才一幕的孝太郎，脸上浮着微笑。

邻室的门被轻轻拉开，刚刚从卜田家过来、穿着新娘盛装的雪枝在椅子上坐着。

"头这样梳就更漂亮了吧！"梳头师傅问着薰。雪枝羞涩的脸上充溢着幸福。

当时的薰，脑海中交错出现雪枝和竹子的形象，什么话也说不出来了。

和薰搭话时的竹子，一反平常的冷静，处于一种惶惑的情感之中。她渴望再度得到爱情。不可能的话，也要把给出去的孩子要回来。在这种心情的驱使下，她来到助台家附近等待机会。这肯定是竹子一生中最最痛苦的时期。如此说来，她又是如何断定薰就是孝太郎的妹妹的呢？向薰进言时的竹子，发髻结得一丝不乱。她特意来到助台家附近的梳头店梳头，目的是很清楚的。当她偶然看到了和孝太郎相像的薰，便径直追上了薰，向薰搭了话。

这是她听到了孝太郎结婚的风传，猜想必然有助台家的什么人来梳头才出此下策的吧！

这一切，只不过出自她的猜想。正像她曾在小学校的门口，等候着小学的我一样。我的眼前，不禁浮起竹子那耐心守候的姿态。

处在困惑中的竹子，踟蹰在决断与迷惘之间。

3 生父遗传给我的艺术基因

　　早在生母竹子悲壮自杀的十七年之前，生父孝太郎便告别了人世，并在他去世的前三年，他的妻子雪枝也因病辞世。这是一对意外早逝的夫妻。

　　孝太郎的双亲是助台竹松和驹子，驹子生了长女一荣、二女儿孝子和长男孝太郎之后去世，驹子的妹妹民子续给竹松作填房，生了薰、久子、贞三姐妹，薰就是孝太郎结婚之日，在路上被竹子拦住，向她求救的那位，也是眼下给我来信的住在神奈川县的石井薰。

　　竹松的父亲叫仪三郎，不知以何为生。据说，拥有很大的宅地和数处仓库，宽敞的庭院里建有演戏的舞台。传说，君侯时常光临他家，跟他学习表演古典剧"能"。

　　仪三郎被称作"助大夫"，也被称为"能"戏的主要艺人，也可能由于他在宫廷中的执事地位而言。据传说，他经常奉诏出入宫廷，演戏又说戏。仪三郎的妻子柳，是滨海地区最大的酒类批发商山口家的小姐，十四岁带着十三台马车的嫁妆嫁到助台家来，那阔绰就不用说了。眨眼之间，助台家的家当就土崩瓦解了。

　　仪三郎死于脑溢血，柳也相继过世。

竹松从小寄居在小学校长的家里，为的是能够好好读书。当时的所谓读书，主要是学习打算盘。

竹松这位算盘能手热衷于经商。在大阪市此花区今开区开了个规模宏大的渔业批发店。店距住宅约有十分钟的路程。孝太郎生于明治三十一年(1899年)二月二十八日的清晨。是驹子继两个女儿一荣和孝子之后生的第一个男孩。民子续弦过来以后，生的又都是女儿。因此，孝太郎便成了全家的宝贝，得到了特殊的照顾与宠爱。鱼店字号定为"大孝"，就是取大阪的大字与孝太郎的孝字组成，由此可见一斑。

孝太郎婴幼儿时期，身体很弱。有一天被街上的孩子头狠揍了一顿，从此，便不许他外出，只待在家里和姐妹们一块玩耍。孝太郎寡言少语，不知道他都做些什么，常常是在屋子里一闷就是一天。一有个头疼脑热，便不到学校里去。那时，就可以听到竹松哄叫孝太郎的声音。

竹松没有送唯一的儿子去念中学。孝太郎上小学六年级的时候，因为多病，竹松向医生讨教。医生建议不必上中学，加上孝太郎本人也对上学不感兴趣，就这样终止了学业。不过孝太郎十分喜爱珠算，算盘打得很好。

小学毕业后，孝太郎在店里帮忙，身体也逐渐健康起来。给人的印象都是，不是鱼批发店的少东家而是服装店的少老板。这可能是由于仪三郎的遗传吧！助台家本就是开朗的，喜爱艺事的家庭。

晚饭后，母亲民子向父亲竹松说："这次聚会时，无论如何也得出节目，你唱的不好，就跳段舞吧，我给你弹三弦伴奏。"

于是夫妇二人便"克包累，克包累"地排练起来。孝太郎兴高采烈地望着歌舞的父母。那是大正初期，孝太郎十七八岁的时候。

大孝店越办越兴旺，有两位掌柜、六个徒工、两个女仆。每天凌晨三点，人力车便到宅里来接东家。竹松高傲地踏着人力车的脚踏，倚着车靠背先走一步，接着孝太郎也乘车来到店里。掌柜和徒工则步行去店。

这时，孝太郎学会了滑旱冰。他一边帮助竹松经营鱼店，一边经营起旱冰场来。这旱冰场原本是竹松的大弟媳妇即孝太郎的婶婶管理的。

孝太郎手巧，学会了变魔术，一度拜魔术名人天胜为师，耽误了生意，被父亲斥责之后立刻停下了。

他变魔术的手法十分敏捷、干净。家里有什么喜庆集会时，他当众献艺。他那细长的手指，像赋有生命的动物一样，"叭！叭"地舞弄着纸牌，纸牌收拢、闭合、展开，十分巧妙。他也擅长绘画，他携带着画具，在饭店里，几笔就勾描下艺伎的肖像。最喜欢的是琵琶，琵琶演奏会逢月举行，孝太郎带着高价的琵琶，兴冲冲地去参加演奏。

大正初期，从少年到青年，孝太郎掌握了多种曲艺；他无师自通，按着自己的爱好进行了学习。衣服穿得入时，打扮得不逊于演员，称得上是个风流才子。在当时，一定是个时髦的小伙吧！

且不说容貌，仪三郎那酷爱艺术的血液，我也继承下来了。我从小学习日本舞蹈，十分喜欢唱歌，《荒城之月》是我唱的最好的一支歌。又无意中考入了宝塚，而孝太郎又是宝塚的热情观众——宝塚迷之一。

现在的情况和原来差别不大。原来，年轻的男性观众支持宝塚的并不多。宝塚在大正三年 (1925 年) 公演歌剧《秋千》以来，孝太郎就是宝塚迷的带头人。

薰在梅田女校上学时，星期天常和孝太郎一起到宝塚去看戏。宝塚当时上演的剧目有《伐竹传奇》《三个穿缎子的姑娘》《安德罗克斯的狮子》等等。出名的演员有吉野雪子、淹川末子、条原成茅等人。在这之后，孝太郎开始涉足花柳界。

时间说不准确，大致是大正十一、二年 (1923 年)，孝太郎二十四五岁的时候，他结识了竹子，陷入了热恋。生下了我——信子。先抱到了助台家，由孝太郎的妹妹久子照看。久子同时照看着妹妹贞的孩子，以及雪枝的三个孩子。久子自己没有结婚。

我——是男欢女爱的结晶，是生在络满情丝的"泥泞"之上。我的生日是大正十三年 (1924 年) 十月一日。这一日，宝塚正由月组演出《阿正历险记》，由孝太郎和薰崇拜的大明星天津乙女主演。

弄不清久子照看我照看了多久，大正十五年十一月，我被送到大阪一家小豆包店去作养女，脱离了助台家。

孝太郎和雪枝这对富有家财的夫妻，却将我送给人家去作养女。我更名为"阪东信子"，迎接了四岁的生日且不用说，我把养父母当作亲生爹娘了，我愉悦地生活下来。

时光在流逝，昭和十二年 (1935 年) 我考进了宝塚少女歌剧团，第一次登台是昭和十四年四月二十六日，在《宝塚花的故事》中饰演稚儿。艺名乙羽信子。

不久，东条英机组阁，日本发动了太平洋战争。战争中，宝塚继续公演；只是不准演出属于罗曼谛克型的爱情剧和轻喜剧。只准演出军国主义情调的《军舰之旗》《献上感激》《桃太郎的凯旋》等。

日本军队攻下关岛，占领了马尼拉，昭和十七年（1942年）又攻陷了新加坡。当时，宝塚歌剧团由雪组的新人演出，我在《山的那一边》《离别曲》中扮演角色，开始了闪光的青春。当时日本的文娱生活少得可怜，宝塚连日满座。捧宝塚场的人已经不仅仅限于姑娘们，很多中年人也一直是宝塚的爱好者。

昭和十六年，我演出《澳洲的两棵松树》时，竹松去世，助台家的渔业批发行歇业。这当儿，孝太郎已经年过四十，穿着一身土黄色的国民服，开了个小杂货店，雪枝也换上了扎腿的劳动服，在街头巷尾为出征士兵征集千人针（千人针是一条日本手巾，由不同的人缀满布上印好的小点送给士兵，为士兵祈福）。

一到星期天，两人便相携着来看宝塚的演出。宝塚的乙羽信子就是和丈夫有亲子关系的那个女婴，雪枝可能并不知道。热情支持宝塚歌剧的宝塚迷之中，这对中年夫妇总是不错过宝塚公演的日期。孝太郎是老牌的宝塚迷了，携带雪枝看戏当然是顺理成章的事，且不论雪枝喜欢还是不喜欢，但她也没有拒绝的理由。总之，他们是宝塚的常客。

孝太郎并不直接到宝塚来，总是先在大阪的繁华街头徜徉一番，然后去宝塚。不晓得由于什么渠道，孝太郎知道了我正在宝塚的舞台上演出。他是为了观看自己女儿的风姿前来的。我常常这样猜想。如果雪枝察觉到了他这份隐情又将如何呢？

孝太郎夫妻，在大阪的闹市中进餐，然后去宝塚看戏，这显示了孝太郎的从容。

不久，雪枝因病卧床，孝太郎尽心竭力地看护病妻，在战事急转直下的昭和十八年 (1943 年) 七月，四十三岁的雪枝过世。

孤身一人的孝太郎，以憔悴的容颜迎接了停战。

昭和二十年 (1945 年) 九月四日战争结束，在停战后不到二十天的时候，我们雪组公演了《捆起棒子》和《勘平之死》。春日野八千代、东屋铃子和我担任主角。

战争中，总是慰问军队、慰问军需工厂、慰问医院。当公演开始，小电影院也开张了的时候，我不禁想到："和平终于降临了。"

人们聚集在黑市上，只要有钱什么都买得到。战争中，和老百姓久违的酥脆薄饼、大福豆馅年糕、豆馅团子、甘纳豆、巧克力等等都出现了，这是食品最受欢迎的年代。孝太郎看准了这个时机，纠合朋友准备经营一家大规模的食品店。他在筹划货源的同时，频繁地光临宝塚看戏，雪枝不在，他已经没有任何顾虑了。

昭和二十一年 (1946 年) 八月一日，我们雪组公演舞剧《凉风》。同台演出的有天津乙女、春日野八千代、花里纱子。花里纱子扮演艺人，我扮演舞伎。

孝太郎肯定看了这场演出。

我这时已是主角级的演员，被誉为宝塚的知名歌手，有很多捧我的宝塚迷。大街上，悬挂着我的宣传画，孝太郎不会看不见这一切的。我们新戏演出的第一天，尽管孝太郎的食品店定在三天后开市，他还是在这样百忙的时刻来观看了演出。

照和二十一年 (1946 年) 八月四日，是个暑气蒸人的大热天。食品店已经一切准备就绪，店前罗列着庆祝开市的花环。但人们没看到孝太郎的身影。

两天前，他因胃痛卧床，就在四日的深夜十一点，呕吐了大量的紫血突然死去。终年四十九岁，死于胃溃疡咳血。

为了停床上祭，亲戚们抬起孝太郎的遗体，见枕下藏着足有一百张宝塚演员的照片。亲戚们不由得惊诧地说：

"这么大的年纪了，藏的全是乙羽信子的剧照，真叫人难以想象，竟有这等事！"

这都是我的签名剧照。

街头的俊姑娘 4

住在逗子的新藤，时不时地到我住的赤坂公寓中来。来的时候，又总是闷着头，一言不发地走进来。从我们那"不该发生的爱情"发生这日起，他二十七年来一直是以相同的姿态在我的眼前出现。看见我之后，也许"唔"一声，也许"喂"一声。这最短的音响就是对我的招呼。然后默默地脱下西装，默默地走进浴室。这是位洗澡不用肥皂的人。因此，在我为他准备爱吃的水果之间，他便洗浴完毕，穿好便服走来了。根据当日的需要，看看电视中的体育节目啦，写文章啦，读书啦，忙起他自己的事来。这一天也和往常一模一样，只有一点和往日不同，他带来一本他刚刚完成的创作，书名《银杏树》。而且他走了以后，书没有带走。在书名《银杏树》之下还有个副标题："一个平凡女人的一生"。

这是以新藤的姐姐春子为中心的一本描写家庭生活的书。春子死于昭和五十四年（1979 年）。书中涉及了四个孩子和父亲、父亲的弟弟以及他的孩子。这是一本以血缘关系为引线的书。看得出，新藤作了大量的调查，有许多人我都不知道。

读后掩卷，我再次感到我和新藤之间的差别。新藤对于家有着强烈的执著的感情，对他的两个姐姐就不用说了；就是对一向并不融洽的父亲，他的心底也怀着深深的缱绻。我的眼前浮现出新藤写书时的姿态，恰似一头迷路的狗，执拗地一条又一条地探索着回家之路，一根根地缀起血缘之线。

昭和五十四年十一月 (1979 年)，接到了广岛姐夫来的一封"妻病危"的电报，他立即命令我准备行囊，三个小时之后我们便来到了去广岛的新干线列车上。这时，新藤对姐姐那思念之情跃然脸上的样子，使我不能释怀。广岛对他来说，是故乡，是自己的血肉纠结之地，这样的思恋沉重地覆盖着他的心房。我没有这样的感情，我羡慕他，也觉得这个人有味道。那么，我的故土是哪儿呢？哪个地方是我的故乡呢？是我呱呱坠地时的牛肉店的楼上吗？还是我被抱到了的大阪的助台家呢？

在读《银杏树》一书之前，我又一次看见了自己的户籍抄本。

生父助台孝太郎和生母山登竹子之间的产物——我，在山登家的户籍本里，生父栏目是空着的，生母的栏目中，填的是山登竹子，下边注有"私生子女"。最大栏目中填写着"生于鸟取县西伯群米子町西仓吉街八号。由生母申报户口，大正拾参年拾月拾日。"在下角写有"平民"二字。看到这个抄本的时候，我只有一个念头："啊！我的生日是萧瑟的秋天。"看到"私生子女"四个字时，未尝得到竹子的抚爱，并不知道孝太郎为何许人，我的心像冻结在路上的小石子一样，牢牢地冻在那里，动不得分毫。

就"血缘"来说，头脑中一点没有亲人的气息，一点也没有接触过的感情的话，"血缘"也不过和医院里为病人输送的他人之血一样，只有对付出血液的彼方，怀有感激而已。

破卵而出的鸡雏，当它破卵而出的地方恰好傍着一把水壶，鸡雏便会以水壶为亲娘，挨过去傍水壶而睡。几天之后，即或真的是亲娘来了，它也会毫不理会。我的情况正是如此。我的"水壶"，并不是我的亲人，而是从助台家领养我的养父养母。大正十五年（1924年）十一月十六日傍晚，满了两周岁的我，被一对手艺人夫妻紧紧拉着，走出了助台家那敞亮的大门，只有竹松一个人相送。

"请好好待承孩子。"

"当然当然！请遵守约定，无论在什么情况下也不能泄露孩子的生身父母！"

"那自然！"

"孩子的母亲也说好了吧？"

"是商定了的……"

这对夫妻就是住在大阪九条，开着一家叫着"乃辉"字号的豆包店里的掌柜加治千太郎和他的妻子澄荣。

从这一天起，我便和助台家断绝了关系。说断绝关系是恰当的。助台家为了给孝太郎迎接新娘，只希望早一天把我打发走。他们多方寻找过领养我的人家。

加治千太郎居住的九条，属于工厂地带。是一条尘封土埋的、芜杂的、简陋人家的窄街。可以说这是一条商店街，那是一些巴掌大的商店，人们在光秃秃的没有灯伞的电灯下，摩肩接踵地过着日子。当时，养父在九条附近又开了一家豆包店，不过也很小。

童年的记忆，是从那黯黑的、狭长的、肮脏的、隧道一样的小街中开始的。我的记忆力很坏，只记得片片断断；但那豆包店附近的街道的样子，却十分鲜明。

腰间垂挂着饭盒子的工人通过的这条小街，像胡同那么窄；还竖着好多根又粗又壮的电线杆子。电线上挂着误撞上来的风筝。做细点心家的小孩子、烧炭工人家的小孩，"叭哒！叭哒"地从门口的台阶冲向街道。被工厂里冒出来的紫红色烟尘染成赭色的云彩，一会儿照到排房的窗玻璃上，窗玻璃便一闪一闪地反射着赭色的光。

从前，当我投身于电影演员行列的时候，一家杂志这样描写了我的童年："乙羽信子是一家大食品店的独生女，十分自由自在，我们那招人喜爱的生着一对笑涡的姑娘，被照顾得十分精心、十分精心。"

我看了后真是哭笑不得。

只说了这些，我只好忍耐了。我完全不是出自什么大富之家，而是那种长筒子房中的一家小门面豆包店的女儿。

孩子时期的习惯用语我还记得。玩划拳的时候，高级住宅街中的孩子们说："将，京，包。"我们长筒子铺面房中的孩子们则说："英，加、赫伊。"高级住宅街的孩子们说"我呀……"我们则说："我家呀……"

我小时候，十分任性，不肯听说听劝。有一天，把父亲惹怒了，父亲把我关在壁橱里，那壁橱的拉门不是纸而是用玻璃做的。我在黑暗的壁橱中大声叫喊："放我出去！"一边狠狠地撞击着拉门。玻璃撞碎，手也扎破了，血流得染红了衣裳。

父亲吓坏了，赶紧放我出来。我腰间戴着的护身符，被玻璃花儿割成了两半。

"护身符保护了你，你才受了点轻伤。"妈妈这样一遍又一遍安慰着我，我一直记在心里。

娇孩子总是身体不好，我十分容易伤风，又时常闹肚子；那种时候，大夫就骑自行车到家来给我看病。不准我出去玩，就把邻居的小朋友招到家里来玩。傍晚，小朋友要回家了，我揪着他们不放，非得把玩具收好才行，不收拾好，谁也走不成。我又爱打架，身上总带着伤。比起身子来，脑袋显得过大，腿又相对的细，因此不容易保持平衡，绊腿绊脚的情况常有。这些，我都很少对别人说。我是个又瘦弱又抑郁的小孩。

我是加治千太郎的养女，名字却叫坂东信子。这是因为养母的母亲姓坂东，为了坂乐家不绝户，便叫我姓坂东而不姓加治。

祖母像疼嫡亲孙女一样地疼我，我也十分喜欢祖母，比跟母亲还亲。

祖母说："叫信子住在这空气污染的九条，信子的身体只能越来越坏。"她便把我带到她的家里。她家住在阪神电动火车的芦屋站的前一站，名作深江。我便和祖母两个人过起日子来。父母不放心，时常来探望我们。不久，双亲也迁到深江镇来了。我们住在神户市东滩区本庄町深江大日町。这是条面临大阪湾的小街，吹拂着湿润的海风。祖母总是说："多么好的空气。"这是一条渔民聚居的小街，和芦屋那富有的老爷们的宅第相邻。海上，飘漂着小小渔船。

父亲又在这条街上开了个小小的豆包店。

父亲是个本分的手艺人，自家调制豆馅。可能他的豆馅做得好吃，常有远道的客人也来买豆包。豆馅稍有点变味，父亲尝过之后便倒掉。

有一天，一位顾客问道："豆馅是今儿的吗？"

父亲的脸霎时变得苍白，硬邦邦地回一句："回你家去吧！"便走进里间去了，客人只好讪讪地走了。

这是因为，父亲从来不卖过时的豆馅，他认为，这样的买主不买更好。

战争时期，砂糖受统制，只有黑市才有得卖，父亲想方设法去买糖，可是买不到。只有糖精。记得就在这个时候，父母吵过嘴。养母说："这种时候，哪家店里不用糖精？"

养父说："用那种玩意，能作出好馅子来吗？"

"不用也不行！"

"就是不能用，会变味的！"

养父坚持不用糖精，他就是这样一个认死理的人。现在想起来，虽然没有遗传基因，我却很像他的这个脾气。当然，那时候，我是把他作为生身之父的。上小学校高年级以前，他一直带着我到男澡堂洗澡。

养父在豆包店学徒之前，还在洋餐馆里干过活，所以学会了做菜。在我生日的那天，总是做最好吃的菜给我。螃蟹壳里，烧着各色佳肴。养父脸上透着"你看看吧！"的神色把种种美味摆到饭桌上来。在宝塚歌剧团的时候，常常把友伴带到家里，享受他那不亚于大餐馆的烹调手艺。这种时候，养母只冷眼旁观。

养父喜爱喝酒，平日忙于店务，默默地操劳，没有喝酒的余暇，看上去是个寡言少语的老实人；一旦喝醉，平日锁闭的感情便喷射而出了。

"看我老实就想欺负我呀！那可不行！"常常说着这样的话就要往外冲；我就骑在他身上不许他动。

"我不走！不走！"他说着。我一松腿，他立即冲了出去。

"你是一个真正的小傻瓜！"他说着，使劲地摇撼着院子里的树。这时，总见不到养母的踪影。现在回想起来，这种场合，确实只有养父一个人，养母为什么避开呢？这个记忆，像浓雾中的风景一样，朦朦胧胧，难以说清。

养母并不讨厌我，但绝不是像养父那样爱我。养父的眼神里含着万般慈爱，养母的眼神却总是在琢磨我。她嫉妒养父对我的宠爱。

"真是个奇怪的妈妈！"小孩子的心里，竟得出了这样的判断。

有一天，养父带我到神户的一家人家去串门，我不认识的人家。一个二十岁上下的姑娘，叫着养父"爸爸！爸爸！"没说上几句话就哭起来了。我不明白她为什么哭。

后来才知道，那是养父的情妇的家。原来养母眼中的猜疑，嫉妒，不仅仅是对我。是养父的"好色"，才使得养母出现这样眼神的吧！

5 隐蔽的血缘

据说养父千太郎喜欢女人。因此，听到人家说养父有情妇，有私生子的时候，并没引起我的惊异。养父带我去过的神户的那家人家，那个见了我们就背过身去抹眼泪的二十岁左右的姑娘和养父究竟是什么关系呢？

在六岁的我的那幼小的脑瓜里，当时的情景完全是幅风俗画，至今还历历在目。养父生于明治二十一年（1889 年），计算起来，我六岁的时候，他就是四十二三岁，那个姑娘若是他的情妇的话，那可实在是太年轻了。

那家住在二楼，当时养父的脸又苦恼又悲哀，对着那姑娘由于哭泣而抖动的双肩，他只是重复地说："别哭，别哭么！"

六岁时候以为是二十左右岁的姑娘，不一定就是二十左右岁。记得上小学的时候，总把邻居家的女学生看成是完完全全的大人；待到自己到达那个年龄时，才明白女学生完全不是大人。这是由于小孩子不懂世事的缘故。假如那姑娘只不过十四五岁的话，绝不会把她认作养父的情人，说不定会觉得那是情妇的孩子。不过，要是情妇的孩子的话，她的妈妈又到哪里去了呢？反正当时妈妈不在场，一个十几岁的姑娘能独自挑家过日子吗？是母亲扔下女儿出走了吧！养父听到了这样的消息才跑来的吧！姑娘的悲泣，现在声犹在耳。不管是情妇还是情妇之女，和养父存着解不开的关系肯定是确实的。

我在宝塚少女歌剧团的时候，在年事渐高的养父母家里，有两个小孩子经常来玩。看着那满屋子跑着的活泼泼的孩子，我问："啊，谁家的娃娃。"

养母就说："是你爹在外面生的野种。"也许养母说的是"野生的孙子"。我见过的那个女人是大人还是姑娘，我闹不清楚。

说这话时的养母，已经没有气愤，也没有哀怨，脸上只是一种无所谓的样子，似乎是在诉说："你这样的爹真叫人难说。"长大以后，我懂得了这种感情，但是为什么不恨养父呢？我甚至想："是不是做了母亲，男人有了外遇也没办法了呢？"养父的情妇究竟是什么样的人呢？也许是位出自手艺人家庭，喜爱饮酒而在那家小饭馆里做事的吧！曾经见过养父年轻时的照片，那是张男子汉的脸，粗粗的眉毛，抿得紧紧的双唇。

男人也是各种各样的：有那种一眼就能看出的专门在花街柳巷里溜达的好色之徒，有天生怕胳肢的男人，也有叫人感到魅惑的男人……可是养父哪一种也说不上，他只是个手艺人，朴实、寡言、温和。

悄悄地掀开酒店的布帘走进去，静静地喝起酒来，多么好吃的下酒菜，也不叭哒嘴，只是吞着酒。酒馆的女招待和女用人打趣的时候，也不过呲牙一笑，还是吞着酒。养父就以吞酒的形式，勾搭上了女人。

从养母的话语里可以想象得到，养父可没少跟女人结缘。养母肯定有过不少烦恼，养母对养父的放荡是习以为常了呢？还是谅解了呢？反正到晚年，已经什么怨言都没有了。我不知道养父母是怎样相识并结婚的。一般的家庭，双亲的一方总会向孩子们说起自己的某些事情，他们却从没对我说过什么。我感觉到，他们不愿意我知道这些。我知道的话是他们的羞耻。我不由得常常想，这是一对不可思议的夫妻。

养父以前在洋餐馆做事时，养母在那里刷盘子和打扫卫生，是不是就这样相知进而结婚的呢？养父年轻时的事我倒听了不少，养母的事一无所闻。稍稍懂得世事之后，我常常想，不明白养父为什么要和这样的女人结婚。养母总是把穿脏的衣服什么的堆在壁橱里而毫不在意。一拉开壁橱拉门，臭味扑鼻子。我从宝塚回家，总要大洗一阵。一边洗一边想："可怜的爸爸！"

养父的布袜子，破了窟窿也那么穿，养母不管洗也不管补。但她对店里的事十分精心，清早起来光着脚作豆馅，可能因为长时间干活太累，就不愿意再洗衣裳了。因为总是光着脚干活，老的时候，腿脚因受寒而只能卧床。

养父从年轻时候起就酷爱喝酒。战争中酒专卖的时候，便买酒精喝。附近的闲杂人和阿飞常常凑到家里来和他一块喝，他们吆五喝六地直闹到下夜十二点。

养父一个人的时候，嘴里叨叨咕咕地还是喝起来没完，养母就一直哭丧着脸。从哪方面来说，加治家也不是个愉快的家。养母不爱说话，我也寡言少语，一点团圆的气氛也没有。每到有兄弟妹妹、笑声不断的友伴家里去时，真的是不想回家。朋友的父亲笑迎着我，朋友和母亲说话时那融洽的神情使我无限羡慕，他们的姿态都是从喜爱的画上摘下来的吧！

我自己如此任性，养母也许会觉得我再明快一些才好。

我可能和寡言的人有不解之缘。和我结缘的新藤从来没有多话，特意来到赤坂的公寓来和我相会，也只不过是"啊！啊，唔唔"而已。然后就锁闭在"自我"的世界里，看书啦，写脚本啦……

有时好多天不露面，心里堆着山一样的话想说给他听。他却又从"丈夫"回归为导演了，连亲近的时间都找不到。这是沉默的导演和演员生活中的一个侧面。

有人这样说我："你这么无拘无束地过日子不也挺好吗？"新藤已经完全成为"导演"了，可我却仍然留在"妻"的意识中。新藤回到逗子的家里去了，我只能自己解嘲了："反正我是和不爱说话的人过惯了的。"仔细想想，情况正是这样。我那古怪的手艺人的养父，我那一向不开口的养母，再加上个不爱说话的我，由我们这样三个人构成的加治之家，还有从祖母那儿因袭下来的暗流。

养父千太郎的母亲石本梁，早就故去了。在养父父亲的栏目里是空着的。当然，这已经无从考证。不过，也可以这样认为，养父是不是和我一样，也是个私生子呢？养父生后不久，就给加治增去作了养子，望着户籍抄本那薄薄的纸片，难以形容的思绪搅住了我；我没有注意过，养父不知生身之父之时是不是难过。养母澄荣是同样情况：母亲是坂东佑，父亲一栏一直空着。她和养父一样，也是私生子。养父母双方都只有母亲，可能因为这样的情况，没能够正式结婚的吧！

私生子的我，来到了私生子夫妻的膝下作养女，这也是一种缘分吧！这是一组不可思议的组合。

生母山登竹子、养母的母亲坂东佑、养父的母亲石本梁，户籍本上这三位和我有连带的女性，都生下了没有父亲的孩子，过着铅一样沉甸甸的岁月；再加上我，我们四个女人是被一条看不见的锁链联结起来的。我同样是个"背阴的女性"，爱上了有妇之夫，是个不道德的女人。和新藤结婚的时候，新闻记者这样渲染："历经二十七年之久的分居婚姻"。不管别人怎样粉饰，都改变不了我通过幽径作为情妇的事实。这是"不义之恋"。假如我怀了孕，生下孩子的话，我的孩子也将以私生儿载入户籍，和那三位女人一模一样。时代在前进，带着没有父亲的孩子的女人，像过去那样，被人从背后指指点点的情况可能不多了；甚至换上一种说法，说这是"新女性的生活方式"。可是，从我来说，我知道我不具备这样生活的本事，我做不到这一点。任何时代，都有个公认的"常理"。成为有妇之夫的情妇，就是打破了这个"常理"，我不能跳墙进去强占人家的庭院；那么，这种情况下生孩子，就需要勇气，就必须负责任。这一切我都做不到。

以我为轴心的我这个家，就是如此组成的。新藤说过："噢，是呀，是呀，私生子的一家！"

如果说是冥冥之中有缘的话也许是说对了，我的血缘，我的关系人几乎都是鼠年生人。养父加治千太郎，生母山登竹子，曾经短时间照看过我的助台家的久子以及丈夫新藤兼人，加上我，五个人一律属"鼠"。

我们五个鼠年生人之中，只有生母竹子和我有血缘关系，其他四个人都没有血缘之丝。应该说都是真正的他人，但确是与我紧紧扭结在一起的人。就我来说，血缘之丝究竟意味着什么呢？血只不过是一种自然本质，不附有任何作用。给予我影响、使我感激的毋宁说是那些与我朝夕相处的人。那些品评"不像女人啦！"，"人间没这样的人啦！"等等说法，我都已领教过了。

新藤可能归之为血缘受惠者的行列吧！在他的生活当中，家呀、血缘呀具有重大意义。就是现在，这些东西，就像他家的大黑柱子一样，深深地植根于他的心灵之底。回顾我五十六岁的一生，生身父母就不用说了，有血缘关系的人，几乎全部隔绝。新藤也许会这样说："断不断都是一样，血缘就是血缘。"按照他的说法，我漠然地思索着我的一切。如果说起作用，可能助台家那爱好艺术的血也遗传到了我的身上。不过，就是那种爱好艺术的血液，在助台家是灵感的血，在我却是拙笨的血。比如，拍片子的时候，新藤就曾这样申斥过我："乙羽君：你的感觉不对，今天就到此为止吧！"

拍电影，拍电视或者是在舞台上演出，我总是警惕自己不要照搬过去，对那些能在适当的时间里，巧妙地转换感情的大明星，我羡慕得不得了。

我身体里环流着的，恐怕只有那来自"不义之恋"的忧郁的血吧！

6 樱花盛开的季节

养父千太郎，有时候会暴怒。我上高小的时候听见的他那声震屋瓦的吼声，一直忘不掉。那是他的姐姐，也就是我的姑妈到深江的家里来看望我们的时候。姑妈是教谣曲的，并经营着艺伎们住宿的下处。

"我想和您商量一件事！"小小的房间里，姑妈那大嗓门激起嗡嗡的回响。

"什么事，说吧！"

"信姑娘的事！"

"什么事呢？"

"信姑娘是个小美人，我想接她到我那儿去！"

"你说什么？把我家的独生女弄到外面去,这种事能办得到吗？"

"别嚷，到我那儿作女儿，我想把她培养成成艺伎！"

姑妈的话还没说完，一向沉默的养父，怒不可遏地吼起来了：

"什么什么？你再说一遍，叫信子去作艺伎？你给我滚出去！"

我在快该上小学的时候，到姑妈家斜对门的一位擅长歌舞的师傅那里去学习日本舞，从深江到师傅家，差不多有五站地，他家围着黑色的院墙。总是提着小手包自己一个人去，手包里装着练功服、练功袜和坠身带。

在去学舞时，养父常常叮嘱我说："别弄错了该下车的车站。"我确实弄错了好几次，有一次连小手包也不知丢到那儿了，只好哭丧着脸赶到了师傅家。回来的时候，看见小手包拴在电线杆子上，在那里不住地摇晃。

喜爱歌舞，又长得讨人喜欢的我，被姑妈看中了。虽然向养父提出要求时被养父怒吼了一顿，她却并不介意，仍旧不时地提出这样的话题："长得多俊！又有舞蹈天才！"

说起来，养父母的亲戚当中，在歌舞行的，在旅店妓馆行的真的是大有人在。

我脱离大映电影公司之后，在一部名为《大阪的旅店》的电影片中扮演了一位酒篓子的角色。我不会喝酒当然无从体会到醉酒的感情，就去向五所导演请求换人。五所导演说："好多人争演这个角色。那些演员知道醉酒的滋味，只有你不知道，就是要用你这个不知道。"

我到大阪北、南各处的饭馆里去观察喝醉人的情态。我想起了养父母那些艺术界的亲戚，就把我的意图向姑妈说了。姑妈说："这事好办！"她请了几位亲戚中的能人，在深江的饭馆里痛饮起来。其中有跳弁庆舞的艺人，也有"活物"（一种俗曲，表演者说唱并混有舞蹈动作——译者）艺人，我坐在屋子的一角，喝着茶，观看这喧闹的一群。

这些艺人亲戚，教会了我很多东西。演员表演醉酒的时候，是为"醉"而在表演。她们真正醉了的时候，是不断掩饰醉态的。

不知过了多少时候，这欢悦的女人们走了，留下的只有酒香。

我不由得想到，我没有成为艺人亲戚中的一员是可惜的。这时我才明白了姑妈的心境。姑妈认为把信子培养为艺人是顺理成章的事，她是以这样的心境向养父建议的。这是一群无忧无虑的乐天之人。

以姑妈为首，亲戚中的很多人都喜爱宝塚，常常轮流着带我去宝塚观看演出。

乍看时，在"真漂亮""太美了"的感觉之外，有个小孩子的想法："这对我正合适！"究竟怎么个合适法，当时并没有想到。现在琢磨起来，可能是舞台上那队列舞蹈中齐刷刷地举起来的大腿吸引了我。那样轻快地、叭地举起来的腿，在我看来，真是盖了帽的好。

细一分析，我的一生，可以说是"毅然决然的连续"。这样说，颇有过分之嫌。实际就是这样：在我下定决心，投入某项事业之后，那种毅然决然带给我的不计后果的欢欣总是使我激动不已。

深江镇在阪神电动火车线的一侧，是别墅区芦屋站的邻站，既是渔村又间有别墅的一个小镇。到站一下车，臭氧的气味和沙丁鱼特有的腥气便扑面而来。站很小，镇上也只有一条四米宽的道路。路两侧，小商店栉比，路尽头便是大阪湾的碧水。

站前有家香烟店，烟店旁边是邮局，我家又在邮局的隔壁。养父一般是在豆包店的门脸内做粘糕，养母梳着普通的发髻，穿着缀有黑缎子领条的家常服装照料铺面，我有时也照看铺面。

宝塚的大明星苇原邦子就住在我家附近，她租住的是朋友家的别墅。来拜访苇原女士的宝塚剧迷们常常从我家经过，常有捧着花束的姑娘们。有的女学生把礼物捧在窈窕的胸前。那些姑娘们的眼神里，闪着梦般的色彩。

亲戚和邻居的大妈婶婶们，常常向我说："信姑娘，进宝塚吧！"

由于天生的卷发和大大的眼睛，同学们叫我是："日本做的洋娃娃。"我并不介意。我在学习日本舞，又酷爱唱歌，还参加过全国小学生唱歌比赛。要说我没对进宝塚动过心那是假话，随着学年的进程，"进宝塚"已经成了我和大妈婶婶们的目标了。不过，我的身体仍然很孱弱，养父是知道宝塚歌剧学校训练的严格和苛刻的；他担心我即或进了宝塚，也会因为身体顶不下来而半途报废。但是，不知为什么，他也仍然劝我进宝塚。

已经读到本地的小学六年级了，我来了月经，是真正的少女了。也知道进宝塚是多么困难了。竞争率是三十比一。我只不过是个豆包店的女儿，养父和养母只不过是小学毕业生。尽管生着一双大眼睛，脸蛋也还漂亮，但是并不具备考取的条件。

我向我的班主任老师助野桂二先生请教。助野先生小小的个子，是个优秀的老师。有时候，感觉得到，老师望着我的目光和望着其他孩子的目光不一样；这不是讨厌，而是喜欢。

老师说："是真的吗？终于想去考宝塚了吗？就是进宝塚，也得取得好成绩呀！不过，还是先考考神户的女子中学吧！"

神户的女子中学，是县立的学校。

我的成绩不错，是我不甘人后努力学习的结果。我的同班同学藤田幸子住在我家附近，她是个地主家的姑娘，我常到她家去玩，并不是完全为了玩，而是请她姐姐辅导我的功课。助野老师说："考考神户女中试试！"他的意见可能是我该进中学而不要进宝塚。

当时的宝塚，和现在的宝塚给人的印象不一样。现在的宝塚，是富家女儿的去处；当时恰恰与此相反，不是富家女儿的去处，而是穷苦姑娘的去处。

我家的经济情况，老师早已从养父那儿了解到了。可能他认为根据我的好成绩，还是进中学比进宝塚好。

可惜，我没有考取神户女中。

老师对养父说："信子没有考上。"

养父满不在乎地说："这样也好，没关系！"

我花上若干学费，从神户女中毕业之后又能怎样呢？逍遥自在地待在家里，上上新娘预备班等等的这些事，我是没条件的。没考上中学，我只有进宝塚的一张王牌了。考不上宝塚，我这个豆包店的女儿就只能待在阴郁的家里了，和那穿着黄颜色衣服的母亲换班照料铺面。一想到这样的处境，我的心里便塞满了阵雨前的阴云，十分不安。

这是我后来才知道的情况。苇原邦子的父亲在深江站前开脚行，因为近邻的关系和养父很有交往；养父由此知道了苇原邦子的生活情况，才存心让我去考宝塚的。

当时，我不时到藤田家和苇原家去玩，在他们家里弹过钢琴，钢琴那响彻室中的音量，比钢琴本身更使我震惊。

当时宝塚招生的幅度是从小学毕业到中学毕业，尽管助野老师为我送上了学业全优的内部推荐信，一想到和十七八岁的大姑娘一起考试，我仍有些胆怯。老师向我投送过来鼓励的眼光，示意我肯定会考取。我的心，像涨满了风的船帆一样，动荡又不安，几天下来，夜里做噩梦，人也明显地瘦了。

宝塚歌剧学校考试的日子终于来到了。

养父陪着十三岁的我前去应考，那是昭和十二年（1937年）的春天，是宝塚歌星小庭福子、苇原邦子、春日野八千代、初音丽子的鼎盛时期。我穿着手织的毛线上衣、日本式的裙子和一双球鞋，走在那散落着樱花花瓣的路上。

到了考场，人真多极了。只有我一个人穿着过短的上衣，根本没人穿球鞋。几乎所有的人都戴着一种内沿的帽子，这种帽子，我只在电影里见过。大部分应考的人都擦了胭脂，把嘴唇染得通红；还有像画片里画的摩登女郎一样的大人。进入备考室，我不由得鼻头一酸。从十三岁女孩的眼睛看来，那完全是妙龄女人的世界。我寻找着我的同龄人，也有几个，穿着华贵的衣裳，摆着大都市人的派头。我想：我是来错地方了。

首先是笔试。由于应考者年龄不同，考试题目也不一样。我完全回答得出。我觉得，我们这个同龄组的题目也就是小学校四、五年级的水平。其次是1、2、3、4、5、6、7、i的音阶鉴定。唱歌是我的拿手好戏，我高声唱了简谱。再次是考舞蹈动作。我们换上了体操服，考试踢腿。

第二场是口试。好几位教官并排坐在那里。

"嘿，十三岁？个头不小。"我是我们班上的细高挑儿。

"在学校里，你哪门功课最好？"一个教官这样问我。又一个教官叫我："你侧过身子看看！"

回答问题当中，坐在紧边上的教官向挨着他坐着的教官说："这孩子的成绩不错！"我想起了助野老师的叮嘱："要考出水平来！"

昭和五十五年（1980年）四月八日，在东京赤坂的一家叫作律之井的饭店里，我们团团围着助野老师，开了个小型同班会。我们一共四个同学，一个同学问助野老师：

"先生是偏爱信子才推荐她的吧？"

助野老师抬起来已经花白了的头，说："我发现她的笑靥很好看，是个小美人。"

我一个人到宝塚去看榜。

榜上有我的学号。回家后，养父笑逐颜开，不断地说："太好了，太好了！"我仿佛生平第一次看到了养母的笑脸。她一边往佛坛前的香炉里拈着线香一边说："老佛爷保佑，保佑信子早一天成为明星，保佑她快乐。"

养母的这个祝愿，困扰了我好多年，我摸不清她说这话的真意。

7 阴影中的花朵

宝塚少女歌剧团发榜的那天，珍贵的多瓣樱花——八重樱盛开了。有风，且很猛，花瓣儿被吹得飘落下来。

我独自走在去宝塚的路上。

前次试考神户女中落榜，对这次考宝塚我也丧失了信心，我怕第二次使养父看到我愁惨的脸。约好我要是考上，我往家里打电话。要是考不上呢？我走在樱花树下想着："考不上的话，就到店里卖豆包，要不就到其他地方去做工。"

只能说是奇迹，我考上了。

据说，从前宝塚考试时，公布名字。我考的时候，榜上只公布考生学号。一个烫了头发的女孩，投身在母亲怀里，正放声痛哭。浓厚的化妆被泪水冲得横流，眼睛、鼻子被眉黑和胭脂染得黑一条红一块。这喜极了的哭声中，我等候着养父。这时，我无端地想起了几年前在养父情妇家遇到过的场景。那个哭得双肩不停颤动的姑娘的形象，像烙印一样留在我幼小的脑海里。眼前这个哭着的姑娘与记忆中哭着的姑娘毫无瓜葛，这两个毫无关联的图像却在我的头脑中重叠出现。我只是抱着小孩子的想法："反正我不能哭给别人看！"话虽如此，我不过是个极其普通的女人。说是倔犟，哭的时候并不是没有。有一次，新藤十天没有露面，我急得坐卧不宁，狠狠地痛哭了一场。女人的激情迫使我不能不给新藤打电话，我不找他，他是不会露面的，也不会打电话来。只有渴望和他相会的我主动打电话才行。他如果在办公室还好，要是已经回了那有妻室的逗子的家，就只能等到第二天，可第二天也不一定能找到。

极力克制自己的是女人，为汹涌的激情摇荡，控制不住自己的也是女人。我的感情，一如颠簸在浪尖上的小船，忽上忽下。我请人替我往新藤的家里打电话，捆缚我和新藤的红线像磨人的孩子一样，一次又一次联结上了。

正月，那是难以联结的日子。

新藤和妻子团圆守岁，能替我打电话的人也自有他过年的地方。我岁岁惧怕新年的到来，爱恋着有妇之夫的女人，年下吃的鸡汤年糕也是苦涩的。

这样，我当然忍不住哭了；可是，我从来不在人前落泪。所以，当年我看到没考上宝塚的姑娘大白天的扬声痛哭，我真的惊呆了。

过了好半天，养父才来到了宝塚。他为我办理了入团手续，一次又一次摸着我的头顶，说："终于如愿了！"当然，和我们同样为考上宝塚而笑颜逐开的人也有。有一位妈妈笑眯着眼睛说："本来已经说定了到工厂去做工的，能有机会学习自己爱好的歌唱，还有津贴好拿，这真是天上掉下来的好事！"

我们考取的新生，分在预科的四个组里，我是 C 组，全是小学毕业生和初中一年级的小姑娘。小学毕业的占一半以上。所有考上的人都不是那搽胭脂抹粉、穿着华丽的人。

预科一年。成绩好的，只需要一年，就可以升入本科。

当时——昭和十二年 (1935 年) 时，日本的军人政权迅速稳固。六月间，近卫文麿第一次组阁，七月便爆发了日中战争，太阳旗在北京、天津的上空飘扬起来。这种时局之下，宝塚少女歌剧的海外公演频繁起来。作家、音乐家也纷纷到海外参观，想尽方法多接受一些外国的优秀技术。战争一旦扩大，这一切就都不可能了。前辈们在海外公演归来以后，战争的阴影终于照到宝塚的头上来了。在海军情报部的干预之下，宝塚演出了《太平洋进行曲》《光荣的军舰之旗》等时事节目。

我们预科一年级学员，从早九点到午后四点上课，课程有芭蕾舞、唱歌、跳舞、日本舞等等。我是太累了，因为贫血脸色发青，脖子细细的，胸部瘪瘪的，人们说我得了肺结核。最要命的是芭蕾舞课，一站就是多少拍，血一下子涌上来，眼前冒金星，赶紧捉牢练功杆，脸上身上都是冷汗。

倒下去的多了。

小学毕业之际正是身体急骤变化之时，宝塚是不管这些的。活动量又大又剧烈，从这点来说，宝塚是残酷的。不堪忍受退团的同学有，染上结核病咳血回北海道老家的人也有。预科开始分编在四个组里的我们这些"同期之樱"，到升入本科的时候，只有两个组了。有一部分是升级考试不及格，大部分是耐不下过重的功课。现在分析起来，那时候，就是在拚体力。养父安慰我说："倒下来没关系，就算我们当初没考上。"

有一天，教舞蹈课的白俄罗斯老师约瑟夫斯卡娅先生告诉我，每天早晨喝一些苹果汁或胡萝卜汁。我说给养母，她便调制好了给我喝。

喝过之后，贫血奇迹般地好转，不知不觉间脸色好看起来，身体也结实了。但是从小养成的阴郁性格却没有改变。

一天，练完功回家的时候，同期的一个同学在我身边说："喂！加治，怎么老看不见你的笑模样呢？总是闷着，人家都说你了，说不上你是聪明还是愚蠢！"

我只回了一句："是嘛！"

当时，同期同学和老师都叫我"阴影中的花朵"。尽管加上花朵，这称呼也不好。"阴影之人""背阴之身"，本就是俗称中的妾与私生子。有一次，和宝塚出身的朋友们边吃饭边闲谈，说到了同期同学给我起的绰号，这个绰号巧妙地暗示了我的一生，这真是不可思议。我不但是私生子，而且是背荫之身，也就是妾。

有我这样的学员，也有一位使周围的同学笑得前仰后合的同学。她十分有人缘。有她的地方，总是爆发出欢腾的喧笑。她一进教室，大模大样地往桌子上一站，模拟出前辈春日野八千代、苇原邦子等大明星的举止，逗得你不由得不乐。她歌唱得好，引吭高歌时突然开起玩笑，一眨眼又向你扮了个鬼脸。这一切，大人们可能不屑一顾，但对同学却具有十分魅力。她就是被同学亲昵地叫作"小扣子"的越路吹雪。

老师常说我："笨丫头，真拿你没办法！"有一个同学恰恰与我相反，她善于观看教师的神色，常常是老师没说她就做好了，真是好得出类拔萃。她就是淡岛千景。

"阴影中的花朵"乍一见，又弱又纤细，像一阵风就能吹倒似的，却有着肉眼看不到的韧性。我完全是这样。我孱弱的身体之中，潜藏着与生命一起来的"不服气"。我绝不能败给天才的越路吹雪和淡岛千景。我以三倍于他人的勤奋学习一切，三倍追不上她俩，我就付出四倍、五倍的努力，我认真地下了这样的决心。

上小学的时候，就是如此，假如我的成绩平常，我除了努力之外再没有其他念头。我不知道我那幼小的心是怎样估计自己的实力的。在小学时的班会上，同学们说："阿信会做得好的！"为了做得好，我用三倍、四倍于他人的努力进行复习和预习。

进电影界后是如此，现在仍然在继续努力着。有舞台演出和拍电影的时候，我比其他演员都早地来到现场，等待着自己该登台的时刻；这之间，熟悉台词。不这样做就安不下心来。从我来说，"努力"是我毕生的"生活要素"。

下课后，总是一个人留下来，在练功镜前审视自己的芭蕾舞动作，常常被晚间巡逻的警卫员叔叔撵回家去。

只靠学校的功课是成不了明星的，我接受了课外训练。我从竹内平吉这位管弦乐界的老指挥学习发声。我在宝塚的前一站下车，走二十分钟的路到先生家里去上课。先生也指导我如何在舞台上献艺。我的嗓音很好，能够掌握到正确的发声法全靠竹内老师的栽培。不过，竹内先生教的发声法是歌剧中古典派的唱法。到我进入电影界，和胜利唱片公司订灌唱片的合同时，用那种发声法无法唱流行歌曲，使我十分狼狈。我对胜利的指挥说："我不是唱流行歌曲的材料！"指挥说："你不那样死心眼儿就行了，比你条件不如的人都能做到。"结果我还是拒绝了，我就是这么一个只知道傻干，不会随机应变的笨人。

我也接受了日本舞蹈的训练。小时候学过一阵子，但是融汇不起来。给前辈春日野八千代配戏时，需要的多是时代的内容。我就白天黑夜地练起日本舞蹈来。有人劝我去找名师指点，可以很快取得好效果，这需要学费因而作罢。

托上天保佑进了本科。试题是：随着钢琴的旋律，创作即兴舞蹈，看你对曲子的理解能力。根据考试结果，分到声乐、日本舞蹈、现代舞蹈各个专业。

越路吹雪轻轻松松地对待升级考试，显示了她的天才。我却连微笑的时间都没有，起早贪黑地准备着，我知道我自己的拙笨，不认真准备是不行的。被人叫做"阴影中的花朵"也没什么。走向"明星"的路上，每个同学都是我竞争的对手。

当时，宝塚演出的学员，分别归属于花、月、雪、星四组之中，还有声乐、舞蹈 A、B、C 班等专业，加上我们没上过舞台的预科生，总计有五百人之多。宝塚是大正二年（1913 年）招收了第一批学员的，当时只有十六人，现在已经是个几百人的大家族了。

进宝塚的时候，我打算在二十五岁的时候退团，然后结婚，生上两三个孩子，过那平凡的妻子的日子。我这个生养在阴沉的家庭里的姑娘，梦想着缔造一个愉快明朗的家庭，这是个合乎情理的渺小的希望。

这个梦，进宝塚不到半年便消失了。理由有两个：一个可能是来自我那自虐的性格吧！我认为我已经成了严峻的"艺道"的俘虏，直到现在仍然感觉得到那种近于极限几乎要倒下去的麻醉似的乐趣。加上我那一条道跑到黑的性格，既然被艺道所俘虏，那就不能离去。尽管是九十九道弯的羊肠小路，我也要走到底。另一个理由是因为宝塚。宝塚这个年轻人的世界，可以说是个青春博览会。我这个有生以来，几乎和青春绝缘的人，在这里目迷神驰。从那阴沉的家庭飞进这个女儿王国的我，能够再度回到那抑郁的豆包店里去吗？我敏捷地抬起舞蹈中的腿，不止一次地思索起这样的问题。

灰心于和新藤那若即若离的关系时，我向近代影协的同事们说：

"我要回到故乡去了！"

我的旅行地不是风光绮丽的休养地，而是我被叫做阴影中花朵的宝塚。

站在宝塚的街头，不论天气多么恶劣，我也感觉到是耀眼的阳光在抚慰着我。

8 明星之路

　　作为宝塚少女歌剧团的预料学员，我从阪神电铁列车线的深江站换乘阪急电铁列车线到宝塚。当时的宝塚姑娘们，不像现在的宝塚姑娘们穿戴得如此华丽。我们穿的是绿色的和式裙裤，这是宝塚的制服。在阪急线的六甲站，御影站上车，悄悄地站在一隅。

　　那时的阪急沿线，盖满了茂密的丛林。五月间，满眼新绿的嫩叶；秋天，火焰般的红叶与姑娘们的红颊比美。

　　"喂！那个人，准定是宝塚的，真是个美人！"在列车里，乘客指着我们，小声评论着。我们总是低着头，望着脚下的地面，意识到自己是被注目的人物。一到团里，和普通的女学生一样，热心地交换着对憧憬的宝塚明星的小道消息啦，那家店里的粘糕甜豆汤好吃啦，等等。当时，正是小夜福子、苇原邦子的全盛时代，组里的同学也各有崇拜的对象。有一次，一个杂志社为酬谢基本读者委托宝塚举行公演大会的时候，我们在上课之前去排队买票，结果迟到了。老师站在学校的正门口，把我们好不容易买到的票都没收了。

　　宝塚的戏票，比起歌舞伎、新派剧（明治中期以后新兴的话剧——译者），大相扑等便宜得多。其他剧种卖五元、四元一张票时，宝塚戏票只在三毛钱左右。战争严酷时，政府颁布的停止高级娱乐的法令，不包括宝塚。因此，歌舞伎等剧团都停演了，宝塚却一直演到昭和十九年（1944年）。

要说宝塚，可以说是个不可思议的所在。一般常规是：你去学歌舞，便要付出谢仪。宝塚却相反，说是薪金也好，说是津贴也好，总之，一个人一个月发给十五元。对昭和十二、三年间的我们预科生说来，这十五元钱可非同小可。我们互相望着，简直不敢相信，竟说："这是给咱们的吗？"当时，在东京的下町一带，一套三间带厨房的单元房只不过十二、三块钱的房租，带馅的豆包五分钱一个，粘糕小豆甜汤两毛钱，咖啡一杯一毛五分钱，丰收牌香烟八分钱一盒，早稻田大学的年学费一百六十元。

同学们有用这钱养家的，我记不清楚我是如何处理的了，我大约是把钱全部交到家里，再领上三元四元的零花钱。我记得一知道我考上了宝塚的消息，养母便喜形于色地说了："以后过日子，得靠我们的阿信宝贝了。"还记得一位同时考上的同学的妈妈说过的话："本来决定叫她到工厂去作工，这下子当然要进宝塚了。"那位妈妈的喜欢是当然的。

预科的月工资十五元，等到本科通过成为研究生，能够在舞台上作配角的时候，工资大约一百。看到这么多的钱，我们简直惊得目瞪口呆。因为那时候，就是大学毕业作高级职员的人月工资也不过七八十元。

和我同期在宝塚的东乡晴子，是中学五年级转到宝塚来的，比我大几岁。拿到百元这么多的钞票时，竟大嚷起来："唉呀！我的妈呀！"

宝塚少女，习歌练舞，登台献艺，领取高薪，她们是艺术界的职业妇女。有些大富之家的小姐们，讨厌职业妇女这样的称号，宁肯中学毕业再上上什么新娘专业学校也不愿意到宝塚来。不过，宝塚学员中，富家女儿也不是完全没有，她们把艺术看得至上，说服了双亲到宝塚来的。

对于十四、五岁的我来说，工资高也好低也好，都没有什么实际意义；只要有和伙伴们去吃吃粘糕小豆汤呀，去奶制品店吃吃小吃呀的零用钱，我就十分满意了。

我要求的是成绩，如果我的成绩不是班上的前几名我就不能平静。我们在班里的座次是按成绩差别排列的，这和当时女子中学采用的座次排列顺序是一致的。成绩最好的坐在最后，依次往前排，成绩最差的座次在最前面。因此，自己的成绩好坏，一眼就能看明白。也有个别同学，成绩忽好忽坏，从最后的座次调到了讲台下面。总之，学员的实力如何，一眼便知。

我和我要好的伙伴，成绩都不错。被我们叫做小扣子的越路吹雪是从中学半途转来的。她皮肤黧黑，很像男孩子，一天到晚唱着歌，和上级同学相处的很好。

和我同期的东乡晴子，一般的是和岁数大一些的同学在一起。她也总是坐最后的座次。这种排列座次的方式，使得对一切不肯服气的我，一想到前排的座位，便有种如坐针毡的感觉。下课后，留下来练功，怕被巡逻员看见，连灯也不敢开。

预科时期，就是老排在最后的座次上，也不等于踏上了明星之路。有的同学虽然老坐前排，进了研究班以后，实力得到最好的发挥，一下子成为明星的人也有。这是因为，教学的老师和歌剧团的老师看人的角度不一样。歌剧团的老师这样说了："这孩子预科的成绩虽然不十分好，可是她有戏。"便派给合适的角色，使她立即崭露头角。

年纪大一些的同学，和我们比起来，练功不那么认真，适当地练练就过去了。我们小学员还是孩子，真被老师申斥了，就真正地难受，因此一点不敢怠慢。大同学来自中学，一般的都是十七八岁了，她们已经具备了查知老师注意力的实力，具备了使得老师满意的本事。

东乡晴子家在东京，越路吹雪也是来自东京。远道来的学生有宿舍可住，我也想离开那狭窄又阴郁的家住到学校来。因为我虽然十分喜欢养父和祖母，但我不愿意和养母同在。我家隔壁住的是养母的亲戚，那位婶婶一到我家来，便和养母小声地嘀嘀咕咕。这种时候，养父一声不吭地做这做那。我不记得养父和养母在一起情意投意合地说过话儿，我们不到家里的时候，加治家从来没有过笑声吧！我说的我们，就是我和我的友伴。我常常把住在宿舍里的同学带到家里来，学校里住校生的伙食一般，曾在西餐馆呆过的养父，便使出全般做菜本领给我们做好吃的东西。养父不但西餐做得好，日本菜也做得好。我和友伴们一进家，养父那拘谨的手艺人的脸便一点点地开朗起来，一向严峻的目光变得和善慈祥。他默默地摆上一桌子菜，说声："吃吧！"便坐在一旁，无言地装好烟斗吸起烟来。

友伴们也经常在我家洗澡。我家的浴槽，是那种叫做"五右卫门"式的，槽底嵌着一个平锅底似的铁底，底下是灶膛，烧柴温水。铁底上是一个木板盖，洗澡时，踩着木板盖下沉到槽里去洗。养父教给友伴们怎样踩好木板盖，说了句："小心，别烫着！"便走开去。和宝塚出身的友伴们聚会时，大家都十分怀念养父，怀念四十年前他那和蔼的音容。养母只是坐在一旁，用那陌生人一样的眼光冷冷地看着养父和我们。邻家的婶婶过来的时候，空气就变得异样起来。

事后东乡晴子这样说过："真是微妙得很！你那位老娘，怎么着也是冷森森的！"我最害怕的就是怕友伴们感觉到了养母对我的妒嫉之情。当时，我认为养父是我的亲爹，养母则无血缘关系。邻居的大妈们也曾无意中透露过类似的话。

有人说少女是多感的。可是我并不多感。比如，什么美丽的家院啦，什么秋天的夜晚啦，说也好，看也好，接触也好，我只是淡然对之。我在大映电影公司的时候，一位电影评论家说我"没有激情"。我同意这个论断。新藤只是一句"啊！是么！"的短短的语言，我就满足了，我从小就是这样生活过来的。因此，就是知道母亲是养母，我是领养的孩子，我也不会去查询生母的下落。从这一点来说，我缺少女性的气味。假如人的身上有着干枯和湿润的两个部分，我的身体里，大概绝大部分是所谓的干燥地带。从外形上看来，我也不具备魅力：一个大脑袋，细脖子，瘦胳臂瘦腿，胸脯又瘪，不苟言笑，只知道死用功。确实是个硬邦邦的女人。对这样的我，养父却给予了无微不至的爱。

在宝塚呆习惯之后，我和朋友们一起到神户玩去。神户街上，有好几家用红色的炼瓦盖就的西餐馆，有飘散着欧美风香的咖排馆，我们在奢华的中华街里吃了晚饭才回家。虽说比平日晚了一点，也还没到九点钟。

我家附近有个自动的铁道岔子，列车过来的时候，指示灯一明一灭，也响警笛。平日，加上课后练功，回家也不过是七点钟。我一边想着今天可回来晚了，一边下了列车。我家的豆包店已经上了挡板，苇原邦子父亲经营的脚行门前停着三辆三轮摩托，店铺里的灯全熄了，只有昏暗的街灯，射下了点点的黄光。

黑暗包围着的家门前，一个人站在那里，一动不动地直望着车站的方向，我停住了脚步。

"干什么去了，这么晚才回来？"那是抱着双肩的养父，散发着丝丝的酒气。

"噢，是爸爸呀，我和友伴到神户去了，还吃了晚饭。您看，这是给您带来的好吃的！"

"就这么大大咧咧的那怎么行，碰上事可就糟了。"

进了家门一看，桌上摆着酒菜，桌旁，一个一升酒的酒瓶已经空了，养父的脸通红。

"信、信子！你可得小心，男人是狼、是畜牲！"

养父又开始了唠叨。从我记事的时候起，我就知道了男人是狼的话，就铭记着对男人要保持警惕的训诫。养父告诫我，即或看上去是位绅士样的男人，也不能轻易相信。养父这样训斥我的时候，我只安恬地望着他的脸。那脸很和善，就是有了酒的刺激，那脸上的肌肉也仍然像一块用油了的抹布。他吼叫着，但我并不害怕。相反，我感觉到的是他那过分的溺爱。

他年轻的时候并不是古板的人，他以为，所有的男人都免不掉游乐之事。我却想，真是个古怪的爸爸。

养母不在家，很可能又到邻居的婶婶家去了。养父一开始喝酒，养母怕他耍酒疯，总是悄悄地一走了之。养父的唠叨没完没了，他一句句地数落着我，我就一句句地听着。他被酒支使糊涂了，一会儿大声嚷叫，一会儿小声叨咕，听着挂钟的响声，我考虑着明天的功课。

厨房的小后门悄悄地被拉开，养母回来了。"阿信，你回来啦，爸爸呢？"

养父窝在桌子旁边的铺席上睡着了。我觉得养父十分可怜。

9
艺名的由来

"乙羽君！你这个澡，可真洗得够长的！"新藤笑着这样说。

"宝塚时期养就的老毛病了！"我擦着湿漉漉的脸回答着。

"姑娘们总是一边唧唧喳喳地说这说那一边洗澡的吧？"

"是这样，还有，有一些得在澡堂中做的杂事。"

"噢，什么杂事呢？"

新藤洗澡，习惯于用水冲冲就洗好了，他对洗澡时间过长肯定是不耐烦的。

洗澡时一并把脏衣服洗干净，这就是我洗澡费时间的原因。所以，说我是洗澡不如说，我既是洗澡也是洗衣裳更好。这是进宝塚后养成的习惯，四十年来一直如此。现在也仍然这样。一打算去洗澡，我就把要洗的衣裳捡在一起，团成一团带到洗澡间去。先把脏衣服用水泡着，洗完澡洗衣裳，然后用毛巾擦干身体。不这样做心里就不踏实，就感觉不到洗澡之后的爽快，就感觉不到衣服洗干净后的痛快。

人们把宝塚的明星称作"宝塚贵女"，我说我们是"在澡堂里洗衣服的女人。"

这些事情我说出来，或许会在宝塚的崇拜者面前失了身份，但我们就是这样生活过来的。宝塚出身做了贵妇人的人也不能不承认：宝塚少女和洗衣裳有不解之缘。

无论是演出还是练功，总会弄得一身大汗。我们拿着换洗的内衣，到地下室的大浴室里去洗澡。浴室镶着瓷砖，有一个长方形的能容二十个人的大浴池。洗去了一身热汗之后，便裸着身子洗起衣裳来。水雾包裹着那丰腴的、窈窕的躯体，升起了泡泡的景致，别有天地。脏衣服当天洗净的这个习惯，竟牢牢地烙印在一生当中，这是不可思议的。

宝塚的宿舍里，什么时候都挂着"万国旗"。作家吉屋信子、剧作家田中澄江到宝塚采访后曾这样描述过所见的情景："这有名的宿舍中晾满了刚洗过的衣裳。"实际正是如此，宿舍里不晾衣裳的日子是没有的。

到外地演出的时候，情况也无差别。我们大抵都是住在剧场附近的旅店里，我们小班的学员住在靠近门口的房间里，高班的同学住在楼上比较好的房间里。

一住下来，我们便从旅行包中拿出小绳了拴在屋里，有时也拴到走廊上去，拴绳子就是为了晾衣裳。不知由谁发起，反正大家都这样做。晴天如此，雨天也如此；演主角的大明星如此，跑龙套的小演员也如此。一下舞台回到驻地便洗将起来，晾得满屋子衣裳，就睡在那湿漉漉的衣裳下面。我想：同期的东乡晴子、越路吹雪、月血梦路等人，说不定今天仍然保持着这样的习惯。

我习惯于这样清洗衣裳，就更加不愿意回家。家里的房子狭窄这是没办法的事，使我为难的是养母那不爱干净的生活方式。屋子只不过偶然清扫清扫，脏衣服山一样地堆在厨房一角的壁橱里。

从早到晚，练了一天功回到家里的我，实在是没有洗衣裳的力气了。看到醉着睡在那里的养父，我对养母说："您看爸爸那个脏相，您抽空给他洗洗衣裳吧！"养母则只管听收音机，或者和邻居的婶婶闲聊天。一个星期，我偶然打开壁橱，团成团的脏衣裳伴着恶臭滚了出来，我看不过，一洗就是几个小时。那一阶段，平日练功，星期天洗衣裳，成了我生活的主要内容。当时，我已经多少知道了一些养母的情况。因此，尽管她邋遢得令人难以容忍，我也并不十分难过。自己宽慰着自己："反正她不是我的亲娘。"

预科的一年过去了，想起来，汗总算没有白流，托天之福，成绩还不错，顺利地升入了本科。好几个同学都打整好行李回家了，团里没有组织送别会，她们悄悄地随着家长走了。得结核病退学的同学也有。正是宝塚的名花——八重樱盛开的季节。

本科和预科一样，仍然是抬腿、唱歌、洗衣裳交替着过日子。昭和十四年 (1939 年) 一月，本科毕业。这时候，传来了前辈大江美智子的死讯。大江是《剑》剧中女演员的第一人。她只过三十岁就谢世了。

这时，日中战争进一步扩大。宝塚的舞台上，出现了《南京轰炸队》《扬子江》《旷野之花》《哈罗，柏林！》等表现战争内容的剧目。

星期天，我经常到宝塚去观摩演出，大明星小夜福子、苇原邦子在台上高声宣传："诸位！汉口陷落了！"台下的观众便高声喊叫："万岁！万岁！"

宝塚崇拜者之中，大学生很多。一到暑假，庆应大学的学生几乎全包下了前排的座位。战争加剧之后，应征入伍的学生明天要到军队里去了，今天就必定来到宝塚看戏。据说：在出征之前，一定要看一次宝塚少女。他们斜挎着出征的红色佩带涌进宝塚，目不转睛地看着舞台。舞台正面，装饰着大幅的太阳旗，演员们穿着染有家徽的和服裤裙，排列在太阳旗下，高唱《军队进行曲》。向军国主义化迈进的日本国家体制，宝塚不能不采取相应的姿态。

看过演出到街上来的时候，经常会遇到欢送出征士兵的队列。妇女会的会员站在通衢街头征集千人计，街头的霓虹灯比二、三年前减少了一半。报纸的头版报道的多是战时新闻。在我们宝塚这个女儿王国里，战争的阴影也逐渐浓厚了，甚至有人说："宝塚也快解散了吧！"

昭和十四年(1939 年) 二月，我从本科毕业，马上就是研究生了，正是六甲山上寒风吹撼大地的时候。

必须起个艺名，必须与加治信子告别了。

团里通知，要自己上报两三个艺名，以备遴选。

宝塚歌剧团有个传统的老习惯，从小仓百人的诗歌里选取艺名。"天津乙女""云野嘉仪子""春日野八千代"等艺名都是从小仓的诗里选出来的。不过到了我们毕业的时候，小仓诗中可用的名字已经选取殆尽，所余的一些也和前辈的大同小异，可以说，已经找不到可用的艺名了。我的好几个同学，都是由家庭会议产生的艺名，我也和养父商量起来。养父说："这没什么，这好办。"话这么说，可说不出艺名来。我买了好几种少女杂志，从中挑选了三个名字，十五六岁小姑娘喜欢的名字不外乎是："芦屋日向""加治久留美"什么的，现在已经忘却了。

养母澄荣，是金光教的信徒，她什么时候信的金光教我不清楚；她是为了养父的放荡，还是为了保佑生意兴隆而信的教也不清楚。总之，她信得很虔诚。我家附近就有一所金光教会。奶奶是信佛的，每月的二十一号，必定到石屋川的佛教分院中悬挂的菩萨画像前礼拜。小的时候，奶奶常常带着我去拜菩萨，回来时洗温泉，给我买好吃的东西。奶奶和养母的信仰不同，关于我的艺名意见也谈不拢。养母决定请金光教的师傅给起一个，就到冈山地区的池上山金光教本山去讨教，在那里住了一宿，回到深江镇的教会等待消息。

教会的教师提出的是"オトワノブコ"，我以为是"音羽信子"或是"音羽伸子"。因为"乙羽"和"音羽"同音，"信子"和"伸子"同音。老师郑重地指出是"乙羽信子"。我将全光教老师命名的"オトワノブコ"向宝塚老师作了汇报。剧团的老师说："艺名要不同于一般，要简单，要容易记忆。音羽这个姓氏，新国剧的艺人们用的很多，还是用乙羽吧！"就这样，金光教的先生为我提了艺名。

人们常常问我："谁给你起的乙羽信子的艺名？"我说明情况之后，有人又说："你是信徒啊！"

我是个无神论者，与信什么毫无瓜连。养母从池上山的大师那里讨来了她认为是最好的艺名，我就用了而已。苇原邦子那一期前辈，已经用尽了百人的美文、美词，我们这一期同学，几乎全部由家庭会议定名，我也不例外。我们之中也有个别同学，是请大阪的算卦先生起的艺名。我是十分讨厌宗教的，记不清是什么时候了，已经过世的大明星望月优子，生前曾极为热心地劝我信神。一天，她突然打电话约我到她家做客。

她家里有间堂皇的佛堂，点着好几支粗又大的蜡烛，烛光摇曳生姿。

"好漂亮的佛堂，你信佛？"

"是的，信仰可是好东西。"

"怎么讲？"

"信仰能给予你力量，从后面。"

望月优子因为丈夫的放荡而不胜寂寞之时，到信仰里去寻求解脱的吧！她原本是个热情认真的人，听着她讲述起自己为什么信起神的来龙去脉时，我体会到了她那由衷的苦楚。

"你也信吧！不用结婚……你现在的情况，是难以结婚的……"她望着我，这样说了。电影界中的某些人，知道我和新藤的关系，她肯定也是知情人之一，她在为我担心，担心我和有妇之夫恋爱必定孤独一生的结局。

我说："不！我不需要信什么。"

"歌手，电影演员信神的人多着呢！"

"衷心感谢你的关怀，我将毕生致力于演员的工作。"

据说，舞台演员和歌手中间，为了多卖演出的戏票，有些人加入了宗教团体。望月女士也许为这个缘故拉我信教的，我断然地拒绝了。宝塚本科毕业之后，我以"乙羽信子"的艺名，被分配到月组，宝塚共有花、月、雪、星四个演出组，每月轮流公演。战争年代，缩编为花、月、雪三组，战后，昭和二十三年（1948 年）恢复星组，仍然是四个演出组，并不是我自愿到月组去，这是根据剧团的编排。

我等待着第一次登台的幸福时刻。

　　昭和十四年二月二十六日到三月二十五日的一个月间，月组演出歌舞剧《宝塚花传奇》，我在剧中扮"稚儿"这个小角色，登上了华灿灿的舞台。同年五月，专门扮演男性角色的大明星群原邦子告别舞台，她说："在最红的年代告别舞台，才能免去没落之感。"

　　我向养父说："我干上十年，成为大明星后告别舞台。"

　　就在我登上舞台后不久，生父的家里人——和我有血缘关系的人，来到深江的家里想见我，凑巧，我正演出没有在家。

　　养父对来人说："阿信说过了，等她成为大明星后就退出舞台，在这之前，请不要用什么血缘的故事来打扰她吧！"当面拒绝了来人。

　　据说，当时坐在一旁的养母，态度更是十分冷淡。这是当然的。好不容易把姑娘培养到能挣大钱的时候了，在这紧要关头来谈什么血缘，这怎么能得到理睬呢！

10 忌妒的漩涡

　　我在宝塚的舞台上演出后，一心想见我，悄悄到深江家里找我的人，肯定是我的表姐。就是给我写过信的石井薰姑姑的妹妹——也可以说是我的贞子姑姑的女儿。她长我一岁，是在助台家，和我同时被生父孝太郎的妹妹久子照看过的助台血系的女孩。

　　周刊《朝日》连载我的自述时，她给《朝日新闻》社大阪本社寄去了一封长信，谈到了一些我们不知道的事实。这个人现在仍然健在，住在关西，这位和我有着血缘关系的女士，时间虽短，却是同时在助台家房檐下生活过来的人。说不定我、她，还有米子的中村喜代子，我们有着相仿的生活经历。

　　信上这样写着："信子的养父千太郎认为：当信子知道了有我这样的表姐妹时，肯定很高兴。不过，信子既然立志在宝塚的舞台上闯荡十年，还是不要用这些事来打扰她为好。"当她几次到深江家里访问之后，养父要求她不要对我说出真情实话。她的母亲知道她的行动之后，也狠狠地斥责了她。她的母亲认为："信子由现在的双亲珍爱地抚养成人，正是信子应该报恩的时候，她这样做不对……"

　　被养父拒绝和我见面的她，可能是拖着沉重的、迷惘的步子走回车站的吧！养父也会把刚刚做好的豆包包上十个送给她吧！她在等车进站的时候，会在车站站台上遥望着我的家吧！也许她会在候车室里，多停留一些时候，指望和我不期而遇吧！

当时的我，热衷于舞台的演出，和同乡晴子等同学排练歌曲，排练舞蹈，总是很晚才回家。读她的信的时候，我不由得想，她想见我，到宝塚剧场来就好了。

可是，读到信的后半部时，我明白了她的心意。她这样写着："我不知道我为什么这样渴望见到信子。她离开宝塚进入电影界，移位到东京的方南町去了以后，我仍然给她写了信，信子的母亲（我的养母）知道我的地址，她可能没有把信交给信子，因而我没有得到信子的回信。当然，在信里，我不可能详述助台家的一切，因为我怕这给别人看到了会引出很多麻烦，因此，我什么也没有写。"

这真是位高尚的人。她肯定是这样想的：她认为，她到宝塚去和我相见，给别人知道了不合适，她怕会给乙羽信子带来不良影响。这样考虑之后，她才把走向宝塚的腿移向了走向深江的路上。

她到深江家里的情景我完全可以想象得出：她双手抚膝，十分恭谨。养父也肯定觉得断然拒绝这位远方惠临的女客十分过意不去，养父肯定一再低头表示歉意，一再连声地说："对不起，实在是对不起。"而送别了她。

养父和养母对待这件事的态度一定截然不同。养母一定是默默地坐在一边，用冷冰冰的眼神看着养父和来客的问答。"怕来的事到底来了！"这样的恐怖心理，充塞着她的心胸。这不是出自我的臆断，有事实作为旁证。我进电影界不久，我原来的经理人告诉过我这样一件事情，他说："你的一个奇怪的崇拜者，你的影迷，到方南町的家里看你去了，你母亲告诉人家，和信子说话不行！"

彼时我拍电影的酬金，正直线上升。养母肯定是这样想的："信子若是知道自己的亲娘在哪儿，一准要扔掉养父母奔到亲娘那儿去。费心费力地养大的女儿，可要把金蛋蛋下到别人家去啦！"那位想见我的人，猜测到养母没有把信给我这确是事实。

信是用钢笔写的，也写到了我的生父孝太郎的事。信上说："孝太郎舅舅并不想舍掉信子，大姨妈没有孩子，舅舅决定把信子给大姨妈作养女，竹子女士也愿意这样。"

正像写信人所说的那样，助台家可能有过这样的决定。但结果，是我到了豆包店去作养女。

什么理由使助台家把我驱逐出来的呢？其实什么理由也用不着说了。写信人很可能是想美化美化我的生父孝太郎和生母山登竹子吧！不这样，她向我诉说这一切就显得多余了。

我要感谢使我降生到这个世界上来的我的亲生父母，这也算是我对他们的偏袒吧！且不论环境如何，我是男欢女爱的证明，是爱情的结晶。他们二人各有各的生活之路，我不想清算这些，我更没有丝毫的抱恨。相反，我为他们这一对幸福的共犯者高兴，为他们在泥泞中的幸福结合高兴。

寄信人写道："渴望见到信子。"从她到深江的我家找我到现在已经三十多年了，今天她仍然在盼望着和我相见。她现在的生活怎么样呢？从她来信的情况推测，她可能是和子女和谐地生活在一起，已经抱了孙子的话，她肯定是个慈祥的奶奶。假如当时是见到了她，知道了许多我原来不知道的事实。不过，"过去"不可能提供给我如何生活下去的启示，也不可能改变我今后生活的方向。"回忆"就是逝去的过去，就我来说，怀恋的过去是宝塚，怎么想也是宝塚。我已经从那些户籍抄本中知道了我的"以往"，窥见了各种秘密，我仍然是平静的，没受到干扰。我只惊诧于那些事件，但惊诧也就消失了。对宝塚的怀恋，不是记在日记本里，也不是像写在户籍卡片上那样清清楚楚，它是铭刻在我的心里的。那泥泞的女儿王国，那艰难的拼搏的青春时代，现在想起来仍然是称心的。

那位多情的下书人，我没有回信给她，她以为我薄情也罢，我没有见她的意愿。

那人来访的时候，正是我舞台演出排练最多的时候。

宝塚的二楼是服装部，三楼，一迈出楼梯口，便是一间又宽又大的大房间。房间里，面对面地摆着好几行化妆台，台上面，摆满了白粉、口红、抛光粉、粉白粉，各式各样的大小刷子、胭脂、眉笔、红笔、水罐等等。我登台演出的时刻，扮男性角色主要用抛光粉，扮女性角色主要用粉白粉。每个人都有个装衣服的筐子，换装脱下来的衣裳要叠得整整齐齐，否则，就会受到上级同学的申斥。我们理所当然的是大房间的住客，在化妆台构成的窄路里，偏着身子过来过去。大房间的尽头，有两间小房间，是春日野八千代和团干部的住室，她们在里面化妆。

宝塚就是这样一个奇怪的世界，下级生里，出了什么样的大明星也只能住在大房间里。上级生中就是只能跑龙套的演员也仍然享受上级生的待遇。越路吹雪、月丘梦路，还有我，都是比较早地被安排演群舞的角色，也仍然按着"论资排辈"的惯例，和同期同学呆在一起。

队列舞蹈，现看起来，也仍然可以归之"新人群像"之中。当时，下级生被安排到队列舞蹈中时是一种破格的提拔。"加治君！到队列舞蹈中来！"听到这样的命令时，我的心几乎要跳到胸腔外面来了。这巨大的喜悦，霎时，便被同级同学那冰冷的眼神打消了。宝塚是个美女的王国，也是个忌妒的漩涡。是个缠绕着猜疑、妒忌、偏见的阴郁的世界。有女角的外貌却有男性性格的我一向大大咧咧，尽管如此，也仍然有被困扰得难眠之夜。有人说了："什么呀！瘦得直打晃的人竟然派上了角色！"也有人说了："老师挑人的眼光真怪！"这样诽谤的话儿不一而足。

队列舞蹈要求的是全体成员同一动作。这样的群舞只有一个月的排练时间，出现些小差错是难免的。教舞的教师要求在某拍旋律上转身，上级同学抢先了半拍，其他人随之转动，我按着先生的要求做了，结果反倒是我一个错了。上级生不高兴了，说："真讨厌，一点也不通融。"诸如此类的小过节，在女儿国里一传播，便变成了巨大的风波，结局是："乙羽信子演出失误！"东京公演回来以后，也出现了类似的暗流。什么和男性崇拜者到什么地方去啦！接受了人家贵重的礼物啦！……等等。

我得了神经官能症，掌握不住演技的事也发生过。

我有男捧场者是事实，打扮得整整齐齐和他们去吃茶店喝茶的事也有。不过，我从来都是和东乡晴子一起去，又有人说我会讨好上级生。说老师偏袒我的话就更加数不清了。

为这些中伤患神经衰弱只是一个时期。我悟到：对付这些中伤和诽谤的最好办法是沉默。我默默地把全部精力投到演戏之中。这些琐细的中伤来源于女人的小心眼。有人说女人的妒忌属阳性，男人的妒忌是阴性。乐于传播这些"女生之间的妒忌"的人，总是把事情弄得错综复杂，正像小猫玩线球一样，玩着玩着把自己也缠进去了。不过，细加分析，这种女士的妒忌是一种刺激，是磨炼演技的一种推动力。

舞台上的大幕就要拉开了，一个同学，我忘了她的名字，变颜变色地嚷起来：

"我的鞋！"

她的演出鞋不见了，就在舞台拉开大幕的瞬间不见了。演出鞋这个小道具，不是自己的是绝对用不上的。结果，她因为没有鞋而不能出演。老师和上级同学知道以后就查找拿鞋的人，结果以徒劳而告终。丢鞋的人成绩不错，可能招致了同班生的妒忌给她来了一手。这种事，一年里能有好几次。

过几天，丢了的鞋出现了，那是打扫厕所的叔叔在污水池中发现的，鞋已经泡软，褪色了。

11 空袭警报

　　大阪和神户的街道，送出征士兵的队伍越来越多了，今早又碰上了。

　　吹奏乐团吹着雄壮的进行曲走在前头，紧跟着的是士兵，后面是手拿小旗的亲属和街道上保甲人员，街面上那漂亮的霓虹灯没有了，街道显得落寞起来。

　　昭和十五年十月一日，宝塚少女歌剧团把少女两个字取消，叫做"宝塚歌剧"。宝塚组成了宝塚歌唱慰问队，去慰问伤病兵、产业战士、农村和渔村。不准用外来语和用片假名说英语。辉煌的、热闹的大马戏团改为"光与影"，"春之华尔兹"改为"某夜的感伤"，日剧所属的舞蹈组改为"东宝舞蹈队"，年轻人的娱乐场所——舞厅关闭了。与此同时，东京的日本帝国剧场被内阁情报局征用作为办公室，正在演出的新国剧中途停演。我们之间也传播着这样的小道消息："不定哪一天，咱们宝塚也得被征用。"

　　舞台一改旧观，在豪华绚烂的轻歌剧之后，是挺身女子队员，是穿着国防服的男子汉，是头系布手巾的少年团员们的进行曲。我们扮演的这些队伍，喊着"前进！前进"出现在舞台之上。宝塚变得奇妙起来。

　　《主妇之友》杂志上刊登的中选剧本《少年国民》公演，我扮演其中的"小阿初"，和山鸠久留美、春紫罗兰、青井美同台演出。到了昭和十六年，剧目一边倒，全部是战争题材，有《战阵训示》《防谍手册》《全力以赴》《正列出阵》《快乐的保甲联组》、《海的日本》、《太空之母》等等。

观众的服饰一点点地变化起来，土黄色的、灰色的、国防色的上下身代替了裙子和西装。我们宝塚姑娘，直到战败气氛浓重的昭和十九年(1944年)仍然穿绿色的和服裙裤。在盛穿劳动服的战争年代里，我们这群摇曳着裙裤下摆走在街道上的姑娘十分刺目。

昭和十六年十二月，太平洋战争爆发了。我们仍然继续公演，继续进行慰问，这是当时老百姓的唯一娱乐了。

有一天，我们集会在大房间里，宝塚的干部向我们说道："能歌善舞的美丽的姑娘们，你们不怕危险，不计疲劳，马不停蹄从祖国的这一头到那一头进行慰问演出，日本的历史会记上这一笔的！"历史记上这一笔也好，不记上这一笔也没什么。我们担心的是宝塚那被暗淡战云笼罩的前途。

战争开始以后，唯一使我们感到轻松的是免除了考试。原来，从预科到本科，从本科到研究科都要考试，就是升入研究科之后仍然时不时地加以测试。不过，这轻松也只是短短的瞬间，我们被派到附近的军工被服厂去，为输送给航空队战士的航空服锁扣眼，钉扣子。之间继续到军需工厂、陆军医院和农村进行慰问。慰问已经不限于内地了，昭和十九年(1944年)的秋天，在引田一郎团长带领下，我们背着战备行囊到满洲(中国的东北)去慰问，我们组的小组长是初音丽子。

到九州的佐士保慰问时，正遇上美国B-29空中堡垒在上空侦察，它留下了沉重的音响之后，在天空的尽头消失了。当地的人说："B公(指

B-29) 一来侦察，两三天内必有大规模的空袭。"过了几天，真的从报纸上看到了佐士保全部被炸毁的消息。慰问中，也曾遇到 B-51 的低空轰炸，重型炸弹从头顶上斜飞过去的时候也有，这真是提着脑袋的慰问。不过，也可以说是奇迹吧！我们慰问中没有伤亡。

前辈系井垂是个身材娇小的姑娘，嗓音甜润，舞台上容光照人，是个不施脂粉也美艳如画的绝代佳人。人品也特别好，温柔娴静。我是很少崇拜人的，系井对我却具有无限的魅力。

她的崇拜者男性占压倒的多数。她每一出场，观众席里的年轻观众便用响指来欢迎她。她总是说："人们把我看得太轻松了吧！"

得到男性观众崇拜的演员并不只有她一个人，但没有人超过她。在这个妒忌的王国里，闲言碎语多得是，但是没有人中伤系井。昭和十九年二月，高木史朗先生的剧作《机翼的拼搏》公演，我演男主角正雄，系井演女主角桂子。当时，我从花组调到雪组，和系井同组。

昭和二十年七月，我们在剧场附近的寺庙大殿里，做着例行的缝飞行服扣眼，系井出现了，她对她的好朋友千村克子说："我可能要离开宝塚了！"

我们停下了缝扣眼的手，一齐望着她。

"我，我准备出嫁了。"

"是吗？嫁给谁？"

"伊势的津，已经谈定了，我已经谢过媒人了。"

原来系井是来向我们报告结婚喜讯的。她看上去更加标致了，白皙的皮肤闪着青春的光泽。

过了几天，关西方面有空袭，我和祖母、养母一起到附近的防空洞里躲避轰炸。我把防空头巾紧紧地包在头上，时时听到广播站播出来的和歌山被炸的消息。

第二天，系井死于战火的消息，前辈通知了我们。她在夫家附近的防空壕里，因炸弹直接落入壕内而被炸死，这是停战的前二十天。她的死，使我们十分悲哀。

系井为了和陆军中的将校级军官结婚而退出宝塚。当时有规定，现役军人不准和演员结婚。因此，系井离开宝塚到花王肥皂公司作了一名职员。生前，她曾把一个题名叫《黑暗之河》的剧本拿给名导演内海重典先生，她希望扮演其中的主角。昭和二十六年六月《黑暗之河》改名为《南方的哀怨》公演，我和春日野八千代同演，想起了系井的夙愿，我在舞台上止不住流下泪来。

可以说我们的运气不错，在飞机场、军需工厂慰问演出时，好几次都遇到了轰炸，但是都没碰上直落的炸弹。到军队系统的场所去慰问时，比民间得到有轰炸的消息早，军官们对我们十分关心，一有警报立刻引导我们躲到大防空壕里去。他们亲切地说："诸位，请躲避一时！"

系井的死使我升起了一个这样的念头："人无论在多么安全的地方，该死的时候就逃不脱死。"

系井死后没有几天，演出时间有空袭，来不及卸妆，就一脸厚化妆躲到防空队里，我的脸、手白得不得了，我只想着一件事："若是这样被炸死可太难看了。"

深江家的附近，有个能容二十号人的防空壕。养父为了能使邻居们全部躲得下，特意挖得大一些。一有空袭警报他便跑回家来照料。受过兵役检查的二十岁以上的男丁，组成义务防空团员队，进行弹炸后的灭火，疏导受难群众等等。离家二十多米远的大桥被炸时，防空壕从底往上像发生了地震似地摇撼起来。

神户不断遭到轰炸，站在深江站的站台上，神户被炸的情景像焰火一样看得清清楚楚。

歌舞伎和新派话剧都停演了，停演之风刮到宝塚来了。

二月二十六日开始的三月份公演，被命令在三月一日停止。三月份的公演中途停止，说是再也看不到少女歌剧了，宝塚迷们纷纷压向宝塚来了。

三月一日的停演命令延期到四日，二日是节电日无法演出，公演的日子只有三、四号两天。

三号这天，预定中午十二点开演，早晨八点半时，剧场周围的人流便一层压一层地涌上来了。从阪急电铁的宝塚南口站到宝塚前面的迎宝桥，观众排成了一条又一条的长龙。四日这天，秩序乱了起来，说的是这是最后一次看宝塚的戏。天没亮，观众便蜂拥而来。警察局不得不出动警官维持秩序，但是队伍排不起来，观众们群情昂奋，闹成一片。警官只好解下佩刀，疏导看客，以致开演推迟了二十分钟。

我们雪组演的是古典剧《劝进帐》，我扮演四天王中的一位天王。因为人手不足，扮女角的我改扮了男角，由于剧情需要，一直跪坐在台上，我的脚都压麻木了。

当时宝塚的票价是三毛钱，连三毛钱的娱乐也在取缔之列，宝塚迷们气得脸都青了。

之后，我们组成小组，东一趟西一趟地进行慰问。除了农村和医院，慰问地全是"危险区"。烦人的空袭警报没有一天没有。"嗞！嗞"的爆炸声一停，慰问演出就开始，有时候，躲在防空壕里的时间比演出的时间还长。

一个下着细雨的日子，我们到淡路岛的渔村进行慰问。淡路岛是安全地带，渔民请我们吃了最好的鱼。我们在近海的小路上漫游，一些小螃蟹排成一队横行过约三米宽的小路，一辆摩托三轮闯了过来，从小螃蟹队上碾过，扬起一片沙尘跑了。我怅然地望着那压碎了的小东西。当晚，我们住在淡路岛的旅馆里。收音机广播了这样的消息："关西地区发布了空袭警报，据说，有上百架美国飞机将袭击大阪和神户。"

果然如此，夜里十一点时，我们在旅馆外面，遥望位于淡路岛对面的神户市街。很快，神户街上便腾起来火焰。

慰问队里，有好几个小班同学的家在神户。"我们家的那条街也烧了吧！"说着说着就哭了。"不会的！"我劝慰着她们，心里十分着急，过了不到半个小时，整个神户市，便被浓烟和烈火包围了。

第二天早上，背起背囊回了宝塚，队伍解散后立即回家。阪神电铁不通，改乘国铁走了两站，半道下了车往家里走，足足走了两个小时才望见了阪神电铁的深江站。

车站的样子全变了，弥漫着灰色的烟，停着好几台消防车。

我不由得跑起来，沉甸甸的背囊在背上颠来颠去。站前有好几辆装着家具的拉货马车和三轮摩托，一些人坐在烧残了的半截墙上。

我呆愣愣地停下来，像被钉子钉在地上一样僵立着。

深江街一片破败，瓦砾成山，水管在瓦砾山边"卟！卟"地冒着水。我以为，街上的人可能烧死了一大半。在淡路岛上安慰小班同学的时刻，正是深江镇蒙遭劫难之时。神户市被烈焰吞没之时，我家也变成了瓦砾。我望着自己的家，家前，一个戴着烧痕斑斑的战斗帽的男人站在那里，那是养父。

"爸爸！"我叫着他，跑近前去。

养父的脸被汗水、泥垢、油烟弄得一塌糊涂。

"烧光了，烧光了！"养父的声音干得"咔！咔"响。

家毁了，我却不担心宝塚遭难。美国空军有这样的公告："宝塚小姐们，我们不会往宝塚投炸弹。"我想，这还是可以相信的。

宝塚海军 12

养父和我，在家的废墟上这儿看看那儿看看，养父的眼睛，布满了血丝，从轰炸开始到现在，一眼未合，一直在为救火奔波。我们家的东西，一件也没能抢出来。

"奶奶她们呢？"听我这样问，养父的脸才舒展了一些。

"都在，都在，都挺好，在邻居家歇着呢！"养父说，深深地吸了口配给的纸烟。

我反复地打量着这烧毁了的"家"，家竟然只占了这么狭窄的一小块土地，我禁不住吃惊了。

从这一天起，一家四口，借了邻居家二楼上一间六铺席的房间住下来了。

与此同时，宝塚被征用为海军预科进修航空兵的宿舍。为此，必须改建大教室和剧场，负担施工作业的军队，昭和十八年（1943年）五月开进了宝塚。"女儿国"开始解体了，散发着汗臭气的男人住进来了。

我们的标志——绿色的和服裤裙，当局明令不准再穿。昭和十九年秋发下来劳动服、决战服，战争的狂涛吞没了大众艺术，连宝塚的制服也在禁止之列，现在回想起来是可笑的；当时却没有认为是过分。

因为心里想的是：为国家牺牲宝塚是应该的。

在剧场里唱歌、跳舞的宝塚少女们，转移到宝塚电影馆公演。电影馆在宝塚领地的入口处，为此，电影馆更名为"小剧场"。

不参加演出的人编成慰问队，到各地巡回公演。一部分人被编成挺身队，到川西航空的仁川工厂、被服工厂去作工，退团的人也不少。从大正二年(1914年)宝塚公演第一部歌剧《翩飞的秋千》以来，三十多年过去了，这样窘迫的境遇还没有过，最使我们感到悲戚的是久松一声先生的逝世。久松先生是从宝塚创建以来，最能体现宝塚情调的大作家。他握着前来探视他的六津乙女的手，慢慢地停止了呼吸。接着，日本第一部歌舞剧《蒙·巴黎》的作者岸田辰弥告别了人世。在战争急骤滑向下坡之时，这些盛开过的宝塚之花，这由白色花朵结成的宝塚花环，一环继一环地凋谢了。

海军迅速地改变了宝塚的面貌。到宝塚来做工的是海军航空队的士兵们。这个航空队送了六十名到菲律宾的海军陆战队去作战，三十名士兵到潜水艇上去做乘务员，余下的十名队员到了宝塚进行宝塚的改建。紧接着十个队员中的六名，又被派往海防舰，担任日本列岛的警戒。

据说，派哪个到哪个地方去的事，是用抽签决定的，除了留在宝塚的人，派到各地去的兵士全部阵亡。

为了作为宿舍，改建工作班在大剧场装上楼梯改为上下两层，开了窗户。不仅大剧场，宝塚的其他设施，宝塚的摄影棚等等，都改装成宿舍了。

宝塚这一场地预定将容纳七千名预科进修生，还要容纳两百名为他们服务的食堂、浴室、哨兵等勤杂人员。

我们在小剧场演出时，经常从大剧场前面通过。虽说是战争胜利之后，能把剧场还给我们，但面对着被军靴践踏的大剧场，总去不掉惋惜之情。在宝塚的正门口，在阪急电铁的附近，都设有岗哨。哨兵的脸绷得很紧。我们每三个月，为预科进修兵进行慰问演出。

大剧场变成什么样子了呢？我们怀着忐忑的心进了剧场。大剧场被改建成两层教室，预科进修兵在这些教室里上课。那曾经是我怀着剧烈跳动的心第一次登上的舞台，如今成了下雨天士兵们的操场。观众席里，那些宝塚迷们的座位一个也没有了。全体穿着决战服的我们，从舞台的一角列队入场，组长喊"致敬！"我们便深深地鞠下躬去。演出的剧目无非是《女道成寺》《军歌合唱》等什么的，一般演出两个小时。

年轻的预科进修兵对我们演出的反映多种多样：完全不感兴趣的人有，拍掌助兴的人也有。多数不感兴趣的人是因为时局的影响。有那么多的军队需要供养，粮食当然无从丰厚。如何获得食物，是那时困扰全体日本人民的事。在所有的日本人都是腹内空空的情况下，歌和舞都是多余的。士兵们也太多了，触目之处都是瘦棱棱的人。

对于进行慰问演出的我们，却有一件乐事。演出完毕，军队招待我们每人喝一碗热气腾腾的甜豆粉汤。汤稀溜溜的，也不是很甜，对于长时期不知甜味的我们却是真正的美餐。

报纸开始有"本土决战"的字样了。宝塚的老师们频繁地叫着："到底来了，麦克阿瑟！"

食粮供应的情况一个劲儿地恶化。我家的豆包店，因为白糖专卖，开着店门实际上就等于休业。海军省来了命令，命令航空预科进修兵自给自足，这七、八千人的口粮要自给自足可真不是等闲之事。

预科进修兵的军官说，他们将在宝塚的四面开辟稻田，奖励增产。可这么大的土地到哪里去找呢？我们简直想象不出来。这天，进修兵们扛着锄头出去了。

开辟为稻田的土地，原来是附近的飞机场。飞机场改作田地，若是敌机来了又怎么办呢？我们人人议论着。

后来弄明白了。原来这个飞机场，已经没有可飞的飞机了。这么大片的土地闲置着可惜才开辟为稻田的。听到这样的消息时，身体里的血一下子就凝住了，禁不住要问：日本国还有多少飞机呢？这样的情况能打赢战争吗？一向热衷于演技呀，俏皮话呀，背后嘀咕人呀的宝塚少女们，真正地担忧起日本的战争前途来了。

田里种上了黄瓜、茄子、土豆、芋头，还喂上了鸡和猪，青春焕发的预科进修兵们，每天辛辛苦苦把肥料担到飞机场去。

鸡和猪越养越少，谁都知道等它们长足了再吃才好，没有其他充饥的东西，只得吃了。进修兵们又在宝塚这儿那儿挖了好多水池，我们窥看着这些水池，猜不出要派什么用场。原来鸡和猪的肉已经不足消费了，兵士们要养鱼。几个人到大阪的鱼店里买回来上万尾的鲤鱼苗，鱼苗分放到各个水池里养起来了，把鱼养大，好吃了它们去打英、美鬼子。

我们在宝塚，不知演出了多少场"爱的故事"，却从来没演过"鲤鱼的故事"。我们远远地望着那些演"鲤鱼故事"的士兵们，望着他们调理着鱼苗，盼望它们快快长大。

有一部分不像士兵的士兵，他们卷着衬衫的袖子，穿着木屐在宿舍里走来走去。我们以为他们是军属，或是军队请来做杂务的老百姓。后来才知道，这些穿着普遍衣服的兵士，是从沉没的战舰上逃生回来的海军士兵。海军没地方安置他们，便东一部分西一部分地分散到各处，宝塚也来了一些人。

我们再度慰问海军，开演前，一位据说是有地位的伟人跑上台来说了："我们肯定能打败美、英，我们将在纽约接受观舰式。为此，我们将奋斗到那一天。"

飞机场变成了农田，没有食物，养着鲤鱼苗等鱼吃的这种现状，和那位伟人的话有距离，我们不能不思索这些，这究竟怎样解释呢？

宝塚海军开展了打苍蝇竞赛，宝塚成了男子汉的领地之后，肮脏起来了，苍蝇猖獗得到处都是，打够一千只苍蝇，就可以得到一天外出假。士兵们渴望和家人相见，便一心一意地打起苍蝇来。一千只苍蝇装在啤酒瓶里约占全全瓶的三分之二的容量。

数苍蝇的差事由司务系的助手们作。离近了太臭，他们便坐在高脚椅子上，手拿一根长棍，远远地、从从容容地数着。够一千只，就给一张外出证。外出证往口袋里一装，苍蝇再装回瓶里，挂在自行车的车把上，送到养鱼池里去喂鱼。

我们演出归来，经常看到兵士们用死苍蝇喂鱼。

没有任何可做的事，七八千年青士兵的热能，就白白地消耗在打苍蝇、种菜地上。打苍蝇饲喂鲤鱼苗，美其名是为圣战服务，其实真正的台词是为了那张和家人相见的外出证，这可以说是个"巧妙"的决策吧！为使鱼苗迅速育成而打苍蝇的人是没有的。宝塚海军这样的秘密史话，我知道得太详细了。

也可能说是巧合吧，我为宝塚海军慰问演出之时，我的丈夫新藤兼人作为海军二等水兵正在宝塚海军的清洁队里服役，也做过为啤酒瓶里的苍蝇计数的事。宝塚少女的我和宝塚海军的他，从昭和十八年开始，直到战争终结，同在一个屋檐下生活，却未曾相识。

广岛被原子弹摧毁了，长崎又掠过了这个恶魔的死光。人们议论，下一步该大阪和神户遭劫了。这之后的第六天，我们一家和亲戚们一起疏散到兵库县加古郡的深山里的另外一家亲戚中。"反正得活下去！"养父看着我们这样说。养父这一决定，并不是单纯为了活着，他认为，无谓的牺牲不值得，能活下来，就能为本土决战尽一份力。现在想起这话来觉得可笑，可是在当时，每个人都相信，就是要在本土上决战。养父是最最相信这一点的，他说："美国佬一登陆，咱们拿竹枪也能把他扎死！"

疏散前的两三天里，彻夜去排队买火车票。幸好买到了，又幸好那天没有空袭。我们一大早出发，中午前就到了目的地。是个酷暑的日子，烈日炎炎，蝉叫得使人更觉得热不可耐。

"来得好哇！"亲戚盛情地接待了我们，端上来清凉的西瓜。干渴的喉头一流过西瓜的甜汁，嗓子眼里的硝烟便被洗得干干净净。这时，收音机宣告有临时新闻，我们倾耳细听。终于，宣告战争终结的天皇玉音，像轻烟一样飘了过来。

13 复活之日

新藤似乎是完成了他的电影脚本，一脸疲惫的神色。

"要喝点什么吗？"

"是，喝茶吧！"

"今晚上走吗？还是……"

"你明天的工作怎么办呢？"

"明天没事。"

"啊，那就住吧！"

新藤一向早起。写文章的人多半喜欢开夜车，新藤总是清晨六点投入工作，从不夜间写东西。睡觉的时间也早，很可能是海军中的规律生活留下的习惯。

"你是海军，在什么地方？"

"其实，我只不过是个国民兵，偶然的机会编入了海军，算不得是真正的海军。"

"那到底是不是海军呢？"

"海军倒是海军，是海军里的清洁兵。"

"那么在那儿，又做哪样的清洁工作呢？"

"先在吴港，后来到了宝塚，改建并清扫宝塚剧场。"

"我们慰问演出的时候，你也在宝塚吧？"

"是的，从昭和十八年到战争终了，我一直在宝塚，给预科进修兵站岗。"

已经是往事了，当我们还是"秘密的一对"时，从偶然的谈话中，知道了新藤曾当过宝塚海军的往事。

新藤这样说："当时，我讨厌宝塚那种女扮男装，女人演男人的作法，这是生理性的反感。"

新藤讨厌宝塚，当然不可能注意到众人之中的我。他几乎不看演出，而是躲到地下室的书库里去，涉猎演出的台本什么的。他那时已经三十岁了。他在来宝塚之前，在天理教的旧址修建预科进修生宿舍，完成之后来到了宝塚。战争激化之后，没有可去之处，便留在宝塚，一直到战争结束。

"那么，你是知道战争要失败的了？我们可是相信战争一定会胜利，才进行慰问演出的。"

"是那样的。不过，你看，一个三千兵员的战舰被打沉之后，其中三分之一的人靠游泳、靠搭救生还的话，往哪儿送他们呢？迫使海军不得不分散安置。我们两三个人来到了宝塚，没有靴子只好穿木屐，空着手，默默地走来了。每天早晨，宝塚的司令官木下上校向全体训话，激励大家加倍努力。其实，大家的心里都清楚，战争失败是不可避免了，对战局的看法，是了如指掌的。"

新藤笑着，讲起了宝塚海军的史话。

造好了的飞机场上没有可供起飞的飞机，因此改为菜地。士兵来了又发不出靴子和枪支。绝大部分的兵士都明白，战争是完蛋了。那个想出消耗七、八千预科进修兵能量的招数说得上是个绝招，池子里放养了鲤鱼苗，你们去打苍蝇作饲料吧，年轻人的精力无处用是会发生暴乱的。为了那根吊着的胡萝卜——那个可以去会晤家人和恋人的外出之心，打苍蝇全力以赴。

"我认为想出这个绝招的人是位天才，据说是海军首脑部的人，可能是位参谋吧！他这个捕捉苍蝇的竞赛，其高妙之处，不亚于夏威夷、马来亚的登陆计划。"

新藤说着笑了起来。

另外，还说了一些家被炸毁的士兵可以得到三天公假料理家务，兵士们说什么快点炸吧，以及他本人是个走运的士兵等闲话。一向少言寡语不爱幻想的新藤，说了这么多往事是少有的。很可能，宝塚海军这一段，是他生命历程中难以忘怀的一幕吧！新藤在宝塚迎接终战之日，正是我疏散到山中之时。

"盼着早一天回到宝塚去。"我说。

"不行，那可绝对不行。行为恶劣的美国佬，登陆后立刻就要找年青的女人，谁知道他们会干出什么样的缺德事来。"养父认真地说。

战争结束之时，日本街头巷尾议论的就是这类的话。

"阿信，钢铁裤衩可是穿不得的！"祖母也担心地说。

当时，《朝日新闻》上登载了一篇题名为"进驻军来临后的百姓心得"。其中谈到了妇女对服装应该采取的态度。养父把那段报纸带给我看了。文章是这样写的：

"日本妇女要自觉地意识到自己是日本妇女，不能给外国军队以轻薄之感，不许穿得散散漫漫，不准在人前袒胸露腹。"

这期间，麦克阿瑟元帅到了厚木机场。美军乘坐吉普车驰过东京中心的照片也见报了。横滨、横须贺连续传出来日本妇女被美兵侮辱的消息。

银座街头，占领军和日本人笑语联欢的消息和日本女人受糟蹋的新闻交替出现，我不知道哪种才是美国兵的真实面貌，我困惑着。

美国庸俗的文化和作风，花里胡哨地在东京和大阪的街头出现，美国兵挽着日本女人的胳臂在街头通过，广播中的娱乐节目换成了外来的东西，大阪的舞厅开始营业。黑市上，什么吃的、穿的都有了。

我呆在山里，等候着宝塚复活的通知。

这个吉报却迟迟不来。战争终结之日，宝塚也随着解散了吧！宝塚事业中，只有动、植物园在营业。我们那个青春娱乐的殿堂到哪儿去了呢？和平来了，宝塚却不能够复苏吗？我焦躁不安起来。

昭和二十年八月的一个早上，看到报纸上时事新闻的消息，我不由得哑然了。原来，美军代替了宝塚海军，占据了宝塚。

后来又得到了这样的消息，据说，美军将校看过宝塚之后，询问宝塚的知情人，问这样大的剧场原来是干什么用的。

"演歌剧舞剧的，而且有很多美国、法国的剧目。"

"那么，让我们见识见识吧！"美军将校说。

就是这个缘由，宝塚的通知终于来了。

我从隐居的山中，背起行囊驰回宝塚。火车里，人挤得像装在罐头里一样。

来到了宝塚大剧场，看到的是穿着国防色军服的美国兵代替了晒得黝黑的宝塚海军。

第一次看到外国兵士，我觉得所有的脸都一个长相，更加刺眼的是，裤子那么瘦，绷得滚圆的屁股一走一颤，每个兵士的嘴都在动，那是在嚼口香糖。

美国兵是汗毛浓密的彪形大汉，我看不顺眼。我不能理解日本女人怎么会和他们挽着胳臂。当然，最要紧的是知道宝塚召唤的内容。我一直盼望着的宝塚的复苏现在是盼到了。什么时候演出，又演什么剧目呢？我的心灼热难耐。眼前的美国兵，那猴子似的长满了茸毛的脸，使我很不舒畅。

看过大剧场进了小剧场，前辈、同期同学聚集在小剧场中，有人穿着战备服，有人穿着劳动服，也有人穿着裙子。不知和多少双手相握，多少只昔日白嫩、如今又黑又红又粗糙的手儿。

"诸位，请排好队！"前辈同学的声音温馨地响了起来。

老师们慢慢地走进来，有的老师还穿着海军处理的服装。

"从九月一日起投入排演。"

老师只这样说了一句。

在代替宝塚海军驻扎的美国兵士的环视中，宝塚少女开始了新的日程。

曾经远去的青春，又以熠熠生辉的气氛浸润着我。我悄悄地望着同期同学，望着我的前辈和老师，大家的视线不约而同地集聚在老师的脸上，传来了轻轻的啜泣声。我禁不住想起了八年前的泪眼，那在宝塚考试发榜时，落第姑娘的泪眼，那被化妆品染红了的流泪的脸，还有那在养父情人家里见到的陌生姑娘的泪脸。无论是"落榜人"还是"陌生姑娘"，同样是用手帕捂着脸，双肩震颤地哭着、哭着，那是绝望的哭泣。

宝塚复苏之日的我们的啜泣，却是大睁着眼睛，任泪水在脸上溢流，谁也不想擦一下。

战后的第一次公演，决定演出永田茂先生作剧并导演的歌剧《勘平之死》和《捆起棒子来》。大家的眼泪干了，期待着演员阵容的安排公布。

昭和十八年演出时，在《古澳洲之歌》中我演的是女角，在《菊香之日》扮演的是女角中野征子，也扮演过男角。我身高一米五十九，在当时的女人之中算是高个子。因此，宝塚的头儿让我兼演男女两种角色。战后第一次公演，将派给我什么样的角色呢？我的兴趣完全集中在这件事上。人们议论说，我还是演男角合适。同期同学说我："加治身量高，天生演男角的料。"前辈同学说："加治的脸是女儿相，不是男相。"当然，我也得有自己的决断才行，我紧张地等待着派定角色。

老师打开笔记本，宣布了。

雪组公演《勘平之死》，角色派定如下：斟平——春日野八千代，阿轻——乙羽信子……。

刹那间，我惊得大张着嘴合不拢来，可能眼睛也是瞪得圆圆的吧！同期同学向我投过来羡慕的目光，我困惑了。

就说是破格提拔，这也是并非一般的提拔。

笨手笨脚缺乏风趣的我演女角了，而且是给我崇拜的老前辈春日野八千代配戏。春日野看了我好几次，点头示意，我的躯体内腾起火焰似的兴奋。同期同学中好几个人的眼光变了，向我表示了露骨的嫉妒。有的前辈同学鼓掌表示赞成，有的丝毫笑意也没有。我的心七上八下，周围的冷眼使我十分难受。

"跟加治练上一场，那位春日野便会伤心地叫嚷起来！"有人这样攻击开了。

春日野是个十分优秀的人。艺术上一丝不苟，公布名单后立即开始排演。

我是十分心服春日野的，她是宝塚最耀眼的明星。不知道有几百名学员渴望能和她合作。特别是在我们雪组，我们尊敬她就像尊敬老师一样。

可惜我那僵硬的动作使得排练一再重复。尽管心急如焚，但由于紧张我的脚伸不直，腰挺不起，全身冒汗，终于惹得春日野怒吼起来："你是竹棍吗？"

被别人如何申斥也不顶用，关键在于自我努力。意识到这一点的我在排演中自我克制，但仍然硬邦邦地难看。我是比竹棒加一级的铁棍。

我这个竹棍是交了好运了，我并不具备明星的条件。预科时期，成绩之所以不错，是我付出了多于他人三倍的苦练。

对我来说，是托战争之福吧！

由于战争所造成的空白，那厚厚的空白中隐藏着窄窄的裂缝。战后，从裂缝中脱颖而出，一跃跨过多层台阶的人实在不是少数。我——乙羽信子，便是这些人中的一个。

　　和山田五十铃同演的《阵雨中的茶室》公演期的最后一天，晚上八点过了，我从东京的宝塚剧场回到了赤坂的公寓。

　　电话铃响了。

　　是联系工作的事，电视剧《未亡人》预定自六月一日起到关西地区拍摄外景。

　　洗了个温水澡，浸在澡盆里，脑袋里一片真空。闭上眼睛，一个月的舞台演出积累下来的疲乏，随着汗排泄出来。什么这儿那儿的舞台我一概都没想，按着老习惯洗了衣裳。又浸到澡盆里去。小小的浴室里，弥漫着浴用香皂的香味。

　　换穿干净的内衣时，电话铃又响了。

　　是电视部呢？还是经理人？电话铃停了。水汽氤氲中，一个女人的脸浮上心来。三天前，朋友告诉我说她身体不好，我准备从关西外景地回来后去看她。不知新藤的时间怎么样，我打算趁这两三天的时间去会会宝塚的旧友。不过，身体不好的那位已经是七十四的高龄了，说不定情况可能比预想的坏。她就是鸟居荣子。我一向称她荣子先生，艺名天津乙女。宝塚的学员们，习惯称呼本名，多老的前辈、多年轻的后辈一律称本名，而不称艺名。其实我们不叫艺名，而说是舞台名。

这可能认为自己不是艺人的缘故。

春日野八千代被大家称为石井，连宝塚迷也曾得意地说："石井今儿演的真棒！"或者是"荣子的舞技又前进了一大步！"等等。

大家称我"加治"，因为我的本名是加治信子。

当时，采访宝塚的记者们，口袋里藏着宝塚全体学员的备忘录，记有本名、舞台名和爱称。

荣子是艺人世家，不论什么特别的艺迷包围她，也不论大名鼎鼎的作家到后台来访问她，她从不卖弄风情；是个胸无杂念一心扑在艺术上的人，是个演出完毕也仍然保持激情的人。

现在，浮现在水雾中的荣子的脸，为什么面带笑容呢？当时，睨视我的荣子的脸可只是一副"鬼"相。那是我们同在帝国剧场上戏的时候。我在荣子的大轴戏前有一段过场舞，是一段两三分钟的很简单的舞蹈。

帝国剧场一层是后台，二层和三层是我们大家的驻地。下了戏，我准备去洗澡，一只脚刚要往门外迈，荣子来了。说了声：

"加治，在吗？"

"在！"

"你跳的那是什么舞啊！这阵子你可是越来越退步了，你不明白这是过不去的吗？"

"……"

"准备排练！"

就在房间里，上了特别排练课。

我认为，只不过是个两三分钟的垫场舞，不值得如此啰嗦。当时我并不知道，她已经好几天了，每天都在台侧观察我的舞步。一想到这个，我禁不住胆战起来。

荣子在舞台一跳几个小时，累可真是够累的了，可是说着说着她又来了。

"喂，加治，在吗？"

排练一个小时的时候有，排练半个小时的时候也有。荣子在和我较量耐性。后来，舞台演出结束之后，同学们回到自己的房间里去时，我便换上浴衣，扇着扇子，等着荣子从容地出现。同期的东乡晴子等人说了声："先走一步！"便消失在自己的房间里，和同伴们轻松地聊天去了。

"加治！那手是怎么动的？"从相邻房间里传过来的笑声当中，我被申斥着。我禁不住地想："这个天津乙女，真是个鬼。"

（水汽迷朦中的那张脸，消失了笑容。）

我是荣子的 B 角，是替身。

荣子的牙不好，牙龈经常发炎。一到发炎时便一跳一跳痛得难耐。荣子就说："好加治，说不定我明天得歇工！"说着，一脸苦相回家去了。

演出《连狮子》舞剧时又碰上了这样的情况。

"我的替身，拜托你了。"第一次作了配角舞姿的示范，这是一出狮子舞剧，表演狮子换座位，叼着鬃毛绕圈圈等等。

我演过很多配角戏，荣子的舞步也大体知道一些。不过，这可是个高难的动作。

我从道具组借来了狮子头练习起来，第一次戴狮子头，一摇晃就眼晕，集中精力摇起来，身体就打晃。结果是汗如雨下，全身都湿透了。

荣子苦着脸从我身旁走过，我追上去问："身体怎么样？"

"不知道，说不定明天得歇工。"她满脸通红地回家去了。我想她明天肯定会休息的，第二天，又一脸苦相地到后台来了。

我瘦而纤细，每天散戏后都戴上那沉重的狮子头练习狮子摇头，因为思想上有负担，怎么练也达不到佳境。

每天用三个小时来练狮子摇头，好不容易具有韵味了，可是狮子改换座位仍然没找到最佳感觉。我简直怕进后台了。

"荣子，身体的情况……？"

"说不定明天得歇工！"仍然是那句老话，可是，公演的一个月当中，荣子一天也没歇工。之后，公演《连狮子》，荣子演男狮子，花里维佐子扮女狮子，小狮子由鹤万龟子扮演。

我们是伴唱队，穿着印有黑色家徽的绿色和服裤，坐在摆在花道中的椅子上伴唱。如果在歌舞伎的演出中，就要坐在舞台后方唱长长的谣曲，用三弦伴奏。我们那时用本国乐曲，用洋乐唱法。

过了些日子，鹤万龟子因为发高烧辍演，选我替她，比起作天津乙女的替身来说，这当然轻松多了。

三天前我曾有过怕谁身体不好来不了的念头，曾留心记下了鹤万龟子的舞步。

我以期待的心情接下了鹤万龟子的角色任务，一旦真的跨上了舞台，我的腿却不由得哆嗦起来了。有这样一个场景，扮演狮子父亲的天津乙女，要把扮演小狮子的我从崖上推下去。从崖上到落脚点足有十米高。崖下有四个男人抻着一张网，网上放着垫子，等待着跳崖的小狮子。作为合唱队员时，看到这个场景，曾不由得暗想过："这可不是玩的！"真到崖上一看，那完全是个令人胆战的高度。

为了不至于在演出中出洋相，我爬上崖去练习跳崖，脚抖着怎样也跳不下去，我想反正是得拼命了，不练就上吧！

开演之前，天津乙女叮嘱我："加治，我一发出'嗡'的吼声你就往下跳，切记要调匀呼吸。"

"……"

"怎么了？加治。"

"嗯！"我已经没有了回话的余裕，我的心远远地跑开了，我琢磨的只是崖上的情景。

"还有，跳的时候，务必把腿缩回来，要使屁股落在网上；腿伸着，会把骨头摔断的。"

荣子的表情十分严峻。

大幕拉开了。

终于，老狮子来到身边了，这是戏的高潮场面——跳崖。

"嗡！"誉满天下的天津乙女打了个漂亮的响鼻。

"嗡！"又一个响鼻，我看到的是天津乙女那盛怒的脸。我吓得脸色铁青，全身震颤。

"嗡，嗡！"

往崖下看，等在那里的男子汉，因为闹不清上面发生了什么事情，正仰头往上瞧着。天津乙女耷拉着鼻翅，把嘴抿成人字形，只怒吼着催促跌落。从第一声"嗡"起不过过了七、八秒钟，我不跳落戏就无法演下去。观众们也像冻结在座位上一样，鸦雀无声。

"嗡！"这是加劲的嗡。

我豁出一切跳了下去，由于害怕忘掉应该把腿缩回来。一边往下跳一边看着荣子的脸，她大张着嘴，瞪圆了眼睛。舞台边上，所有的人都在守望着这惊险的一场。我听见，有人惊呼了一声。下一个场景是：正当老狮子担心地望着深渊时，小狮子摇晃着脑袋从花道中跑上台来，天津乙女一脸不放心的神色。

"把小狮子那种害怕劲全演出来了，不错！"我得到了这样的好评。其实我是真害怕而不是在作戏！对我来说，与其说是演戏，不如说是体验恐怖。再不想体味第二次，一生有这么一次就足够了。

紧接着是天津乙女的狮子父亲，花里维佐子的狮子母亲和小狮子的我团圆喜庆的场面。我从十米高度安全降落的兴奋之情使全身发热，我高兴得几乎连舞台都爬不上去了。

宝塚首屈一指的男角扮演者天津乙女，是个矮个子。我扮演的小狮子形体上比她大。人们命令我猫着腰给她配戏。我忘了这个嘱咐，天津乙女一面优美地跳着舞步，一面用大得出奇的手劲往下捺我的肩膀，我看了看她，她正瞪着我。

我忘了，小狮子比老狮子大那就不是戏了，可我确实是忘了。

戏闭幕了。

老前辈初音丽带着同学，拍手祝贺我们。天津乙女却一言不发地进了自己的房间。这当然是扫了初音组长的面子，说她是那种就只知道演技的人，是个不通人情的人。

天津乙女在艺术上一丝不苟，是条艺术虫子。宝塚，不知有多少人跟她学艺，她并不把本事全拿出来，她怕"教会了徒弟饿死了师父"。

她牙痛我准备作她的替身时，我拼命地练舞，只有两三分钟的前奏，她每晚严厉地带我排练，应该说：荣子是爱我的。

（水汽氤氲中的荣子的脸，又浮上了微笑。）

打麻将的时候，洗牌时，一张牌的牌面向上也不行。若是打输了就没好气，活像个小孩子。当然，这已经是若干年前的往事了。她的性格，就像宝塚的樱花一样没有变化。

从浴室出来，吹干头发的时候，电话铃又响了。

"我是朝日新闻社，天津乙女女士今天午后七点仙逝，请您写篇纪念文章。"

六月一日天津乙女秘密下葬。这一天，我在暑气蒸人的四国拍外景。

15 『叠边』的世界

在歌剧《勘平之死》中，我被安排为春日野八千代的二牌角色，尽管被春日野斥骂为"石头脑袋""竹棍"，新闻界却认为我是脱颖而出。虽然不无惭愧，但这是乙羽信子扮演女性角色的起点。

就是做了春日野的二牌，我也不可能飞进领导的房间里去。在宝塚这个独立王国里，别管你成了明星也好，没成为明星也好，一律要论资排辈。我没有住领导房间的资格，仍和大家一起住在大教室里。不过，作了大明星的二牌之后，在报纸上、杂志上露面的机会多了，崇拜我的剧迷急骤增加，从舞台上下来回宝塚的路上，剧迷们拿着签名本等待着我。

后台里，摆着馈赠的点心。偶人、慕名信件也飞舞而来了。当时的宝塚迷是十分热情的，就连我这样的新人也不断地得到馈赠，中坚以上的大明星那就不用说了。同期同学们传说："苇原邦子喜欢偶人，宝塚迷们送给她的偶人能把她埋起来。"有个明星的壁橱里，一色是宝塚迷们送的草履和旅行袋。

去外地演出时是另一番景象。正式场合我们不说"地方公演"，而说是"进修旅行"。因为我们是宝塚歌剧团的学员，一般不使用"旅行公演"这样的词句。我们不乘夜车，明星也好，大屋子里的学员也好，一律三等车。旅馆住地也只有楼上楼下之分，没有特殊待遇。

可是宝塚迷们却有他们的"差别待遇"。不知道他们从那儿获得的情报，每到一个停车站，明星会得到巧克力呀、鲜花等礼物。春日野那样扮演男角的大明星，接受的花束之多，甚至连脸都埋住了。

春日野辅导起我们来，十分得体。难演的情节就反复地对我们进行帮助。怕在排演场里干扰导演的工作，她总是带我们到前辈冲雪子的家里去排练。那是比导演对我们还有教益的辅导。冲雪子前辈总是说："春日野女士光临，蓬荜生辉。"她扫榻，盛宴以待。以至于春日野为这殷勤的接待，感动得说不出话来。

春日野保留剧目有《白蔷薇王子》《永恒的人》《永远是第二个》等等。一个新入团的同学说："春日野好像不上盥洗室。"这说明她属于另一个范围，是远远高距着的大明星。

对我来说，却有件很困难的事。春日野作为男性角色的扮演者，身量嫌矮，而我是个又可以扮演男角也可以扮演女角的高个子。穿上半高跟鞋就会高出她。因此，给她配戏的时候，我从来不穿高跟的鞋子。演现代剧时还好，恼人的是演古典剧目必须戴假发，我的头又大，一戴假发，人显得又高又大。我窥看着春日野的动作，尽可能地把身子往矮缩起来。

有一次，导演告诫我："加治，不许你把腰板挺直！"我偷偷地看了春日野一眼，她正凝望着导演的脸。

进电影界之后，这个苦恼仍然相对存在。长谷川一夫、黑川弥太郎、堀雄二等演员都不是高个子。一般来说，那时男演员的个头都不高，导演经常要求我："乙羽女士，把木屐换成革履吧！"在宝塚演出不能穿高跟鞋，演电影时不能穿木屐；演小市民的女儿时，穿草屐走路，没有穿木屐时"叭哒，叭哒"的效果，使我很尴尬。

给春日野配戏，还有一件令我苦恼的事。她是我尊敬、崇拜的前辈，我演不出和她热爱的感情。春日野大我几岁，生得端庄美丽，天才横溢。面对这样一个耀眼的大明星，特别是当她说着："喂！加治，你靠近一些"的时候，我便腿儿僵直，心儿狂跳，双手绞握，难以形容的某种战栗在全身游动。现在，一想起当时的情景，便很不自在。那时候，对这种女扮男角的做法并无异议。但是很多人不以为然。对所谓的"男装丽人"，所谓的穿着燕尾服的、具有奇妙魅力的宝塚少女轻蔑、冷淡的人不少。新藤就是其中之一。

几年之后重去宝塚，重看男装丽人抱拥着的爱情场面，一点美妙的感觉也没有了。看上去双方都很不自然。自己不也是作为春日野的情侣表演过的吗？那个时候，真不明白为什么会那样震动。

我和春日野的搭配被叫作"昆必"，更加缠绵的情侣。在宝塚，则被叫作"叠边"。这是大正初期流传下来的诨称，意思是指饭铺为客人制作的盒饭。我想这可能是因为盒饭里的饭和菜总是和谐地搭配在一起的缘故。

当时，除了春日野和我、小夜福子和佐保美代子、楠薰和轰夕起子、草笛美了和嵯峨晶、久慈朝美和淡岛千景，以及越路吹雪和深绿夏代、明石照子和新珠三千代，在战后都被认为是旗鼓相当的一对。

从我自己来说：我并不喜欢被放在"叠边"族内。不过细想起来这也没什么。就拿歌舞伎作例子，在近松派的剧目中，表现樽屋阿选的烦恼与悲戚，真比真正的女演员演得好，展现了典型的女性之美。宝塚也正是如此，男装的丽人比真正的男演员更具有男性的魅力，更沉浸在角色的情感之中。不把男与女区分开，就觉得不舒服的人，也可能思想中还暂存着动物的意识吧！

一般的女学校里，有同性恋之一说，即是有特别亲密的一对。在宝塚，大家同住在一个宿舍里，当然会有"同性恋"。其实，据我所知，发展到变态的同性恋根本没有。从公演时的住宿情况来看就可以证实一切。令人扫兴的房间里一挤五六个人。特别在东京，因为没有专用的宿舍，我们的前几期同学是分别借住在大仓别邸和属于相扑界的出云海宿舍里。到了我们那一代，住在芝公园的临时住宿处。日夜两场，疲惫地回到宿舍之后，渴望的就是美美地睡上一觉。台上表演的是罗曼谛克，平时，是地地道道的现实主义，这是无容置疑的。

昭和二十四年的秋天，作家吉屋信子受杂志社的委托，到东京剧场进行现场采访。我们正在演出轻喜剧《维也纳华尔兹》，春日野扮演天才的音乐家斯特劳斯，我扮演音乐家的情人迪勒斯小姐。

大概是演出的休息时间，穿着雅致大衣的吉屋先生来到了后台。这位不逊于男士的有名作家，坐在圆火钵的前面。

"真脏啊！宝塚这样的地方，我以为一定是又干净又漂亮的！"

"你们后台口的那个接待宝塚迷的什么接待室，与其说是会客处，不如说是刑警拘留处的会见点更合适。"

她的声音好像是从头顶冒出来的。

正如她所说，接待室里，一条粗木长椅和两三条木椅之外别无他物，像被火绕过的残迹，一点装饰也没有，从深秋到隆冬，只有那个小圆火钵。

其实，东京帝国剧场的会客厅是十分华丽的，一年到头装饰着鲜花，我们也曾在里边愉快地徜徉过。这次进京却大失所望，天津乙女气得满脸通红，抱怨说："真是胡安排。"

我们住在剧场的二楼和三楼上，没有暖气，每间屋子里烧了个炭火钵。当时，炭配给不够烧，幸好宝塚迷们的赠品中，总有那么两三包炭。

演出结束后，宝塚迷们便拥到位于同一楼里的后台和宿舍里来，送给我们从黑市买来的洋点心和巧克力。但是，麻烦也接踵而来，我们放在后台的东西经常不见，丢失最多的是化妆小道具。虽说是化妆品，也并不是很贵的东西。突然，口红和眉笔找不到了。宝塚迷们把崇拜的明星的小物品悄悄地拿走了。因此，剧场禁止宝塚迷们到后台去，通向后台的门上设了门卫，宝塚迷们在门卫处登记，说明要会见那个明星，得到明星的同意后再见面。这当然接待不了几名宝塚迷，所以不得不考虑开辟一间接待室。吉屋先生说的"刑警队的会面点"就是这样派生出来的。

吉屋先生也看过了我们的住宿处。住的地方就在楼上，十铺席大的房间里挤住五六个人，这样的房间有好几个。因为整幢楼都是水泥的，房间的地面也都是水泥的，我们在水泥地面上铺上铺席，再铺上薄薄的褥子睡觉。清早起来后，把被褥叠放在屋角，就准备演出的事儿了。

东京的演出是日夜两场，作为春日野的配角，演出结束后还要排戏。因此，银座之夜和其他热闹的处所一次没去。友伴们悄悄地溜出去，看电影、吃馆子。我排练完毕，铺好褥子，用电热器烧杯热茶，吃两块宝塚迷们送的点心，再听听宝塚迷买的收音机就是休息了。

参观过后，吉屋先生邀请我们开座谈会。

"您对宝塚的看法？"天津乙女这样问了。

"乡下女学生的宿舍，看不出这是女艺人和女明星的集体。"

因为吉屋先生的声音和表情都击中了我们的实际，我不由得笑了。

"你是乙羽信子吧？你这只伶俐的波斯猫！"

吉屋先生说，爽朗地笑了起来。

在天津乙女、春日野八千代、天城月江等老前辈当中，可能我那双圆眼来回转动的缘故，吉屋先生才戏称我为波斯猫的吧！

这双猫眼在宝塚恢复公演的翌年春季，变成了小兔的红眼。祖母老病交加，卧床不起，医生已经宣告没有指望了。

我很爱祖母，她并没有因为我和她没有血缘关系而厌弃我，一直像疼嫡亲孙女那样地关心爱护我。她经常到深江车站接我，也常到宝塚来看我。她只有一点点叫人不好意思，当她爬宝塚的楼梯时，揪着下摆，嘴里叨咕着"嗨哟！嗨哟！"给自己提劲。

祖母卧床之后，我专程探望过她。

一个下着早春冷雨的日子，我在京都慰问美军演出之后赶回家里，看见是我，祖母说了声："你回来啦！"之后便昏睡起来。这是她说给我的最后的一句话。两天后，她离开了人间。正是梅花开放之际。

16 跳舞晚会

深江的家里来了这样的巡回通知，那是用毛笔书写的，通知如下：

"在街上遇到进驻军时不要笑，不要直瞪着眼睛瞧他们，不能衣冠不整。"

我并不觉得这些事情有特别加以注意的必要，可是祖母和养父却说："穿好紧身裤！"这是战争中宣传的"美英畜生"在他们脑海中留下的印象。战争结束，眼前的一切确实明朗起来了。和民主主义同步，美国那开放型的风俗也声势浩大地登上了日本本土。思想上一时难以转弯，大阪、东京等大都市的面貌，在急剧变化，人们不能不怀有某些恐惧之感。

从宝塚回家的路上，时常遇到三三两两的美国进驻军。对那些庞然大物总难免掉戒心，不由自主地多方注视起来——他们那顾盼之间的口哨，那弄不明白的英语、那不知是真醉还是假醉的神态等等。日本男人的身上是没有这一切的。

也许因为我们的服装比较少见吧，脱下战时穿着的"决战服"，脱下外出时穿的"劳动服"，战后，我们又恢复了宝塚传统的和式短上衣和裤裙。那绿色的和式裤裙，十分显眼，一眼就能认出是宝塚少女。

《苹果之歌》很快在荒废了的日本国土上流行开来，这是因为日本太穷了，日本人是怀着希望唱的。战争把城市和人民都折磨得疲惫了。不出高价买黑市米吃，就难以吃饱。昭和二十年的秋天，东京高等院校的教德文的教师抵制黑市米，结果因营养不良而卧床死去。

东京、大阪的流浪儿急骤增加，人们背着旅行包，手里拿着包袱，聚集到约有十万家的地下黑商店里买卖复原服、印度大米等等。

记得就是这个时候，一位美国女记者在日本报纸上发表了一篇杂感：

"愿向日本女人们进一言：可能由于漫长的战争带来的后果吧，我为诸位服装的现状所震惊。原以为，我看到的该是具有独特风姿的美丽的日本和服，真正看到的却是光着脏脚趿拉着木屐、穿着不三不四的连衣裙的日本女人。横滨等地发生的美兵侮辱日本妇女的暴行，也不能说日本妇女没有丝毫的责任……"

这篇杂感激起了我的愤怒。

向我们的广岛、长崎投原子弹的是美国，炸轰都市，使都市连日大火的也是美国。战争刚刚结束，我们有能力置办、穿着华贵的服装吗？

愤怒归愤怒，当时的我却不能不到宝塚的舞台上去演出。宝塚美军代替了往日的宝塚海军，占领了我们的宝塚。我们却不能不给宝塚美军和他们的家属作慰问演出。躲避空袭逃到深山里去时，在那艰难的日子里没有一时不在盼望着战争结束。为了能在舞台上唱呀，跳呀，甚至想就是给占领军演出也是幸福的。

某天，布告牌上张贴着一张命令全团集合的通知，布告牌上这样写着："明日晚间，在宝塚饭店，和进驻军开联欢会。"

"联欢会？什么联欢会？"

"就是跳舞晚会，陪美国兵跳交际舞。"

我的血一下子凉了下来，想的是那毛茸茸的大手和动物一样的屁股。

我没上过女子中学，英语中只会说个"谢谢！""您早！"不能会话，只有默默地任凭那些大男人抱拥着跳舞了。芭蕾舞、队列舞都好说，交际舞却未曾跳过。没有和日本的男人们跳过交际舞，现在却不能不和美国人跳了。祖母和养父知道了，又会说："穿好钢铁的紧身裤。"

宝塚少女中，也不乏爱热闹之人，有人说了："真不错，说不定还有宴会呢！"也有人说了："咱们得练练英语会话了。"

宝塚饭店，坐落在阪急电铁宝塚南口站的旁边，其中的一部分，做了美军营地。

在布告牌的四面，聚集着反对跳舞晚会的同学。

"让我们去给美军伴舞，我们不去。这种强迫我们慰问美军的行动，是对我们的侮辱。"

一个同学这样说了；立刻引起了大家的骚动。"是呀！是呀！让我们问问理事长，为什么要我们宝塚同学去陪美国兵跳舞！"

理事长一脸窘相，期期艾艾地说了："啊！啊！大家都明白，咱们打了败仗。这……这是美军的命令，我们无可奈何。大家忍耐一些，忍耐一些。我们保证，绝对不会发生意外。"

仔细想想，日本战败这是无可否认的事实，就是比这再严酷的要求，我们也无力拒绝。听理事长解释之后，我不由地这样想着。

第二天，我们在宝塚南口站集合，除了少数人之外，大部分都无精打采，脚步迟滞，脸上笼罩着不安。

到了饭店后，不知是谁悄悄地说了一句："大家在一起，别走开！"

饭店大厅里排列着豪华的饭桌，乐队奏着轻快的华尔兹，一见我们进入大厅，美兵们鼓掌欢迎，也有人吹起口哨。我自忖着："一定要小心。"便拣了墙角的一张椅子坐下了。能和日本的年青姑娘们跳舞，美兵显然是高兴极了，人人的脸上都荡漾着微笑，不知是哪个兵士说了句逗笑的话，立刻爆发出一连串的哄笑。我垂着肩，低着头，眼睛望着地面，觉得这样做最好。

"勒兹·歌一舞。"

响起了快速的旋律，可能是吉特巴舞吧！已经有好几组在大厅中央翩翩起舞了。我连看也不想看，只一个劲地望着地面。

一个美兵笔直地站到我的面前来，伸出了一只大手，做出了一个邀请的姿势，嘴里说的可能是："请吧！小姐。"

我的心像敲钟似地跳起来，连英文的"不！"也忘记说了，只是摇着头，始终没站起身来。可能被我铁青的脸色吓走了吧，他邀请几次之后走向一边去了，他肯定会想："既然是为跳舞来的，却又不肯跳，真是个奇怪的女士。"

过了一些时候，我悄悄地抬起头来。

人们在欢快的跳着舞。桌子前面，用生硬的英语和美兵交谈的同学有，随着华尔兹轻快的旋律、像旋转的木马一样跳着舞的同学也有。

晚会过了大约一个小时的时候，一位平日和我说得来的同学在我旁边的椅子上坐下来之后说："加治，进驻军看你精神不好，怕你身体不舒适，还要给你送药来呢！"

这个同学是东京人，一直说着标准的东京话，不知什么时候也使用宝塚腔了。

可能因为我表现得毫无风趣，因此，招致了进驻军的关心。我确实高兴不起来，一想到我尊敬的前辈系井垂，就是在这些美国军人扔下的炮弹中死去的事，我就恨不得马上从这个晚会中逃离开去。

这时，有人紧紧地抓住我的手，并把我拽到大厅中央，这是个身高大约一米八的美兵。

我窘迫地说："我不会，不会！"

他不懂日语，但明白了我的意思。他做了个使我安心的姿势，随即引我跳起舞来。这个兵士和善的笑脸使我定下心来，但却未能使我习惯。

跳过三支曲子，我逃离开那位美兵。

跳舞晚会进行了大约三个小时，老师和组长的神经一直紧绷着。

"好！整队回团吧！"老师说。

我们像小学生远足旅行一样，确查了人数，集体回了剧团。

对待这第一次的跳舞晚会，我们的反应各种各样：有的人羡慕起美国兵来了，练习英语会话的人也多起来了。

宝塚是个女儿国，一向禁止男人插足，因此，对待男人的态度，完全不予理睬的人有，怀有强烈好奇心的人也有。这个晚会是个引子，和美兵进一步交往的人出现了，和美国人结婚的也有好几个了。

那之后，连续举行了跳舞晚会，因为美兵的人数减少，相应去晚会的人也就少了。我总是尽可能地避开不去，就那样也去了七八次之多。

经过和美国人结婚的朋友介绍，我也会见了美国人。由于语言不通，只那么互相望着，或者说上一句半句不通的英语，或者浮上浅浅的微笑，这种会见十分乏味，对方也似乎并没感觉到愉快。

当我们知道了宝塚饭店的服务员被美国兵拉进房间里强奸了之后，谁也不愿再到跳舞晚会去了。

也许为了回报晚会的邀请吧，理事长在宝塚的一间茶室中招待美兵吃日本风味的鸡素烧。我们作为招待员出场，任务是把锅里的鸡片和葱丝夹到客人的盘子里，再倒上日本茶。这种强制性的服务不能不说是对我们的侮辱。我们抗议说："不愿意去跳舞，也不愿意当招待。"老师说："我们战败了，没法子！"这句话一出口，我们只能无言了。

在时下的社会上，如果说："不愿意做招待美国人的服务员""那是侮辱"一类的话，肯定被人当作笑谈。可是我们当时，确实是这样想的。

前几天，NHK播映了他们在战后拍摄的宝塚舞台的彩色纪录片，那是春日野八千代和我的一场舞蹈，我们的演出服装上，缀满了金银线的装饰，我打扮得像在盂兰盆节中一样，脸儿圆圆的。

影片保存得很好，颜色一点没褪。春日野穿着紫色的衣裳，那紫色依然鲜丽。当年，还没有电视，也没见过自己的彩色纪录片，若干年之后才第一次见到了自己的舞姿。

NHK 为什么要拍摄这样的影片呢？我想不出所以然来。

据 NHK 的人说：战后，美军为了调查日本被炸毁的实情，用彩色片拍下了各种处所。他们雇用了会说英语的日本摄影师，日本摄影师拍下了宝塚的舞台场景。

美国的女记者，曾写下了糟蹋日本的不单是关于宝塚的杂感，把这精致的舞台演出场面拍摄下来的寓意，可能是为了明暗的对比吧！

面对着这往日宝塚舞台的实录，唤起来对逝去的绚烂彩色的回忆。当时，我是讨厌美国人的，却没想到三十年后竟看到了他们留下的影片，这真是意想不到的礼物。

崭17
新的
家

我们的家，紧傍着阪神电铁的深江站，因此，每当列车通过时，小小的平房便被震动得摇晃着，特快列车通过的时候，就摇晃得更加厉害。

习惯真是可怕的东西，我从刚会走路，就一直生活在警钟和列车的震撼之中。后来，搬到东京那安静的家宅里去时，反倒睡不好觉了。

深江的家就那么两间房子，一间是养父母的居室，中间是有暖炉的暖阁，暖阁的这一边便是我和祖母同住的房间。因为开的是豆包店，灶间里有两个煮豆馅的大锅。灶间面对街门的那一面，是卖豆包的柜台，柜台旁边有捣粘糕饼的机器。附近的小孩子们，常常跑来看我们做粘糕饼。

家被战火烧毁之后，养父母决定就此歇业。实际上，战争中已经处于半歇业的状态之中，又因为我在宝塚已经是主角一级的演员了，月薪够过日子的。当时，我的月薪在三千元左右，物价是咖啡、电影票、一公斤米、四盒金鸡牌香烟都是十块。公务员的月薪平均是一千二、三百元。

养父找来了熟悉的木匠师傅，商量改建房子的事。地皮只有三千坪，想盖个像样的房子是不可能的。我们作了预算，究竟作了多少钱，我已经不记得了。不过，因为养父总是拣最好的材料使，早就大大地超过原来的计划了。

我担心起来，宝塚的收入维持一般的生活还没问题，用来盖房子是不够的。一段时间内，又不做买卖，存的那点钱也挡不了急用，我不知道养父是怎样打算的，我越来越感觉不安了。

某天晚上，养父母把我叫到身边，养母说了："啊！阿信，又得让你操心了，盖房子的钱，无论如何也得你想想办法了！"

"想想办法……"我说不下去了。

"到宝塚去借吧！"养母直直地望着我的脸。

果然如此，意料到的事到底还是来了。有意思的是，养母一说"啊！"我就感到要有难题。早在我刚考上宝塚的时候养母就曾说了："以后，要享阿信的福了！"现在，应在盖房子的事儿上了。

养父只管坐在火钵前抽烟，一句话也不说，抽剩下的烟蒂，就用火筷子拨灰埋起来。

过了几天，我到宝塚借钱去了。

"作什么用啊！"理事长一脸诧异的神色。

"盖房子。"

"噢！是盖房子呀，借你二十万吧！"理事长当场借给我二十万块钱。

不过，盖多么小的平房，二十万元也是不够的，还得有十万块钱才行。

把借来的钱交给养父母时，他们说："还得想办法再借一些！"

虽说我已经是宝塚的明星级演员了，对二十二、三岁的姑娘来说，这么多的钱已经是很不容易了。就在这个当儿，木匠师傅开始动工了。养父母一有空便拿着图纸，说着什么："这儿的柱子得用上等料。""这间房子的天井还得高一些。"等等。

在拮据环境中长大的我，已经习惯了那又小又暗的家。养父母送走的是贫穷的青春，结婚后的日子也并不宽裕。不知他们为什么会变成这样。我，豆包店里长大的小儿女——加治信子，成为宝塚的明星乙羽信子之后，养父母对我的态度一点点地在变，那表现亲子之间和谐感情的口头语"啊啊！"也用得越来越频繁了。

确定为春日支八千代的搭档，广告牌上展出了我的照片，宝塚迷开始为我倾倒的时候，我也许可以向宝塚提出些额外要求，不过，也就是二十万元借款的限度了。何况我又不是越路吹雪、淡岛千景那样的天才，我是凭借苦练，一步一步地爬上宝塚那辉煌的高台的。我一心扑在演戏上，没有在"钱"上费过心思。

当时的宝塚，一台戏，雪组演花组也演。战后第一个黄金时代的保留剧目《南方的哀愁》，雪组公演时，我饰演主角"娜伊娅"。下月花组公演时，淡岛千景扮演娜伊娅。这是公开的竞争，不能等闲视之，我不能再为金钱的事耗费精力。

养父母的要求终于又来了。

我的躯体里，流的是大阪小商业街中下里巴人的血，我确是个大大咧咧的人，说我是乐天派也好。好吧，既然事已如此，我就找熟人借钱去吧！

某日，我在熟人家的门前逛过来走过去，总是不好意思进去。

虽是自封为乐天主义的我，向人家开口借钱，这还是第一次，只觉得又害怕又难堪。见了熟人，也仍然难以启齿，终于艰难地说明来意后，人家笑着把钱借给我了。向一家借是不够的，不得不走访了好几家。寒暄话之后，说到"我是……"直截了当地说出借钱的意图来，委实是使年轻姑娘最最难堪的语言，不但说借，还得说保证还清才行。

从那时到现在已经三十年过去了，为借钱而奔波的事是第一次也是最后一次。也许为了杜绝那借债时一身冷汗的难堪滋味吧，不论多么困难我也没第二次借债。

房子盖起来了，不打算再做买卖了，大门也由面向大街移到了面向横街。黑暗的家如今明亮起来了，家人的表情，也怡然了，可能是由于我独力筹措资金盖起房子的缘故吧！至于如何还债，家人们没有明确表示，身负重债的压迫感使得乐天派的我也不能不担忧起来。

从第二个月开始，月薪中扣除一千元借款。在回家路上的列车里，我算了一笔账，一个月扣一千元，一年不过是一万二，两年才两万四……这得还到什么时候呢？明亮的阪神电铁在我的眼前变得黯淡起来。从今以后，不能不缩减生活开支了，不能添新衣裳，也不能像过去那样，经常和朋友们去外边吃饭。养父母不劳动，只靠我供奉；我这副瘦肩膀，挑得起养家的重担吗？只能谨慎从事了，已经如此也只好如此了，自己想办法干吧！为此灰心丧气是可笑的。

但是，作为小道具的化妆品不买是不行的，那个时代还没有现在这么多的上等化妆品，没有合意的东西就靠自己做。假睫毛买不到舞台演出时合用的，就向上级同学讨教之后自己细心地制作起来。

先在四方的小盒子上绷好黑丝线，从理发店里找来碎头发，在丝线上一根根排列好，在发根处滴上一滴漆粘牢，按照自己需要的长度剪齐，用两张手纸把粘好的假睫毛托在中间，再用涂口红的粗笔一卷，便做成了具有风姿的睫毛了。也有人用进口的人造睫毛，那得是阔小姐才能用得起。其实使用高级化妆品和使用一般化妆品效果上并无多大差异，特别是在那战场一样混乱的后台里。

宝塚一般是一个场次演两个剧目，在日本剧目之后演歌剧，因此，换装就特别紧张。在剧场的地下室有浴室和洗脸间，为了演出前梳洗，洗脸间里有若干洗脸水池，服装部在二楼，化妆室在三楼。在服装部里脱去平日衣裳，穿着浴衣一口气跑向地下室。时间不够的时候，就在一楼换好衣裳再到地下室去。

演日本戏的时候，两条胳膊用白粉擦得白又白，演歌剧的时候又必须弄掉，用化妆油卸掉白粉的时间不够，跑到地下室用肥皂冲洗干净。一边用毛巾擦干一边往楼上跑。那时候，没有电梯，就是这么一个劲地跑上跑下。跑得出汗，擦了还出，特别是我这样爱出汗的人。

演日本戏的时候，要戴假发。拿下假发时，被汗水打湿的头发紧紧地贴在头皮上，从镜子里看，脸几乎都变形了。演歌剧，又需要秀发蓬松，用梳子是梳不成的，只好借助电烫剪子进行热处理，好不容易梳理停当就赶紧往台上跑，头皮被电剪子烫得火烧火燎，不这样，就赶不及上场时间。

自己做的化妆小道具只有自己能装，梳头发、换服装，都得自己动手，因此，一到场上休息时间，我们就像躲避空袭的难民一样的狼狈。服装都放在衣筐里准备着，这回是这件，下回是那件，按着顺序摆好。

有时秩序调整，舞台的上场门下场门便放满了衣筐，有时弄错了，跑进后台脱掉换好再回到舞台上去。

拙笨的我，迅速换装老不顺手，由于着急就不停地出汗，汗多得连白粉都挂不住的时候也有。好不容易把白粉擦匀出场了，到了戏高潮的爱情场面时，汗又像洪水一样地漫溢出来，鼻子和鼻窝里滑滑溜溜的。

春日野八千代抱着我，悄语表演爱情之时，压低了嗓子说："加治！你的粉是怎么擦的？一点也不白。"我不由得又冒出了一身冷汗。当时台上没有麦克风，因此舞台上能够小声说话。

虽说如此，我一切都还顺利。迅速改装的时候，上级同学总来帮助我。现在仍然在宝塚的淡路通子，看着我那笨手笨脚的样子，一边说："瞧你这赖样！"一边帮助我，服装部的人也有她们自己的选择，平日说得来的同学上场，她们就帮忙；平日有意见的人，多着急她们也绝不援手，假装没看见。一旦出了差错，上级同学斥责她们，说："不都是宝塚的人么！"

女人欺负人的做法是狠毒的，决不动手，可是那嘴却比刀子还快。成了明星后，排练强度大，不常训人。最不饶人的是一年二年级中的中坚分子组成的小帮派。

新藤在海军里的时候，因为犟，挨过打屁股，上级军官制止也挡不住士官小帮派们捉弄人。

总之，美丽的女儿国是个战场，是布满鲜花，摇曳着美服的战场。从那个战场回到崭新的家，铺席散发着青草的幽香。躺在自己的屋子里，想着还债的事，我像伤兵一样地不安起来。

罢工指令 18

　　战后，宝塚在东京恢复公演的时间是昭和二十二年（1947年）四月，地点在日本剧场。因为东京的宝塚剧场被联合国军占用了。昭和二十三年的春天，我们又移到江东剧场公演。

　　在东京江东剧场公演，刚一听说的时候，我们谁也说不准这江东剧场到底在东京的哪块地方。反正在首都是不会错的，也肯定是个大剧场吧！我们乘坐进驻军调拨的专列到东京去了。

　　那时，我们得到了宝塚迷们的支援，经常乘坐专列进京，只要拿到特别调度厅的许可就行了。

　　那是坐火车最最艰难的年代，买车票是一大难关，有了车票坐上车去更是困难重重，哪一列车都超员，跑黑市跑运输的大婶们把座位占没了，再加上从外国回来的复员兵，倒卖粮食的老百姓，车厢里的气氛十分紧张。

　　娱乐解禁了，娱乐项目像雨后春笋似地从地下冒出来。昭和二十二年田村泰次朗的《肉体之门》问世，男人们疯抢着一读为快。书店的书架上摆着质地粗劣的杂志，黄色的轻歌剧出现了，有一种绰号叫做"竹笋"的舞蹈，舞者一件一件地脱掉衣裳，直到裸体。比起现在的脱衣舞来还有所收敛，那在当时可真是够刺激的了。报纸上几乎每天都有揭发这类情况的报道。

宝塚就是在这种黄色、荒诞的气氛中公演的。一踏上东京站，欢迎我们的是往日的宝塚迷和报道大军，在照相机的闪光灯群里，我们乘坐大轿车，直奔江东剧场。

从大轿车的窗口看到的东京，一片瓦砾。街上的行人也脏兮兮的，隅田川一片漆黑，闪着混浊的光，装载钢筋的船倾斜地停在那里。

江东剧场在总武线的绵系町车站旁边，在烧毁的遗迹中，残存的房屋东一个西一个孤零零地矗立着，夹杂着黑市买卖人张起的各种帐篷，这真是独特的景色。剧场是老式的，很大，在碎铜烂铁之中巍然而立。

到达剧场门前，我们接受了宝塚迷们的欢呼和花束，这太出乎我们的意料了。

第二天，报纸报道了我们到达的消息，报道的标题大写着："宝塚千金们，渡河而至！"河指的是隅田川。我们过河这件平常事，值得如此珍视吗？

江东剧场的人向我们说明了情况。原来江东地区被叫作"河那边"，是姑娘们不肯踏足的地带，姑娘们害怕这里的一种独特气氛。宝塚女儿们却偏偏到这个地带来了，紧接着，憧憬宝塚女儿们的宝塚迷——那盛装的宝塚迷小姐们也必然渡河而来。千金是个双关语，既指的是我们，也指的是宝塚迷中的小姐们。为此，绵系街段的治安警察，加强了戒备，免得千金们遭逢意外。

这条一向独特的街，在宝塚少女公演期间，当地的人看到的是与往常不同的景象，黑市上的买卖人，流里流气的男士，警官，宝塚学员，宝塚迷等等。

在江东剧场一共演了十场，宝塚迷们真的渡河而来，街上热闹起来了。剧场附近花店的老板笑逐颜开，一向滞销的鲜花，在公演期间总是卖得精光。

不久，我们从江东剧场转移到帝国剧场演出。我们和我们的宝塚迷姑娘们，不再横渡隅田川了。

从东京公演结束回到大阪之后，我们听到了这样的评议：

"女人化装成男人跳舞是一种变态，就应该由男人来演男人。"

这是非同小可的事，这就是说：宝塚歌剧要由两性歌剧来代替，宝塚的女儿国的历史要划上句号了。

在我们本身提出抗议之前，宝塚迷们的反对十分猛烈。说的是："男儿世界的歌舞伎如何解释呢？"既然歌舞伎可以保持男性演女角的传统，为什么宝塚就不可以由女性来演男角呢？

宝塚实行了新的计划，昭和二十四年的春天，采用了男性研究生，报纸上出现了"女儿国中的男性"这样的报道。

我的剧迷们也寄来了大批抗议信函。说的是："你认为乙羽信子和男性演爱情戏比春日野好吗？""别和男人牵着手跳舞！""不准男士进入宝塚！女演员们团结起来，迫使男士退出去！"

观察并加以分析，女人演男人，从常识来说是可笑的；女人演女人，男人演男人才是正常的。不过，男人和男角是两个概念，歌舞伎中的女角也同样如此，女人和女角性质不同。"男角"是女人们塑造的男人之上的男人，从女人的立场看来，"她们"是最好的男人，无论姿态、行动、亲切感，都是现实男人的典范。

鲁莽的男人、生命力旺盛的男人、一身泥一脸汗散发着男人气息的男人，总之，在宝塚迷们看来，现实中的这些男人是可怕的，是讨厌的。那么，什么样的男人才合乎理想呢？一句话，就是在现实的男人身上找不到的那种男人气质，那种闪光的气质。可以说，就是女演员塑造的辉煌的男人的气质。

宝塚迷们的抗议，怒涛似地压向宝塚歌剧团的首脑部。结果，真正的男人演的男角未能在舞台上出现。有人问起这些男士作为宝塚学员之后都做了些什么，他们说他们在后台跑龙套。

昭和二十七八年之际，宝塚音乐学校又做了一次采用男生的尝试，惹起了宝塚迷们的骚乱。结果一个合格的也没有，这是宝塚当局采用男士的最后一次试验，这是宝塚歌剧靠剧迷们缔造、靠剧迷们支撑的一个实例。

引起了骚乱的中一件大事是：发表了撤销星组的决定，和劝告近百名的学员退团。

我们的"宝塚组合"站在抗议的前列。

战后的日本，到处组织起"劳动组合"，宝塚中的共产党派的作曲家，鼓动我们组织了"宝塚组合"。

"资本家是敌人，弱小者团结起来进行战斗，冲破世间的黑暗。"

连小姐出身的人也倾向于我们，很多人系上传统的表示努力的手巾支援我们。我们的目标是："反对裁减学员，提高月薪。"虽说我们的薪金高于一般的公务人员。因为要自备化妆品和妇女用的小百货，学员们并不满意。

特别是我，为家里盖房子，向剧团和熟人借了三十万元这样一笔大钱，每月都要从月薪中扣掉一千元借款，手头十分拮据，就是增加一元也好么。养父母不做生意了，每月就靠我的所得过日子。每月发薪的前两天，厨房里清汤淡水，我怕见火光中养父母的脸。

朋友东乡晴子曾说过这样的话：

"那个时候，剧迷们送的洋点心，加治都拿回家去了，一点不像从前那样和大家一块吃，大家说她变吝啬了。后来才弄明白，原来她为盖房子背了一大笔债呢。一大笔债！"

东乡是说错了，我并不是因为负债就连点心也舍不得给大家吃了。为什么往家拿，我已经忘记了。当时我的思想十分暗淡却是真的。

可能是发薪的时候吧，养母说："再多点钱就好了！"她发泄的不满，伤了我那二十三、四岁的姑娘的心。盖房，养家，这些都做到了，她也仍然不满足，还说这种抱怨的话。把我这个私生子养育成人的恩情和她对我的埋怨，交错着深深地沉入心底。

我积极地参加了组合的活动，我这个出身市井、现在仍然为金钱困扰的人，难于对这样的活动无动于衷，我摇起了红旗。

组合活动并不是持续不断，而是在仅有的业余时间进行。组合的负责集体，是由各组的组长、中坚学员、准中坚学员，以及基层同学的四个阶层中各出一人组成的。组合负责人说："拥有广大剧迷的大明星动起来就好了，她们一动，剧迷就会给予有力的支援。"情况就是如此，组长级的大明星一个人出阵，比基屋同学一群出战还有威力。剧团首脑部就不能等闲视之。要是组长级的人提出来"请提高月薪，请不要裁减人员"，威力肯定大得多。

剧团首脑部顽石一样不动声色，裁员令并不收回。

宝塚组合发出了罢工指令。

我被选在纠察队里，系上了红袖标巡逻，遇上了同样被选为纠察队的淡岛千景和越路吹雪，越路走在纠察队的后面，嘴里不停地嚼着糖块什么的，我们交换着有关罢工指令的意见。我们拒绝男性参加我们的集会。当时，一家报纸派了位女流作家作为收集素材的记者卷入了我们的行列。

和首脑部正面交锋了。

小林一三社长高声说道："诸位明星们，记者先生，很遗憾，你们误解了我们的意图，我们绝不是打算断送你们友伴的前程，而是认为：有些在舞台上看不出有发展前景的人，早日转业对她们本人是件好事，我们将等待她们的自觉。"

事后，小林社长对我说："喂，加治！你别摇什么红旗，我是不喜欢空讲道理的！"他完全了解我为什么那样积极参加活动。

这是昭和二十四年的罢工骚动，结局是以优惠待遇劝告退团而告一段落。骚动平息以后再度公演。宝塚舞台的内侧和空地上，扔满了争议用过的小旗和标语牌。望着这些残骸，我久久伫立，我在想，我如此不顾一切地参加纠察队奔走，到底是为了什么？小林社长的话在耳边回响：

"没有目的的人不要再活动了，我们将对技艺超群的人给予优厚待遇。"

我不是技艺超群的一员，也不是受到退职劝告的一员，能够演上女主角，是付出了千辛万苦的劳动。我的自信培育出了希望的芽儿。

从昭和十四年踏上舞台以来，已经十易春秋。曾和苇原邦子的想法一样，预定在最佳时刻退出舞台。我不愿意在不能演女主角的时候还赖在宝塚，那是可悲的，我不能那样。"退团"的时刻迫在眉睫了。歌剧团的领导有人说了："有人要请加治去演电影呢！"

"好吧！退团之前，能干什么就尽快干吧。"自己这样激励着自己，热心地奔波起来。就是继续留在宝塚，那三十万元的偌大借款也是还不清的。像我这样背负着重债又不机敏的人能去演电影吗？我说不清。

19 小扣子

每逢忆起宝塚，我便像沐浴了清泉一样，身心俱爽。当了电影明星的宝塚时代的朋友，倾诉过这样的心曲："脑子里乱七八糟的时候，回到了宝塚的后台，在忙忙碌碌的人们中间，脑子就清醒了。再呆上一个小时就神清气爽，真是不可思议的事。"

我理解这种心情。

我的宝塚时代——从十二岁到二十一岁的十三年间，记忆并不十分明晰，浮现出来的往事也是一片片，一段段，不过，只要想起一件事，便像扯起甘薯蔓一样，带出和那件事有关联的一切事儿来。

前天，我准备给新藤的衬衫缝上那脱落的一枚纽扣，拿起针和线，不知为什么，忽然想起我们的小扣子——越路吹雪。

可能因为这些天一直未见到小扣子的缘故。趁着在松竹公司大船摄影所拍片子的空间，我去看小扣子的舞台戏。那是一台只有她和米仓奈加年两个角色的戏，我到后台去看她，她还没有卸妆。

"我看到你在《周刊朝日》上连载的文章了，其中，多次提到我，我又惊奇又不好意思。我们已经两年没见了。"

她这样说着，立刻扯上了宝塚，一涉及宝塚，话儿便像泉水一样涌出来，再涌出来。我倾听着，倾听她那汽艇引擎一样的话语。"嘣、嘣、嘣"地一句连一句地喷射出来。

"宝塚时候，作弊的事你记得不？那时候，成绩好的坐后排，成绩差的坐前排，我就坐在你的紧前边，考试的时候，你悄悄地提醒我，还记得吧？你的照顾可高兴死我了。"

我一点印象都没有了。

小扣子是坐在我的紧前面，可能我是提醒过她，但我不记得了。我记得的却是另外一件有趣的事，那是我们义务劳动中的事。

我们歌剧团的学员，战争期间，三个月一班到附近的军需工厂去劳动，去给军服、飞行服锁扣眼钉扣子。学员们穿着劳动服，努力地钉着扣子，托天之福，我是锁扣眼的能手，现在仍然锁得很好。

小扣子安详地微笑着，说了："加治，我一次也没到军需工厂去过。"

"你说什么……？"因为去工厂，是强制性的。

"啊，是这样的，我们到歌剧团来，不是来钉扣子，而是来学艺，一定叫我去，我就退团。"她硬是一次也没到工厂去过。这在宝塚几百名的学员中，可能是独一份吧！因此，直到现在，她也不会锁扣眼、钉扣子。她那执着于艺术的信念，一直持续到现在。

小扣子姓河野，原名美保子。生于东京都，初中一年级时退学进了宝塚，因为汉字的发音是扣，我们便叫她阿扣、小扣子。我们是同龄人，编在一个少年组里。她是个不同寻常的人，从少女时代就放射出光芒，像个小大人。她不像一般人那样的和他人交往，对不喜欢的人，连话也不肯说。相比之下，和上级同学的关系还不错。她认为她可以不听的课就不去听。同班同学嘲笑她是"懒虫"，以为她不定到什么地方玩去了。

几年之后，演出结束时我们一块到食堂去吃饭，她从一个大纸袋中拿出来个小盒子。

"什么？"

"录音机，可好了，你听听吧！"

她打开开关，五六秒钟之后，小盒子传出来音乐的旋律，那是斯娜德拉的独唱。小扣子停下来吃饭的手，她的右手、两脚、两肩按着节拍闪动，她轻轻地合上眼睛，摇摆着头，毫不顾及食堂服务员的注目、邻座人的注目，沉醉在音乐中，和斯娜德拉一起为歌唱而沉醉。接着是宾克·歌罗斯庇的独唱。

"怎么样？"

"太棒了，你从哪儿得到的？"

是小扣子的剧迷从美国带回来送给她的。

不久，大家就都明白了，她并不是"懒虫"，周围的人中，还找不出像她那样努力的人。曾嘲笑她躲到什么地方玩去的人，自己也不好意思了。

刚入学的时候，小扣子常常模仿前辈同学逗我们发笑。她往桌上一站，惟妙惟肖地学起大明星苇原邦子、小夜福子来。现在分析起来，没有表演天才的人是做不到的。她在模仿当中，就窃得了大明星表演的诀窍吧。当时，我只是一味的孩子气，没有看出她的这份苦心。

在宝塚的预科时期，她总的成绩并不是很好，但在需要灵活掌握的独唱、独舞、台词等方面，却没有哪个人能比过小扣子，她的成绩远远在我们之上。她的演员素质，高我们一筹。她是个真正的演员材料，是个天才的艺术家。

曾经有过这样的事，小扣子演出的美国黑人的爵士音乐布吉伍吉舞曲，无论她的歌喉和她歌唱的方法，都急骤地赢得了观众。她在花组中公演的《舞蹈女王》，容光照人地唱着，她左手抚着腰际，多变的姿态使观众们目迷神驰。忽然，歌声中止了，伴奏的乐音在继续。坐在观众席里雪组成员的我，紧张得心跳都停了。我立刻意识到，小扣子把歌词忘了。

这是这出戏公演的第一天，这种偶然的差错很难避免。忘记台词的事我也有过。忘台词的时候，一般是对白，对手还可以提醒，歌唱就不行了，你不唱，伴奏也照样进行。

小扣子可怎么办？

只见她莞尔一笑，立刻引吭高歌起来，唱的是：4·4·4·4，6·6·6——6，1·1·7·7，4·4·4——一直到一曲奏罢，唱的都是曲谱。知道她忘了歌词的只有宝塚同学，爆满的观众席中响起了暴风雨般的鼓掌声。

我也有类似的失败记录，唱歌当中忽然要咳嗽，当然唱不出歌来了，伴奏不等人，我只好以舞步来打马虎眼。观众一定感觉到了乙羽信子中途停唱的尴尬。小扣子的处理却与我完全不同，她要是咳嗽，肯定会把咳嗽变成歌词唱下去。

我跑向后台，她正在卸妆。

"歌？半道怎么了？"

"什么？啊！我把歌词忘了。"

"我可真急死了，谁知你唱着谱子就马虎过来了。"

"观众接受，就是我的胜利。"

更使我惊异的是她的想法，打马虎眼的地方她唱得如此花哨。这个越路吹雪，真是个鬼精灵。

小扣子演风流小生素有定评，退出舞台之前也演过女角。在歌剧《卡门》中，打吹美砂演荷赛，小扣子演卡门，她的目光里荡漾着一种难以描述的魅力，远远望去，那是一种官能的隐秘的妖艳，流盼之间，熠熠生辉。男士们也做了这双黑瞳的俘虏。在宝塚，像她这样拥有男女两性剧迷的明星并不多。

她的俘虏不只是宝塚迷，她演音乐喜剧时，拜倒在她脚下的男士不计其数。

关于她的恋爱又是一种情况，当看见她的某个朋友持续的日子稍长一些的时候，便问她："这回可以继续下去了吧？"

"也许吧！"她说。到下次再见她的时候，相携进入酒吧间的男士却又是另一位了。

"这些时候，净喝酒了，喝得连墙都爬过了！"小扣子就是这样的无忧无虑。

小扣子知道了我和新藤那"过长的相恋"，问我："加治，怎么样了？"

"怎么说呢，一如既往。"

"嘿！你真有耐性，要是我，连三个月也过不去！"

一个又一个地俘虏着男人，这样的才能和魅力我都没有。

过了一些时候，我听说她热恋着一位比她小六岁的男人，我们之间刚好断绝了一切信息。我想，这位也不过是三个月、四个月的事。

过了几年，听说她仍然和那位年轻人在一起。其实男人也好，女人也好，频繁地调换对手的人，不换就不能安生，这或者是一种性癖吧！

有一天，我和她在东宝摄影所碰上了。

"还和他好着呢？"

"难以想象吧！他比我小那么多。可是我们没有感觉到年龄上的差距。我一表示中断关系，他就赖着不放，因此，还在继续。"

小扣子神采奕奕，如果说有所改变的话，那就是：她那妖冶的媚气变得温柔安详了。

那位年轻的男人，就是小扣子的丈夫内藤法美。

小扣子到国外旅行时，立刻就有电报打给经理人岩谷时子，写的是："请寄钱来！"她就是这样一个不会理财的人，从来没有积蓄。虽说是频繁地更换着朋友，自己却恪守童贞。最近，她忽然发起牢骚来了，说什么："不知道有多少人在注意我，我真的害怕舞台了。干的话，就要把这本经念到底了。"

只要和她在一起，我总像在倾听着那快速的巴黎的旋律，看到那顾盼生辉的令人眩目的眼神，我像沐浴着清泉一样感到清冽。

昭和五十五年七月八日，一向健康的越路吹雪突然病倒于胃病，动手术切去了大半个胃。这是舞台生活劳累的必然结果，我的胃也不好。

小扣子患的是恶性溃疡，是癌。我去探望她，两个人一起吃了晚饭。她并不知道自己是癌，还说："从现在起，得撑住。"我去看她的时候是九月，十一月七日午后三点，在东京的共济医院，告别了人世。

据说，她留下了这样的临终之言："我，尽情恋爱，尽情歌唱，尽情演出了自己喜爱的戏剧，我没有遗憾。"

20 再见吧，宝塚

　　歌剧《南方的哀愁》，昭和二十二年 (1947 年) 六月在宝塚剧场公演，春日野八千代演约翰，我演娜伊娅，工乡晴子演德夫拉。宝塚迷们蜂拥而来，连日爆满。

　　战争期间，预定我的前辈系井垂主演此剧，而她不幸在未婚夫家遭遇空袭而仙逝；每次踏上舞台，我总免不了感慨系之。

　　在观众席的一角，有位把帽子戴得深深的中年男子，他既不是我的剧迷，也不是我有血缘关系的亲戚，对我扮演的娜伊娅，却一直投视过来热切的目光。闭幕的前几分钟，他迅速地离开席位，走出了剧场。

　　他不止一次来观看《南方的哀愁》，每来，必换衣裳，有时，还戴上个大口罩。当然，这位混在几千观众中的男人，我是不可能注意到他那热切的目光的，这是他本人后来告诉我的。

　　一年过去了。

　　有一天，歌剧团的领导找到了我，说："下星期二，你有事吗？"

　　"我想没有。"

　　"那太好了！到京都去见一个人吧？"

　　"什么样的人？"

"见了就知道了，那是位叫松山的电影公司的人。"

星期二，我到京都去了，在阪急电铁的岗山站下车，眼前一片新绿，很快就找到了约定的旅馆，旅馆就在车站旁边，被葱郁的树木包围着，是个风景优美的旅店，据说：大作家谷崎润一郎常常住在这里写小说。

迎到门厅来的女侍一见到我，便说："是乙羽信子小姐吧？请进来。"她引我到一间摆设着黑檀木矮桌，颇具古风的房间里，那位艺术家风度的男人早已经等在那里了。

名片上印着：大映电影公司京都摄影所企划部长松山英夫。

我脑子里立即闪过了这样的念头：电影厂的人找上门来了。

"您主演的《南方的哀愁》我看了好几遍。说实话，我看中您了。宝塚的前辈轰夕起子、月丘梦路也是我从宝塚选走的。大映电影公司，以京真知子为代表的丰腴艳丽型的女明星不少。遗憾的是：纯情的楚楚可人型的女明星还没有。刚好，看了你的戏选中了你，请你务必到大映公司来。"

我默默地听着。

松山先生，在女侍端进茶和菜肴的时候，不露痕迹地转换了话题，说着一般的家常话，询问了两亲的情况等等。女侍一走开，立刻单刀直入还是电影界的事。对我，他用尽了赞誉的语言，溢美的言辞一句接一句地涌流出来，这些好听的话抚慰着我的肌体，我甚至觉得他是不怀好意了。

连订合同的契约费也提到了。

"你希望多少？"

我移开了目光。这个人，我第一次见，还没过一个小时，就连契约费都涉及到了，我心咚咚地往下沉着。

我仍然保持着沉默。

"反正，我们是选中你了，请你考虑吧，对大映来说，现在特别需要你。你看吧！在你认为合适的时候，到大映来试镜头吧！"

"请容我考虑考虑吧！"

"请不要误会，约你试镜头是所有的人进大映的例行公事，并不是根据试镜头的结果再决定你是否进入大映。"

松山先生可能认为提出试镜头的要求，伤了宝塚大明星乙羽信子的自尊心吧！其实，我有我自己的想法，我历来不上相，所以我觉得我演电影未必合适。

不过，在当时的情况，试镜头和自尊心并未纠缠在一起，我只是想，试了镜头，就没有考虑的余地，必得进入大映公司了，由于松山先生的热心劝诱，我只能这样设想。

终于约定了试镜头的时间，与其说我是为了试镜头，不如说我是为了和松山先生不失体面地道别。

从京都回家的路上，我想起了轰夕起子，她也是在类似我的情况下，进入电影界的。

临别之际，松山先生这样说："我一去宝塚，从小林一三社长到其他领导都摆出一副讨厌我的脸子，他们知道我去的目的就是拉好角儿，对我存有戒心。所以我不能不变换行头。"

他说的"拉好角""存有戒心"是说给我听的，言外之意就是告诉我："我看中了你，你就休想逃脱。"这是个多么厉害的人！尽管谈的都是有关工作的事。但是，单独和一个男人关在旅馆的房间里，我的神经一直绷得很紧。

我把见到松山的事一五一十地讲给养父母听了，养母不置可否。养父却说："不行，不行！宝塚培养你成为艺人，你背弃了教诲之恩去演什么电影，是要遭报应的。"

"可是，宝塚的女主角，不能演一辈子，月薪又这么少，这样下去，借的债也还不上。"

"信子，说不行就是不行！"养父生气了，对养父这样一个地道的手艺人来说，宝塚培养我学艺，又借给家里二十万元的巨款，背离宝塚，情理不容。

过了几天，松山先生找到我家来了，养父母只是说："现在辞掉宝塚不行！"松山先生仍然苦口婆心地一个劲儿地劝我去演电影。

松山先生不止一次到我家来，我不在的时候，就和养父母说说闲话。养父就会告诉我："那位松山，又来过了。"

过了些天又见到了松山，我讲了我的实际情况。我并不是完全不想离开宝塚，也不是不想进入电影界，只不过家里的经济情况，双亲的意愿不能不慎重考虑，特别是双亲一致认为宝塚有恩于我。

这时，为了到外地公演，我在排练的时候把脚扭了，脚肿起来，看样子是没法跳舞了。

任性的我，仍然跳了"道成寺"，跳舞中间，脚痛得厉害。这次的地方公演，我是最高班的学员，是领班一级的成员，要负责任。但是，舞是跳不了啦，不能去地方演出，一定要找个替身。

我的头比普通人大，找到了一位戴我的假发髻合适的同学进行排练。这种临时抓人，效果当然不理想，但是事出无奈，她们到外地去了，我回家养伤。

脚痛有增无减，还发起烧来，在宝塚，脚是无法替换的道具，脚出毛病就无法登台，我敷着湿布，只好卧床了。

一天又一天，痛肿毫不见轻，养父到歌剧团给我请假去了。

"加治，把脚扭伤了。"好朋友带了鲜花和点心看望我来了，可剧团当局一个人也没来。

一个星期过去，宝塚当局仍然没人前来。养父被激怒了。虽说宝塚照顾过我们，像这样在排练中受伤，竟然不闻不问，实在是太过分了。一向重视道理人情的养父，这情形使他难以容忍，他说："信子，宝塚如此不近人情，那就算了吧，去演电影。"

我望着养父，这个顽固的老头双眼含泪，一直坚持"宝塚对我们有恩"而不愿意听取任何有关电影信息的他，对宝塚连明星一级的演员因公受伤都不来探望的行径所积累的不满，终于爆发了。

好多天之后，我才能下地，但是，跳起舞来仍然痛得不行。卧床期间，不止一次和养父商量进电影界的事。

"爸，我去演电影，没意见吧？"

"没意见，没意见。"养父郑重地说。

第二天，我给松山先生挂了电话。

松山先生已经由京都摄影所荣转东京大映总公司，任企划宣传部部长。我一说："想跟您商量商量！"他就说："好吧！马上就去。"就这样，乘飞机到深江来了。

"我和双亲商量过了，决定加入大映公司。其他电影公司也来约过我，父亲都拒绝了。父亲说，松山先生那样热心，要是进电影界，就得进大映公司。"

"谢谢，这真太好了，实在谢谢！"松山说着，紧紧地用两只手握着我的手，又说：

"大映公司又多一位明星了。"

"那么，现在就订合同吧！令尊令堂呢？"

我叫来了养父母。

关于合同费用，接触期间，松山曾不止一次地询问过希望的数目。我也从前辈那里了解到了有关情况，知道了电影界有关这方面的行情，曾经在闲谈中透露过自己的要求。

松山先生从西服里面口袋里，掏出来一个封简，放到了桌上。

"这是三十万元，请收下。"

养父从封简中抽出钱来，一色千元一张的大票，捆得整整齐齐的三百捆，真够诱人的。

松山说："这是合同费，演出报酬另议。"接着又说："延聘乙羽小姐的时间拖得这么长，在我们是无前例的！"说着，他第一次轻松地笑了。

据松山说，因为我一直没有回信给他，也没按着约定时间去试镜头，他以为很可能是谈不成了。宝塚的关系户也有这样的暗示："乙羽信子是绝对不会离开宝塚的！"他们当时也考虑到是否起用我的竞争对手淡岛千景。大映公司当时缺少的是女性演员，淡岛千景的形象不完全理想。松山就说："等着吧！杜鹃会叫的！"就这样，他们一直耐心地等了下来。当时，宝塚是电影公司挖掘角色的园地，因为当时没有现在的"演员训练班"呀，"电影、电视表演学校"等组织教给演员们表演基础课，全面训练，培养演员学习舞蹈、歌唱、表演技艺的只有宝塚一家。

松山先生要乘夜车回东京，便起身告辞了。

打开屋门，发现一直敲击着地面的雨儿停了，湿漉漉的西方天空，被夕阳渲染得一片金红。

松山说："多美的晴空，和我现在的心境一样。"

望着那绚丽的晚霞，我想的却是：盖新家的债可还上了。

21 女儿的决断

岩崎尔郎和加藤秀俊合写的《昭和社会面貌史》(1945—1970，社会思想社版)，昭和二十五年 (1950 年) 八月二十二日的纪事，是转录了报纸《每日新闻》的一则报道，标题是"宝塚打破了三十六年来的传统"，内容是"在越路吹雪、乙羽信子进入电影界的声明提出之后，犹疑中的宝塚终于打破了三十六年来的传统，决定在团的明星可以参加拍摄电影，基于这个决定，乙羽信子决定在影片《佐佐木小次郎》中扮演阿万，越路吹雪决定在影片《东京之门》中扮演女社长。"

《佐佐木小次郎》和《东京之门》都是东宝公司的新片。

同年八月二十五的《报知新闻》上，也刊载了乙羽信子出演《佐佐木小次郎》的消息。

这一条新闻却是宝塚在记者招待会上发布的假新闻，我从没说过我到东宝公司去演出的话。这样的假新闻刊登在报纸上是事实，有关我的记事，都是谎话。

宝塚歌剧团为什么要背着我会见记者，制造这样的新闻呢？当宝塚首脑部听说我和大映公司的松山达成了加入大映的口头协定之后，便使出了这样的花招，说什么我要到宝塚的姊妹公司东宝去演《佐佐木小次郎》。令人气愤的还有一件事：我们宝塚的明星到东宝电影公司拍电影时，演出酬劳由东宝付给宝塚，根本不给演员本人。宝塚演员就像货物一样被他们买来卖去。这种封建把头式的经营方式，确实令人难忍。

当时，东宝电影公司的牧野光雄也向我说过演电影的事，一定要我在早川雪洲的剧本《不幸的阿丽》中扮演角色。牧野特地来到我家，情愿出高于大映的三十万价钱，给我五十万元的合同费。

我已经接受了大映的合同，断然拒绝了牧野，这一切都发生在我脱离宝塚的那一年里，那一年真是我不平静的一年。

为了纪念久松一声先生七周年忌辰，剧团决定演出他的遗作《耍草帽的疯阿夏》。从七月一日开始，演到月底，我演阿夏，东乡晴子演阿幸，高千穗演长松。

阿夏这个角色，是个疯女人，是由正常到异常的一个变态的角色，这是相当难演的。我不知道疯了之后应该是怎样个走路法，不知道她那纷乱的视线应该怎样投射，以至于她穿衣裳的样式等等，一概把握不准，我真的束手无策了。

一天，我刚走出后台，就看见两三个宝塚迷，拿着礼物，正在等我。当我看到其中的一位时，眼神骤然凝结在她身上，她已觉察到了，我那异乎寻常的注目，她茫然地回望着我。

这是位良家小姐，容貌很美，从小就犯傻，她是我的剧迷之一，我演出时，她三天来看一次。

我观察了她的衣着，看到她那傍坠的衣肩。从走路的背景看，她的身躯是僵直的，而那只手，显然是在下意识地挥动。眼睛里，美丽的瞳孔没有光彩。

应该说是我冒犯了她，没有她的"示范"，我真的不知道该如何去表演阿夏了。我把我的体会向导演说了之后，他说："照你体会演吧！"

公演的第一天，我认认真真地"疯"了，一心一意地表演了那疯了的女人。导演和前辈都说我演的真切，像。第二天，我更准确地演了疯，演了乱。

过了几天，演出前开了个碰头会，导演，作曲以及全体学员都参加了。理事长当众批评了《耍草帽的疯阿夏》的演出。他说：

"久松先生的《耍草帽的疯阿夏》现在正在公演。不过，很遗憾，十分令人失望。这个戏我们已经演出过多次了。本月的演出效果最差，原有的情致一点也没演出来！"

坐在我旁边的东乡晴子哭了。在全体学员面前被这样严厉的指责也是第一次，听着理事长的话，我的心像被火炙烤着一样。

理事长批评我们没有演出昔日的情致。久松先生的《耍草帽的疯阿夏》第一次公演是大正九年十月，由条原浅茅和高渲喜久子扮演阿夏。大正十三年二月第二次公演，由藤原伊奈子扮演阿夏，初赖音羽子扮演阿幸。这都是我降生以前的舞台演出，我们的导演也没有看到过当时的演出，导演不出昔日的情致是当然的。而且，现代的舞台就是不能和昔日的舞台一模一样，我越想越无法平静。

我飞奔到了理事长的办公室，理事长正和天津乙女密谈。

"请原谅，我找理事长有话说。"

理事长和天津乙女被我的声势惊呆了，一时没能应声，沉默了五六秒钟之后，我单刀直入了。

"您刚才批评了《耍草帽的疯阿夏》的演出，您的意见不符合实际。您批评我们没能演出昔日的情致；如果我们见识过昔日的演出，向昔日的导演领教过，您无论怎样批评，我们都能够接受。现在，导演是新人，我们演出组的任何一个人也都没观赏过昔日的演出，您不应该在众人面前斥责我们。我们明天不能再演了。"

平日讷言的我，这一举动把理事长闹懵了。可能明天不演这件事击中了他的要害，他承认了批评的不当，单单向我一个人赔礼道歉是不行的，重新召集了全体人员，理事长承认了错误。理事长的这一番动作，天津乙女一直在旁观，她也为我的倔犟吃惊了吧！我就是这样一个人，什么事也要三思，三思也想不通的话，就会把一腔怒火毫无顾忌地发泄出来，现在仍然如此。

大舞台的生涯就要告一段落了，在我决定加入大映电影公司的时候，出现了一条对我来说完全是意料之外的新闻。

那是《体育报》昭和二十五年九月十六日，刊载在娱乐栏目内的一则消息。

"乙羽信子忙于结婚！"消息说求婚者是位输入商的第二代，将相偕去往美国。

报纸说的输入商家的第二代，指的是中本德荣先生，是位三十岁的，对外广播的录音技师。那一年二月，在宝塚中剧场录音时和我相识，希望和我一起到夏威夷去干广播工作。得到养父母的同意，到我家来访问过。

他在大阪有自己的播音室，是个很富有的独身男人，他到家里来作客的时候，总是带来好多外国香烟、巧克力、罐头、威士忌等等，人也彬彬有礼，不喝酒也不抽烟，更不挑逗女人，是个古板的人。

来了几回之后，养父发话了。

"那个人不错！"养父看中了。

他理解了养父母的心意，一星期之中来那么两三次，总是拣我休息的日子前来。初来的时候，在门口说声："您好！"不知不觉间就变成了"阿信在家吗？"的问话了，和我们一家人一起吃晚饭，闲谈，然后和我握手道别。他的脸儿红红的，已经二十五岁的我，当然明白他红染双颊的心意，我觉得他对我有好感。

过了几天，我从宝塚回来的时候，养父母说："有话说。"特意把我叫到茶间来，养父抽着外国香烟，说了：

"信子，中本想要你嫁给他，我和你妈妈都赞成。"

据养母说，当天早上，中本来过，说自己想跟信子结婚，请问问信子的意见。双亲从我们的交往开始，就尊敬中本，像对待自己的儿子一样为他做好吃的东西，陪他在茶间里聊天。他们是同意这门亲事的。

和中本交往已经半年多了，这是个没有缺点的人，要一定找出缺点的话，只能说这个人太严肃了。听了双亲的话，我说：

"是个好人，不过我现在一心想的是怎样演好电影。"

直到那个时候为止，我还没有认真考虑过男人的事，男人向我求婚也是第一次。我的脑海里浮现出有关中本的一桩又一桩的事情。他，美男子、事业家、诚实、双亲满意，作为结婚对象，是绰绰有余的。

自打中本在我家出现以来，养父便流露出这样的口风："女人嘛，还是结婚比作职业妇女幸福。"

不过我听到了求婚的话儿以后却并不动心。我担心的却是，决定进入大映了，演电影的前景究竟怎么样呢？养父母为我们提供了两个人单独相会的方便。在我的房间里，进茶之后，养父便借故走开，养母紧跟着借故离去，常常只有我们两个人相对。在这样的时空场合里，如果感觉到了对方的魅力，这将是个充满"危险"的时机。我却十分安静，我只觉得他是我的一位亲戚，我的兄长。

中本告辞的时候，双亲送他去车站。其实，车站就在家前，只不过一分钟的路，他和我握手告别的时候，养母说："怎么，这就走吗？"

我在宝塚的时候，中本一次又一次到家里来打听我的意见，双亲不等我的回答，先期应允下来。

"信子，听我的话，和中本结婚吧！"养父说。

"中本是个了不起的人，只不过，我不想结婚。"我说。

"结了婚，就会喜欢他的。"养母也这样说了。

不得到我的同意，便贸然应允了中本先生的婚事，我很清楚，这是出自双亲那对外国货贪得无厌的欲望，我只能自己去向中本先生讲清楚了。而且我也不能把我的决定告诉父母，这是徒劳的，我只能尽快地、正确地把我的意愿告知对方。

这时，刚好由于进入大映公司的事，我必须到京都去一次，商谈一个月后我在大映公司就职的一些具体事项。估计，那些事情大半天就可以谈定，那之后，就可以找个地方会见中本了。

那一天来了，我办完了事就约中本到我借宿的下河源旅馆相见。

他立即来了，我在房间里平静地等待他。见了面，他甜甜地笑着，伸出双手来和我相握，我说：

"请对面坐！"我认为保持一定的距离为好，我们隔着桌子坐定了。

"中本先生，您向我求婚，我十分高兴，可是，我只想从事新的工作。"

我终于这样说了。

他静静地注视着我，微笑变成了严峻，目光暗淡下来，蒙上了失望。我抬起低垂的头，再次说：

"请原谅我，像您这样杰出的人，肯定会找到比我更好的人，我祝愿您……"

他生硬地笑了笑走了。这是初秋之夜，是初秋中仍然暑气蒸人的夜晚。

三年前的一天，我工作完毕回到涩谷的公寓时，管理人告诉我："乙羽小姐，这是留给您的。"那是一束猩红的康乃馨花，附有一封信。我以为是影迷送来的，便打开来看：

"回到了久违的日本，特来拜望——中本"

我立刻向他居住的美国发去了谢函。两周后，接到了美国的回信。

"依照您的祝愿，我结婚了，对方是个离婚的人，是个像男子汉一样独自养育着两个孩子的女人。"

信里，还寄来了很像中本的孩子的照片。

22
百万金元的笑靥

　　当时，宝塚没有告别演出这种形式，只在最后一场戏最后乐章完了时，组长宣布退团人的名字，唱支离别曲就退出了宝塚。

　　在帝国剧场公演的《雨夜传奇》和《人鱼公主》是我在舞台上演出的最后两场戏。组长春日野八千代致词，我唱了《南方的哀愁》主题歌，就这样告别了宝塚。

　　我没有和培育我的前辈，我的舞台搭档春日支野商量过进入大映电影公司的事，也没有将我加入大映的决定告诉过她。可能是因为我觉得她这个人过于严苛、冷淡的缘故吧。舞台上最后的一天，在后台，她说了：

　　"加治，你要离开宝塚的事，几个月前我就猜想到了，我看见你又抽起香烟来了。"

　　为了保护好唱歌的嗓子，我戒了烟，确实是在决定进入大映之后，又开始抽起烟来。

　　和大映接触之初，以及后来决定进电影界的事，我从没向任何人说起过；没向前辈、同事们说起过。已经到了不能在花呀、蝶呀的宝塚团里，过着悠闲日子的年纪了，在经济上又是处在那样一个拮据环境中的我，不愿意向同事们说起这些事。

昭和二十五年时，我的月薪是两万元，比起一般公务员的平均月工资六千三百元来说，确是高薪层。但是，由于西服、化妆品都是自费，再加上我每月都要从月薪中扣除债款，实际并不宽裕。"还债"一直压在我的心头之上。

宝塚的最后一台戏结束了，我在震耳的掌声中走向后台，一位身穿和服的女人，手捧花束出现在我的面前，是大映的女演员京真知子。

"是乙羽小姐吧？我是大映公司的京，本来应该把花儿献到台上，因为您马上就离开宝塚了，所以在这儿把花送给您。"

她的脸上浮着美艳的微笑，躯体散发着诱人的香气。

就这样，昭和二十五年的秋天，我从宝塚少女歌剧团转到了大映电影公司。我，已经加入了松竹电影公司的淡岛千景，在我之后加入新东宝电影公司的久慈朝笑，两年后越路吹雪也脱离了宝塚，我们这些人，就像繁华街道上的霓虹灯一样，一个一个在宝塚的上空熄灭了。当时，正是电影界全盛时期的序幕，以黑泽明导演的《罗生门》（三船敏郎、京真知子主演）为先导的电影界的黄金时代正在展开。

"百万金元的笑靥"，人们这样称呼我。这称呼，并非来自我个人的意愿，我也不知道出处。有一家报纸这样写了："两三厘米的笑涡。"我不知道是哪一位为我提了这样一个名号。

进入大映公司以后，在街头、电影院中竖立的我的肖像画上，有"百万金元的笑靥——乙羽信子"的字样。我以为是大映公司宣传部干的。查找资料的结果，才知道百万金元的笑靥这一称呼，出自"朝日俱乐部"的俱乐部人物一栏，刊登日期是昭和二十五年十月四日。文章是苇原邦子写的，内容是有关我作为宝塚女主角的杂感。同时刊登了我的侧面照片，还有一行题词，写的是：宝塚女明星的一号，以百万金元的笑靥而知名。这题词显然是编辑加上去的，还说，将偕同越路吹雪同登银幕。这很容易判定，是我离开宝塚之前写的。其他杂志、报纸都没有百万元的说法，只有十月二十六日出刊的《东京时报》刊载了题目为《百万金元明星的诞生》这样一条消息。有趣的是，十一月一日发行的《朝日俱乐部》又说什么百万两的笑靥。从十二月份起，一些报纸、杂志便都使用起百万金元的笑靥这一称呼了。

选拔我到大映公司来的松山英夫先生，当时是大映的企划宣传部长，关于我的这个称号，他说："你的那个爱称是进大映之前就有了的，人们以为是大映宣传部打出去的，其实不是。"百万金元也罢，百万两也罢，这都无关紧要。我是锣鼓喧天地进入电影界的，处女作是电影《处女峰》。

我一个人到了东京，大映安排我住在多摩川大映摄影棚附近的一家四喜饭铺的楼上。每天步行去拍戏，同演的有上原谦、轰久起子、若山节子等人。

电影世界和宝塚世界完全是两码事，发声、说台词、走路一点不一样，也没有人指点于我，我只按着宝塚的调调行事。导演就是不喊"OK！"一切看在眼里的副导演悄悄地告诉我演电影的基本要求："台词得说得跟平常说话一样，不要走台步，要很自然的跟平日走路一样才行。"

在宝塚，前辈同学一边斥责你，可是也一边教着你。我不知道电影界人士的竞争准则，原来，他们绝对不会当着你的面就你的演技说长道短，可是会背后说闲话，会讪笑你。我得了神经官能症，不吃安眠药就不能睡觉。

"百万金元的笑靥"招来了女演员们的不愉快，使她们觉得我是个刺儿头。其实，我不过是个口齿不灵、不风趣的新人罢了。后来，和我要好起来的中北千枝子对我说："你进公司的时候，我们都认为你不好相处。"我无以申辩，只一心想怎样尽快扔掉我的宝塚腔，我没有考虑其他的余裕。

第二部作品是《宫城广场》，接着是《月夜已乌》，再接下去是谷口千吉导演的《谁能裁判我？》，我扮演山村聪的妻子，有个接吻的场面。被真正的男人拥抱，这在我是第一次，当男人的大手放到肩膀上的瞬间，我从脚跟升上来恐惧的震颤，身体抖动起来。

"你，你不愿意这样……"山村苦笑了。

一场戏常常耗了很长时间，导演不认可，第二天就得重拍，我彻夜失眠了。

进大映公司以后，连演了几部戏，人们狠狠地批评起我来。

"处女作就令人失望！"

"靠贩卖纯情来招人怜爱那一套吃不开了！"

"百万金元的笑靥见鬼去吧！"

"电影不好，乙羽也不好！"

"并非幸运的明星！"

以杂志《电影爱好者》为首，各报展开了批评，最好的反应是记者座谈会上的发言："本来面目不错！"

宣传照片的发行我早已觉得不妥，但是遭到如此酷烈的抨击却出乎我意料之外。

一天，和宇野重吉一起，从京都的摄影所乘车回旅馆，宇野说："我将上《爱妻传》了，可扮演爱妻的角色还没有确定。"

我知道《爱妻传》的内容，一位副导演介绍给我，我看过脚本。

"是吗？"我吃惊地望着宇野的脸。

"你怎么啦？为什么这样吃惊？"

"没什么……"

这是我渴望扮演的角色，读脚本的时候，我曾下意识地琢磨过爱妻的形象。

当时《姑娘初恋的节日》剧组找到了我，要我扮演个舞女，因为在宝塚演过舞女，公司便派给我舞女的角色了。我已经演过太多的舞女了，为了不演舞女才到电影界来的。可是，电影公司给了我那么高的合同费，想怎样差遣我，我也没办法。

宇野又说了："那个本子不错。"

我没有说我想演。我知道，公司看我不过是演《姑娘初恋的节日》那种无聊影片的材料，是个"大萝卜演员"而已。我咬紧嘴唇没再说话。

拍完外景回东京之后，一位现场工作人员说了：

"有人推荐乙羽小姐演爱妻。"

"什么?"我疑惑是听错了。

"导演好像也同意了。"

"那、那是真的吗?"

"当然是真的,并不是瞎说。导演看了《谁能裁判我?》中乙羽小姐的表演,好像就同意了。"

我的全身涌流起热血。

"你知道吗?导演就是剧作者新藤兼人。"

前几年,有人介绍认识了新藤,当时没有交谈,印象中他是个矮个子,目光炯炯,使人感到有些神经质,酷似作家川端康成。

其实,宝塚海军时期,我们曾在同一时空内同在宝塚,只是彼此并不相识。进电影界之后,我第一个渴望扮演的角色,却是出自他的笔下。看起来,和新藤的缘分是神灵判定,我甚至信起命运来了。

《爱妻传》是新藤在松竹电影公司时写就的脚本,那是昭和二十三年的事。但他并不是写给松竹公司的,而是写给他自己的,是记录他那青春时代的自传。新藤昭和十四年结婚,妻子久慈孝子在昭和十八年因肺结核病逝,这是他悼念亡妻的剧作。

他的妻子是位场记,和新藤在同一个摄影棚中工作,她激励着当时还是无名之辈的新藤,为失意的新藤献身,结果被病魔夺去了年青的生命。我渴望扮演的就是这位疾病缠身的女人。新藤申明,因为这是他亡妻的故事,他愿意自任导演。

后来听别人说:那位孝子女士,性格和我相近,所以新藤选上了我。

我从事电影，并不只是满足于在《姑娘初恋的节日》那样的影片中跳跳舞，满足于展示我的笑靥就行了的。当然，刚刚投入拍摄之时，谈不上什么演技，以为嫣然一笑就行了。那种电影演过五六部之后，认认真真地要在演技上下功夫的意愿便油然涌现。这就是我渴望扮演《爱妻传》中的爱妻的真实意愿。闪电一样的欢快和紧张之感攫震着我。

公司方面不同意我扮演爱妻，理由是："乙羽信子演这类角色为时过早。"其实，他们是不愿意付出巨额宣传费，宣传生着值百万金元的笑靥的女演员去演什么病人。

松山英夫已经升任为董事，刚好永田雅一董事长因事到美国去了。我每天都到公司去，恳请松山董事同意我扮演爱妻。松山被我缠得没办法，便一次又一次打电报给永田董事长，回电说："不准扮演。"

我敦请松山先生再打电报去，几次之后，松山先生像往常一样，把美国来的电报拿给我说"瞧瞧吧！"

"请酌定"。这是推出不管的电报。

我的眼前浮现出在美国被纠缠得无可奈何的永田董事长的脸，这脸立即被新藤大写的脸所代替，新藤的脸严峻、紧张，我觉得不安的暗云在我的意识中扩展开来。

这个大写的神经质的脸将永远不会从我的记忆中消失这一点，笨拙的新演员的我，当时并没有意识到。

23 《爱妻传》

我住在多摩川四喜饭铺楼上，每天步行到公司去。公司分给我一套单元住房，是坐落在杉并区方南街的一幢二层小楼，我立即把养父母接到东京来了。

转到大映来作演员时，就有过这样的约定，只要按合同规定做满两年，就可以得到一所住房。这完全和宝塚不同，在宝塚为了给家盖房子借了三十万元债，每月至少要还上两千三千的。大映分给新女演员的住房，完全奉送。当时，哪家电影公司都如此阔绰，他们已经赚了足够的钱。

演出酬金也很丰厚，不惜出十倍、二十倍高于宝塚的月薪来聘请新的演员。昭和二十六、二十七年的时候，正是黑泽明导演的《罗生门》在威尼斯获得电影大奖的年代，人们对电影的兴趣急骤高涨。假日，任何一个电影院都是超员，正是电影的黄金时代。因此，我也就一部片子接一部片子地拍起来，很少有空闲时间。收入随着增加，扩建了住房，洋式、和式，一共八个房间，还养了猫、狗和鹦哥。

我离开这舒适的家，到京都去拍《爱妻传》的外景。盆地京都的夏，恰似蒸气袭人的浴室，摄影棚里没有冷气，崭新的西装，一转眼便被汗湿得跟水洗过一样。我挥着汗，尽全力演好角色。这是好不容易才取得了在美国的永田董事长和松山董事的同意，得到了扮演这个角色的机会。这是我第一次渴望扮演的角色。

新藤更是个什么都认真的人。脚本完全再现了他那亡妻的一切。他向木下惠介先生这样倾吐了自己的心情："我不能容忍别人来撕裂我悼念亡妻的伤口，我不能同意别人来导演这部戏。"木下先生说："既是这样，那就只能由你来干了。"

就这样，首次当上导演的新藤，坐在摄影机旁，看上去很自信。

拍摄当中，可挨了新藤不少的剋。

"乙羽小姐，别故作姿态，看你像个偶人，光想着如何拍得漂亮，要自然！"

我的表情更僵了。

"不行，别净想着自己是明星，别净想着要拍得漂亮。"

"我没有只想着要拍得漂亮。"

他批评的不对，我因为紧张，心里想着放松，身子下意识地使了劲。

新藤再一次诱导我入戏，讲解这个角色是在什么样的情况下生活的，心理状态是什么样的等等。我理解这些，但在表情上、行动上都总是做得不好。这里和宝塚不同，是一个细节接一个细节的。我的细节不理想，因为神经衰弱导致失眠，眼睛肿起来，第二天摄影机毫不留情拍摄下来。

外景地绝大部分在京都市内，公司为我们租了个很大的旅馆。扮演男主角的宇野君，却独自住在我们附近的一家小旅馆里。这是新剧人经常光顾的地方。我也搬出大旅馆，住到宇野住的小旅馆里，为的是可以随时向宇野讨教。

新来的女演员和老手的男演员住到一起去了，这在其他摄制组里，肯定会被作为笑柄的。

我就是这么个呆人，一旦认定一点，立刻就会付诸行动，并全力以赴，直到掌握了为止。

宇野、新藤、殿山泰司等人常常一起玩麻将，我等着他们的麻将终局，便到宇野的房间里去。房间里触目的是一张粘在墙上的大表，表上有两行水波纹样的曲线。

"这波纹线表示什么？"

"唔，一条线代表所上的戏，一条是我在戏中扮演的角色，在某一个细节上，我将怎样处理角色，根据表上昭示的内容，要很好地进行设计。每次出去拍戏，我都凝视着表上的曲线做到心里有数。怎么样，你也参考参考吧？"

宇野是民艺的大演员，这段时间，正在琢磨如何把电影演好。

我一提出疑难之点，他便连自己也考虑进去，说道："这样做吧！"或者"不！这样做不好，这种场合，还是这样做吧！"他教给我很多东西，拍摄空间，我们一齐去看电影，一起去吃饭。

宇野是个十分有趣的人，自己形容自己的长相是颗土豆。即使只有两个人在房间里，工作以外的话也不说。事情说完了，四目相视时，他便瞪圆了眼睛，意思是说："怎么啦！"然后说："另外么！"说着突然放了个响屁，我笑起来，他做了个怪脸，意思是说："是可笑，是吧！"

熟悉了宇野的人品之后，拍摄也意外地顺利起来。说是顺利，其实是他这个演戏老手，亲切地引导了我这个生手的缘故。就像"叭！"

地一声划燃了一根火柴，从而点亮了一盏灯一样。我趁着这样的光热，完成了为期两个月的拍摄工作。

回想起来和新藤的结合，确实有很多巧合之处。

他先向企划宣传部长松山英夫提出来自己导演的《爱妻传》的要求，随后又直接去找永田董事长直接谈判，最后，得到了《爱妻传》的导演工作。我和他采取的步骤几乎一样，先向松山先生提出，虽然没有直接与永田先生交涉，却通过松山，实行电报攻势，结果得到了"请酌定"这样的半同意的允诺。假如这部电影由其他女演员来演，可能就没有和新藤相遇的机会了；到现在我也只能是一个人住在赤坂的公寓里了。话说回来，不是和新藤在这部电影中相遇，也未必能够激起爱情的火花来。由于这部影片的荫庇，我加入了独立制片的小厂，从而和新藤纠结了"男人与女人"的关系。在拍摄《爱妻传》的当时，宇野比起新藤来，对我更具有魅力。二十年前的这段微妙的感情难以说清，我未能和宇野建立恋爱关系。我怀着一种近似爱情的温馨，徜徉在宇野给予的体贴之中。

把宇野比作温情的人的话，新藤则是个严峻的人。正式拍摄之前的彩排，就使我体会到了新藤与其他导演不同的执拗性，他倾注在这部影片中的热情与激动，擦亮了我作为电影演员的双眼，不需要姿态，不需要笑靥，只用真真实实的情感来赢得观众。一点一滴地教给我如何演出有性格的戏，把成为性格演员的诀窍烙印在我的心目之中。他引导我走上了一条长距离的、苦难迭出的竞技之路。这条漫长的竞技之路，体现了他切盼我成为一个演戏能手的苦心。可以说，和新藤二十七年间的男人与女人的关系，正是这条竞技之路的延伸。

一位朋友把我们的关系比喻为田径赛中的"二人三足"，希望我们跑到终点。情况并非如此。运动会中的二人三足，是互相合作的产物，当然可以达到终点。成人的，特别是在这种不义之恋当中，孤独的一方，考虑的只能是有关自己的一切。这个跑道之外的跑步者必然疲惫，必然觉得无望，必然想要抛开。调整方向，重新起步，却又不知往何处才好。恰似好不容易跑出了一条隧道，心里可开阔了，却不知，进入的却是另一条又阴又暗的隧道。

拍《爱妻传》时的新藤，早已经二次结婚了。战争结束复员回来的昭和二十三年，经人介绍和美代夫人结合，两人之间已经有三个小孩了。那一年，新藤三十八岁，我是二十六岁。

一天，我从摄影棚回到家里，接到了深江地产人的一封索要地价的信。

宝塚时期盖的新房，地上的房产权属我家，地皮为地产人所有。我进入大映，把养父母接到东京来以后，深江的房子便空起来了。不久，养母的妹妹希望把房子借给她住，经过两次磋商，便让她住了。说好的条件是，我们不要房租，请她付给地皮费，地皮费并没有多少钱。

现在地产人来要地皮费了。我把地产人的信拿给养父看了，他说："他们干的这是什么事呀！怎能不按约定办事呢！"

过了几天，地产人催地皮费的信又从关西飞旋而来。养母的妹妹原在人家做用人，和开小饭馆的坂前结婚之后，在西宫开了家四喜饭铺，生意不好，养父帮他们在深江开了店，仍然没有经营好，结果只好歇业。歇业时来信求援，我从电影公司借了钱接济她，本来说只接济一次，结果接济第二次、第三次。彻底失败之后，又以我的名义借了钱，没过几天，又来信了。

养母的妹妹，是个战死的士兵的寡妇，带着两个孩子，说是借本钱做个小买卖，就借给她了。她在深江开了个吃茶店，结果倒闭，所借之钱只好由我负担。

收入是比宝塚时代多了很多，也有了一些储蓄，关西的亲戚们便厚着脸皮来借钱。开始，总觉得患难时期曾互相扶持，就送钱给他们，四次、五次之后，他们竟然以为这是应该的了。

"妈妈，咱们借出多少钱去啦？"有一天，我这样问询养母。

"就这么一回、那么一回地借出去了，这也是没法子的事，真对不起你，叫他们设法还吧！"养母说。

养父从旁插了一句："阿信，全靠你了！"

养母走的时候，养父嗫嚅着说："阿信，你说的对，不过……"他却又不肯说什么了，紧紧地闭上了嘴。

不愉快的日子当中，又来了借钱的事。

我再也忍耐不住了。

"爸爸！我把钱借给别人，要借到哪一天才算完呢？我不是摇钱树，也不会用魔法变钱。为了顾全父母的面子，我不愿意声张这些事情。"

在养父母面前发脾气，这还是第一次。即或如此，也仍然未能杜绝借钱的事，我在外面奔波再奔波也仍然什么也剩不下。养父母自己用多少钱我都不心疼，他们是我的恩人，是把艺人生母、少爷生父扔在泥沼中的我捡起来扶养成人的。养父母生长在贫困中，收入多了也还过着仔细的日子，因此，能有些积蓄借给人家，这使我很生气。

和别人闲谈中了解到，亲戚中谁家的姑娘成了女明星、成了演员，亲戚们便会蜂拥而上。说不上瓜葛的人也会找到一本户籍本上七弯八拐的线索前来认亲，我家也是如此，说着："啊，我是……"便找上门来了。

"对养育我的双亲，我有赡养的义务，话说得不好听一些，对亲戚，我没有照顾的责任。过去的就让它随水漂走吧。从现在起，不能再满足借钱人的要求了。"我这样说着，心里想的却是这不是做女儿的应该说的话。可是，任性的我，像背台词一样顺顺当当地说完了。

金钱的往来决定着人们之间的关系。在我那番"宣言"之后，来借钱的人不来了，也连带着断了亲戚之间的交往。养父母之所以说什么："东京的生活没意思，不如回关西"什么的，这是其中的原因之一。

　　《爱妻传》拍完之后，新藤向大映公司提出了拍摄《原子弹下的孤儿》的申请。大映就这个剧本进行了审议，结果认为：所反映的内容社会性太强、太尖锐，不同意投产。当时，大映公司的董事长永田秋一正在美国逗留。我明白，这里面的潜台词无非是怕挑动美国人的敏感，引出不愉快的事罢了。一句话，这个题材，不符合大映的意愿。《原》片预定由我主演，《爱妻传》中和我合作过的宇野愿意再次和我合作。

　　这部剧本的社会性和思想性是一目了然的，大映议论的焦点又落在了我的头上。议论是不是可以让乙羽信子演这样"不惹人注目"的角色。《爱妻传》中的妻子已经是乙羽应该扮演的边缘角色了，这位生着"百万金元笑靥"的演员，不能涂上"红"色。

　　《原子弹下的孤儿》剧本，以被原子弹摧毁的广岛作舞台，写的是：合家遭劫只剩下孤身一人的一位女教师，战乱结束的几年之后回到了广岛，挨家挨户去找寻自己教过的学生。这也可以说是一部反战的纪录片。女教师含悲忍痛，探寻、求索，只是一心想找到自己的学生。我喜欢女教师的执着，提出扮演女教师的申请，新藤同意了。与此同时，新藤又把题名为《缩影》的剧作提交给大映审核。《缩影》是根据名作家德田秋声的小说改编的。我只听说过德田秋声其人，小说未曾读过。

《缩影》剧本，大映根本不予理睬。大映公司的企业高墙看起来是难以逾越的。迫不得已，新藤决定自己独立拍片，在昭和二十五年三月，和民艺剧团合作，成立了近代电影协会。

纷争再次落到了我的头上，我是大映电影公司的专属演员，到其他电影厂去拍片是不允许的。我再次去向松山英夫董事求救。就是这位松山先生为我砸通了大映企业的厚墙，接纳我进入大映公司的。我是那种好了疮疤忘了痛的人，《爱妻传》的风波刚刚平息，我就又和公司顶上牛了，把《爱妻传》领受过的教训忘得一干二净。我下定决心，就是要扮演《原》剧中的女教师。

"你演这种不招人喜欢的角色，你那些笑靥的影迷会哭鼻子的！"大映的头儿纷纷这样忠告我。迷我笑靥的观众见弃也好，值百万金元的笑靥降到只值一块五毛钱也好，都动摇不了我上演《原》剧的决心，我去找新藤磋商。

过了几天，大映给了我一个附有条件的回答：可以拍摄《原》剧，但以后不得拒绝公司派定的任何角色。我答应了。

大映要我参加的《姑娘初恋的节日》那种所谓的娱乐电影，我找了好几条理由拒绝了。那类的剧本，肯定还会降临到我的头上。到时候再说吧，该拒绝的还是得拒绝，反正我这样初上银幕的演员，总会有这不好、那又不是的条条框框。若被这类的框框框住，说不定永远也闯不出框框去。某位电影老演员就曾这样讽刺过我："小乙羽，是追求表演艺术的。"

作为一个电影演员，就得自身完成蜕变。按照公司的要求演戏，到头来只能是个公司型的杂烩。新藤也是这个观点。我说："那么，就请多多指教吧！"新藤毫不犹豫地下了决心。

《原》剧的摄制费少得可怜。近代电影协会和民艺剧团各出一半。近代影协包干摄制组工作人员，民艺包干演员，和东宝电影公司有过分歧，退出东宝的几位电影从业者也参加了摄制组。

昭和二十七年五月，摄制组来到了广岛。广岛的外景很多，要停留一段较长时间。为了节约开支，我们四处寻找最便宜的旅店。终于找到了连住宿带包三顿饭一天收五百元的两家小店。我们三个、四个人挤住在六铺席的房间里。不用汽车，骑着自行车运装备，骑着自行车采外景，摄制组成员在广岛市内转来转去。广岛市区，残留着原子弹的魔掌之痕。

女教师的戏中，要求女教师骑自行车。遗憾的是我从来没骑过自行车。于是不得不投身于骑自行车的苦练之中。每日黎明即起，腾身驾车，车把把不稳，车身东倒西歪，摇摇晃晃，一下子撞到了墙上，脸被擦伤了。这若是在大映公司拍片，那是绝对不允许的。大映公司认为：女明星的脸可是磕碰不得，这是关乎几百万美元收入的大事。因此，他们总是为女明星提供奢侈、舒适的单间住房，为她们准备最丰盛的美餐。

近代影协完全没有这个条件。导演、演员、道具、照明各项人员一律风里来，雨里去，苦是苦，情绪却极佳，紧张的拍摄当中，听到的却是朗朗的笑声。这个自由自在、十分和谐的气氛，对我具有无与伦比的魅力。我体会到：摄制组人人心情舒畅，是拍好影片的最好条件。如果日本电影界只着眼于奢华，止于自负，必将导致日后的衰退。

每天停机之后，摄制组总是安排和受害者的座谈会等活动，想想看吧！随着"轰""咚""叭"的一声巨响，只不过是，眨眼的几秒钟时间内，城市呀！人呀！动物呀！植物呀！……通通遭受到了毁灭性的袭击。影片将如何再现这样的浩劫呢？摄制组常常就此议论到天色启明而忘了夜的逝去，如果是在大映公司出外景，每天的休息时间，都会由当地的士绅们为你安排好了各种活动，在奢华的宴席上，明星们风姿绰约，浅笑轻酌……这在大映公司中过惯了的场景，一个个带着响音，在我的记忆中爆破，消逝而去。

对女明星的认识，我也扬弃了以往的一套，深深地为自己对生活对社会的无知而惭愧。宝塚时代以来，我一直过着那种"嘻天哈地"型的演员的生活。整日里，跳啊、唱啊、哭哇、笑哇、打扮哪，再没有别的。每天的练功一结束，渴望的就是躺下来休息，连看看报纸看看书的精神都提不起来。还自认为："演员嘛！就是这个样子，戏演得可以，有观众，有人捧场就足够了。"

《原》片指引我的是另一条新的明星之路。

新藤经常这样说："急于叫座的女演员是对自己估价过高。只想着迎合观众，是将自己推向毁灭。为了讨好观众，一切都委曲求全，是走向自杀之途。一当上个什么明星，立刻就买汽车，盖住宅，那是大老板的作法。真正以艺术为目标的人是不会这样干的，真正以艺术为毕生事业的人是不会这样干的。"

拍摄的空当，比如说等天气啦，等布置现场啦，大家在灼有原子弹爆炸遗迹的广岛街头坐下来，倾听新藤的即兴讲话，这是我最爱听的语言。

新藤说："明星的魅力实质上就是人的魅力。人家一眼就看穿了你是个纸老虎，虚张声势，那就糟了。要从内心深处涌出感情来，这才是表演的根本。"

脸上又是泥又是汗的新藤，用诚恳的目光审视着人们的脸。感觉是：在山中迷路巧遇引路人的喜悦。我禁不住暗自思忖："随着这样的人走下去，肯定不会迷失方向。"

我总是下意识地盼望下雨，一下雨就得停机，那就可以安排座谈会，或者去访问受害者家庭。受害者的切身实感，是我扮演主角须捕捉到的感情。

在我脑子里烙印最深的是和受害少女们的座谈会。她们几乎都是我的同龄人，面部和四肢的皮肤灼伤殆尽，疤痕累累。我见过她们不止一次，可是每次再见时，仍然像初见时一样，为那酷烈的伤疤而震惊。她们只和没受过伤的人叙谈，而避开同样受伤的同伴。因为，另一个受害者就是自己的镜子，她们害怕面对这种惨绝人寰的自我形象。姑娘们涂着口红。"涂口红不也需要照镜子吗？"我不解地询问着。一位眼皮被炸毁的姑娘说："涂口红并不需要照到全脸的镜子，只要有半个火柴盒那样大的小镜子就可以照清嘴唇的轮廓。"

一位四肢全部烧得脱了皮的姑娘控诉说："到农村去，人们把我看作是污染的传播者，要想洗个澡，都得等人走净了才能悄悄地进澡堂里去。"

头发脱落了一半，脸上满是疤痕的姑娘，在母亲的催促下述说起来：

"我长久地凝视着自己映在镜中的脸面，身后站着含泪望着我的母亲。母亲的泪中，有可怜我的成分，可怜我这个女儿今生是嫁不出去的了；也有为我担忧的成分，担忧我今后如何生活。我理解母亲的心，我谴责了自己的懦弱，我一定得坚强地活下去。"

访问另一家的时候，年纪不大的母亲表现了心里已经安顿的情绪说："孩子吗？孩子已经成了破烂了。"之所以说是破烂，是因为原子弹爆炸的瞬间，孩子的皮肤就像破烂布似的耷拉下来。每次采访归来，我的心都像灌了铅似的沉重，摄制组中不论是那几个人同去，回来后，都无言地睡觉去了。

我们访问过的一些受害的"原爆少女"有几位到美国去了，以疤痕满目的实体控诉广岛的悲剧不能重演。姑娘们的勇气，震撼着我的心灵，姑娘们是以被残害的外形和勇敢的精神去控诉的，我从心底涌上了诚挚的感谢。

《原子弹下的孤儿》是日本人——被害的日本人自身完成的影片。直到现在为止，我仍然为能参加这部影片的拍摄而感到荣幸和自豪。假如这部影片由大映公司来制作的话，那个以制作娱乐影片为主的大映，肯定会拍成"泪"片，一点思想的碎片也没有的泪！泪，以眼泪来道出《原子弹下的孤儿》。

广岛是新藤的故乡，童年新藤见到的广岛是环绕着碧水的美丽的市街，临河居住的人家，灯光照彻碧水，说不尽的诗情画意。一天两次，清清的潮水涤刷着河床，这是流向大海的河，水清满而美。潮落的时候，裸现出清洁的沙床。广岛外出的游子，对这条河流津津乐道。一颗原子弹，眨眼之间，便把这美丽的处所夷为恶魔盘踞的荒野。新藤打心眼里憎恨原子弹，是谁把人们心灵中的故乡蹂躏得如此疮痍满目？他用索还血债的笔锋写就了剧本，把自己所有的积蓄都倾倒出来拍片。拍摄过程中，表情十分严峻。他不断地激励着摄制组的成员："我们需要的是愤怒，是被受害者的恸哭唤起的不可遏止的愤怒。"

新藤凝望着故乡的河面，不胜哀思，深情地说："恶魔来了，又去了，它改变不了流经广岛的这条河的秀丽。流过荒废了的街道的太田河仍然清冽，携带着悲哀。"

原子弹恶魔降临的瞬间，被魔火驱赶的人们，纷纷跳进河水以求免被焚烧，尸体堵塞了流水。这在新藤的创作中，复现出奇特的悲壮之美。

讲述广岛时的新藤，脸上一层悲戚。这是对故乡的深切的感情，是含有凄楚的悲怆。他那醮满激情的愤怒，从他那又矮又瘦的躯体里，不断地迸射给我们。那荫蔽在鸭舌帽檐下的锐利的眼睛，引导着整个摄制组。初次见面时，觉得他神经质；共事之后，发现他的神经比摄制组的任何成员都健康，极富决断力。他那微翘的下颌，明澄的双眼，宽宽的额头，倔犟的头发，在稳重的日常行动中，使你不能不感觉到他那强烈的斗志随时准备脱颖而出。

七月下旬返回东京，正值盛夏。影片还差一组棚里的戏。用铁工厂改造的摄影棚里，遗留着镟床的残骸，堆着生锈的铁条。工厂主人担心地问新藤："这样的地方能拍电影吗？"打个比喻的话，大映的摄影棚是豪华的公寓，这里便是鸡毛小店。摄制组的人们在二楼支起蚊帐安营扎寨，拍摄继续进行，录音也是这个场地录出来的。这确是个简陋的摄影棚，但没有技术故障。

拍摄间隙，新藤说了：

"咱们脚下的摄影棚诸位以为是哪家的呢？不是大映，也不是松竹，是咱们自己的独立的电影制片厂。戏排好，布上灯光，哪儿都能拍出上好的片子来。戏也不多了，咱们再加一把劲儿。"

这一番话，点燃了成员们的热情。年轻人像长了翅膀一样在尘埃中飞出飞进。我还没有遇到过这样的男人，更没有在这样简陋的处所工作过。没有宝塚时代那精美的礼品，更没有为明星准备的绫罗绸缎。这里只有匮乏，只有从苦恼中激起的热情。

《原子弹下的孤儿》获得成功，世界上一百多个国家上演，英国给予《原》片艺术院奖。

新藤直到现在还说："《原》片若是失败的话，近代影协说不定也存在不了呢！"对我来说，《原》片是我改变生活之路的命定的作品。

拍完了《原子弹下的孤儿》，我告别了大映，告别了笑靥，开始了泥泞中跋涉的从艺之路。

到近代影协去 25

　　我没有自己私用的小车，可以使用近代影协的"老爷车"，制片人赤司学文帮我开车。到电视台，到摄影棚，到外景地，到什么地方去都行。不介意那又老又旧的座位板得难受的话，比起出租车来还是方便得多。打进贫困的近代影协的二十八年来，一直是坐在这种一跑起来就"咯哒、咯哒"响的老爷车里赶路。

　　住在只交柴禾钱的小客店里，导演新藤握着铁锹，帮助女演员为摄制组做饭做菜，伙食标准是百元一餐的大锅饭。拍摄《原子弹下的孤儿》时的拮据情景，现在仍然存在。

　　猛燃爆红的流行歌手和女明星们，乘坐着进口的旅游车游山玩水，在这物阜民丰的年代，自然无可非议。演了几十年戏的老演员，坐着老爷车，和乘坐出租车来摄影棚的青年演员相遇，禁不住溢出来一丝苦笑。我并不是想非难哪个年轻一代，只是忆起了滚在泥泞中的过去，注视到直到眼下仍然跋涉在泥泞中的自我而已。

　　结束了一身泥一身汗的《原子弹下的孤儿》的拍摄，按照约定我回了大映。为大映拍摄了《千只鹤》获得了自由。之后在《女人和异父之兄》《欲望》，以及东宝公司的《八百八巷安全通过》中出演。每部影片都是明星级待遇，但都不是我称心的作品。和《原》片中的我比较起来，我不能不承认自己只不过是个涂抹着香粉的美丽偶人。

对着镜子，作一个爱娇的脸相，稍稍牵动双颊，笑涡便盈盈而起。进宝塚之前，邻居小朋友的哥哥为我在院子里拍了张照片。不记得当时我是怎样想的，我甜甜地笑着，手指顶着笑涡，十分天真可爱。大人们都说我的笑靥好看。宝塚时代以笑靥为招徕，初进电影界，笑靥也是唯一的宣传资料。

和新藤相知以来，总觉得笑靥只不过是左颊上一块活动的肌肉，和用铅笔顶出来的小坑坑一样，那小窝窝中能有什么用呢？大映公司的宣传部，只提乙羽信子的笑靥，好像我这个人除了笑靥之外就没有别的了。影迷们来了，看见了我，便同意地说："是，那笑靥确实可爱！"甚至有的影迷为此高高兴兴地过上一天的也有。这当然也说不出有什么不好。不过，就我来说，笑靥只不过是一项自然本质，笑靥不可能一辈子都值百万美元，总会有一天达到极限。我一点表演能力都没有，老来时只有个丑陋的笑涡，那将是如何悲惨的事！

记不清准确的时间了，我狠狠地斥责了同场演出的松坂庆子。现在，她是影坛上一株盛开的鲜花，画面中的形象真和画中人一样美丽。那时，她演的是为父亲逝世而哭泣的一个情节，她样子在哭，可心并不难过。

我说了："若真是你的亲爸爸死了，你能这么个哭法吗？"

她愣住了，注视了我半天。

容貌是有限界的，不会演戏的演员，到老来只能被淘汰，这就是我们的世界。因此而被埋葬的演员可以说难以计数。我严厉地告诉着松坂庆子。自己对着镜子，真想把笑涡挖掉，当时我脑子里想的只是这些。

在《爱妻传》和《原子弹下的孤儿》演出期间，近代影协的成员没有一个提到笑靥。一进入现场，讲的都是怎么把戏演得更具有魅力。率直地说这并非有意避开奇异之感，新藤从不给予考虑这些东西的余裕。毋宁说，他以为笑靥正是一种干扰。写剧本出身的导演，他要原原本本、详详细细向你说明的是：这儿为什么要哭、那儿为什么要笑的情节安排。

吉村公三郎导演的做法就和新藤不一样，吉村说："你就照我的要求做好了！好，笑一笑。"新藤是彻底交代意图，详细加以说明。强调不要追求形式美，扔掉大明星的自我意识。

对着镜子，想的是面临的两条生活之路，一条是就这样过下去，巩固在大映的明星宝座；另一条是打消顾虑离开大映，投身到新藤的近代影协，向表演艺术家的目标迈进。在大映公司，有合同酬金，演出酬劳也十分丰厚，从赡养父母的角度考虑，钱当然还是多一些好。

加入近代影协，收入会锐减。近代影协的演出酬劳，少得难以提起。就是像《原子弹下的孤儿》那样应时的、发行量大的片子，为了给下部片子提供周转资金，演出酬劳也不多。办公室设在东京银座二号的竹田大厦内，只租用了一间六铺席大的房间，剧作家，摄制组成员全部在内，挤得满满当当。

拍不出好电影来就是自取灭亡。因此，必须树立突破暂时困难，一步步向目标前进的进取精神。新藤这样激励着大家。

和大映签订的为期两年的合同马上就要期满了，做足两年，就可以按照约定得到杉并区的住房。不再接济关西的亲戚，再加上原来的储蓄（从宣布拒绝往出借钱起，可能以后不会再有来借钱的亲戚了），把生活水平掌握在现在的十分之一左右，还是可以过一阵子的。

我是偏僻街道中的豆包店里的孩子，是在那肮脏的、连脊铺面房的窄巷中生活过来的人，宝塚女主角级的大明星，百万金元的笑靥，在这些辉煌称号的掩映下，论祖归宗，我不过是个呼吸着小商业街上空气长大的演员——那是烧炭之家、制酱之店等小门面并联的窄巷。我身体里涌流的是大阪的庶民之血，在我遭逢不顺支持我的是大阪的庶民之心。我从来都激励自己作一个正直的人，愿意爽朗乐观度过一生。大阪庶民那种不后悔，不在暗中逡巡的气质和血，从来都是支持我度过转折的力量。

在《原》片的拍摄过程中，我萌生了永远在新藤身边生活的念头，这完全不是要粘粘糊糊地缠着他。戏拍完回归宿舍的路上，新藤那精悍的风貌浮在眼前。他那拍电影的使命感和那强烈的、进取的魂魄铭镌在我的头脑之中。我去拍别人的戏，耳边也仍然彻响着新藤的声音。我不能再去拍那种所谓的"娱乐"电影了。在镜头前牵动着笑靥使我讨厌。

新藤诱起的心中的灯火有熄灭的兆头时，我便到近代影协去聆听他的教诲。他不断地为我加"油"，使我那心中之火重新燃旺。第二天，再到大映的摄影棚去时，那心中之火就不会被来自他方的风吹熄了。

可能是中国古代的思想家墨子吧，当我萌生异想时，便想起了他的警句："超脱利益、超脱安全，投身于疾风怒涛中的情致"。我理解"明哲保身"导致的将是高扬意志的衰退。新藤说："投身于风浪之中，从无路之处踏出路来，这才是真正的人生。"

使我不能速下决心的原因之一，是关联到把我从宝塚选拔到大映公司来的松山英夫先生。托他的照顾我才得以还清了宝塚的借款，又由于他的斡旋，我才得以在新藤编剧兼导演的《爱妻传》《原子弹下的孤儿》中饰演主角。突然提出退职，是不是忘恩负义呢？

还有一个很难说清的理由，在和大映的合同就要满期的前两天，我听见一个这样的传闻：说是东宝公司将在我和大映合同期满之时将我夺回东宝。《体育报》发表了这样一则消息："不明白为什么要到那种靠自己掏腰包、没有津贴的电影厂去拍戏？"消息的结尾是："九月份，乙羽信子将和大映公司续订合同耶？"《艺能》杂志也发表了类似的报道。《艺能》记者怎样报道都无所谓。由于我是得到了大映公司同意才去拍《爱》片，《原》片的事实没有传播开，有家报纸竟尔刊出了十分荒谬的推测，他们说："本来准备和京真知子同等待遇的乙羽信子，由于大映公司不守约定，只拿乙羽作次等角色使用，乙羽一怒之下，决定离开给予冷遇的大映。"

当时的大映公司，正是京真知子、久我美子、三条美纪、三益爱子、水户光子、山根寿子等女明星火红的年代，鼎鼎大名的田中绢代也经常到大映来拍片。在《安宅家的人们》、《游手好闲的老爷》中我和她共过事。男明星中，有里川弥太郎、堀雄二、根上淳、菅原谦二、船越英二等人。这些前辈中的某些人，也相信了这些无稽之谈，对我冷眼相待，甚至口出非议。我觉得我必须决定我的出路，并公诸于世。

我打电话给新藤，约他会面。

他抚弄着自己倔犟的头发，说了："真的？真的要到近代影协来吗？收入差远了，难办的事不一而足。你，你舍得了你那明星的宝座吗？"

"是，多困难也想来。《原》片以来，想的就是如何作一个真正的演员，营利公司要求我去演的那种无聊的影片，我再也不想干了。"

"是吗？既然想定了，就来试试吧！到我们中间来拼命干吧！"

从这一天起，我从心里和百万美元的笑靥告别了；从明星那华贵的沙发上移到了泥污的木头椅子上了。已经是大明星的这个概念，用身体力行来予以打破。

前辈们得知我加入近代影协的消息以后，纷纷规劝我，劝我和大映公司订立单部电影的出演合同。知道我需要赡养父母，告诫我独立制片的小厂生活十分艰苦等。我一点没有和大映续订合同的意愿，心甘情愿投身于风雪之中，我将对自己更加严苛。

新藤十分担心我的生活。

"和我合作，我确实十分高兴。生活怎么办呢？我们这种困顿的独立小厂，拍一部电影就会把资本用光。演出酬劳微不足道，你需要赡养双亲，你充分考虑过这些条件吗？"

"想办法过吧！"我只能如此回答。

决心加入独立制片小厂，发誓不再卖弄笑靥，不知道今后是什么样的生活在等待着我。观察了独立制片厂成员们的共同生活，大体知道了内情。独立制片厂的事业失败了又怎么办呢？那时，就只能告别影坛、告别演员生涯了。告别之后又怎么办？没有学历，不会做饭，不会打算盘，更不会理财；又不会爱娇，做招待也不够资格。看起来只有去洗衣裳了。从宝塚时代开始，每天都要在浴室里洗衣裳，可以说是洗惯了。就去给人家洗衣裳吧！可是又没有洗衣女这一行。去做保姆，做保姆可能还说得过去。

养父说也可以在东京开个小豆包店。资本不足，他也想种树养花，这只不过是个想法而已。

总之，独立制片厂失败的话，一家人将流落街头这也是事实。

昭和二十七年岁暮，一个飘着小雪的日子，我退出了大映公司，向永田雅一董事长告别的时候，他的脸色眨眼间阴沉下来，又勉强做了个明快的表情，说："放你走真舍不得，没法子啊！"

永田董事长向宣传部通知我退职的事情时，一向热情的宣传部马上表现了露骨的不悦。有的人看着桌子连头也不抬，有的人挟着宣传其他女明星的宣传画急匆匆地扬长而去。

26 一根红线

舍弃了明星的宝塚座，加入了新藤的独立制片厂，说是为了做个真正的演员才来的。毋庸讳言，新藤那独特的个性和致力于电影事业的激情对我是具有魅力。其实，这并不是全部内涵。强烈地吸引着我的还有一种东西。回想起自己一向的精神活动，虽然不能准确地分析出来，也并不是不可能。如果仅仅是为了提高演技，大映也有谷口千吉、衣笠贞之助、沟口健二等具有献身电影事业热忱的导演。驱使我毅然来到独立制片厂的真正意愿是什么呢？

《爱妻传》是新藤那位死于肺病的妻子孝子的传记。据说，由于我的形象、性格酷似孝子而选我演了这个角色。新藤自己就说过："孝子很像乙羽小姐。"从新藤来讲，出于他对亡故爱妻的一往情深本无可厚非，我听了却不舒服。他要是能在表演中的我的身上，重睹了在贫困中夭亡的不幸的妻子，逝去的梦和现实交错，这是一场幻觉。

新藤接下来的作品是《雪崩》，新藤说："希望乙羽小姐合作，希望找到表现纯真爱情的最佳方式。"男主角藤田进、水户光子、殿山泰司、管井一郎等合演。

《雪崩》描写的是一位已结了婚的发电厂的技师和一位姑娘的爱情故事。北国发电厂的技师夫人回东京去了，技师得到了刚刚来厂工作的一位女郎在生活上的照顾。女郎爱上了技师，到了不能遏止的地步。她向技师倾诉了自己的爱恋，当天晚上，雪崩埋葬了姑娘。为了完成姑娘纯真的爱情，不安排雪崩这一自然场景是无法收场的。

紧接着是在新藤的故乡拍摄《原子弹下的孤儿》的外景。这是描写一位在原子弹轰炸中丧失了双亲和妹妹的姑娘，憧憬着明朗的未来而生活下来的姿态。新藤是倾己所有，以切肤之痛的执着完成了这部创作的。

摄制组中的一位成员形容我和新藤的关系时说："与其说是导演和女主角，不如说是共同奋斗的伙伴。"

《原》片完成之时，我和大映将再续合同之说抬头，我悍然不顾一切，果敢地飞进了独立制片厂——这说不定哪一天会破产的小厂。

从《爱妻传》到《原子弹下的孤儿》，我就是如此和新藤相处的。

其实我们之间还有一条相连的红线，那就是新藤在宝塚，作为宝塚海军的一个兵士的时期。他抓紧分分秒秒的时间待在宝塚的地下室里。那地下室，堆积着如山的书籍，有宝塚各时期演出的台本，有有关戏剧的各种论著。他拣自己喜爱的书读起来，沉浸在书里。这个地下室的正上方，是我们进行慰问演出的舞台，我在《菊香之日》、《古陆之歌》中扮演女主角。

这一切是在和新藤相爱之后才说起的。当时我们知道的情况是：新兵逃避劳动，躲在地下室里。所说的那个不顾地下室空气混浊，把眼睛瞪得像盘子似的、伏案苦读的人原来就是新藤。

把这些事件重叠、排列，就牵出了联结我和新藤的红线。

说真有一条命运之线，那是夸张。但我觉得确有前兆。我和新藤从认识到现在，就是一段故事，一部脚本；我们正按着脚本的要求在演戏。这种错觉说是来自宿命也好，来自机遇也好，总觉得冥冥之中有一种不可知的东西存在，我一直为它惊诧得毫无办法。

《爱妻传》结束之后，新藤问我是否愿意在他以后的两部戏中扮演主角。我理解：这是我赢得了好感。当时，能够在独立制片厂生产的影片中扮演主角的话，就意味着具有一定的表演水平。如果我是个表演家，谁看了都称赞确实演的不错，那么，接受独立制片厂的合同，拍几部片子都没问题。事实是：我只不过是在严厉的斥责下才过了关的电影新人。《原子弹下的孤儿》这种面向社会的影片，居然要我来演了。

我想起了接受了任务之后，在濑户内海时的感情变化。

这是个非常重要的脚色。这么好的角色就这样、就这样地落到了我的头上。我紧张极了，连创造角色无关紧要的书也浏览到了，为怎样塑造人物往往思索到深夜，在神经衰弱症袭击我之前，我用上了全部精力。

现场是和谐的，人人对工作都极其热情，充满了青春的蓬勃气氛。这洋溢着感激之情的接触与工作，迅速地改变了我。

据说，女人有一种迅速应变的天性，从我切身的体验中，我确信这一点。

当时的报纸有这样的舆论："为成为表现艺术家重新起步！"，"下里巴人的笑靥——乙羽信子。"这是在《原子弹下的孤儿》外景地时新闻记者的报道。有一则消息说："不计酬报、一心为了拍出有意义的电影。"这是我当时的真正情况。很可能，记者先生也为我的骤变感到吃惊了吧。

作为女演员，我处在转折点上；作为女人，我对新藤的思慕急骤膨胀，第一次感到了男性的魅力。

　　从外景地的能美岛到广岛，渡船约需一个小时。在岛上住了一个星期之后，便回到广岛住宿，再到能美岛去拍外景。遭遇暴风雨的时候有，在明亮得如同白昼的月光下渡海的时候有，在被朝霞映成葡萄酒色的天空下，飞舟前进的时候也有。我忘不掉这些景色。《雪崩》中的景色，只在记忆中留下了片片、段段。《原》片中的记忆，却十分完整、鲜明，这是因为由思慕而爱恋着的新藤一直在我身边的缘故。记忆中的这一个又一个的场景，每幅中都有新藤，有他那戴着鸭舌帽，侧看他那男人气概的脸的身姿。这样的浮想在我是第一次。从宝塚出来，进了电影界的这半生当中，结识了数不清的男人，也有人曾向我投过来热切的目光，但是，没有哪个人曾震动过我的心。

　　新藤从年轻的时候起，就是个腼腆的人。直到眼下，也从没说过一句"我爱你"，"我喜欢你"的话；我也同样，从《原》片开始，他一个接一个地分配给我任务，我觉得这是他满意我，我又害怕这只是我单方面的想法。我这个女人，是那种认死理的人。导演的好意，我敢于作出自己的解释。为了宣传《原子弹下的孤儿》，我作为近代影协的成员，到广岛去了。

　　我当时的隶属关系还在大映公司，就是不在大映接受任务，那里也有我的前辈，我却独自到广岛去了。新藤见到我，只说了一句："谢谢！"眼睛里却满含着："是的！你还是来了。"这样无言的潜台词。对我不顾大映干部们的微词，甘冒被大映开除的威胁来到广岛，这无言的目光给予我的是最好的回答。

　　女人恋爱的起因多种多样，什么感觉良好啦，眼睛好看啦，英俊果断啦，头脑敏锐啦，十分亲切啦，等等。被人评为不会爱娇的我，也有我的恋爱起点。也有过几次接触到了爱情，只不过都是刚刚接触我就中途退了场，还没等到高潮就作了总结。朋友中有人为此饮恨终生的事，我是没有的。

我之所以中途退场的理由是对方没有引起我的尊敬。我以为只有在尊敬的基础上才能萌生爱情，这可以说是我的恋爱观。尊敬导致爱恋，我对新藤就是如此。

铭镌在我心中的新藤的形象，是责任感极强的男子汉；在令人目眩的强烈个性之中，寓有细腻的神经。在《爱妻传》中，在《原子弹下的孤儿》中，新藤总是说："我负责任，请甩开膀子干吧！"摄制组里出了事故，他以导演的身份首先引咎自责。瘦瘦的身躯，从哪个角度看上去，也算不上是个十足的男子汉。在矛盾的聚焦点上，他那极有气魄的声音点燃了人人的热情，一米六十的小个子，却奇妙地予人以高大之感。

并不亲切，也不饶舌，毋宁说近于粗鲁；在这样的人身边我却十分心安。说不上是献身，但是我知道，为了新藤我什么都能干。

我的性格属于那种锲而不舍之列，抛弃一切顾虑，甘愿委身于泥泞之中，目光敏锐的新藤对这样的我或许抱有恐惧之感吧！他是优秀的作家，优秀的导演，不可能感觉不出我心中发生的激烈的变化。我知道，他无论多么紧迫的处身于事业之中，在他心中的一角，有我常在。

感知在相爱的男人和女人，虽然没有一句话触及，却是时时处在爆发点上，因为彼此心中都涌流着思恋。即使没有合适的机会，可能错过，未曾得到接触，这也是实实在在的相爱。

《原》片结束之后，为了大映公司的事，我滞留在京都。已经是晚夏了，天空偶尔飘过一丝新秋的景色，气温依然酷热得使人倦怠。

从大映的京都摄影所给近代影协打电话，知道新藤正在京都，他是为了下部剧作《缩影》的完成，到京都来收集细节素材的。

《原》片以来，新藤经常约我一起出去就餐，约我到安静的吃茶店里见面，也曾在《电影爱好者》杂志上发表过对谈。在工作以外的场合中见面时，新藤腼腆而又谨慎，动作生硬。按理说，他和女明星打交道应该是十分平常的事。可是眼前的他，却常常断了话头，显得十分困惑。一到这样的时刻，他就说起自己的拙于口才，说起自己的愧对之感。他的语言是广岛风格，我只愉悦地倾听着。

据说，新藤是因为我在京都才到京都来的。就这一点，使我怎样也抑制不住想见到他的心情。我没有余裕去考虑将在工作中引起的干扰，没有余裕去理会周围那奇妙的目光。我的整个世界的中心是新藤，这就是我对男性的倾倒。恋爱当中，男人可能把对方当作玩具，女人则完全不是这样，女人认为这是开始了新的人生。工作上的事，养父母的事都还没办停当的我，头脑里一片混乱。首先，必须把养父母交下来的杂事处理好，腾出时间来一心无挂地去和新藤相会。

查询到了新藤的住所是五条地区的松华楼，据说，这是他常住的一家旅馆。

我等到傍晚时分到旅馆去了，那是家安静的、古典风格的旅馆，踏着碎石铺就的甬路来到飘散着京都气息的旅馆正门。

"新藤先生在吗？"

"在，请您稍候。"

望着女侍前去通报我来拜访的后影，我心里想的是："我今晚上不走了。"

27 不义之恋

新藤常住的这家旅馆，一派古风，从哪方面看都体现了京都风情。走廊、楼梯闪着黑亮的漆光，院子里视力所及的地方，都悬挂着铁马，在风的摇曳下，发出清凌凌的响声。上了年纪的女侍躬身在前引路，来到房间前面，说了声："就是这儿！"便悄悄地退走了。那是间紧对着楼梯的房间，一上楼便到了。

"先生，可以进去吗？"我叩着门。

"请进！"从房间里传出先生的声音。

先生穿着浴衣，坐在黑檀木的桌子旁边，桌子上摆满了书本、稿纸、笔记本什么的。

"您在工作吧？"

"没有，没有。已经写好了，请这边坐！"

这是一间铺着贵族之家使用的藤质铺席的八铺席的房间。

"先生，您一向都是住在这儿吗？"

"是的，住旅馆、理发，我都不喜欢这家那家的换来换去。这儿虽然古旧，却很舒适，可以随随便便，就像在自己的家里一样。吉村公三郎也总是住在这儿。这屋子，不算闷热吧？"

"我？是有些热，不过……"

透过窗帘遥望，越过鸭川，宫川町夜景的轮廓在紫色的暮霭中浮现，不时吹进阵阵清风。蚊香的烟气袅娜上升，旋舞着烟圈。墙上的挂衣架上，挂着他常穿的半袖的白衬衫和灰色的裤子。

京都之夜，新藤变得饶舌了。

"明年准备上《夜明之前》和《缩影》，得到了德田秋声的长子德田一穗先生的同意，《缩影》的改编脚本已经完成了。"

"演员阵容呢？"

"《原》片的全班人马，民艺的宇野、潼沢、乙羽小姐、山田五十铃小姐、日高澄子小姐、沢林贞子小姐、山村聪、进藤英太郎、殿山泰司……阵容够可观的吧？"

"除了我以外，都是日本有名的表演艺术家，演出酬劳得要一大笔钱呢？"

"什么？演出酬劳吗？不，全都是帮忙。乙羽君，希望你扮演银子，一个女艺人，主角。"

他说着，我思忖着。告别过去的路终于展现了。就是有潼沢修、宇野重吉、山田五十铃等表演大师的帮助，我必须自己完成对银子的塑造。我必须对人生做出新的解释，我只能全力以赴，只能在泥泞中跋涉。

想起了宝塚时代的我，越路吹雪和淡岛千景就是在我的眼前成名的。她们抓着通向头牌的时机，毫无差错地升了上去。我是个一本正经的女演员，不能与淡岛相比。我之所以能够被赏识，是比别人多费一倍的努力，是拼命干的结果。人们说我是"稳进型""熬年头型"，其实我是"忘我奋斗型"。

这是我第一次扮演艺人。其实，在我进宝塚剧团之前，姑妈就认为我可以做艺人，曾劝我从事艺人行当。养父母是反对的，亲戚们并不认为艺人行当不好，姑妈姨妈中，有艺人，也有做饭馆生意的。《缩影》中僻街里的艺人，按照她们的模式就没错。听着新藤的话，我这样浮想联翩。

两个人说起京都的事，说起电影的事，在《原》中我练习骑自行车的事，连向观看拍摄现场的人群扔石头子的事也说到了。从养父母说到宝塚。一个话题接一个话题，时间流逝着。

絮语中断了。

只有自己一个人和一个男人关在一间屋子里。在我这是第三次。曾和向我求婚的中本隔桌对坐过，和宇野也曾隔案相对。和新藤，却是同坐在桌子的一面，挨肩而坐。话头暂停，新藤去厕所时，我调整了一下坐的姿势，但却平静不下来，四目相遇，我将视线移向空间。

说话中间，没有触及新藤的家庭，当然，是我不想询问。

新藤家庭的情况，从摄制组、从熟人那里已经了解到了。他在昭和二十二年时和美代女士结婚，膝下已经有了太郎、次郎两个儿子。据说那是两个在童话里出现的可爱的小小子。美代夫人到底是什么样呢？拍摄《原》片时，在从岛上回京都的途中，望着新藤的侧脸，我想过："新藤肯定有妻室儿女，这是当然的事。"

京都之夜，我一点也没想到这些，没有想到美代夫人和两个孩子正在等待新藤的归去。脑海中不止一次浮现出好似夫人的形象，但不真切。什么样的人呢？根本没见过面的人，想捕捉出如实的形象是不可能的。

总之，作为丈夫、作为父亲的他我不能不让，但是作为情夫，我绝对不让。这就是年轻的我当时的想法。

这是不可思议的，我无从遏止。在我那执拗的、逞强的、不听劝的、没风趣的、又不会爱娇的心里，充满了苦重的感情，涌向喉头的只是一句话："先生，我喜欢。"

十多岁时的初恋，有一种淡淡的悲哀，胸里珍藏着隐约的希冀。二十七岁的、没有接触过男人的女人的恋爱，是一种动物性的、带有土腥气的追逐。表面上保持冷静，心里却燃着熊熊烈火；而且对方是有妇之夫，我的心乱颤着。生性腼腆的我，不顾一切地扑向新藤，我无法做出任何解释，这是一种难以遏止的欲望。新藤的家庭，在我的意识中时隐时现，压抑不住升腾的热情，我一切都视而不见了，连想一想的余裕都没有。我都对自己害怕了，感情如此喷薄倾泻，如此迷醉于一个人的情景，这不是奇缘吗？错过了这一瞬间，就不会出现第二个新藤了，我只有这样一条窄路。

一个和我相当要好的年轻的女演员说了："我爱上了一个人。"

"对方有表示吗？"

"不知道，似乎他已经有了意中人，我不敢证实这一点……"

向我这样倾诉心怀的，最近有那么几个。我说了："你这么年轻，放心好了，就打电话去！要主动。"

"可是，找来麻烦就不好了。"

"这是什么话？你还不是真正喜欢他。真喜欢的话，就不会担这样的心。"

我就是如此。说这话的时候，不由得想起了京都之夜中的自己。

确实如此，大多数人按着理性，按着社会常情，在劳动中产生爱情，在阳光下培植爱情。可是我，爱上了一个人，也感觉到了对方的情意，尽管有悖常情，也仍然锲而不舍。超过"限制速度"吧！"这算不了什么！"这样想着的女人并不在少数，特别是那二十七八岁了还未接触过男人，对性又无知的女人更是难于分说，她们没有考虑将给对方造成什么困惑，更没有计算留给自己的是什么后果；对于男人，对于未经历过的对性的恐怖感在消退。从另一种观点来看，这是女人动物性的、残酷的自私。

我在新藤的左侧挨近，屋内的光线，使得带有阴影的新藤的左脸凸现出来，蚊香的烟笼罩着我们，袅娜地打着回旋。

已经开始了的沉默持续着，这是潜含着某种意念的缄默。"乙羽君，已经晚了，已经十一点了。"

"……"

新藤凝视着壁龛的某一点，说了这句话便又闭紧了双唇。

仍然流溢着缄默。

我用干涩的语调撕破了沉重的缄默。

"我爱您。"用右手紧紧地抓住了新藤的左手，再次，凝视着他的脸。

"先生，我爱你。"

新藤不回答，只是左拳像石头似的硬了起来。

消失了光亮的房间，也消失了音响，黑暗包围了一切。

"乙羽君，可以吗？"新藤干巴巴地问。

"可以。"我嗫嚅着。

"好！"新藤抛开了一切顾虑。

我的记忆在这儿变模糊了，只记得身下的京都风的铺席那沁入肌肤的凉意。

京都之夜，从始至终，我是主动者。我什么都不顾，只任意驰骋。为那个场合，为那个时刻，我甘愿贡献出生命，为此引来毁灭也在所不计。那个时刻就是那个时刻，这就是我那执拗性格的奇妙作用。工作中泼辣积极的新藤，彼时全然无言，只说了一句话："可以吗？"

（自己是有妇之夫，对方是个未婚的女性，而且是那种绝不会一个又一个更换男人的女性；是那种在工作中认死理，认准了的事就执着起来，连杠子也休想撬得动的女性。自己没过了这一关，这是不对的。）

被激流胁裹着的新藤，时时企图抓着可以攀附的岩岸，那伸向岩岸的手被我打落了，只好做一个既有妻室又有情妇的电影导演吧！说得确切一些，这是"有关系的导演"。

受着激流的裹挟，等待着着陆的所在，任水流冲激的新藤的心，肯定十分微妙而又复杂。背叛妻子的自责会自然而然地升起吧！这种自责，会像堆放的木材一样，越来越重。家庭生活掺上了灰色，有时甚至是黯黑之色吧。

我绝对没有把新藤从美代夫人那里夺走的意愿，我自知我做的是犯罪的事。激情之中无以自制的感情，我现在不想辩解。我结识新藤在美代夫人之后，无权占有妻的座位，我一定不使对方困惑，也不做令人侧目的事。

这也许只是我这种任性的女人的理论。在挖了美代夫人和孩子们的墙脚之后的时日里，我将尽力抑止自己的恋情。一般说，男女之间的爱情是独占性的，我的爱情不属于这个范畴。我的恋爱是不该发生的恋爱，我穿的是不道德的草鞋。独占的结果是婚姻，和有妇之夫结婚是不可能的。这种矛盾的情绪，使得我的生活阴晴相间；有大雨如注的白日，也有暴风雨肆虐的黑夜。

和新藤结婚之时，一位朋友笑着说道："如愿以偿，你的丈夫可是抓住了位了不起的人。"

两人相恋是昭和二十七年的晚夏，直到二十七年后的结婚，不是谱写《爱妻传》而是谱写的《情人传》，在那悲喜错综的漫长的日日夜夜中，新藤回到妻子身边去时，是委屈了我；在我这里的时候，又是背叛了妻室。这两重、三重的背叛派生出来的是不安和苦闷。

从松华楼回到距离并不算远的自己的住地时，已经是午前一点了。

"可以吗？"这句话，自己反复地叨念着，这是多么好的一句台词啊！

隐忍的爱情 28

在现代社会流行的语言里，有一句"隐忍的爱情"这样的话。"背人的两个人"虽然不能说他们的爱情必然浓于"公开的伴侣"，但必定是在这爱的网络里，精心培植着爱之苗。两人之间有制约，有需要一再节制的场合，只能把爱情置于"忍"，置于"耐"之中，不能公诸于世。只能在只有两个人在一起的时候，才能倾诉衷肠、才能两情缱绻。

"公开的爱"，"不公开的爱"这样来形容也好，公开的爱，安定没有紧张之感，不公开的爱则紧张，没有安定之感。

新藤和我，正是隐蔽的一对。两人同在不安定的包围之中，继续着难以抑止的隐忍的爱恋。

京都的事办完之后回到了东京，我向双亲说明，我离开大映加入了近代影协。两位老人不知道电影界的内情也就没有特别反对。昭和二十七年的岁暮，我退出大映进入了近代影协。昭和二十八年正月，便开始了《缩影》的摄制。《原子弹下的孤儿》全部用的外景，成本较低；《缩影》是和大电影公司较量的大部头作品，是独立制片厂倾注全力的大作，不断地使用灯光照明，这部作品是新藤作为电影导演的试金石。《爱妻传》和《原子弹下的孤儿》是文学青年中意的题材，《缩影》展现的是下层艺人的世界，是成年人的电影，为的是满足下里巴人的观众。设如这部电影失败，新藤决定退出导演行列而专攻脚本。

由于紧张，我总觉得新藤的脸变样了，目光更其锐利，总是那种力求填满空白的严峻的神色。

我扮演的银子，是个下层社会中的艺人，为了体验生活，我结识了将近三十个模拟的对象。从手的动作到裙摆的摇曳，如何启、闭拉门，如何寒暄致礼，喝醉了酒的样子，神经错乱的样子，我一心一意地体会起来。

在寒风中抢拍外景，在东京的佃岛、隅田川、白山的艺人街，在千叶县的莲池、松岛，在多雪的高田市，三十人组成的摄制组旋风似地转换着场地。摄制费像长了翅膀似地向上飞去。这确是耗费资财的影片，艺人们使用的物件样样需要制作，衣裳、头套是必需品；就是一件小不丁点的东西也要花钱。

为了节省住宿费，有过三天夜以继日地强行拍摄。充血的眼睛上眼药水，腿肿得像踏着棉花一样。就这样，斥责仍然飞落到了我的头上。

"乙羽小姐，不行，你的感觉不对。完全不对，你没有抓着相应的感觉。"

"眼神是死的，是死的呀！这个镜头明天重拍，乙羽小姐，要自己变成银子！"

新藤更加严酷了，向辗转在雪地中的"银子"挑战。摄制费已经用了三千万了。要是在大公司里，用到六七千万也可能不止。从新东宝公司预支了首演费，条件是：从《缩影》开拍三日起，便把出片日期纳入新东宝的演出计划之内，按计划提供上演时间。当时还没有电视，正是电影的全盛时代。

《缩影》获得了空前的成功，电影界人士交口称赞，对我扮演的银子，评论极好，影片获得了蓝色绶带奖。

不久，新藤添了第三个孩子，听说是个可爱的小女儿，新藤命名她"银子"。

彼时，会见记者啦，接受采访啦，和各式各样的电影评论家以及新闻记者见面。其中一位名叫南部桥一郎的评论家，在昭和二十八年六月号的《主妇与生活》杂志上，发表了一篇纪事，标题是："由《爱妻传》种下爱之苗，现在结果了吧——新藤兼人、乙羽信子的罗曼史"。摄制组的成员拿给我看的时候，我的心猛然堵塞着了。

这可能是我和新藤要好以来的第一篇公开报道，副标题是"女演员和导演之恋"。

南部先生曾参观过《缩影》的拍摄现场。

"乙羽接待了东京采访的新闻记者，她侃侃而谈。《缩影》是部反映艺人生活的戏，制作费很高。我们节俭从事，用最少的经费拍出了最好的电影，是这样吧？先生。"他描写我看着新藤这样说着。接下去写道："这是那位一年前，还被宣传生着值百万金元笑靥的大明星吗？记者们为她精神上如此飞跃成长而瞠目。（中略）这是为爱情而生的女性的献身，这是人们可以理解的。"

"那么，他和她的爱情，以老师和学生的关系保持下去呢？还是发展为其他的什么形式？这个命题没人能够解答，只有'未来'掌握着解答的钥匙。"

俗话说：纸包不住火，这隐秘的相恋是什么时候、什么地方被人发现了的呢？这出自有名评论家的纪事，立刻就会扩散开来。

可能，女人的神经比男人的粗吧？也可能比男人的迟钝吧？无论什么样的报道也动摇不了我。我甘愿承受这一切。但对拥有妻室的新藤却是困惑，站在他的立场看来这是伤脑筋的，这样的事情笔之于书是不好的，肯定心里十分懊丧。美代夫人读到《主妇与生活》时怪罪下来，夫妻间将发生龃龉，也会给孩子们带来不好的影响……不安在扩大，但我没有办法。我想只能在发生什么变故时再来考虑对策吧！也许在发生变故之时，使我觉悟到虽是喜欢也无能为力而改弦易辙吧。

恋爱是不可思议的。我一方面在为对方担着心，一方面又渴望着见新藤。和他相会，被别人看见，岂不是又增添了闲话的内容？但是，渴望相会的念头涌上心头，制动效果失灵，当只有两个人的瞬间，悄悄地问了：

"什么时候能和您在一起呢？"

"从明夜起，有工作需要住在旅馆里。"

得到了这样的回答，我就不时到他住的旅馆去了。

那家旅馆叫东家，是新藤在东京常住的一间包房。他的家远在逗子，工作迟了的时候，常在那里过夜。我骗过养父母，谎说要拍六天外景，需要八天时间，便从家里走出，和他一起过上两天，我们住到箱根去的时候也有。

《缩影》《黎明之前》《女人的一生》《暗沟》，一部接一部地拍摄下来，家里的困难也来临了。

养母叫住了我，说："阿信，虽说你拍的是什么艺术电影，可你为什么总是演那些下贱的女人呢？"

养父母对我不演漂亮的小姐，净演些不好的女人早就有怨言了。特别是在《暗沟》影片中，养父母告诫我不要演那个卖春妇的角色，甚至叱骂起独立制片厂来。当时，不仅双亲如此，一些影迷写了大量的信来表示愤怒。

我在电影里扮演的角色，都是在污泥浊水中挣扎的女性。有小妾，有孕妇，有患有性病的卖春妇；被人用暴力欺负的场面有，分娩时痛苦难堪的场面也有。对我甘愿舍弃高贵的角色，对我舍弃百万金元的笑靥所招致的不满与诋毁纷至沓来。

双亲看到这些信件，愤怒达到了顶点，尤其使他们不能容忍的是经济问题。特别是我的养母。她原指望我进电影界后，就可以摇着团扇享福了。没想到我进独立制片厂后，收入直线下降。抛开能挣钱的角色不演，专演不挣钱的角色，她认为这简直是疯子才干得出来的事儿。原来工作完了回家的时候，她逢迎地说："阿信，你辛苦了。"后来换成了："回来啦！"

初进独立制片厂时没有津贴，原来在大映时，每月能给家里八万元，转到近代影协时是五万元，后来减到四万元、三万元。

养母的感情和收入的锐减同步进行，家里的空气僵硬到了顶点。

从二楼的居室下楼来吃早饭的时候，饭桌上只有酱汤和米糕，连煎鸡蛋也看不见了。冰箱里满满地摆着火腿、西红柿等等。这等于向我宣布，你不往家里多拿钱，你就只能喝酱汤吃米糕。

是在拍摄《缩影》的时候，连续夜战之后，我满身汗水泥污，疲惫地回了家，是个十分寒冷的夜晚。

到家，我想洗个澡就去睡觉，说了声："我回来啦！"没有应声，拉开茶室的门一看，养母坐在那儿看杂志。

"啊，真冷，真冷！原来妈妈在这儿，我想洗个澡就睡觉去。"

养母仍然低头看着杂志。

"没钱买炭，澡堂子没烧。"

一股比寒夜还冷的冷风吹透了我的全身。再穷也不至于没有买炭的钱。炭家就在附近，一向都是先用后付钱，怎么可能单单这一晚上没有炭？

养母连僵立在那儿的我看都不看一眼，我那冻透了的双腿已经失去了知觉。沉默僵持着，养母翻着书页，我的身体像浸了水的棉花那样萎缩起来，好不容易提着沉重的双腿到了楼上，冷得上牙磕下牙，钻进了被窝，身子仍像披着冰一样的奇冷。

这时，我已经知道了我不过是加治家的养女，养母好像正意识到了我的这种情况，她怕我有一天会抛掉她，因此就拼命地抓钱留待日后使用。什么修理铺席用了若干钱啦，修理漏雨的房顶又用了若干钱啦，编造明显的谎言向我要钱。钱包被掏空的事也出现了，家里刮着邪风，这种气氛的家实在没法再住下去了。忘掉家吧！细想想，这对我说不定是好事，我没有可回的家，就更能一心扑在工作上，而且，厂里还有新藤。

当新藤说："好吧！今天到此为止，大家回家休息吧。乙羽小姐，请你稍候，还有点小事要请你帮忙。"

这话真是我的福音。

我的家穷下来了，近代影协经济窘迫。

《原子弹下的孤儿》问世之后，为独立拍片的小制片厂带来了生机。小制片厂像雨后春笋一样应运而生。没有资本背景的小厂，一部一部地决定胜败，从艺术质量来说是成功的，如果不卖座，那也就完了。发行机构经营管理混乱。应该是制作单位和发行单位协调，把独立小厂拍摄成功的使大众感动的影片安排上演出日程，他们不积极。一部片子失败，就可能是致命重伤的这种危机感一直存在。

近代影协是个没钱的穷公司，飘浮的是悲壮之气，危机感逼迫得人们必须保证每部作品的成功。没有津贴的劳动多得是，就是拿到了报酬，也达不到使养母开颜的幅度。

不义之恋，近代影协，我家的厨房，一律处在困难之中，不咬紧牙关是挺不过去的。

29 苦难的时日

　　独立制片厂处于风浪之上。比您知道的多得多的作品，一部接一部地问世。《山间学校》《呼吁着生》《暴力街》《真空地带》《箱根风云录》《独行在大地上的女人》《缕缕祥云的彼方》《浊水湾》《烟囱耸立的地方》《蟹工船》等等。

　　独立制片厂跨上舞台，吸引了观众，赢得了热情。统计起来的话，当时可能超过百家，可以说是小厂的鼎盛时期。但是，各小厂间缺乏横向联系，没能携起手来共同抗衡五个大厂。说起来只不过是乌合之众，只拍了一部片子就宣布倒闭的小厂也有。

　　当时——昭和二十九年的春天，我在新藤导演的《暗沟》中出演。京滨工业地带的鹤见和川崎，沼泽地带的鹤见川岸是我们的舞台。摄制组住在最便宜的旅店里，向当地人借用沼泽旁边的木板房作为摄影棚。彻夜工作的时候，木板房的主人给我们另找住处。

　　其他独立制片的小厂家家资金维艰，近代影协也很穷，那种困苦已经达到了极限。外景地遍布在千叶街头，荒川堤上，秩父、正丸的山谷之中，我们二十多个人挤坐在运货马车上，因为超载，常被交通警截住。等交通警走开，照旧坐了上去。最后连买火车票的钱也没有了，有人竟从川崎火车站走回东京的临时摄影棚。

演员有民艺的中坚分子宇野重吉，以及殿山泰司、管井一郎、藤原釜足、中北千枝子、饭田蝶子、山村聪、加藤嘉、信欣三以及演小孩的松山省三。

在这部电影里，我扮演因病致疯的卖春妇。她涂着腥红的唇膏、叉开两腿大喊大叫，把女人的羞耻一古脑儿丢掉了。

新藤拿来了一块板子，叫另一个演员猛击我的脑袋，刹那间，头嗡嗡乱响，差点摔倒。新藤说："板子打下去的同时镜头拍好了。"真正的惊险绝壮。《暗沟》刚一公演，宝塚的朋友们有打电话来的，也有写信来的，几乎是统一口径："你怎么了，为什么要演那种下流的角色？太惨了，真可怜死了，看得我直哭……"

对双亲的震动相当大，看了我这难堪的演出，开始有了怜恤的眼神。

对这下流的角色，电影评论家、电影记者们发表了各种看法，其中有一则有趣的报道是这样说的：说是新藤爱上我，在强烈的独占欲的支使下，故意派给我这样肮脏的角色。其实，事实并非如此。新藤由于生性腼腆，对一般女演员，很难毫无顾虑地提出表演要求，特别是第一次合作的女演员，那就更难启齿。对我，他就没有这些顾虑了，能够平平静静地要求我，这儿要弄得脏一些，那儿要点上个黑痣等等。刚一接角色，对着镜子，坦率地说，我不由得想："我也是女演员嘛，为什么总让演这类角色。"又一转念："因为是我，他才能无顾忌地提出要求。"女人就是这样，找到自己满意的答案就心安理得了。

新藤从来不换地方理发，熟悉的理发店迁走了，他也不惜跑路还是到那一家去。吃茶店也只认准一家，食堂也只认准一家。这个腼腆成性的人除了第一次去过的那家店铺以外，再也不去第二家。

新藤就是这样的一个人，不会和陌生人打交道。他使用的演员，绝大多数是熟人。我也和他相差无几。二十七年来，新藤、乙羽搭档，拍的片子真是不少了。在电影界，聚合、分散本是常事，男女之间也几乎如此。他却一直不变，对我这样一个人，十分珍惜，没有其他爱情事件。看起来，他是不会再变的，这也许是拘谨的性格使然吧！

我和新藤的相恋，年轻时通过传话人的饶舌，养父不会不往心里去。外景地归来时，和新藤在箱根旅馆中的一夜缠绵之情辉映在脸上，养父不可能无所察觉。他对和我常碰面的人说："请帮我注意阿信。"

注意的内容，就是我和新藤的交往。

《主妇与生活》杂志上的报道，报纸上艺术专栏里关于我和新藤的杂谈，他肯定猜到了我和新藤之间的关系。我又是那种不会装假的人，从小就是什么心思都摆在脸上。养父母因为经济问题正跟我分着心眼，因此，他们没有提到过新藤。事后，从时常碰面的那人嘴里，知道了养父为我担着心。

几年之后，养父因病住院，才第一次见到了到医院来探病的新藤。养父对新藤说："请照顾信子。"

想到养父当时的感情，我的心纷乱起来。我——一个艺人的母亲和大批发商的少爷之间的私生子，养父完全了解这些而甘愿抚育了我。养父年轻时也有过放荡生活，曾使神户的一位女人生了孩子。

躺在医院病床上的养父，可能这样嗟叹不已："亲娘就是亲娘，我归我，是有遗传吗？还是真有缘分呢？阿信迷上了一个有妻子的导演，若是两人之间有了孩子，那不是还要走她母亲走过的路了吗？"

新藤对养父的嘱托又是怎样想的呢？由于养母和其他亲戚也相继到了病室，新藤更如坐针毡，只探询了养父的身体情况，稍坐便告辞了。

养父了解了我的不义之恋，牵连到经济上的窘迫，当时，我确实是灰溜溜的了。

一天，在摄影棚里，三益爱子突然"嘭"地拍了我的肩膀一下。

"你，你有烦心的事吧！"被她这样出其不意地一问，我不由得回答了：

"是，是心烦，首先是日子不好过。"

三益明明白白地指出说：

"你脸上带出来了。"

三益是位不会顺情说好话的人，从一块演出川口松太郎先生的《宫城广场》以来，一直是我的前辈。关于演技，总是毫不顾忌地说这说那，新演员都很怕她。她，指出我的脸上带出来了，肯定我的脸上是一副为家计所累的苦相。应该是不为金钱困扰，作个真正的乐天派才对。

并不是舍弃了笑魇就解决了一切，表演中的烦恼多于别人一倍，常常为此睡不安枕。拍摄中急得哭起来的时候也有。新藤就说："流眼泪可不行，没法开机器了。"

和民艺以及电影界的老手合作，竞争是严峻的。就像小学生和高中生、大学生混在一起竞泳一样。开拍前的神经衰弱，已经成了习惯。表演上十分神经质：一点小事就紧张起来。我羞于向前辈请教，也羞于向其他人说出真情，我全力以赴地拼搏着。

一段时期之后，有事去请教田中绢代。在久松静儿先生的《安宅家的人们》中同台演出以来，和她一直有来往。当时，她刚从美国回来，她说："沾了美国的洋气了。"

她说了许许多多的事，甚至一个时期想自杀终于熬过来的事也说到了。

"田中姐，我怎样也演不出水平来，苦恼得连觉都睡不着了。我像落水者抓住根稻草那样去向新藤求助。新藤却说：导演终归是导演，没法钻到演员的心里去。那一段，实在是太困难了。"

田中看了我一会儿，说："你演电影几年了？"

"快六年了。"

"我已经当了几十年的电影演员了，现在仍然不断的碰壁，而且觉得这墙在逐渐加厚。五、六年的时间，是难以掌握真谛的。"

过了些日子，田中喝醉了，平日十分娴雅的她，一沾上酒，便兴高采烈起来。

"你说不明白什么是演技？你是这样说的吧？真狂，狂。"她说着，咯咯地大笑起来。

"现在的年轻人比我们聪明吧！不像我们那样去向人请教。大竹忍就不同，她常常跑来向我这个老太婆询问：'为什么这样做呢？''我是这样想的。'等等。她将来会有出息的。"

新藤的事、经济上的事、演技的事，哪一件事也无法使人高兴。

越想越觉得过不去，我处在浓雾之中。在拍摄《鬼婆》的时候，困难上升到了峰顶。养父母因为经济拮据，撇下我回到关西去了，我从杉并区方南町的家搬到了国家电铁品川站附近的木村屋公寓里。一个人过日子吧！不考虑养父母的事。一心扑在工作上，一心想着新藤吧！

新藤也到公寓里来，不过不打电话去，他是绝对不露面的。一星期也好，一个月也好，只要不请他，他是置之不理的。

我并没有感到这是冷落，只不过纳闷："这究竟是个什么样的人呢？"电话中问他："您什么时候来？"他说："明天有可能去。"就这样，白等的时候虽然不多，因工作不来的时候也有。

也有这样的情况，约好的那天没来，第二天也没有来；只好打电话去问，再定日子，我在公寓里等他。

等得真是心焦啊，我不由得硬邦邦地说了："您就不能主动打个电话来！"

"是……我想你也挺忙。"

"我不忙，请主动打电话来，我盼望这样。"

我完全知道新藤有自己的家，有妻和三个孩子，但仍然说了这种不讲理的话。平静的时候，总觉得不该干扰他，应该耐心地等待。女人的心常常会突然变化，这也是事实。

女人，在思虑热恋的男人时，设想的一切都是悲剧，是臆想。

"他准是后悔了，后悔搭上这么个没味的女人。"

"于情于理，是该来看看的。"

"总可以打个电话来吧？可以露露面吧！"

女人也是各种各样的，有的只会以泪洗面，有的就只会抱怨。我是属于后者的。不过仔细想想，我不是妻子，只是情妇，而且，从一开始就预料到了我吞下去的是颗苦果。好像突然明白了自己的处境似的，好像阴云一下子罩住了我。

拍摄中，演得不理想时，怎么也想不出再好的方案来。恋爱如此苦恼，我不知道哪里有救助我的方舟。一瞬间也好么！会照亮我的心的。工作上救助我的方舟在哪里呢？我踟蹰在无尽的黑暗之中，感到此爱情给予的苦恼更甚的剧痛。

扮演鬼婆时，我失去了表演的自信，日日焦躁不安。加上又有这样的传闻，说什么，新藤导演的电影里必定出现乙羽信子的结果是使新藤的电影世界变窄。我不知道我该怎样做才好。新藤在公寓里过夜的时候，我像被人驱赶着一样安静不下来。新藤睡下了，我却连半点心思也没有，这就是人们常说的同床异梦吧！

爱恋着的对方就在身边，作为演员为表演而苦恼的我却不能入睡。

一会儿之后，我猛然听到了一声断喝：

"这个时候，你在干什么？"

我恢复了清醒的意识。

穿着睡衣的新藤站在我的身后，我是在厨房里刷锅。为什么半夜三更会跑去刷锅？我一直没想出个原因来。

女 30
人
的
意
志

加入近代影协后不久，我读到了一篇某权威评论家写的题为《新藤与乙羽》的报道，我头脑充血，只想从那样的场合中逃开。

"乙羽信子不应该再在新藤的影片中出现。她的出现，就是出现负数; 殿山泰司还行, 乙羽已经定型了, 她没戏, 已经该换换主角了吧！"

意见十分尖锐，指的是我拖了新藤的后腿。

几天之后，在摄影棚里，意外地见到了那位评论家。为了新藤，也为了拼命演着戏的我自己，我急欲知道他那篇文章的真意。我说："对不起，想向您请教，您说我不应该再出现，您真的是这样认为吗？"

"当然，那样认为才那样写的。"他直视着我的眼睛，说了。

当时，我有时觉得自己演的够可以的了，我能做到蓬头垢面、傻里傻气的就行了。评论家指责的正是这一点。虽然不无委屈，意见却是对的。

我不喜欢称为记者这个行当的人。当时，不负责任的记者和评论家可以说不在少数。一件礼物就可以使评论的内容变好，也可能变坏。在演员们集中的场合，故意这样说了："某某小姐，多谢多谢，每天早上必用！"并做出刮胡须的样子。当时，电动刮脸刀是最珍贵的东西。也有的记者十分霸道，扬言："老子的笔杆一动，就会给你们个样儿瞧瞧。"这个评论家却并非一般，他清高又公正，是个正派人，多年以来他的评论都具有参考价值。

说真话，这则评论是辛辣的，他说的对，我简直要晕过去了。

给新藤打了电话，他到公寓里来了。

"先生，我没能给您的电影增彩，十分抱歉，我决定引退，请另选合适的人吧！"

我只是个半拉子演员，将来能好到什么程度可说不准，拼命干下去，可能也一无所成。我不愿意拖累新藤。作为艺术家，他远比我们优秀。能够因为我的告退而使得他的影片获得更高的评价，我的离去就有价值了。

"别人说什么都没关系，乙羽君，你有潜力，作为导演的我，明白这一点。"

"……"

"你要继续下去。可以说，我是通过乙羽君认识了女演员的。人的一生中，能够相知到底的人是不多的，我是把乙羽君作为后盾的。"

新藤在我即将熄灭的心火中，注入了油。

我是逼上梁山了，累死也得干下去。《鬼婆》中的面具，把我变成了另一个人，全部如此。开始的感觉是我这个人已经消失了。那是个使扮演的吉村实子毛骨悚然的形象，只能演下去，观众不叫倒好就行了。

样片终于出来了，看到自己的脸时，我愕然了。早已告别了的笑涡竟然在鬼婆的左颊上跳动起来。我不止一次请求新藤补拍。

《鬼婆》影片中，我和吉村实子的人物关系是婆婆和儿媳。两人住在灌木丛中的一间小屋里，逮着落荒的武士便把他们杀死，卖他们的盔甲维持生活。其中，有两个裸体的镜头。开开窗子的话，小蚊小虫便都飞了进来，只好关着窗子拍摄。屋子里热得蒸人，脱衣服就比较顺当了，这是我第一个裸体镜头。

看到了《鬼婆》的完成片，我想死的心都有。搜遍全身，连一星星可爱之处也没有。这样的演员，可以说是俯拾皆是，我陷落在这样的感情里不能自拔，我莫名其妙地觉得自己是迷路了。

工作做不好，爱情之灯趋于熄灭。当时，两人的关系并未公开，我承受的只有孤寂。作为自我安慰的自己的工作做不好，我失去了自信。

不做演员，做个去向人家索取生活费的外家吧，我的性格忍受不了这个。除了演员之外又不会干别的……翻来覆去地这样思忖，不作演员，我就什么都没有了，我必须工作，只能当好演员。当时对工作的执着，现在仍然支持着我，能够和新藤持续了二十七年，主要是来自这对工作的热忱。当时如果舍掉演员这个职业，和新藤也就准会分手了。

我的生母为不相称的恋爱活着，那个不被容忍的爱情终结之后，她以自杀清算了自己的一生。我采取了和生母完全相反的生活之路。

什么样的描写也难以说透我对新藤的痴情，我也曾有过这样的想法，新藤如果突然弃世，我肯定也活不下去了。爱上有妇之夫带来的惨淡日月，我以女人的心体会到了一些。但我仍然徘徊在这个爱情的窄巷里，一个人在踽踽行进，没有回应。从这点来说，和生母的爱情如出一辙。只不过，进入这条爱情窄巷的原动力是"盼望和所尊敬的人一块干事业", 是 "要为成为一个表演艺术家而磨砺。" 一般的姑娘们考虑的是爱情通向结婚, 我这个生不逢辰的女人考虑的是爱情通向工作。心灵深处存储的就是这个信念。生母的心灵深处想的是: 爱情、得子、结婚。反过头来审视二十几年前的自己, 就是如此。当时, 并不是十分明确伦理、世道的力量。考虑爱情与事业的关系时, 是事业至上的。虽然能够说出为爱情舍弃事业、舍弃亲人、甘心委身于泥沼的女人的心是个什么样子, 但并不理解这样的女人。

听到关根惠子舍弃舞台和所爱之人潜逃了的消息时, 我认为她不过是一代古人。她真的认为为爱情就得舍弃一切吗? 据说, 她是很有才华的。作为女演员, 我是深有体会的。事业是油脂, 依靠它, 爱情才能像新鲜的树叶一样, 光绿柔润。离开舞台, 爱情的嫩叶必将枯凋。我仿佛看到了那有才华的演员, 为爱情离却事业而使生命失去光彩的进程。

有了事业就有了我的一切, 我为能成为新藤的得力合作者而欢欣。我尽量压抑着对新藤的感情, 在现场中尽量淡然处之。因为这样过分谨慎而使自己疲惫不堪, 总觉得我是在众目之下。只有和其他导演合作之时, 我才能松口气。

虽然如此, 我不过是个傻女人, 人们的眼睛是亮的, 和新藤结交后不久, 摄制组的人们对两个人的关系就很清楚了。

刚进独立制片厂时, 没有化妆师, 新藤急得焦躁不安, 我就到女演员当中去帮助化妆, 帮助新藤作做工作。我是这样想的, 如果我什么都不做, 人家会说: 导演的情人嘛, 当然得端架子了。我若是在他身边乖乖地呆着吧, 人家又会笑话我, 又不是导演老婆。所以总是尽量找事干。

"乙羽小姐，你做的过头了哟！"摄制组的人这样说了。因此，在拍摄现场，有时候我真的不知道自己该怎样做才好。

说我做的过头，因为我不是妻子，是并非妻子的女人。我在工作现场的努力是徒劳的，我这样想着。

两人的相知，被我讨厌的记者先生知道了。两次，三次在《妇女杂志》上作了报道。我不由得问了："尊夫人读过这些杂志了吧？"

没有回答。

"她已经知道了我们的事情了吧？"

没有回答。

"怎么办才好呢？"

对妻子、对孩子，新藤都十分亲切，他可能希望能全部买下这些说三道四的杂志吧。

新藤看得出是十分苦闷，但对我从未有微词。我这种拷问式的质问，他会这样想吧——缠上这么个讨厌的女人真是失策。

夫人可能已经知道了真情，但并未向新藤提出过任何询问。

在爱恋当中，任何时候都切盼理解对方的真情。可是我，我捱过了一段时间仍旧一无所知，我甚至鲁莽地质问他，他到底是爱妻子还是爱我。也曾提出过分手的话，新藤很可能并不明白我是怎么回事。

仔细分析分析，这二十七年来，对于男人的思想感情，有的是闹明白了，不明白的地方还是占多半。女人是这样一种人，只要是自己刻意追求的事，就是身陷泥泞也仍然持有热情。男人则不然，可以根据情况四舌五入，不要求得到彻底的理解。我的心里究竟如何想法，新藤似乎并不清楚。只能是互相背叛，在互相背叛中持续交往。世间，不受欺骗的人是没有的，有点小小的谎言也可以吧。新藤和我结交以来，便是背叛了妻子，和妻子厮守就是背叛了我。再加上对孩子们的感情，真个是二重三重的背叛纠结在一起。

我也有过对新藤以外的男性感到魅惑，一心想和那个人见面的事；可以说，产生了相当的好感，但绝不是那种只有他一个人使我动心的感情。他是和我同场演戏的演员。拿他各方面同新藤一比，只过往一次便宣告结束。这样的人有过三两个。和他们相见的时候，便觉得是对新藤的背叛，反倒更加渴望和新藤相会。立刻打电话给他。见到他，比以往任何时候都炽烈的感情汹涌澎湃，我像着了魔似的兴奋。

恋情如此苦涩，生活如坠深渊。《鬼婆》完成以后，进项仍如既往毫无着落。已经向新藤借过几次钱了。近代影协经济窘迫，毫无办法。

中国招待参加电影节的时候，我代表近代影协和制片人凑保女士一齐到中国去了。同行的同行有二十四五个人，原准备参加的山田五十铃和香川京子辞谢不去，女演员便只有我一个人了。

当时，日中还没有建交，到中国去，说不定回国后会丢掉工作；因此，好多人都退出了。日中友好协会的人也很犯难，虽是中国招待，进入中国之前的旅费还需要自理。我没有积蓄，近代影协也拿不出钱来。结果，中国负担了全部旅费，我才得以踏上了中国之行。

我是有目的前往的，我说服新藤把《缩影》卖给中国。凑保曾在中国的上海读过书，中国话说得十分漂亮。我们向中方提出了请他们购买《缩影》的要求，为了等待答复，在中国滞留了约五十天。

以石川达三为团长的文化使节代表团从苏联到了中国，我们在北京会面了。杉村春子、木下惠介、芥川也寸志都是代表团成员。当时正是苏联和中国的蜜月时期，可以自由进入苏联。由于苏联正值夏休时间，大剧场的芭蕾舞停止公演，杉村才不去苏联而改路来到了中国。从外地回到北京，得知《缩影》以相当好的价钱卖给了中国。在电影杂志和报纸上写了介绍文章，得到了一些稿酬。

回国之前，我买了几块翡翠。回国后，翡翠救了急，解救了生活上的困难。

宝塚时代，为了给家里盖房子出去借钱时候，我羞窘得不得了。这次卖翡翠，我平心静气："请您买下这块宝石吧！"说得平平常常，这可能是因为我太穷了。

当日的翡翠，现在一块也没有了。

31 共演者

我经常哭。

私生女的眼泪，不知为什么，像热铁的熔浆一样，烧得眼睑疼痛。俗话形容的"花露一样、珠玉一般的女孩儿家的眼泪"我没有流过。

哭泣之夜的翌日清晨，带着稍稍肿起的眼泡，努力作出不使人惊诧、平平常常的样子出现在摄制组。还是两周前相会过，和新藤两个人厮守的日子好像已经过去很久了。不能直接往逗子的他家打电话，打电话到近代影协，说是他工作完，马上就回家了。这样的日子连续几天之后，我的思绪烦乱之极。不由得想这想那：是太太病了呢？还是为我们的事，起了家庭纠纷了呢？私生女儿的眼泪流起来没完。

就是这样的时刻，作为演员，也有立刻振作起来的特性。不管过的是如何郁闷的日子，由于具有时时与外人接触的惯性，也能表现得明快，至少不会改变平日的模样。

比如，很多大明星都几乎如此，多长的台词都能自然地流利地讲出来。其实，训练之苦鲜为人知。山田五十铃也好、杉村春子也好，为台词，以必死的苦斗精神，甚至招致神经衰弱来冥思苦记。杉村在家里，常常大声背诵台词。她谢世的丈夫雪说："她不住嘴地说、说，就和疯子一样。"

我的台词，在台本的哪一页、哪一段，我都作有记号，划着红线。不用自己的台本，我就无法演戏。辰已柳太郎说："我跟你一样。"

有一次，在出租车上，脑子里尽是新藤的事、新藤夫人的事，各式各样的事搅在一起，把台本忘在车上了。简直要把我急死。幸亏司机及时给我送了来，才免除了一场灾难。当然，在排演场上，我丝毫没露声色。

舞台演出时，也有过忘了台词的事。有一次，和市原悦子同台演出，刹那间，脑子里一片空白，想不出台词是什么。舞台上有好几秒钟冷场，事后向市原道歉，说："台上那会儿，我是懵住了。"市原安慰我说："那恰好是一段亲切的台词，稍微顿一顿，说不定更合剧情发展，观众没觉察到，没什么。"

演舞台剧的时候，有提词的人，电视直播的时候便一点辙儿都没有了，那么直观地和观众相对，要忘了台词，便一切都砸了。三十年间的舞台、银幕、屏幕生活，差错可不在少数。

一次失败以后，笨拙的我，脑细胞一个一个地紧绷起来，什么新藤不对、什么爱情苦涩、什么杂七杂八的事一概消失掉了。

人家都说我不会爱娇，和新藤幽会的时候，一古脑儿舍掉女演员的衣着，成为一个女人吧！却不知不觉间又显露了我那酷似男性的性格。

殿山泰司在这家、那家杂志上写着："乙羽姑娘没有媚气。"这是了解我的男性对我的一种评价吧！很辛辣，不幸我那偏激的性格确实像泰司说的一样。

宝塚时期，淡岛千景和我都是演女角的。演女角的男人性格，演男士的偏有女气，直到进电影界后才感觉到了这一点。

我很喜欢泽村贞子，常到她家里去打麻将，常去的就是那几个人：

有原节子、久我美子、中北千枝子、沢村的丈夫和我。

当时，原节子被誉为"永恒的处女"，是男人们憧憬的对象。就这个原节子，笑容满面地上了牌桌，一触到牌，手就来劲了，原来和和气气的脸也严肃起来。我喜欢拿着牌停那么一会儿，琢磨琢磨。等不及的原就会说道："你磨蹭什么，快打吧！"

"请你稍候，我要考虑考虑。"

"考虑不考虑都是一回事，你快、快点吧！"

银幕上的原节子和麻将桌上的原节子简直判如两人，也够有意思的了。

"别耽误时间了，该打的打出来不就完了吗？"就这样连珠炮似地嚷嚷着。在这组成员里，男人脾性的我却是最随和的人。

"那就悉听尊便吧！"一向饰演温静娴雅角色的原，动起气来了。

《下定决心的大夫》这部影片，由森繁先生主演。森繁的戏无可挑剔，语言也十分美好，是个不可多得的人材。只不过，这个人，拿迟到不当回事。在我们一起拍车站前的系列片的时候，他和三木每天一小时甚至一个半小时地比赛着迟到。男演员列阵守候的是伴淳三郎等人。女演员淡岛千景、淡路惠子都在规定的时间之前到达现场。森繁左一句右一句地说着逗笑的话，引得大家哄笑起来，这样投入拍摄。

《下定决心的大夫》有几场和原节子同演的戏，森繁仍然继续迟到，把原节子惹火了。她组织摄制组全体成员在摄影棚前摆阵相迎，迟到的森繁又说着笑话往里走，大家谁都不笑一笑，这可是相当的阵势。第二天森繁就不敢迟到了。这就是连导演也高看一眼的原节子那严肃的一面。

我也被森繁耍笑过。同台演出的时候，菊田一夫告诉我："森繁说，和加治那样古板的女人演戏没胃口。"很可能，森繁说的是句玩笑话，我听了却很不是滋味，脸上立刻露出了不高兴。说给我听的菊田察觉到了我的情绪，立刻跑到后台去，把森繁支开了。

有一天，刚好有个机会见到森繁，我声音打颤地质问他："您说不愿意和我同台演出，我也没感觉到您的魅力，拍电影是导演说了算。那另当别论，舞台上，从今以后我绝不与您同台演出。"

森繁立即辩解说："我怎么能那样说你呢？我没说，我没有，是传话的人说走样了。"

那正是森繁拍摄车站前系列片的高峰时节，也可以说是他的全盛时代。他一准会认为我是个任性的女演员。我就是这样，一定限度内可以忍耐，超过极限便非爆发不可。老前辈森繁说什么不愿意和我合作的话，我的血一下子涌到了头顶上。这种男子汉的脾性，原节子有，我也有。

那位原节子，现在在家隐居。她通过年轻时就混熟了的一位东宝公司的梳头师傅，时时带话给我，什么"电视中看见你了"，"你的戏越演越好了"等等。还向人说："乙羽原来不怎么灵巧，现在好起来了，见到她的时候，把我这番意思告诉她。"

"永恒的处女"那爽朗的气质令人怀恋，我的眼前浮现出她那娴雅美丽的形象。

原和我，都很倔犟，她一个人过着独身生活；我呢，作为男人的情妇，二十七年蹉跎而过。从这一点来说，我俩都是那种自我挺进之人。

因为无意和望月优子妥协，因此，我不想见到她。独立制片厂时期，我俩是最亲密的朋友，演戏的事，私生活的事，无一不谈。她牵记着我为新藤陷入的苦境，劝我信教。当时，她为放荡的丈夫、为孩子忧心忡忡，信教信得很虔诚。我是无神论者，我不想在没有办法的时候依赖神明，我拒绝了她的好意。

几年之后，又和她共事。当时的望月女士，宣称朝鲜双方的差别应该通过政治途径解决。她在一个小剧场中演出，鼓吹无差别运动，那个小剧场待遇低微，生活很苦，她却目光熠熠，精神百倍。

她本来是巴黎红风车剧场的红人，突然热衷于表演《米》呀、《货车之歌》等剧目，真是个一百八十度的大转变。和丈夫的生活方式、思想方式、欣赏唱片的趣味完全相异，说是就讨厌资产阶级的一切。

一天夜半，突然接到了望月的电话。

"我要拜托你一件事。"

"什么事呢？"

"我参加这次议员竞选，请你支援。我想小乙羽肯定会大力支持我，所以半夜三更地打电话给你，请恕我冒昧。"

"我明白你的心意。只不过，作为一个演员，我不想参与政治，不为任何人应援。因此，我也不能支援你，请谅解。"

她没有应声，这意料外的回答扰乱了她的方寸，从电话线中传过来的音响使我明白了她的心情。在放下电话机的瞬间，和她的友情也割断了。

我最讨厌为政治的目的到处拉选票的人。作为演员，失去了一向尊敬的朋友，我十分难过，但我不想向她妥协。

在独立制片厂制片的时候，曾无数次被人要求在政治上为他或她壮壮声势，我一概予以拒绝。虽然也曾去拜访过某些政党中的政治家，那是为了向他们对我们拍片给予的帮助致谢。也有的政党拜托做些有关政治的工作，我以除了演员以外的工作无能为力而加以拒绝。

一位政治家的母亲是位有名的产科大夫。在电视连续剧里，我表演她的一生。我去拜访这位产科大夫时，她已经病弱得卧床不起了。大夫亲切地望着我，紧紧地握着我的手不放。当时，见到了大夫那位身为政治家的少爷。他给我的印象坏极了，他以对优伶人的礼仪接待了我，实际等于说："你只不过是个戏子……"不久，那位产科大夫便去世了。我却接到了一位自称是那位政治家的秘书的男士打来的电话。他不厌其烦地絮叨了好几遍，说的是："选举中，请您列名为推荐人之一，只列名就行。"

我对着电话说了："认为我只不过是个戏子的先生，竟会打这样的电话给我，我还没有伟大到可以把名字借出去的程度，我当然不推荐，我也不投票。"说完我要说的话，我就把电话挂断了。

我就是这么固执的女人，强压着感情的时候，脸上一副苦相，对方一眼就能明白我的心意。到忍耐不住的时候，像决堤的水似的冲向对方，这使得自己也陷于窘境。犟脾气的女人并非是生起气来就没完没了。当时，也就是当时气得不行，时过境迁，便一切都烟消云散了。

开头，我曾说我是爱哭的女人。其实，应该改作：我是爱生气的女人。

我想，我之于新藤，很可能只不过是件行李。

32 沉默的世界

在东京的银座街上，有一家叫"冈半"的专卖鸡素烧的餐馆，若干年前，曾是家旅馆。和新藤的隐蔽的爱情，由于情报网的宣扬，大部分熟人都知道了。因此，作为情侣，难以公然相会，冈半是我俩相聚的密处。

那是幢日本式的建筑，颇类似和新藤定情的京都的那家旅馆。十分安静，我们租用了两个相连的房间，一间八铺席，一间六铺席，房间里有个小小的洗澡间。

由新藤的电话约定，我们分头到冈半去。我坐出租车到银座，在银座买点什么，然后步行到冈半去。

新藤讨厌女演员为隐蔽自己而戴太阳镜。我为了躲避影迷也戴过太阳镜。新藤说："我讨厌那种以为自己是明星，就得打扮出明星派头的人。"因此，我后来很少戴太阳镜。若是把头发做得高高的，新藤就会说："这个发型不好看！"总之，他厌恶造作，喜欢顺乎自然。我去旅馆的时候，从不戴太阳镜。

到了旅馆，熟悉的女侍已经等在那里，立刻引我到房间里去，新藤总要迟一些才来。

"先生来了！"

女侍打着招呼，毫无声息地拉开屋门，新藤走进来，"唔"了一声。他拿着包着书的包袱，这是来幽会的，为什么还要带着书？我觉得不可理解，有时他在屋子里兜圈子踱步，包袱就那样在桌上放着。可能他觉得单是为了幽会到旅馆来不好意思，才带了书来的吧！

和我相会的时候，脸上也从未露出过喜色。只不过是一句："嗨哟！"便盘腿坐在坐垫上，喝起茶来。又是一声"嗨哟！"起身入浴。以比鸟儿梳理羽毛还快的速度洗好了澡，换上浴衣，打开电视，收看体育节目。

他十分喜爱体育节目，电影呀、话剧呀，多么好的作品他也不满意。在他，那是不完满的世界。可是在体育项目里，特别是拳击，谁胜谁负，常常像新藤预料的一样。

这天晚上，两个人厮守着，我调到他爱看的体育节目。一边向他搭讪着：

"今天，摄影棚里发生了一件有趣的事。"

"噢，是吗？"他漫应着，视线并没有离开电视屏幕。有时连应声也没有。

爱恋着的男人来了守在他身边，别管他是什么态度，女人都能谅解，都会感到甜蜜。不喜欢的男人运来山一样的糖，也不如喜欢的男人拿来的盐甜。"喜欢""爱你"这样的话直到现在也没说过一句。整晚上，他默不作声也罢，我总是以"他就是这么个拘谨的人"来解释，主动给予了热烈的情爱。

新藤自费拍摄的《裸岛》，通篇没有一句台词。演员也只有我和殿山泰司两个人。内容是，为了生存，一对夫妻，不停地挑水、挑水，灌溉那干芜的土地，那是濑户内海中一个不毛的小岛。今天、明天、再明天，为了活下去，全力以赴地灌溉、灌溉。真切地再现了为生存而奋斗的人的姿态。戏剧中，人物一登场，台词便伴随而来，其实，那是在补偿没有充分使用胶片的缺陷。《裸岛》一切诉诸于形象，以不用语言的做法来表达内容。这是一部形象化的实验电影。《裸岛》在莫斯科的电影节上，获得电影大奖，赢得全世界电影界的赞誉，在六十四个国家上演。

来自法兰西的一位电影评论家说："这部影片什么都没说，却是什么都说了。"

这一年，我已经三十六岁了，得到他的爱情之波已经九年了，这不正是"裸岛"吗？九年间，我们俩说过的话究竟有多少呢？恰如那位法兰西人士的说法："什么都没说，却是什么都说了。"从来没交换过对爱情的展望，却是在不断地向干枯的心田注入清泉。我，作为新藤的情妇生活下去呢？还是应该和别人结婚呢？我有时陷入这样的迷惘之中。

我并不憧憬结婚的形式。决心作为新藤的小妾生活下去吧！作为情妇，一个人守着孤独直到死去吧！隐蔽中的孤独感强烈地袭击着我，那确实是一种难以忍受的、可怕的、左也不是、右也不是的惨淡的岁月。

正月中这种悲戚更加浓重，想起当年的正月的情景，真是一言难尽。正月是举家团圆的日子，我却形单影只。新藤在逗子的住宅里，和夫人、孩子，安恬地欢度佳节。摄制组的成员一大半回家去了，不回家的人也各有相聚的处所。正月一来，我就后悔，后悔不该迷恋上那有妻室的男人。

正月的假日一般是七天。和他七天，八天见不着的时候常有，正月的七天对我来说，委实是太长了。

我仿佛看到了新藤怎样过年，又觉得什么也不知道。我想象，他和夫人也一句闲话也没有吧？或者完全相反，一直在喋喋不休吧？我甚至盼望，他能从逗子的公用电话间里打个电话给我，只说一句，"新年好！"也好。模拟着他那逗子家庭的情景，再看看孤单单的自己，不由得烦乱起来。

这冷清的正月过了几次之后，便也习惯下来了。其间，朋友们在饭店中饮宴，我也应邀前往。尝一尝从不沾唇的美酒，头马上晕了，靠在那儿休息一下，朋友们说了："喂：加治，还是结婚吧！""你真的要和先生这样过下去吗？"我闭上眼睛，眼前只有新藤的形象。

年轻的女人，一旦迷上了中年的男子，再遇上多么漂亮的年轻男人，也不过只有一种假花的感觉，觉得他欠缺男人应有的深沉。作为朋友熟悉之后，怎么也滋生不出能够陷进去的爱情。身为一个女人，我这样的脾性是可悲的吧！

终于，元旦时分，元月二日在逗子家里，三日、四日到我的公寓来了。岁末时，我问："年下能来吗？""三日或四日吧！"这样预约好了。第一次听到这样的诺言时，我的心热了起来。煮上红豆吧，作点油炒牛蒡丝这样清淡的小菜吧，买点他爱吃的水果吧……这样计划着，在厨房里忙来忙去的我，心是安定的。

四日的午后，公寓的音乐门铃响了，为了稍稍地修饰自己，开门晚了一会儿。门铃又一次响了，我知道这是新藤来了。心慌起来反倒不能应声而出了，门铃继续响着。

"唉呀，对不起，门开晚了。"

深深地戴着鸭舌帽的新藤走了进来，四目相遇，他只是一声"唔！"便在茶间坐了下来，大正月的，连一句贺年的话也没有。

"吃饭吗？"

"不。"

"那么，那么洗个澡吧？也许水热了些。"

"嗯。"

"洗好后，再吃点什么吧？"

"嗯。"

这样说着，迅速地换好浴衣，到洗澡间去了。他从来不用浴皂，很快就洗好了，重新坐在桌前，打开书看了起来。几个小时过去了，他仍然在追逐着铅字，有时伏案疾书，看到的只是原稿纸上那越来越多的字。

和新藤，未尝有过"恭喜"这样的互相祝愿。我用"哎呀"迎接，他用"唔"回答。帮助我做杂事的小姑娘说了："先生真是个怪人，怎么一句话也没有呢？就是说一句话也好啊！"不过我已经满足了，在新藤身边准备晚饭，看到他的侧脸，我就满足了。

停上两天，再回归逗子家中。瞒着夫人到我这儿来过年，就这一点我已经十分高兴了。大正月地离开家，会安安静静地在家里待上十天八天的。新藤走后，我这样想着，便和朋友们一起吃饭呀、看戏呀玩了起来。又怕没和新藤打招呼，他会不高兴。怕他嘴里虽然不说，脸上却露出一种神气，像是问我："这十天，你干什么去了？"不过，新藤确是一次电话也没打来过。

这种生活方式，按世俗的说法，是外家，是小妾。我是有妇之夫的情妇，但不能说是外家，因为我没索取过生活费。我依靠自己的职业生活，这使我有一种奇妙的自豪感。我这好胜的脾气，没接受过生活费用，我有足够的能力养活自己。

"乙羽君，生活上苦了你了。"

新藤主动送我生活费，我断然拒绝。我是在精神上依赖他的，只此一线奢望。和新藤幽会的旅馆费用，我们也交替负担。这一点人们是很难理解的吧？和新藤这样的关系，人们会以为是新藤提供给我绝大部分的生活费。对这些猜测，我无可奈何，只能咬紧牙关忍受。

正月过去了，春天降临，作为演员，我又投身到纷繁的工作之中。

有一天，我注意到了前来的新藤满脸阴郁。他不是那种让不安和困惑形之于面的人，也不是哮喘病那样的、只埋怨市间空气混浊的人。他工作顺利，私生活和谐，现在的脸上是少有的痛苦，一向锐利的目光显得茫然起来。

"老婆卷行李走了。"

"有什么留言吗？"

"没有。"

肯定有我的干扰在内，我能理解美代为人的感情。虽然我们爱的是同一个男人，作为女人，我理解她。我无以解脱的时候，就躲进工作里去，美代夫人却无可凭借。我的心痛楚起来。

我只远远地见过美代夫人一面。那是新藤的长子太郎夭折的时候，我没有参加吊唁的仪式，没有到逗子的住宅里去见美代夫人。我并不只是想当然，结合一件件具体事例，头脑中想摆也摆不脱。我知道那痛苦的程度。作为新藤的情妇，作为干扰了新藤家庭生活的闯入者，我无颜面对新藤夫人，我那愧对、那引咎的心情无法安静。

太郎夭折，是昭和二十九年、近代影协拍摄《狼》片的时候。噩耗飞到外景地现场时，新藤说："就是现在奔回去，也见不到儿子一面了。"继续工作起来。独立制片厂不能延误外景时间，没有能力补足延误周期的费用。

"我不想参加太郎少爷的葬礼。"

"你不去，人家会觉得奇怪。"

我只好低头俯首，参加了人们的行列。

就是那个时候，我从灌木墙丛的掩映中，看见了穿着丧服的美代夫人，只看见她的背影，我的身子便僵住了。

我曾想要一个我和新藤的孩子。不能结婚，就作为情妇吧。但是，一个人是难耐老来的孤独的。我的生母，就是难以忍受老来的孤独而自杀的，那是多么凄凉的日子！我不愿像生身之母那样孤寂、凄惨地死去。生一个新藤的孩子，就是和新藤分手，也可以生活下去了。不久我感到身体有变化，烦恼的生活开始了。如果我要孩子，我就不能继续当演员。失去工作的生活将如浪上的浮萍。不能丢掉演员的工作！我悄悄地销毁了那生命的萌芽。

33

《爱妻传》续集

昭和三十四年的春天来了。

养父加治千太郎因为胃病卧床，在神户住院了。检查结果，断定为胃癌，已经看了两三家医院，据说动手术也无济于事。和他以前看过病的东京池上的岛田医院联系，医院同意给他再做检查。我带了岛田医院的护士把养父接到东京来检查。结果证实，确实是癌。

请医院给做手术，开刀之后，发现胃的绝大部分已经为癌占领。没过几天，养父便感觉到肚子痛得不行，发出了拼死的呻吟。打上麻醉药以后才平静一些，后来，麻醉药也失效了。但他本人并不知道得的是癌。

养父在关西的朋友，特意来探望他。

"老哥，你的脸色不对，莫不是癌吧！"

我听了这话，心都缩紧了。

"不，不！不是癌，是胃溃疡。"

养父有气无力地说："我要和你一块回关西去，阿信，咱们回关西吧！"

真是没有办法把垂危的养父送回关西。大夫说旅途会发生意外，养父才断了回归的念头。

我正在日本电视公司拍电视剧《奶奶》，只要拍摄一结束就立刻到医院去。在我刚一踏进公寓的大门，就听见养母在打电话，她在到处找我。

我奔向医院，进了病房，叫了声"爸！"

养父应着："阿信，你来了。"就只翕动着嘴唇，还要说什么，但已经发不出声音来了。

"爸！我知道。"我立即安慰他，他脸上露出放心的神色，逐渐陷入昏迷，呼吸慌乱起来，一般情况，这种状态也就持续两三个小时。养父的心脏很好，一直从白天持续到夜晚，我按着他的脉搏，那慌乱的不规整的心的搏动，恰像我当时慌乱的呼吸，我几乎要晕过去了。

殡仪人员来了，看见在按着脉的我，又慌忙躲开了。

养父抱着私生子的我，教我学艺。宝塚时期，怕流氓加害于我，每天在门前等我。这样一位固执的父亲，虽然没有血缘关系，我却最喜欢他。

养父的脉搏停止了，我脑海中的往事也随之消逝而成为真空。病房里，为什么只有东乡晴子和养母的亲戚呢？最初哭出声来的是亲戚们，接着是养母，奇怪的是我却一滴眼泪也没有，头成了空洞，只有风从里边吹过的感觉。

我像看着一堆东西似的看着哭泣的人们。演戏中，抓紧死去亲人的遗体，大哭大喊喧闹着的场面常有。其实，最亲近的人死去时，人是没有眼泪的。

养母、亲戚通通离开病房走了。我独自守着遗体，等待着仲春的黎明降临。天亮以后，养父将化为灰烬。握着养父那逐渐冷却的手，望着他那深陷的双颊，我一点睡意也没有了。

一位三十多岁的女护理员走了进来。她说：

"在医院里，我见过不少临危的病人了，在意识里和人世诀别的，首先是夫妻，其次是亲子。令尊在意识朦胧中已经和令堂诀别过了。您闯进病房的时候，他是从昏迷中醒转来的，他在等着您，他说：阿信，你来啦？"

当时一片空洞的脑子里，却记住了这位护理员的话。

第二天，火葬了养父回到公寓，我才第一次哭了。泪尽之后，不由得想着：不论是谁，只要是死了，就要化为灰烬，那就什么也谈不到了，趁心脏还在跳动的时候，按照自己希望的方式生活。去吧！当时，我是三十四岁。

养父故后，我和养母分别立了门户，我不喜欢养母的那些亲戚，情愿一个人生活下去。

围绕着新藤的情况有了突变。昭和四十一年，他终于和美代夫人离婚了。不管他如何否认，我明白，他们离婚的主要症结在我。新藤说："如果因为你，早就离了，这是因为我。"我不相信这话。

新藤喜欢用背叛这个词，他说："我背叛了一系列的人，我是弱者。"

新藤对夫人、对我都在说谎。当夫人听到关于我们的传闻问及他时，他说："这些事宣扬开去对乙羽小姐不好。"对我则说："家里的一个字也没提到你。"他就是这样一个体贴人的人。

他离婚后，劝我入他的户籍，他说："乙羽君，我决不背叛你。"

我却拿不定主意了。我十分珍爱对新藤的爱恋。我也从来没有想过要战胜我的"情敌"，把他据为己有。我是个渺小的人，我怕到那个留存着夫人影响的家里去。已经人到中年的我，认为：他给予夫人的爱和给予我的爱是有区别的。

养母的死亡通知给我的时候，我是真真切切的孑然一身了。

可能由于疲劳过度，演舞台剧中间，我得了胃溃疡，之后又影响到了肝脏。我躺在医院的病床上，感到了难以忍受的孤独。人到病时，孤独感、软弱感会相伴而至。如果我还年轻，也很健康，爽爽快快地嫁给他当然是最好的了。现在正式结婚，就要住到逗子的家里去，就要操持家务，也就必须减少演员的工作。与其那样，不如这样泥里滚滚，做个自由的女人吧！

即便是有很多不安，"结婚"也仍然没有使我感到强烈的魅力。男人和女人共同生活其中也各有千秋。相濡以沫白头偕老的夫妇有，另有情人的夫妇也不在少数，比起形式上的结婚，我觉得还是这样和新藤时而相会的生活更值得珍贵。

但是，岁月催人，孤身躺在病床之上，没有着落的巨大不安包围着我。还是不做演员，到新藤的身边生活去吧！

新藤的二儿子次郎和长女银子，十分懂事。次郎君在近代影协作摄影助理，和我说得来。银子也对我颇有好感，因为都怀有复杂的感情。作为女人，小隔阂也有。两个人都知道我和新藤的关系。离婚后，美代女士因脑溢血病故之后，两个人都劝我和新藤结婚。我高兴极了，当然，也觉得给这样的大儿大女作后娘不好意思。

一天，我向新藤说："先生，我不演戏了，到你身边生活去吧！"

和新藤定情的京都之夜，我是主动者，这次，我是"求婚"者。新藤是理解这一切的。他说："只要你愿意，那当然好。"

"我一向任性，请原谅。"

"不过，我想你还是愿意当演员的。"

"是。"

"那就继续下去吧！"

"那能行吗？"

"我考虑过了，我已经上了年纪，说不定会有不测的变化。到那时候又撇下你一个人，如果有工作，你会觉得有靠头。"

我高兴得无以复加。耀眼的星座一般的爱情包围着我。

继续做演员，住在东京比住在逗子的自宅里方便些。当时我住在涩谷的公寓里，是用借款买下的住所，还有一千五百万的分期付款要交。近代剧场在赤坂。新藤说："离公司近一些，做起事来方便。"他建议我把涩谷的住所让出去，在赤坂买下了公寓。还旧居的借款，以及买新居，新藤付了全部费用。

事后才了解到，新藤结合自己的一生、自己的年龄，特别是考虑到对我应该负起的男人的责任。作为人，什么时候死去，是难以预料的。由于死而留下的无可弥补的歉疚，新藤已经不止一次感觉到了。

双亲之死，最近的广岛姐姐之死……对比他大四岁的姐姐，幼时的新藤是十分跋扈的。上小学的时候，和姐姐一块向学校走，不止一次把脚上穿着的雨屐甩到田野里去。姐姐撑着伞，踏着田间的小路去拾他甩掉的雨屐，弄得满身泥水，哭着把雨屐拾回来给他。因为他小，原谅了他的恶作剧。

"我支使姐姐去捡雨屐的恶劣行为一定要补偿。不过，人无法使时光倒流，姐姐对我的手足之情，我无法报答了。"他这样说。

他是这样一个人，自己单方面努力就能办成的事，一定单方面完成。关于我的入户问题，他是以感激的心情，盼望着用结婚的形式尽快办好。

对于我们，结婚这一举动和青年人不同，完全不需要盛装之下举行典礼。而是把二十七年来的爱与憎的零散片段一个个地穿起来，进行总结验收而已，这是场安静的婚事。

新藤的代理人通知我，为我办好了入户的手续，也许新藤自己不好意思开口吧？

几天以后，《艺能周刊》杂志的记者打电话给我，询问关于入户的经过，新藤也接到同样的电话。

"和乙羽女士结婚的事，基于我的年龄，我有考虑。我不能预料出我哪一天会一命呜呼，因此，我认为一切事情都应该做好交待。和乙羽的关系也是需要交代的问题之一。这只不过是给这段历史打个句号而已。"

对任何杂志、任何记者，新藤都这样恳切的实事求是地作了回答。

只是在电视台的敦促之下，我才到电视台露了一次面。其他，诸如会见记者、结婚招待宴等，考虑到我们的年龄，都没有举行。

结婚后的生活和婚前一样，一点没变，要说是有变，只是增加了安定的感觉。隐蔽的爱情变成了光天化日之下的爱情，失去了的是那种奇妙的担心。随着入户，加治信子改为新藤信子。私生子的最初户口登记，是山登信子，在生父家是助台信子。到了养父家，又随着养母的母亲叫做坂东信子。进入宝塚后叫加治信子。加治的姓氏最长，长达四十多年。一生换了五个姓氏，山登、助台的时间最短。今后，不发生什么变故的话，姓氏也就不会再变了吧！

在银座的一家餐厅里，举行的小规模的结婚晚宴。被摄制组成员包围着的新藤说：

"谢谢，谢谢光临，一向蒙大家关心，给诸位增添了不少麻烦，实在对不起。"

两人的关系，很早以前，摄制组的成员就都知道了，只是没有公开传播过而已。由于我们两个那不自然的表情，大家早有觉察。比如，近两三年来，新藤每月总有几次在我的公寓里住宿。第二天，到近代影协的办公室时，态度便有些古怪，连开门也慢腾腾的。他心里想的是，因为没在逗子的家里，谁去联系过没联系上啊，是不是发生了什么困难啦等等。就这样，一个个地观察了人们之后，随口说了句"今儿的天气真热啊！"便喝起茶来。

人们从他开门的方式里就能判断出他是住在逗子的家里，还是住在赤坂的公寓里。

我却没有过这种神态不正常的时候，摄制组的一位成员曾经把这种看法说给我听了。二十七年来，我对新藤的体贴渗入身心，在逗子的家里的太太和我，对他的牵记是同等的。只不过，我生活在那吃了上顿愁下顿的独立制片厂里，为搞好影片一心一意而已。

我是背负着沉重的行李，默默地在爬坡，是在暗黑的隧道中跋涉前进。

终于，两个人都通过了暗长的隧道。

现在开始了新藤得意的、几乎没有台词的、只有两个角色——丈夫和我的一台戏，题目是《爱妻传》续集，难免还有些羞涩吧！

后记

　　想把自己的大半生记录下来，可以说是梦寐以求。幸运地遇到江森先生，这位善于倾听、又善于组织文字的大手笔，托他的福，我的夙愿变成了现实。

　　我信赖江森先生，毫不犹疑地把写传的事委托给他。不仅叙述了辉煌的一面，也尽记忆所及，说到了我的逆境，说尽了有生以来的历史。

　　开始拿不定，这样赤裸裸地把什么都倾吐出来是好还是不好。又一转念，一生只此一次由人写"传"，那就抛开一切顾虑，畅述往昔吧。

　　稿成之后，我想说的，作为一个人的、我的自我意识，江森先生都巧妙地表达出来了。我真的是高兴极了。由我自己写，肯定写不了如此之好，我从心底感激江森先生。

　　经历了半个世纪的我的一切欢乐、悲伤和痛苦，尽管形式不同，也并没有什么值得注目的事，但我想，我的感情和其他人是相通的。能够引起行进在人生途中的人们的共鸣，就是我的幸福。

　　以此书为契机，由于江森先生的努力，把我不知道的亲缘线索一一地理了出来，涉及到的人们，不计较由此而产生的麻烦和干扰，反倒协助我把书搞成，请接受我献上的诚挚的感激。

　　对长期了解我的、支持我的江森阳弘先生、羽永知律子女士，风间秋子女士、佐佐木武先生等和我一块共事的人，致以最诚恳的敬礼。

乙羽信子

昭和五十六年（1981 年）三月

鸣谢

在搜寻梅娘佚著、佚文的过程中，得到了许多先生、同行、文史爱好者的帮助。他们是杉野要吉、大久保明男、蒋蕾、杨铸、杉野元子、羽田朝子、Norman Smith、孙屏、刘奉文、刘慧娟、陈霞、庄培蓉、张曦灏等。如本文集的书信卷所示，众多梅娘信件的持有者，提供了梅娘手书的复印件。

还有不少亲友为《梅娘文集》提供了梅娘不同时期的照片，入选照片、图片均由柳青编排。梅娘的好友，东北沦陷区作家、书法家李正中先生（1921-2020），生前热情为《梅娘文集》题签。终校得到了刘晓丽教授的友情助力。

在书稿即将付梓之际，谨在这里向所有无私指教、大力协助过的人士，表达诚挚的谢意！

梅娘全集编委会

2023 年 4 月 9 日